미스트본 1부
마지막 제국 Ⅲ

MISTBORN

미스트본 1부

마지막 제국

브랜던 샌더슨 장편소설

송경아 옮김

III

나무옆
의자

내가 살아온 시간보다 더 오래 판타지를 읽었으며
당신만큼 괴짜인 손자를 둘 자격이 충분한 할머니,
베스 샌더슨을 위하여

차례

테리스 섬들

가장 먼 지배지

서쪽 지배지

북쪽 지배지

중앙 지배지

먼 쪽 지배지

남쪽 섬들

동쪽 지배지

내부 지배지

외딴 지배지

마지막 제국

4장

안개의 바다 속에서

26

나는 매우 지쳐가고 있다.

빈은 클럽스의 가게 안 침대에 누워 있었다. 머리가 쿵쿵 울렸다. 다행히 두통은 약해지고 있었다. 아직도 그 끔찍한 첫날 아침에 일어났던 일들이 생생하게 기억났다. 그때는 고통이 너무 심해 움직이는 건 물론이고 생각을 하는 것조차 힘들었다. 켈시어가 어떻게 계속 버티면서 남은 군대를 안전한 장소로 이끌었는지 그녀는 알 수 없었다.

그게 2주 전 일이었다. 꽉 채운 15일. 그런데 아직도 그녀는 머리가 아팠다. 켈시어는 그 경험이 그녀에게 좋을 것이라고 말했다. 그는 빈이 '백랍 끌어내기'를 연습할 필요가 있었다고 주장했다. '백랍 끌어내기'는 가능하다고 생각한 한계 너머에서 몸이 기능하도록 훈련시킨다고 했다. 그렇지만 그의 말을 듣고도, 빈은 이 정도의 고통을 가져오는 일이 과연 그녀에게 '좋을까' 의심스러웠다.

물론 유용한 기술일 수도 있었다. 두통이 조금 가시자 그녀는 그 사실을 인정할 수 있었다. 그녀와 켈시어는 하루도 걸리지 않아 전장까지 달려갈 수 있었다. 돌아오는 여행에는 2주가 걸렸다.

빈은 일어나 지친 몸으로 기지개를 켰다. 그들은 사실 돌아온 지 하루도 되지 않았다. 아마 켈시어는 패거리의 다른 사람들에게 사건을 설명해주느라 밤 늦게까지 깨어 있었을 것이다. 그러나 빈은 곧장 침대로 가는 쪽이 좋았다. 딱딱한 땅 위에서 며칠을 보내며, 그녀는 자기가 편안한 침대 같은 사치스러운 물건을 어느새 당연한 것으로 받아들이게 되었다는 사실을 깨달았다.

그녀는 하품을 하고 관자놀이를 다시 문지른 다음 로브를 걸치고 욕실로 갔다. 클럽스의 도제들이 잊지 않고 욕조에 물을 채워준 것을 보자 기뻤다. 그녀는 문을 잠그고 로브를 벗은 후, 가벼운 향내가 나는 따뜻한 목욕물 속에 들어갔다. 정말로 이 향기가 기분 나쁘다고 생각한 적이 있었단 말인가? 그 냄새 때문에 그녀는 더 이목을 끌었다. 그건 사실이다. 그러나 여행하는 동안 몸에 쌓였던 먼지와 때를 없앤 것에 비하면 작은 대가에 지나지 않았다.

하지만 긴 머리카락은 여전히 짜증을 불러일으켰다. 그녀는 머리를 감고, 엉키고 뭉친 부분을 빗질로 풀었다. 궁정 여성들은 어떻게 머리를 계속 등에 늘어뜨린 채 참고 다닐 수 있는지 궁금했다. 하인의 시중을 받으며 빗질을 하고 몸치장을 하는 데 시간이 얼마나 들까? 빈의 머리는 아직 어깨에도 닿지 않았는데 더 기르자니 끔찍했다. 머리카락은 뛰어오를 때 주위에 흩날리며 얼굴을 때릴 테고, 적에게 그녀를 붙잡을 곳을 만들어줄 것이다.

목욕을 끝낸 후 그녀는 자기 방으로 돌아가 편한 옷을 입고 아래층으로 내려갔다. 작업실에는 도제들이 북적거렸고 위층에선 가정부들이 일하고 있었지만, 부엌은 조용했다. 클럽스와 독스, 햄, 브리즈는 앉아서 아침을 먹다가 빈이 들어오자 일제히 그녀를 쳐다보았다.

"왜요?" 빈은 문가에 멈춰 서서 뚱하게 물었다. 목욕 덕분에 두통이 좀 가라앉았지만, 머리 뒤편은 여전히 약하게 쿵쿵 울려댔다.

네 남자는 시선을 교환했다. 햄이 제일 먼저 말했다.

"우린 우리 계획의 현재 상태를 논의하고 있었어. 이제 우리 고용주와 군대 양쪽 다 사라졌잖아."

브리즈는 한쪽 눈썹을 치켜세웠다.

"상태? 흥미로운 방식으로 말하는구먼, 해먼드. 나 같으면 그 대신 '실행 불가능성'이라고 말했을 거야."

클럽스는 특유의 강한 억양으로 투덜거렸고, 네 명 다 그녀 쪽을 보았다. 그녀의 반응을 보려고 기다리는 것 같았다.

'이 사람들은 내가 무슨 생각을 하는지 왜 그렇게 신경을 쓸까?'

그녀는 그렇게 생각하며 방으로 걸어 들어가 의자에 앉았다.

"너 뭐 좀 먹고 싶지 않니?" 독슨이 일어서며 말했다. "클럽스의 가정부들이 베이랩을 몇 개 만들어뒀는데……."

"맥주요." 빈이 말했다.

독슨의 몸이 굳었다.

"정오도 안 됐어."

"맥주요. 지금 당장. 부탁해요." 그녀는 앞으로 몸을 숙이면서 테이블에 팔을 올리고 손으로 머리를 고였다.

햄은 씩 웃을 만한 배짱이 있었다.

"백랍 끌어내기?"

빈은 고개를 끄덕였다.

"그 상태는 지나갈 거야." 그가 말했다.

"내가 먼저 죽지 않는다면요." 빈이 투덜거렸다.

햄은 다시 씩 웃었지만, 억지로 경박한 모습을 자아내는 것 같았다. 독스는 그녀에게 머그잔을 건네준 다음 앉아서 다른 사람들을 둘러보았다.

"그래, 빈. 넌 어떻게 생각하니?"

"모르겠어요." 그녀는 한숨을 쉬며 말했다. "전체 계획의 중심은 군대였어요, 맞죠? 브리즈, 햄, 예덴은 군대를 모집하는 데 시간을 다 쏟아부었어요. 독슨과 르노는 보급품을 준비했고요. 이제 군대가 다 사라졌으니…… 음, 그러면 미니스트리에 잠입한 마쉬와, 켈의 귀족 습격만 남아요. 그리고 양쪽 다 우리는 필요 없어요. 패거리는 불필요해요."

방 안이 조용해졌다.

"우울할 정도로 직설적으로 말하는군." 독슨이 말했다.

"백랍 끌어내기의 효과지." 햄이 말했다.

"아무튼 언제 돌아왔어요?" 빈이 물었다.

"간밤에, 네가 잠든 후에." 햄이 말했다. "주둔군은 돈을 덜 들이려고 나 같은 임시직 군인들을 일찍 돌려보냈어."

"그럼 주둔군은 아직 도시 밖에 있어?" 독슨이 물었다.

햄이 고개를 끄덕였다.

"우리의 남은 군대를 추적하고 있어. 루서델 주둔군 덕분에 발트루 병사들은 숨을 돌렸어. 사실 그들은 그 싸움에서 맹공을 당했거든. 루서델 병력 대부분이 오랫동안 밖에 머물면서 반역도를 수색해야 할 거야. 우리 주력에서 큰 무리 몇 개가 갈라져 나와 전투가 시작되기 전에 도망친 것 같아."

그 대화에 사람들은 안심하며, 또 다시 긴 침묵에 빠졌다. 빈은 맥주를 마시면 몸이 더 나아질 거라는 생각 때문에서가 아니라 그저 악에 받쳐서 맥주를 한 모금 마셨다. 몇 분 후, 계단에서 발소리가 났다.

켈시어가 질풍같이 부엌으로 들어왔다.

"좋은 아침이야, 모두들." 그가 늘 하듯이 쾌활하게 말했다. "또 베이랩이구먼, 알겠어. 클럽스, 넌 정말이지 좀 더 상상력이 있는 가정부를 고용해야 해." 말은 그렇게 하면서도 그는 원통형 베이랩을 하나 집어 크게 한입 베어 물더니, 자기 잔에다 마실 것을 직접 따르면서 기분 좋게 미소 지었다.

패거리는 계속 조용했다. 사람들은 시선을 교환했다. 켈시어는 계속 선 채로 찬장에 기대서 베이랩을 먹었다.

"켈, 우리 이야기 좀 해야겠어." 독슨이 마침내 말했다. "군대는 없어졌어."

"그래. 나도 알아." 켈시어가 계속 먹으면서 말했다.

"계획은 다 끝났어, 켈시어." 브리즈가 말했다. "시도는 좋았지만, 우린 실패했어."

켈시어가 동작을 멈췄다. 그는 얼굴을 찌푸리고 베이랩을 아래로 내렸다.

"실패했다고? 왜 그렇게 말하는 거야?"

"군대가 없어졌잖아, 켈." 햄이 말했다.

"군대는 우리 계획의 일부분이었을 뿐이야. 우리는 차질을 겪었어, 그건 사실이야. 하지만 절대 끝난 건 아니야."

"아 그만 좀 해, 이 사람아!" 브리즈가 말했다. "넌 어떻게 거기 그렇게 유쾌하게 서 있을 수가 있어? 우리 부하들이 죽었어. 넌 신경도 안 써?"

"신경 쓰지, 브리즈." 켈시어가 침통한 목소리로 말했다. "그렇지만 끝난 일은 끝난 일이야. 우리는 계속 움직여야 해."

"바로 그거야!" 브리즈가 말했다. "움직여서 이 정신 나간 자네 '계획'에서 나가야지. 물러날 때야. 자넨 그걸 좋아하지 않겠지. 하지만 명백한 사실이야."

켈시어는 카운터에 자기 접시를 얹었다.

"날 '달래지' 마, 브리즈. 절대로 날 '달래지' 마."

브리즈는 입을 약간 벌린 채로 몸이 굳었다.

"좋아." 그가 마침내 말했다. "난 알로맨시를 쓰지 않겠어. 진실만 말하겠어. 내가 무슨 생각을 하는지 알아? 넌 그 아티움을 손에 넣을 생각이 전혀 없었던 것 같아. 넌 우리를 이용하고 있었어. 네가 우리에게 돈을 약속했기 때문에 우리는 네 편에 가담했어. 하지만 넌 우리를 부자로 만들어줄 생각이 전혀 없었지. 이건 다 네 자기만족을 위해 한 일이야. 이제까지 없었던 가장 유명한 패거리 두목이 되고 싶었던 거야. 네가 그런 소문들을 퍼뜨리고 군대를 모은 이유가 그거였어. 넌 부의 맛을 보았지. 이제는 전설이 되고 싶은 거야."

브리즈는 조용해졌지만 눈은 매서웠다. 켈시어는 팔짱을 낀 채 서서 패거리를 바라보았다. 몇 명이 시선을 돌렸는데, 그들의 부끄러워하는 눈이 그들이 브리즈의 말을 어떻게 생각하고 있는지를 보여주었다. 빈도 그중 하나였다. 그들 모두가 반박을 기다리는 가운데 침묵이 고집스럽게 이어졌다.

다시 계단에서 발소리가 나더니 스푸크가 갑자기 부엌으로 뛰어들어왔다.

"위로 와서 봐요! 사람들이 분수 광장에 모였어요!"

소년의 말에 켈시어는 놀라지 않았다.

"분수 광장에 사람들이 모여 있다고?" 햄이 천천히 말했다. "그 말은……."

"가자." 켈시어가 일어서며 말했다. "우린 지켜봐야 해."

"난 이 일을 안 하는 게 좋겠어, 켈." 햄이 말했다. "이유가 있어서 이런 일들을 피하는 거야."

켈시어는 그를 무시했다. 그는 패거리 맨 앞에서 걸었다. 모두, 심지어 브리즈조차도 일상적인 스카 옷과 클록을 입고 있었다. 재가 가볍게 떨어지기 시작했다. 무심한 재 조각이 눈에 보이지 않는 나무에서 떨어지는 잎사귀처럼 하늘에서 천천히 떨어져 내렸다.

커다란 스카 무리가 거리를 막고 있었다. 대부분 공장이나 방앗간에서 나온 노동자들이었다. 빈이 알기로는, 노동자들이 일에서 놓여나 도시의 중앙 광장에 모일 수 있다면 그 이유는 단 한 가지밖에 없었다.

공개 처형.

그녀는 그런 곳에 한 번도 가본 적이 없었다. 스카건 귀족이건 도시의 모든 사람들이 처형식에 참석해야 했으나 도둑 패거리들은 그냥 숨어 있는 법을 알고 있었다. 멀리서 종들이 울려 행사를 알렸고, 오블리게이터들이 길 가장자리를 감시했다. 그들은 소환령에 복종하지 않는 사람들을 찾기 위해 방앗간이든 대장간이든 아무 집이나 가리지 않고 들어갈 것이고, 그런 사람을 찾아내면 사형에 처할 것이다. 이렇게 많은 사람들을 모으는 것은 엄청난 수고가 필요한 일이었다. 그러나 어떻게 보면, 이런 일들은 단순히 로드 룰러가 얼마나 강력한지를 증명하기 위해 하는 짓에 지나지 않았다.

빈의 패거리가 분수 광장 쪽에 가까워지자 거리는 훨씬 더 붐볐다. 건물마다 옥상이 가득 찼고, 거리를 채운 사람들은 앞으로 계속 몸을 밀어댔다.

'사람들이 모두 들어갈 방법이 없는데.'

루서델은 다른 어떤 도시와도 달랐다. 루서델의 인구는 어마어마했다. 그 자리에 직접 참석했다고 해서 전부 처형식을 볼 수 있는 건 아니었다.

하지만 어쨌든 사람들은 그 자리에 왔다. 부분적으로는 어쩔 수 없이 나와야 했기 때문일 것이고, 부분적으로는 처형을 지켜보는 동안에는 일하지 않아도 되었기 때문일 것이다. 그리고 어쩌면, 부분적으로는 인간이 갖고 있는 병적인 호기심 때문이 아닐까 하고 빈은 생각했다.

사람들이 더 빽빽해지자 켈시어, 독슨, 햄은 구경꾼들을 떠밀어 패거리가 갈 길을 내기 시작했다. 어떤 스카들은 패거리에게 분개한 눈길을 던졌지만 흐린 눈으로 그저 순순히 물러나는 사람들이 더 많았다. 켈시어의 흉터가 드러나지 않는데도 어떤 사람들은 그를 보자 놀라고 흥분한 것 같았다. 그런 사람들은 기꺼이 옆으로 길을 비켜주었다.

마침내 패거리는 광장을 둘러싼 건물 여러 채의 바깥쪽 줄에 다다랐다. 켈시어는 건물 하나를 골라 그쪽으로 고갯짓을 했고, 독슨이 앞으로 나아갔다. 문가에 있던 남자 한 명이 그가 들어가는 것을 막으려 했으나 독슨은 지붕 쪽을 가리킨 다음 암시하듯이 동전 주머니를 들어 올렸다. 몇 분 후, 패거리가 옥상 전체를 차지했다.

"우리를 '스모크'해줘, 클럽스." 켈시어가 조용히 말했다.

울퉁불퉁한 얼굴의 장인은 고개를 끄덕였고, 곧 알로맨시 청동 감각이 패거리를 보지 못하게 만들었다. 빈은 지붕 가장자리로 걸어가 웅크리고는 짧은 돌난간에 손을 댄 채 아래쪽 광장을 살펴보았다.

"사람이 정말 많네요……."

"넌 평생 도시에서 살았잖아, 빈." 그녀 옆에 선 햄이 말했다. "전에도 이런 군중들을 봤을 텐데."

"네, 하지만……." 그것을 어떻게 설명할 수 있을까? 꽉꽉 들어찬 채로 움직이는 군중은 그녀가 보았던 어떤 광경과도 비슷하지 않았다. 엄청나게 넓고 거의 끝이 없어 보였으며, 대중에게서 뻗어나온 꼬리들이 중앙 광장에서 갈라져 나온 모든 거리를 채우고 있었다. 스카들이 어찌나 밀착해 섰는지, 숨 쉴 공간이 있다는 게 신기할 정도였다.

귀족들은 광장 중앙에 있었다. 군인들이 스카와 분리해놓아서 그들은 광장의 나머지 부분보다 약 5피트 더 높은 중앙 분수 파티오 가까이에 모여 있었다. 누군가가 만든 귀족용 자리에 그들은 쇼

나 경마를 보러 온 것처럼 느긋하게 앉아 있었다. 재를 막을 파라솔을 든 하인을 데리고 있는 사람도 많았지만, 어떤 사람들은 가볍게 내리는 재를 그냥 무시했다.

귀족들 옆에 서 있는 사람들은 오블리게이터들이었다. 보통 오블리게이터는 회색 옷을 입었고 심문관은 검은색 옷을 입었다. 빈은 몸을 떨었다. 심문관은 여덟 명이 있었다. 여윈 그들은 오블리게이터들보다 머리 하나는 더 컸다. 그러나 그 검은 괴물들과 그들의 친척 뻘인 오블리게이터들을 갈라놓는 건 단지 키만은 아니었다. 강철 심문관에게는 어떤 분위기가, 특유의 자세가 있었다.

빈은 돌아서서 보통의 오블리게이터들을 뜯어보았다. 그들은 대부분 자랑스럽게 행정직 로브를 입고 있었다. 지위가 높을수록 로브는 더 훌륭해졌다. 빈은 눈을 가늘게 뜨고 주석을 태우다가 상당히 낯익은 얼굴을 알아보았다.

"저기요. 저 사람이 제 아버지예요." 그녀가 한 사람을 가리키며 말했다.

켈시어는 정신을 차렸다.

"어디?"

"오블리게이터 맨 앞에요." 빈이 말했다. "금색 로브-스카프를 두른 키 작은 사람이요."

켈시어는 침묵에 빠졌다.

"저 사람이 네 아버지라고?" 마침내 그가 물었다.

"누구?" 독슨이 눈을 가늘게 뜨며 물었다. "난 저자들 얼굴을 구별하지 못하겠어."

"테비디안." 켈시어가 말했다.

"로드 프렐란*?" 독슨이 충격을 받은 듯 말했다.

"뭐라고요? 그게 어떤 사람이에요?" 빈이 물었다.

브리즈가 빙긋 웃었다.

"로드 프렐란은 미니스트리의 지도자란다, 애야. 그는 로드 룰러의 오블리게이터들 가운데 가장 중요한 사람이야. 엄밀히 말하면 심문관들보다도 지위가 높아."

빈은 멍해져서 앉았다.

"로드 프렐란이라. 이거 점점 대단해지는군." 독슨이 고개를 저으며 중얼거렸다.

"봐요!" 갑자기 스푸크가 어딘가를 가리키며 말했다.

스카 군중들이 무거운 발을 끌며 움직이기 시작했다. 빈은 그들이 너무 **빽빽**하게 몰려서 있어서 움직이지 못할 거라고 생각했지만 그녀의 생각이 틀린 것 같았다. 사람들은 물러나 중앙 연단으로 향하는 커다란 통로를 만들었다.

'그들이 뭘 하는……'

그때 그녀는 느꼈다. 거대한 담요가 내리누르는 듯한 억압적인 마비가 그녀 주위의 공기를 막아 그녀를 질식시키고, 그녀에게서 의지를 앗아가는 것 같았다. 즉시 구리를 태웠는데도 전과 마찬가지로, 로드 룰러의 '달래기'가 느껴졌다. 그가 더 가까이 다가오면서 그녀의 모든 의지, 모든 소망, 모든 감정의 힘을 없애버리려고

---

* 로드 프렐란(LORD PRELAN): 오블리게이터 중 가장 높은 직위다.

하는 것이 느껴졌다.

"그가 오고 있어요." 스푸크가 그녀 옆에 웅크려 앉으며 속삭였다.

한 쌍의 거대한 흰 종마가 끄는 검은 마차가 옆길에 나타났다. 그것은 피할 수 없는…… 운명 같은 느낌을 주며 스카들이 비켜나서 만든 통로를 굴러 내려왔다. 빈은 마차가 지나는 모습에 사람들 몇 명이 그 자리에 못 박히는 것을 보았다. 만약 어떤 사람이 마차가 가는 길에 떨어진다면 마차는 속도를 늦추지 않고 그대로 달려 그를 치어 죽일 거라고 빈은 생각했다.

로드 룰러가 도착하자 스카들은 조금 더 축 처졌다. 잔물결 같은 움직임이 눈에 보일 정도로 군중에 몰아닥쳤다. 강력한 '달래기'에 영향을 받은 그들의 자세가 늘어져갔다. 배경에서 웅웅거리던 속삭임과 수다는 약해졌고, 거대한 광장은 비현실적인 침묵에 잠겼다.

"정말 강력하군." 브리즈가 말했다. "나는 최대한 해봤자 겨우 200명 정도만 '달랠' 수 있어. 여기 있는 사람들은 수만 명쯤 될 거야!"

스푸크는 옥상 가장자리에서 내다보았다.

"난 떨어져버리고 싶어요. 그냥 놔버리고……."

그 순간, 그는 말을 멈추었다. 그는 잠에서 깨어나듯이 고개를 흔들었다. 빈은 얼굴을 찌푸렸다. 무언가 느낌이 달랐다. 조심스럽게 구리를 끄자 더 이상 로드 룰러의 '달래기'가 느껴지지 않았다. 삭막하고 공허한, 끔찍한 우울감은 희한하게도 사라졌다. 스푸크는 위를 쳐다보았고, 나머지 패거리들은 조금 더 똑바로 섰다.

빈은 주위를 둘러보았다. 아래에 있는 스카들은 변하지 않은 것 같았다. 그러나 그녀의 친구들은……

그녀의 눈이 켈시어에 가 닿았다. 페거리의 두목은 등을 똑바로 펴고 서서 다가오는 마차를 결연히 바라보고 있었다. 그의 얼굴에는 집중의 표정이 어려 있었다.

'켈시어는 우리 감정을 "격동시키고" 있어.' 빈은 깨달았다. '로드 룰러의 힘에 대항하고 있는 거야.' 그들 작은 무리만을 보호하는 것도 켈시어에게는 힘든 투쟁일 게 분명했다.

'브리즈 말이 맞아. 우리가 어떻게 이런 힘에 대항해서 싸울 수가 있어? 로드 룰러는 십만 명의 사람들을 동시에 "달래고" 있어!' 빈은 생각했다.

그러나 켈시어는 계속 싸우고 있었다. 만약을 대비해 빈은 구리를 켰다. 그다음 아연을 태우며 켈시어를 돕기 위해 마음을 뻗어, 주위에 있는 사람들의 감정을 '격동시켰다'. 움직일 수 없는 거대한 벽을 '당기는' 듯한 느낌이었다. 그렇지만 그것도 도움이 된 게 틀림없었다. 켈시어가 긴장을 약간 풀고 그녀에게 감사의 눈길을 보냈기 때문이었다.

"저것 봐." 독슨이 말했다. 그는 자기 주위에서 일어난 보이지 않는 전투에 대해선 아무것도 모르는 것 같았다. "죄수 수레야." 그는 로드 룰러 뒤에 난 통로를 따라 내려오는 열 개의 수레를 가리켰다. 수레는 모두 컸고, 세로로 박힌 창살로 막혀 있었다.

"누구 알아볼 수 있는 사람 있어?" 햄이 앞으로 몸을 기울이며 말했다.

"난 보는 거 안 하고 있어요." 스푸크가 불편한 표정으로 말했다. "삼촌, 진짜로 태우죠, 맞죠?"

"그래, 내 구리는 켜져 있어." 클럽스는 짜증을 내며 말했다. "너희는 안전해. 어쨌든 우리는 로드 룰러에게서 충분히 멀리 떨어져 있으니 상관없을 거야. 저 광장은 거대해."

스푸크는 고개를 끄덕이더니, 주석을 태우기 시작하는 것 같았다. 잠시 후 그는 고개를 저었다.

"아무도 못 알아보겠어요."

"하지만 넌 병사를 모집할 때 함께 있지 않았던 적이 많잖아, 스푸크." 햄이 눈을 가늘게 뜨며 말했다.

"맞아요." 스푸크가 대답했다. 억양은 아직 남아 있었지만 그는 정상적으로 말하려고 노력하고 있었다.

켈시어는 돌출부로 발을 내딛으며 한 손을 들어 눈에 비치는 햇빛을 막았다.

"죄수들이 보인다. 아니, 알아볼 수 있는 얼굴은 없어. 포로로 잡힌 군인들이 아니야."

"그럼 누구지?" 햄이 물었다.

"대부분 여자와 아이들 같아." 켈시어가 말했다.

"군인 가족들?" 햄이 겁에 질려 물었다.

켈시어는 고개를 저었다.

"그런 것 같지는 않아. 죽은 스카의 신원을 밝혀낼 시간은 없었을 거야."

햄은 혼란스러운 듯이 얼굴을 찌푸렸다.

"아무나 잡은 거야, 해먼드." 브리즈가 조용히 한숨을 쉬며 말했다. "본보기지. 반역도들을 숨겨줬다는 이유로 스카들을 벌하기 위해 대충 처형하는 거야."

"아니야, 심지어 그것도 아니야." 켈시어가 말했다. "스카 반역도들이 대부분 루서델에서 모집되었다는 것을 로드 룰러가 알거나 신경 쓰는지도 의심스러워. 그는 지방 반란이 또 한 번 일어난 것뿐이라고 생각하는 것 같아. 이건…… 이건 모두에게 누가 권력을 쥐고 있는지 일깨워주는 수단일 뿐이야."

로드 룰러의 마차가 중앙 파티오가 세워진 단 위로 굴러왔다. 그 불길한 마차는 정확히 광장 한가운데 멈춰 섰다. 그러나 로드 룰러는 마차 안에 남아 있었다.

죄수 수레도 멈추었고, 오블리게이터와 군인 한 무리가 안에 실린 죄수들을 내리기 시작했다. 검은 재가 계속 떨어지는 가운데, 첫 번째 죄수 무리가 주변보다 높은 중앙 단 위로 끌려 올라갔다. 죄수들은 대부분 약한 몸부림밖에 치지 못했다. 심문관 한 명이 죄수들에게 단 위에 있는 네 개의 사발 같은 분수 옆에 모이도록 손짓하면서 그 일을 지휘했다.

네 명의 죄수들이 흐르는 분수 옆에 한 명씩 무릎 꿇려졌고, 네 명의 심문관들이 흑요석 도끼를 쳐들었다. 네 개의 도끼가 떨어졌고, 네 개의 머리가 잘려나갔다. 아직 군인들이 잡고 있는 시체가 분수 받침대 속에 마지막 피를 뿜어냈다.

분수는 붉게 번쩍이면서 공중에 물줄기를 뿜었다. 군인들은 시체를 옆으로 던진 다음, 네 명을 더 앞으로 데려왔다.

스푸크는 속이 안 좋은 듯 눈길을 돌렸다.

"왜…… 왜 켈시어가 아무것도 하지 않죠? 그러니까, 그들을 구하기 위해서요."

"바보같이 굴지 마." 빈이 말했다. "저 아래엔 심문관이 여덟 명이나 있어. 로드 룰러는 말할 것도 없고. 그런데도 켈시어가 무슨 일을 하려고 한다면, 그는 바보 천치일 거야."

'켈시어가 그런 생각을 했다고 해도 난 놀라지 않겠지만.'

빈은 켈시어가 달려 내려가 군대 전체와 혼자 맞서 싸우려 했던 때를 떠올렸다. 그녀는 옆을 슬쩍 보았다. 켈시어는 처형을 막으러 달려 내려가고 싶은 것을 억지로 참고 있는 것 같았다. 옆에 있는 굴뚝을 양손의 손마디가 하얗게 될 정도로 세게 붙잡고 있었다.

스푸크는 구역질이 나는지, 아래쪽에 있는 사람들 머리 위에 토하지 않으려고 옥상 위 다른 곳으로 비틀거리며 갔다. 햄은 작게 신음했고 클럽스마저도 슬퍼진 것 같았다. 독슨은 죽음을 목격하는 것이 일종의 기도인 것처럼 침울하게 지켜보았다. 브리즈는 고개만 저을 뿐이었다.

그러나 켈시어…… 켈시어는 화가 나 있었다. 얼굴은 붉어지고, 근육은 긴장해 있었으며, 눈은 불타올랐다.

네 명이 더 죽었고, 그중 한 명은 어린아이였다.

"이거야." 켈시어는 화가 나서 중앙 광장을 향해 손을 저으며 말했다. "이게 우리 적이야. 여기에는 자비가 없어. 외면하고 피할 길도 없어. 이건 우리가 몇 가지 예상 못한 굴곡을 겪는다고 해서 간단히 버릴 수 있는 계획이 아니야."

네 명이 더 죽었다.

"저들을 봐!" 켈시어가 귀족들이 가득 차 있는 관람석을 가리키며 날카롭게 밀했다. 그들은 대부분 지루해 보였는데, 몇 명은 처형 구경을 즐기고 있는 것 같았다. 참수형이 계속되는 동안 그들은 서로 쳐다보고 농담을 했다.

"너희가 내게 의문을 품는 건 알아." 켈시어가 패거리를 보면서 말했다. "너희는 내가 귀족에게 너무 심하다고 생각하지. 내가 그들을 너무 많이 죽이고, 그리고 죽이면서 좋아한다고 생각해. 하지만 솔직히 저기 웃고 있는 사람들을 보면서 그들이 내 칼날에 죽임당할 죄를 짓지 않았다고 말할 수 있어? 난 그들에게 정의를 실현하는 것뿐이야."

네 명이 더 죽었다.

빈은 주석으로 강화된 눈으로 급하게 관람석을 훑어보았다. 엘렌드는 한 무리의 젊은 남자들 속에 앉아 있었다. 그들은 아무도 웃고 있지 않았고, 그들만 그런 것도 아니었다. 맞다. 많은 귀족들은 그 일을 가볍게 여겼다. 하지만 공포에 질린 것처럼 보이는 소수도 있었다.

켈시어는 말을 계속했다.

"브리즈, 넌 아티움에 대해 물었지. 솔직히 말할게. 그건 내 목표에서 그다지 중요하지 않은 부분이었어. 나는 세상을 바꾸고 싶어서 이 패거리를 모았어. 우리는 아티움을 손에 넣을 거였어. 새 정부를 지원하기 위해서 필요할 테니까. 하지만 이 계획은 나나 너희중 누구를 부자로 만드는 일은 아니었어.

예덴이 죽었어. 그는 우리가 내세운 구실이었어. 우리가 여전히 도둑 행세를 하면서도 좋은 일을 할 수 있는 수단이었지. 이제 그가 죽었으니 원한다면 너희는 포기해도 돼. 발을 빼라고. 하지만 그래서는 아무것도 바뀌지 않을 거야. 투쟁은 계속될 테고 사람들은 여전히 죽어가고, 너희는 그걸 무시할 뿐이겠지."

네 명이 더 죽었다.

"이제 가식은 집어치우자." 켈시어가 그들을 차례로 한 명씩 뚫어지게 바라보며 말했다. "이제 이 일을 하려면 우린 스스로에게 솔직하고 정직해져야 해. 이게 돈 문제가 아니라는 걸 인정해야 해. 이건 저런 짓을 멈추느냐 마느냐의 문제야." 그는 붉은 분수가 서 있는 안뜰을 가리켰다. 무슨 일이 벌어지는지 보이지도 않을 만큼 멀리 떨어져 있는 곳에서의 스카 수천 명의 죽음을 뜻하는, 눈에 보이는 신호였다.

"나는 내 싸움을 계속할 작정이야." 켈시어가 조용히 말했다. "너희 중 몇 명은 내 지도력을 의심하고 있다는 거 알아. 너희는 내가 스카들에게 나 자신을 너무 과대광고를 하고 있다고 생각하지. 너희는 내가 또 다른 로드 룰러가 될 작정이라고 수군거려. 내가 자만에 빠져 제국 타도는 뒷전으로 여긴다고."

그는 말을 멈추었다. 빈은 독슨과 다른 사람들의 눈에서 죄책감을 읽었다. 스푸크가 여전히 속이 좋지 않은 모습으로 무리에 돌아왔다.

네 명이 더 죽었다.

"너희는 틀렸어." 켈시어가 조용히 말했다. "너희는 날 믿어야 해.

우리가 이 계획을 시작할 때, 모든 일이 아주 위험해 보였지만 너희는 나를 믿어줬어. 나는 여전히 그 믿음이 필요해! 사태가 어떻게 보이든, 승산이 아무리 형편없어도 우리는 계속 싸워야 해!"

네 명이 더 죽었다.

패거리는 천천히 켈시어 쪽으로 시선을 돌렸다. 빈이 아연을 껐는데도, 로드 룰러의 감정을 '미는' 힘에 저항하는 것은 더 이상 켈시어에게 별 문제가 되지 않는 것 같았다.

'아마…… 아마 그는 그 일을 해낼 수 있을 거야.' 빈은 자기도 모르게 그렇게 생각했다. 로드 룰러를 패배시킬 수 있는 사람이 있다면, 그 사람은 켈시어일 것이다.

"난 너희가 유능하기 때문에 너희를 선택한 게 아니야." 켈시어가 말했다. "너희는 확실히 뛰어나지만, 내가 너희를 한명 한명 선택한 이유는 너희가 양심을 가진 사람들이라는 걸 분명히 알기 때문이었어. 햄, 브리즈, 독스, 클럽스…… 너희는 정직한 걸로, 심지어 자선으로 유명한 사람들이야. 나는 이 계획이 성공한다면 실제로 노력을 해줄 사람들이 필요하리라는 걸 알고 있어.

아니, 브리즈. 이건 돈이나 영광 때문에 벌이는 일이 아니야. 이건 전쟁이야. 우리가 천 년 동안 싸워온 전쟁, 내가 끝내려고 하는 전쟁. 원한다면 떠나도 좋아. 너희가 가고 싶다면 내가 누구라도 보내줄 거라는 거 알지? 아무 질문도 하지 않고, 어떤 압력도 가하지 않고."

그의 눈이 엄격해졌다.

"하지만 너희가 머물겠다면 내 권위에 의심을 품는 걸 그만두겠다고 약속해야 해. 계획 자체에 대해 걱정되는 점이 있다면 말할 수는 있어. 하지만 내 지도력에 수군거리는 모임은 더 이상 있어선 안 돼. 너희가 머물겠다면, 날 따라줘야 해. 알겠어?"

한 명 한 명씩, 그는 패거리 일원들과 눈을 맞추었다. 그들은 한 명씩 그에게 고개를 끄덕였다.

"난 우리가 정말로 너한테 의심을 품었다고는 생각하지 않아, 켈." 독슨이 말했다. "우린 그냥…… 우린 걱정이 됐고, 난 그게 당연한 거라고 생각해. 군대는 우리 계획의 중심이었어."

켈시어는 북쪽의 도시 성문을 향해 고개를 끄덕였다.

"저기 위쪽 멀리 뭐가 보여, 독스?"

"성문?"

"최근에 저게 어떻게 달라졌지?"

독슨은 어깨를 으쓱했다.

"보통 때와 다르지 않은데. 인원이 약간 부족하긴 하지만……."

"왜지?" 켈시어가 말을 가로막았다. "왜 인원이 부족할까?"

독슨은 잠시 말문이 막혔다.

"주둔군이 사라져서?"

"바로 그거야." 켈시어가 말했다. "햄은 주둔군이 몇 달 동안 남은 우리 군대를 추적하느라 나가 있을 테고, 병력의 겨우 10퍼센트 정도만 남겨놓았다고 했어. 말이 되는 일이야. 주둔군은 반역자들을 막기 위해 만들어졌지. 루서델은 노출될지 모르지만, 아무도 루서델을 공격하지 않아. 아직까지 아무도 그런 적이 없어."

패거리 사이에 암묵적인 이해가 오갔다.

"도시 점거라는 우리 계획의 1부는 이루어졌어." 켈시어가 말했다. "우리는 루서델에서 주둔군을 몰아냈어. 우리는 그러느라 생각보다 훨씬 더 많은 비용을 치러야 했어. 마땅히 지러야 할 비용보다 훨씬 더 많이. '잊힌 신들'에게 그 청년들이 죽지 않았으면 하고 빌고 싶어. 불행히도 우리는 이미 벌어진 일을 바꿀 수 없어. 우린 그들이 우리에게 준 기회를 이용할 수밖에 없어.

계획은 아직 진행 중이야. 도시의 치안군 주력은 사라졌어. 가문 전쟁이 본격적으로 시작되면 로드 룰러는 그걸 막느라 힘들어질 거야. 그가 그 전쟁을 막기를 바랄 때 얘기겠지만. 어떤 이유에서인지, 그는 100년 주기로 뒤로 물러나 귀족들이 서로 싸우게 놔두는 경향이 있어. 그들이 서로의 목을 노리게 놔두면 귀족이 자기 목을 노리지 못한다는 걸 아는 거지."

"하지만 만약 주둔군이 돌아오면?" 햄이 물었다.

"내 생각이 옳다면 로드 룰러는 몇 달 동안 주둔군이 우리 군대 패잔병들을 뒤쫓도록 놔두고 그사이 귀족들에게는 약간 김을 뺄 기회를 줄 거야. 그 외에도 예상보다 훨씬 많은 것을 얻게 되겠지. 가문 전쟁이 시작되면 우리는 그 혼란을 틈타 궁전을 점령할 거야."

"무슨 군대가 있어서, 이 사람아?" 브리즈가 말했다.

"아직 남은 병력이 좀 있어." 켈시어가 말했다. "게다가 우리는 병사를 더 모집할 시간이 없어. 이제 주의해야 해. 우리는 동굴을 쓸 수 없어. 그러니 도시에 병력을 숨겨야 할 거야. 병력의 수가 더 적어진다는 뜻이지. 하지만 그건 중요하지 않을 거야. 주둔군이 언젠가는 돌아올 테니까."

아래쪽에서 처형이 계속되는 가운데, 무리의 사람들은 시선을 교환했다. 빈은 조용히 앉아 켈시어의 말뜻이 무엇인지 짐작하려고 했다.

"분명한 건, 켈." 햄이 천천히 말했다. "주둔군은 돌아올 테고, 우리는 그들과 싸울 만큼 큰 군대를 손에 넣지 못할 거야."

"하지만 우린 로드 룰러의 보물 창고를 손에 넣을 거야." 켈시어가 미소 지으면서 말했다. "네가 주둔군들에 대해서 언제나 한 말이 뭐였더라, 햄?"

써그는 잠시 침묵을 지키더니, 미소 지었다.

"그들은 용병들이라고 했지."

"우린 로드 룰러의 돈을 빼앗을 거야." 켈시어가 말했다. "그건 우리가 그의 군대도 빼앗는다는 뜻이지. 이 일은 여전히 유효해, 여러분. 우린 할 수 있어."

패거리는 좀 더 자신감을 갖게 된 것 같았다. 그러나 빈은 광장으로 눈을 돌렸다. 분수의 색이 너무 붉어서 완전히 피로 채워져 있는 듯이 보였다. 그 모든 장면을, 로드 룰러는 칠흑처럼 검은 마차 안에서 지켜보고 있었다. 창문은 열려 있었고, 빈은 주석을 태워 간신히 그 안에 앉아 있는 그늘진 사람의 형체를 볼 수 있었다.

'저게 우리의 진짜 적이야.' 그녀는 생각했다. '없어진 주둔군도 아니고 도끼를 든 심문관들도 아니야. 저 사람이야. 일기책에 나오는 저 사람.

우린 그를 이길 방법을 찾아야 해. 아니면 우리가 하는 다른 모든 일들의 의미가 없어질 거야.'

27

왜 라셰크가 그렇게 내게 억울해하는지 마침내 알아낸 것 같다. 그는 나 같은 외부인, 즉 외국인은 '영원의 영웅'이 될 수 있다고 믿지 않는다. 그는 내가 학자들을 속이고 부당하게 '영웅'의 피어싱을 했다고 믿는다.

라셰크의 생각에 따르면, 순혈 테리스인만이 '영웅'으로 선택받을 수 있다. 이상하게도 나는 그의 증오 때문에 훨씬 더 단호해졌다는 것을 깨닫는다. 그에게 내가 이 일을 해낼 수 있다는 것을 증명해야 한다.

그날 저녁, 패거리는 기분이 가라앉은 채 클럽스의 가게에 돌아왔다. 처형은 몇 시간이나 계속되었다. 미니스트리나 로드 룰러는 맹렬한 비난이나 설명을 하지 않았다. 그저 처형하고 또 처형하고 또 처형했을 뿐이다. 일단 포로들이 다 죽자, 로드 룰러와 그의 오블리게이터들은 탈것에 올라 떠나버렸다. 단 위에는 한 무더기의 시체가 남았고 분수에는 피 섞인 물이 흘렀다.

켈시어 패거리가 부엌에 돌아왔을 때, 빈은 더 이상 두통 때문에 괴롭지 않다는 것을 깨달았다. 그녀의 고통은 이제…… 시시해 보였다. 베이랩이 테이블 위에 남아 있었다. 사려 깊은 하녀 한 명이 덮개를 덮어놓았다. 아무도 거기에 손을 뻗지 않았다.

"좋아." 켈시어가 습관적으로 늘 하던 대로 찬장에 기대었다. "이제 자세히 계획을 세워보자. 우리가 어떻게 일을 진행해야 할까?"

독슨은 방 옆에서 한 무더기의 서류를 가져와 자리에 앉았다.

"주둔군이 없어졌으니 우리의 주요 표적은 귀족들이야."

"사실이야." 브리즈가 말했다. "우리가 정말 겨우 몇천 명의 군인으로 보물 창고를 점거할 생각이라면, 궁전 경비대가 정신을 딴 데 팔게 만들면서 귀족들이 도시를 차지하지 못하게 막는 일이 필요할 거야. 따라서 가문 전쟁은 가장 중요해져."

켈시어는 고개를 끄덕였다.

"내 생각이 바로 그거야."

"하지만 가문 전쟁이 끝나면 무슨 일이 일어나요?" 빈이 말했다. "어떤 가문들은 이길 테고, 그다음엔 우리가 그들을 처치해야 하잖아요."

켈시어는 고개를 저었다.

"난 가문 전쟁이 언제까지나 끝나지 않게 할 작정이야, 빈. 아니면 적어도 한참 동안은. 로드 룰러는 명령을 하고 미니스트리는 그의 추종자들을 감시하지. 하지만 귀족들은 실제로 스카에게 일하도록 강요하는 자들이야. 그러니 우리가 충분히 많은 수의 귀족 가문들을 실각시킨다면 정부는 저절로 무너질 수도 있어. 우리는 '마지막 제국' 전체와 싸울 수는 없어. 그건 너무 커. 하지만 그걸 산산조각 내고 흩어진 조각들이 서로 싸우게 만들 수는 있을 거야."

"'대가문'들에게 재정적인 부담을 줘야 해." 독슨이 서류를 획획 넘기면서 말했다. "귀족제는 주로 재정적인 이유로 구성된 제도고, 자금이 없으면 어떤 가문이든 무너질 거야."

"브리즈, 네 가명들을 좀 써야 할지도 몰라." 켈시어가 말했다.

"지금까지는 패거리에서 가문 전쟁을 일으키려고 작업을 하는 사람은 사실상 나뿐이었어. 하지만 주둔군이 돌아오기 전에 이 도시를 무너뜨리려면 이제 우리 모두가 더 공을 들여야 해."

브리즈는 한숨을 쉬었다.

"알았어. 아무도 내 가명과, 내가 다른 사람이라는 사실을 눈치채지 못하게 매우 조심해야 해. 나는 파티나 행사에 갈 수 없어. 그렇지만 각 가문을 방문할 수는 있을 거야."

"너도 마찬가지야, 독스." 켈시어가 말했다.

"그럴 거라고 생각했어." 독슨이 말했다.

"너희 둘 다 위험할 거야." 켈시어가 말했다. "하지만 속도가 매우 중요해. 빈은 계속 우리 핵심 스파이 노릇을 할 거야. 그리고 빈이 어느 정도 나쁜 소문을 퍼뜨리기 시작했으면 좋겠어. 귀족들을 불안하게 할 소문이라면 무엇이라도."

햄이 고개를 끄덕였다.

"그럼 우린 고위층에 주의를 집중해야겠군."

"맞아." 브리즈가 말했다. "가장 강력한 가문들을 약체로 보이게 만들면 그들의 적이 빠르게 공격하겠지. 강력한 가문들이 사라지고 난 뒤에야 그들이 진짜로 경제를 지탱하고 있는 사람들이었다는 걸 깨닫게 될 거야."

방은 잠시 조용해졌다. 몇 명이 고개를 돌려 빈을 바라보았다.

"왜요?" 그녀가 물었다.

"벤처가 이야기를 하고 있는 거야, 빈." 독슨이 말했다. "거기가 '대가문' 중에서 가장 강력한 가문이야."

브리즈는 고개를 끄덕였다.

"벤처가 무너지면 '마지막 제국' 전체가 그 진동을 느끼게 되겠지."

빈은 잠시 조용히 앉아 있었다.

"그들이 모두 나쁜 사람들은 아니에요." 그녀가 마침내 말했다.

"아마 그렇겠지." 켈시어가 말했다. "하지만 로드 스트라프 벤처는 확실히 나쁜 놈이고, 그의 가족은 '마지막 제국' 맨 꼭대기에 앉아 있어. 벤처가는 사라져야 해. 그리고 넌 이미 벤처가의 가장 중요한 사람과 연줄이 있어."

'당신은 내가 엘렌드와 떨어져 있기를 바란다고 생각했는데요.' 그녀는 화가 나서 생각했다.

"그냥 귀를 열어둬, 애야." 브리즈가 말했다. "그 녀석이 자기 가문의 재정에 대해 이야기하게 만들 수 있는지 보자. 우리에게 조그만 지렛대 하나만 찾아줘. 그럼 나머지는 우리가 알아서 할게."

'엘렌드가 그렇게 싫어하던 게임과 똑같아.'

그러나 처형 장면은 여전히 마음속에 생생했다. 그런 일은 막아야 했다. 게다가 엘렌드조차도 자기 아버지를 혹은 자기 가문을 별로 좋아하지 않는다고 말했다. 만약…… 만약 그녀가 뭔가 발견할 수 있다면.

"할 수 있는 일이 있나 볼게요." 그녀가 말했다.

앞문에서 노크 소리가 났고, 도제 한 명이 문가에 나갔다. 얼마 후 세이즈드가 부엌으로 들어왔다. 그는 자신의 특징을 감추기 위해 스카 클록을 입고 있었다.

켈시어는 그가 입은 클록을 살펴보았다.

"일찍 왔네, 세이즈."

"저는 일찍 오는 습관을 들이려고 노력합니다, 마스터 켈시어."
테리스인이 대답했다.

독슨은 한쪽 눈썹을 치켜세웠다.

"그건 다른 누군가가 익혀야 할 습관인데."

켈시어는 코웃음을 쳤다.

"사람이 언제나 시간에 맞춘다는 건, 그 사람이 당연히 해야 할
일밖에는 하지 못하고 있다는 뜻이야. 세이즈, 그 사람들은 어때?"

"예상보다는 좋습니다, 마스터 켈시어." 세이즈드가 대답했다.
"하지만 그들이 영원히 르노가 창고에 숨어 있을 수는 없습니다."

"나도 알아." 켈시어가 말했다. "독스, 햄, 이 문제를 풀려면 너희
가 필요해. 우리 군대는 2천 명 남았어. 너희가 그들을 루서델로 들
여보냈으면 좋겠어."

독슨은 생각에 잠겨 고개를 끄덕였다.

"방법을 찾아볼게."

"그들을 계속 훈련시키려는 거야?" 햄이 물었다.

켈시어는 고개를 끄덕였다.

"그러려면 그들을 분대로 나눠서 숨겨야 할 거야. 한 사람 한 사
람 개별적으로 훈련시킬 자원은 없으니까. 음…… 한 팀에 200명
정도? 서로 가까운 빈민가들에 숨기면?"

"어느 팀도 다른 팀에 대해 알지 못하게 해야 해." 독슨이 말했다.
"우리가 여전히 궁전을 습격할 작정이라는 것도 몰라야 해. 사람들

이 도시에 그렇게 많이 들어오면 그중 어떤 사람들은 이런저런 이유로 결국 오블리게이터에게 끌려갈 가능성이 있어."

켈시어가 고개를 끄덕였다.

"각 팀에게 당신들이 해산되지 않은 유일한 팀이고, 미래의 어느 때 필요해질 경우에 대비해 유지되는 것뿐이라고 말해."

"넌 모병을 계속해야 한다고 그랬잖아." 햄이 말했다.

켈시어는 다시 고개를 끄덕였다.

"우리가 이 일에 착수하기 전에 병력이 적어도 두 배는 많아져야 해."

"우리 군대가 실패했다는 걸 고려하면 그렇게까지는 힘들 거야." 햄이 말했다.

"무슨 실패?" 켈시어가 물었다. "그들에게 진실을 말해. 우리 군대는 주둔군을 성공적으로 무력화시켰다고."

"그러다가 대부분 죽었지만." 햄이 말했다.

"그 부분은 얼버무릴 수 있어." 브리즈가 말했다. "사람들은 처형에 분개할 테고 그래서 기꺼이 우리 말에 귀를 더 기울일 거야."

"다음 몇 달 동안 네 주요 임무는 병력을 더 모으는 거야, 햄." 켈시어가 말했다.

"시간이 많지는 않군. 하지만 최선을 다해보지." 햄이 말했다.

"좋아." 켈시어가 말했다. "세이즈, 그 쪽지는 왔어?"

"왔습니다, 마스터 켈시어." 세이즈드가 클록 아래에서 편지 한 통을 꺼내 켈시어에게 건네주었다.

"그게 뭔데?" 브리즈가 호기심에 차서 물었다.

"마쉬가 보낸 메시지야." 켈시어가 편지를 뜯고 내용을 훑어보며 말했다. "형은 도시 안에 있고, 몇 가지 소식이 있대."

"무슨 소식?" 햄이 물었다.

"여기엔 말하지 않았어." 켈시어가 베이랩을 움켜쥐며 말했다. "하지만 오늘 밤 자기를 어디서 만나야 할지 알려줬어." 그는 걸어가서, 평범한 스카 클록을 집어 들었다. "어두워지기 전에 그 장소를 정찰해봐야겠어. 같이 갈래, 빈?"

그녀는 고개를 끄덕이고 일어섰다.

"나머지는 계획을 계속 실행하고 있어." 켈시어가 말했다. "난 두 달 후에 이 도시가 긴장하다 못해 마침내 무너지고, 로드 룰러조차 그것을 다시 이어 맞출 수 없기를 바라."

"우리에게 말하지 않은 것이 있죠, 안 그래요?" 빈은 창에서 눈을 돌려 켈시어를 바라보았다. "계획의 어떤 부분 말이에요."

켈시어는 어둠 속에서 그녀를 흘끗 바라보았다. 마쉬가 고른 접선 장소는 가장 가난한 스카 빈민가인 트위스츠 안에 있는 버려진 건물이었다. 켈시어는 그들이 만나기로 한 건물 건너편에 있는 다른 버려진 건물을 찾아냈고, 그와 빈은 그 건물의 꼭대기 층에서 마쉬가 오는지 살피기 위해 거리를 지켜보며 기다리고 있었다.

"왜 그런 걸 묻니?" 켈시어가 마침내 말했다.

"로드 룰러 때문에요." 빈이 창턱에서 썩어가는 나무를 찔러보며 말했다. "난 오늘 그의 힘을 느꼈어요. 다른 사람들은 그걸 느낄 수 없었을 거예요. 미스트본처럼 느끼진 못했을걸요. 하지만 당신은 느꼈겠죠." 그녀는 다시 위를 쳐다보고 켈시어와 눈을 맞추었다. "우리가 궁전을 점거하기 전에 그를 도시에서 몰아낼 계획인 거, 여전히 맞는 거죠?"

"로드 룰러는 걱정하지 마." 켈시어가 말했다. "'열한 번째 금속' 이 그를 처리할 거야."

빈은 얼굴을 찌푸렸다. 바깥에서는 해가 마지막으로 맹렬하게 불타며 가라앉고 있었다. 안개가 곧 올 것이고, 마쉬도 조금 있으면 도착할 것이다.

'"열한 번째 금속"이라.' 그녀는 패거리의 다른 사람들이 그 말에 보였던 회의적인 반응을 떠올렸다.

"그거 진짜예요?" 빈이 물었다.

"'열한 번째 금속'? 물론이지. 너한테 보여줬잖아. 기억나니?"

"내 말은 그게 아니에요. 그 전설은 진짜예요? 아니면 당신이 거짓말하고 있는 거예요?"

켈시어는 살짝 눈살을 찌푸리며 그녀를 바라보더니, 이윽고 히죽 웃었다.

"빈, 너 아주 직설적인 애구나."

"나도 알아요."

켈시어의 웃음이 더 커졌다.

"그 대답은 '아니야'야. 난 거짓말을 하고 있는 게 아냐. 찾아내는 데 시간이 좀 걸리긴 했지만, 전설은 진짜야."

"그럼 우리에게 보여준 그 금속 조각이 진짜 '열한 번째 금속'이에요?"

"난 그렇다고 생각해." 켈시어가 말했다.

"하지만 당신은 그걸 쓰는 법을 모르잖아요."

켈시어는 잠시 몸이 굳는 듯하더니, 다음 순간 고개를 끄덕였다.

"맞아. 난 몰라."

"그건 별로 위안이 안 되는데요."

켈시어는 어깨를 으쓱하고는 시선을 돌려 창밖을 내다보았다.

"만약 내가 그 비밀을 제때 찾아내지 못한다고 해도 네 생각만큼 로드 룰러가 큰 문제일까 싶어. 그는 강력한 알로맨서지만 모든 걸 알지는 못해. 그가 모든 걸 안다면 우리는 벌써 시체 신세겠지. 그는 전능하지도 않아. 전능했다면 도시를 좌절시키고 복종시키기 위해 그 스카들을 다 처형할 필요도 없었겠지.

난 그가 뭔지 몰라. 하지만 신보다는 인간에 가깝다고 생각해. 그 일기책의 글…… 그건 보통 사람의 글이었어. 그의 진짜 힘은 군대와 돈에서 나오는 거야. 우리가 그걸 없앤다면, 그는 자기 제국이 무너지는 걸 막을 방법이 없을 거야."

빈은 얼굴을 찌푸렸다.

"그가 신은 아닐지도 몰라요. 하지만…… 그는 이상한 존재예요, 켈시어. 뭔가 다른 존재예요. 오늘 그가 광장에 있을 때, 나는 구리를 태웠는데도 그가 내 감정을 만지는 손길을 느꼈어요."

"그건 불가능해, 빈." 켈시어가 고개를 흔들며 말했다. "만약 그랬다면 심문관들은 스모커가 주위에 있어도 알로맨시를 느낄 수 있었을 거야. 그랬다면 그들이 스카 미스팅을 모조리 사냥해서 죽였을 것 같지 않니?"

빈은 어깨를 으쓱했다.

"넌 로드 룰러가 강하다는 걸 알아." 켈시어가 말했다. "그래서 여전히 그를 감지할 수 있다고 느끼는 거야. 그런 거야."

'그의 말이 옳겠지.' 그녀는 창틀을 또 한 조각 떼어내며 생각했.

'어쨌든 그는 나보다 훨씬 오랫동안 알로맨서 노릇을 했잖아.

하지만…… 난 뭔가 느꼈어, 안 그래? 그리고 나를 죽일 뻔한 그 심문관도…… 어떻게 했는지는 몰라도 그는 어둠과 비 한가운데서 나를 찾아냈어. 그도 분명히 뭔가를 느낀 거야.'

그녀는 그 문제를 넘어갈 수가 없었다.

"'열한 번째 금속' 말이에요. 그걸 태워보고 그게 어떤 일을 하는지 볼 수 없어요?"

"그건 그렇게 간단하지 않아." 켈시어가 말했다. "내가 열 가지에 들어가지 않는 금속은 절대 태우지 말라고 한 거 기억나니?"

빈은 고개를 끄덕였다.

"다른 금속을 태우는 건 치명적일 수도 있어." 켈시어가 말했다. "잘못 혼합한 합금만 먹어도 아플 수 있어. 만약 '열한 번째 금속'에 대한 내 생각이 틀렸다면……."

"당신은 죽겠군요." 빈이 조용히 말했다.

켈시어는 고개를 끄덕였다.

'그러면 자신 있는 척하는 만큼 확실하진 않은 거군. 그렇지 않았다면 당신은 그걸 이미 시험해봤을 텐데.' 그녀는 판단했다.

"일기책에서 찾고 싶은 게 그거군요." 빈이 말했다. "'열한 번째 금속'을 사용하는 법의 단서."

켈시어가 고개를 끄덕였다.

"우린 그쪽 면에서는 별로 운이 좋지 않았던 것 같아. 아직까지 그 일기책은 알로맨시에 대해 아무 언급도 하지 않았어."

"페루케미에 대해서는 말하고 있지만요." 빈이 말했다.

켈시어는 창문 옆에 서서 한쪽 어깨를 벽에 기대고 그녀를 바라보았다.

"그럼 세이즈드가 네게 페루케미에 대해 말했니?"

빈은 시선을 떨어뜨렸다.

"제가…… 그에게 좀 강요했어요."

켈시어가 씩 웃었다.

"너한테 알로맨시를 가르치다니, 내가 세상에 뭘 풀어놨는지 모르겠다. 물론 날 훈련시킨 사람도 나한테 똑같은 말을 했지만."

"그 사람 걱정이 옳았네요."

"물론 그랬지."

빈은 미소를 지었다. 건물 밖 햇빛은 거의 사라졌고, 아주 얇은 안개 조각들이 공중에서 생겨나기 시작했다. 안개는 유령처럼 공중에 떠서 천천히 커져갔다. 밤이 다가오면서 안개의 영향력이 펼쳐지고 있었다.

"세이즈드는 페루케미에 대해 많은 이야기를 해줄 시간은 없었어요." 빈이 조심스레 말했다. "그건 어떤 일을 할 수 있는 건가요?" 그녀는 켈시어가 자기 거짓말을 꿰뚫어볼 거라고 생각하면서 두려움 속에서 기다렸다.

"페루케미는 완전히 내적인 거야." 켈시어는 퉁명스러운 목소리로 말했다. "그건 우리가 백랍과 주석으로 할 수 있는 것과 똑같은 일을 할 수 있어. 기운, 인내력, 시력…… 하지만 속성들은 각각 따로 저장해야 해. 그건 다른 여러 가지도 강화시킬 수 있어. 알로맨시가 할 수 없는 것들도. 기억, 물리적 속도, 명료한 생각…… 심지어 물리적 무게나 나이처럼 이상한 것도 페루케미로 바꿀 수 있어."

"그럼 그건 알로맨시보다 더 강력한가요?" 빈이 물었다.

켈시어는 어깨를 으쓱했다.

"페루케미에는 외적인 힘은 전혀 없어. 그건 감정을 '밀고' '당길' 수 없고, '강철-밀기'나 '철-당기기'도 할 수 없어. 그리고 페루케미의 가장 큰 한계는 네가 그 모든 능력을 너 자신의 몸에서 끌어내 저장해야 한다는 거야.

잠시 동안 두 배로 강해지고 싶니? 그럼 너는 몇 시간 동안 약한 몸으로 힘을 저장해야 해. 빨리 치료하는 능력을 저장하고 싶으면 엄청나게 많은 시간을 아픈 채로 보내야 해. 알로맨시에서는 금속 자체가 우리의 연료야. 우리는 보통 태울 수 있는 금속만 충분하면 계속 능력을 쓸 수 있어. 하지만 페루케미에서 금속은 저장 장치일 뿐이야. 진짜 연료는 너 자신의 몸이야."

"그러면 다른 사람이 저장한 금속을 그냥 훔치면 되잖아요, 안 그래요?" 빈이 말했다.

켈시어는 고개를 저었다.

"그런 식으로 능력을 쓸 수는 없어. 페루케미스트들은 자기가 창조한 금속 저장고에만 접근할 수 있어."

"오."

켈시어는 고개를 끄덕였다.

"그러니까 그건 아니야. 난 페루케미가 알로맨시보다 더 강력하다고 말하지는 않겠어. 그 두 가지 기술 다 강점과 한계가 있어. 예를 들어 알로맨서는 금속을 아주 강하게 폭발시킬 수 있지만 그렇기에 그가 쓸 수 있는 최대 기운은 정해져 있지. 페루케미스트들에게 그런 한계는 없어. 만약 페루케미스트가 한 시간 동안 보통 힘보다 두 배 강하게 행동할 수 있는 기운을 충분히 저장해둔다면, 그는 좀 더 짧은 시간 동안 세 배 강해지는 쪽을 선택할 수 있을 거야. 아니면 훨씬 더 짧은 기간 동안 네 배, 다섯 배, 여섯 배 더 강해질 수도 있겠지."

빈은 눈살을 찌푸렸다.

"그건 아주 큰 강점인 것 같은데요."

"맞아." 켈시어가 그렇게 말하며 클록 안쪽에 손을 뻗어 몇 방울의 아티움이 들어 있는 병을 꺼냈다. "하지만 우리에겐 이게 있어. 페루케미스트가 다섯 명의 힘만큼 강하든 50명만큼 강하든 그건 문제가 되지 않아. 그가 다음에 무엇을 할지 안다면 내가 그를 이길 테니까."

빈은 고개를 끄덕였다.

"여기."

켈시어가 병마개를 뽑아 방울 하나를 꺼냈다. 그는 병을 또 하나 꺼냈는데, 그 병은 평범한 알코올용액으로 채워져 있었다. 그는 그병 안에 아티움 방울을 떨어뜨렸다. "이거 하나 가져가. 너한테 이게 필요할지도 몰라."

"오늘 밤에요?" 빈이 병을 받아들며 물었다.

켈시어는 고개를 끄덕였다.

"하지만 마쉬뿐이잖아요."

"그럴 수도 있어." 그가 말했다. "하지만 그게 아니라 오블리게이터들이 형을 붙잡아 그 편지를 쓰도록 강요했을 수도 있어. 아니면 그를 붙잡아 고문해서 모임에 대해 알아냈을 수도 있고. 마쉬는 매우 위험한 장소에 있어. 귀족을 모두 오블리게이터와 심문관들로 바꾼 다음 네가 무도회에서 하는 것과 똑같은 일을 한다고 생각해 봐."

빈은 몸을 떨었다.

"당신 말이 맞는 것 같아요." 그녀는 아티움 병을 숨기며 말했다. "저기, 저 뭔가 잘못됐나 봐요. 이 물건이 얼마나 값어치가 있을까 하는 생각을 멈출 수가 없어요."

켈시어는 즉시 대답하지 않았다.

"난 그게 얼마나 가치 있는 물건인지 잊기가 어려워." 그가 조용히 말했다.

"난······." 빈은 말끝을 흐리며 그의 손을 내려다보았다. 그는 보통 때처럼 긴 소매 셔츠를 입고 손에는 장갑을 끼고 있었다. 그의 명성 때문에, 눈에 띄는 흉터를 대중 앞에 보이는 것은 위험했다. 그러나 빈은 그의 팔에 수천 개의 작고 하얀 긁힌 자국이 서로 겹쳐져 나 있다는 걸 알고 있었다.

"아무튼 일기책에 대해서는 네 말이 옳아." 켈시어가 말했다. "난 거기에 '열한 번째 금속'이 언급되어 있기를 바랐어. 하지만 페루케미에 대해서 이야기하면서도 알로맨시 이야기는 나오지 않아. 두 힘은 많은 면에서 비슷하니까 그가 그 두 가지를 비교할 줄 알았는데."

"그는 누군가가 그 책을 읽을까 봐 걱정한 게 아닐까요. 자기가 알로맨서라는 걸 드러내고 싶지 않았고요."

켈시어는 고개를 끄덕였다.

"아마 그렇겠지. 그가 아직 '끊지' 못했을 수도 있어. 그 테리스 산맥 속에서 일어난 일이 뭔지는 몰라도, 그 일 때문에 그는 영웅에서 폭군으로 변했어. 그러면서 그의 힘도 깨어났을지 모르지. 세이즈가 번역을 끝내기 전까지는 알 수 없을 것 같아."

"다 되어간대요?"

켈시어는 고개를 끄덕였다.

"아주 약간 남았어. 중요한 부분이었으면 좋겠는데. 지금까지는 그 글에 약간 좌절감을 느끼고 있어. 로드 룰러는 자기가 그 산맥 속에서 무엇을 성취하도록 되어 있는지도 아직 말하지 않았어! 그는 자기가 전 세계를 보호하기 위해서 무슨 일을 하고 있다고 주장해. 하지만 그건 그냥 그의 자만심이 자아내는 말일 수도 있어."

'그 글을 쓴 사람은 별로 자만심이 강해 보이지 않았어. 사실 그 반대였지.' 빈은 생각했다.

바깥이 어두워지고 있었고, 빈은 제대로 보기 위해 주석을 켜야 했다. 주석으로 시력을 강화했을 때 나타나는 명암의 기묘한 혼합물로 채색된 창문 너머로, 거리가 보였다. 그녀는 논리적으로는 그곳이 어둡다는 것을 알았지만, 여전히 볼 수 있었다. 그냥 빛 속에서 보는 것과는 달랐다. 모든 것이 흐릿하게 보였다. 그러나 그것도 시력이었다.

켈시어가 자기 회중시계를 살펴보았다.

"얼마나 남았어요?" 빈이 물었다.

"반시간 더." 켈시어가 말했다. "형이 제때 온다고 치면. 하지만 형이 그럴까 의심스러워. 결국 내 형이잖아."

빈은 고개를 끄덕이고, 몸을 움직여 깨진 창틀에 팔꿈치를 괴고는 팔짱을 끼어 기댔다. 매우 작은 일이었지만 그녀는 켈시어가 준 아티움을 갖고 있다는 데 위안을 느꼈다.

그녀의 몸이 잠시 굳었다. 아티움 생각을 하자 중요한 다른 것이 생각났다. 그녀가 몇 번이나 신경 쓰였던 것.

"당신 나한테 아홉 번째 금속에 대해서는 한 번도 가르쳐주지 않았어요!" 그녀가 그를 돌아보며 비난했다.

켈시어는 어깨를 으쓱했다.

"그건 그렇게 중요하지 않다고 말했잖아."

"그래도요. 그게 뭐예요? 아티움의 합금이죠? 그렇죠?"

켈시어는 고개를 흔들었다.

"아니, 마지막 금속 두 가지는 기본 금속 여덟 가지와 패턴이 달라. 아홉 번째 금속은 금이야."

"금?" 빈이 물었다. "그것뿐이에요? 그거라면 내가 오래전에 직접 시도해볼 수 있었잖아요!"

켈시어가 씩 웃었다.

"네가 그러고 싶었다면 말이지. 하지만 금을 태우는 건 좀……

불편한 경험이야."

빈은 눈을 가늘게 떴다가 돌아서서 다시 창밖을 내다보았다.

'두고 봅시다.' 그녀는 생각했다.

"넌 어쨌든 그걸 시험해보겠지, 안 그래?" 켈시어가 미소를 지으며 말했다.

빈은 대답하지 않았다.

켈시어는 한숨을 쉬더니, 장식 띠 속에 손을 넣어 금박싱 한 닢과 줄을 꺼냈다.

"너한텐 아마 이게 하나 필요할 거야." 그가 줄을 들어 보이며 말했다. "하지만 만약 네가 직접 금속을 모은다면 그 금속이 순수한지 아니면 제대로 합금이 되었는지 확인하기 위해 먼저 조금 태워보렴."

"만약 그렇지 않으면요?" 빈이 물었다.

"어떤지 알게 될 거야." 켈시어는 그렇게 장담하며 동전을 줄로 긁어내기 시작했다. "'백랍 끌어내기' 때문에 느꼈던 두통 기억하니?"

"네?"

"나쁜 금속은 더 심해." 켈시어가 말했다. "훨씬 심해. 살 수 있을 때 금속을 사놔. 모든 도시에서 가루로 된 금속을 알로맨서들에게 파는 상인들의 작은 무리를 찾을 수 있을 거야. 그 상인들은 자기들 금속이 전부 순수한지 확인하는 데 사활을 걸고 있어. 두통을 앓게 된 성격 나쁜 미스트본은 무시할 수 있는 고객이 아니니까." 켈시어는 동전을 다 긁어낸 다음 금 몇 조각을 작은 사각형 천 안에 모앉다. 그는 손가락 위에 한 조각을 붙인 후 그것을 삼켰다.

"이건 괜찮아." 그가 그녀에게 천을 넘겨주며 말했다. "먹어봐. 하지만 기억해둬. 아홉 번째 금속을 태우는 건 이상한 경험일 거야."

빈은 갑자기 약간의 불안감을 느끼며 고개를 끄덕였다.

'직접 시도해보지 않으면 절대 모를 거야.'

그녀는 그렇게 생각하고 그 먼지 같은 조각들을 입속에 털어 넣었다. 그런 후 물병의 물을 약간 마셔 그것들을 목구멍 아래로 씻어 내렸다.

새 금속 저장고가 몸 안에 나타났다. 낯설었고, 그녀가 아는 아홉 가지와는 달랐다. 그녀는 켈시어를 쳐다보고 숨을 들이쉰 다음 금을 태웠다.

그녀는 동시에 두 장소에 있었다. 그녀-A는 자기 자신을 볼 수 있었고, 그녀-B는 자기 자신을 볼 수 있었다.

그녀 중 한 명은 언제나 그녀였던 소녀가 변하고 모습을 바꾼 낯선 여자였다. 그 여자는 주의 깊고 신중했다. 절대로 어떤 사람의 말만 믿고 낯선 금속을 태우지는 않을 여자였다. 바보 같기도 했다. 자신을 그토록 오래 살아남게 해준 것을 대부분 잊어버렸다. 그녀는 다른 사람들이 준비해준 잔으로 물을 마셨고, 낯선 사람들과 친교를 가졌다. 자기 주위 사람들을 계속 파악하지도 않았다. 그래도 대부분의 사람들보다는 훨씬 더 주의 깊었지만, 그녀는 경계 본능을 아주 많이 잃어버렸다.

다른 소녀는 빈이 언제나 남몰래 혐오해왔던 모습이었다. 사실, 어린아이였다. 뼈만 앙상할 정도로 깡말랐고 외로웠고 남을 혐오했고 사람을 믿지 않았다. 그녀는 아무도 사랑하지 않았으며, 아무도 그녀를 사랑하지 않았다. 그녀는 언제나 자기는 그런 건 신경 쓰지 않는다고 조용히 말했다. 그녀에게 살아야 할 가치가 있을까? 있어야 했다. 삶이란 그녀가 보는 것처럼 끔찍해서는 안 되는 것이었다. 하지만 그럴 수밖에 없었다. 다른 것은 없었다.

빈은 둘 다였다. 그녀는 두 장소에 서서 양쪽 몸을 다 움직였다. 그녀는 이 소녀와 저 소녀 양쪽 모두인 존재였다. 그녀는 머뭇거리다가, 불안정한 손을 서로 내밀어 상대의 얼굴을 만졌다. 한 손에 한 명씩.

숨이 탁 막히면서 그 환영은 사라졌다. 그녀는 갑자기 자신이 무가치하다는 감정과 함께 혼란스러움이 치솟는 것을 느꼈다. 방에는 의자가 없었기 때문에 그녀는 그냥 땅 위에 웅크렸다. 벽에 등을 대고 팔로 무릎을 감쌌다.

켈시어가 걸어와 웅크려 앉더니 그녀의 어깨에 한 손을 얹었다.

"괜찮아."

"그건 뭐였죠?" 그녀가 속삭였다.

"금과 아티움은 다른 금속 쌍들처럼 서로를 보완하는 짝이야." 켈시어가 말했다. "아티움은 네게 아주 짧은 미래를 보여줘. 금은 비슷한 방식으로 작동하지만, 네게 과거를 보여주지. 아니면 적어도 과거의 어떤 사건이 실제와 달랐더라면 생겨났을 또 다른 너 자신을 네게 슬쩍 보여주는 거야."

빈은 몸을 떨었다. 동시에 두 사람이 되는 경험, 그녀 자신을 두 번 돌아보는 경험은 무서울 정도로 으스스했다. 여전히 몸이 떨렸고, 그녀의 정신은…… 더 이상 제정신으로 느껴지지 않았다.

다행히 그 감각은 사라지는 것 같았다.

"나한테 앞으로 당신 말에 귀 기울이라고 얘기해줘요. 적어도 당신이 알로맨시에 대해 말할 때는." 그녀가 말했다.

켈시어는 씩 웃었다.

"가능한 한 오래 네가 그런 생각을 하지 않게 하려고 했는데. 하지만 언젠가 너는 그걸 시도해봐야 했어. 넌 극복할 거야."

빈은 고개를 끄덕였다.

"그건…… 이미 거의 사라진 것 같아요. 하지만 그건 그냥 환영이 아니었어요, 켈시어. 그건 현실이었어요. 나는 그녀를, 또 다른 나를 만질 수 있었어요."

"그렇게 느껴질 수도 있어." 켈시어가 말했다. "하지만 그런 여자는 여기 없었어. 적어도 나한테는 보이지 않았어. 그건 환각이야."

"아티움의 환영은 그냥 환각이 아니에요." 빈이 말했다. "그 그림자는 사람이 무엇을 할지 진짜로 보여주잖아요."

"맞아." 켈시어가 말했다. "난 모르겠어. 금은 이상해, 빈. 내 생각엔 아무도 그걸 이해하는 것 같지 않아. 날 훈련시킨 게멜은 금의 그림자가 존재하지 않지만 존재할 수는 있었을 사람이라고 말했어. 네가 과거의 어떤 선택을 하지 않았다면 그렇게 되었을 수도 있는 사람. 게멜은 약간 머리가 이상했기 때문에 그의 말을 어디까지 믿어야 할지는 모르겠어."

빈은 고개를 끄덕였다. 그러나 금에 대해 더 많은 것을 금방 알아낼 수는 없을 것 같았다. 선택의 여지가 있다면, 그녀는 금을 절대 다시 태울 생각이 없었다. 그녀는 얼마 동안 감정의 동요를 가라앉히며 앉아 있었고, 켈시어는 다시 창가로 갔다. 마침내 그의 얼굴에 생기가 노는 게 보였다.

"그가 왔어요?" 빈이 천천히 일어나며 물었다.

켈시어가 고개를 끄덕였다.

"여기 남아서 좀 더 쉴래?"

빈은 고개를 저었다.

"좋아, 그럼." 그가 회중시계와 줄, 다른 금속 들을 창틀에 놓으며 말했다.

"가자."

그들은 창문을 통해 밖으로 나가지 않았다. 켈시어는 조심스러운 태도를 유지하려고 했다. 트위스츠 지역은 사람이 거의 없기 때문에 빈은 왜 그가 신경 쓰는지 알 수 없었다. 그들은 불안정한 계단을 내려와 건물에서 나온 다음, 침묵 속에서 거리를 가로질렀다.

마쉬가 고른 건물은 빈과 켈시어가 앉아 있던 곳보다 훨씬 더 낡은 곳이었다. 앞문은 없어진 채였는데, 마루에 흩어진 쓰레기 조각들 사이에서 그 잔해를 찾아볼 수 있었다. 안쪽에 있는 방은 먼지와 검댕 냄새가 심해 그녀는 재채기를 참아야 했다.

방 저편에 서 있던 사람이 그 소리에 빙글 돌아보았다.

"켈?"

"나야. 빈하고." 켈시어가 말했다.

빈은 마쉬 가까이로 다가가면서 그가 어둠 속에서 눈을 가늘게 뜨는 것을 볼 수 있었다. 그녀는 앞이 잘 보이지만 그에게는 그녀와 켈시어가 그림자처럼 보이리란 것을 알면서 그를 바라보니 기분이 이상했다. 건물 맞은편 벽은 무너졌고, 거의 바깥만큼 진한 안개가 마음대로 방 안을 떠돌고 있었다.

"미니스트리 문신을 했군요!" 빈이 마쉬를 보며 말했다.

"물론이지." 마쉬가 말했다. 그의 목소리는 여전히 엄격했다. "나는 캐러밴을 만나기 전에 문신을 했어. 견습 역할을 하려면 그래야 했거든."

문신은 넓지는 않았다. 그가 낮은 서열의 오블리게이터 역할을 하고 있었기 때문이다. 그러나 그 패턴을 다른 것으로 잘못 볼 수는 없었다. 눈가장을 두른 어두운 선들이 마치 기어가는 번개의 균열처럼 바깥쪽으로 뻗어 있었다. 훨씬 두꺼운 밝은 빨간색 선이 그의 얼굴 옆쪽으로 내리그어져 있었다. 빈은 그 패턴이 무엇인지 알아보았다. 그것은 심문 캔턴에 있는 오블리게이터들의 선이었다. 마쉬는 미니스트리에 잠입한 데 그친 것이 아니라, 잠입하기 가장 위험한 기관을 고른 것이다.

"하지만 그건 지울 수 없잖아요." 빈이 말했다. "그 문신은 너무 눈에 띄어요. 어디를 가든 당신은 오블리게이터나 사기꾼 취급을 받을 거예요."

"그건 형이 미니스트리에 잠입하기 위해 치른 대가의 일부야, 빈." 켈시어가 조용히 말했다.

"그건 중요하지 않아." 마쉬가 말했다. "아무튼 이 일을 하기 전에는 아무 의미도 없는 생활을 하고 있었으니까. 이봐, 좀 서두르는 게 어떨까? 난 곧 다른 데로 가야 해. 오블리게이터들은 늘 바쁘고,

내겐 자유 시간이 겨우 몇 분밖에 없어."

"알았어. 그럼 잠입은 성공한 거지?" 켈시어가 말했다.

"아주 성공적이야." 마쉬가 간결하게 말했다. "사실 너무 성공적이지. 나는 그 무리에서 눈에 띄어버린 것 같아. 다른 견습들처럼 5년 동안 훈련받은 게 아니니까 내게 불리한 부분이 있을 거라고 생각했어. 그래서 가능한 한 철저하게 질문에 대답하고, 내 의무를 정확히 수행하고 있어. 하지만 내가 견습들 몇 명보다 미니스트리에 대해 더 많이 알고 있는 것 같아. 나는 이 신입 집단보다 분명 더 유능하고, 프렐란들이 그걸 눈여겨본 거야."

켈시어가 씩 웃었다.

"형은 언제나 눈에 띄는 성취를 거두는 사람이었지."

마쉬는 조용히 코웃음을 쳤다.

"아무튼 시커 기술은 말할 것도 없고 내 지식 덕분에 나는 이미 눈에 띄게 유명해졌어. 프렐란들이 내게 어느 정도 주의를 기울이는 게 좋을지 잘 모르겠어. 심문관이 다그치기 시작하면 우리가 만들어낸 배경은 좀 얄팍해 보일 거야."

빈은 얼굴을 찌푸렸다.

"미스팅이라고 그들에게 말했어요?"

"물론 말했지." 마쉬가 말했다. "미니스트리, 특히 심문 캔턴은 귀족 시커들을 부지런히 뽑아. 내가 시커라는 사실만으로도 그들은 내 배경에 대해 별로 많이 묻지 않아. 내가 신입들 대부분보다 나이를 상당히 먹었는데도, 그들은 나를 뽑게 돼서 즐거워하고 있어."

"게다가 형은 더 비밀스러운 미니스트리 분파에 들어가기 위해 자기가 미스팅이라는 걸 말해야 했어." 켈시어가 말했다. "서열이 높은 오블리게이터들은 대부분 어느 종류의 미스팅이야. 그들은 자기 동류를 좋아하는 경향이 있어."

"그럴 만한 이유가 있지." 마쉬는 빠르게 말했다. "켈, 미니스트리는 우리가 생각했던 것보다 훨씬 더 유능해."

"무슨 말이야?"

"그들은 자기 미스팅들을 써먹어." 마쉬가 말했다. "아주 잘 써먹지. 그들은 도시 전체에 기지를 두었어. 그들이 부르는 이름으로는 '달래기' 지소(支所)야. 지소 하나마다 미니스트리 수더 두 명이 들어가 있어. 그들의 임무는 주위를 축 처지게 하는 영향력을 펼치는 것뿐이야. 그 지역 모든 사람들의 감정을 차분하고 우울하게 만드는 거지."

켈시어가 조용히 속삭였다.

"얼마나 많아?"

"수십 개야." 마쉬가 말했다. "도시 내 스카 지역들에 집중돼 있어. 스카들이 지쳐빠졌다는 건 그들도 알아. 하지만 그 상태를 더 확실하게 유지하고 싶은 거야."

"지옥에 갈 놈들!" 켈시어가 말했다. "언제나 루서델 스카들이 다른 곳 스카들보다 더 기가 꺾여 있는 것 같다는 생각을 했어. 우리가 병사를 모집하기가 그렇게 힘들었던 게 당연하군. 사람들의 감정이 끊임없이 '달래기'의 영향을 받고 있었어!"

마쉬가 고개를 끄덕였다.

"미니스트리의 수더들은 뛰어나, 켈. 아주 뛰어나. 심지어 브리즈보다 나아. 그들이 하는 일은 하루 종일 '달래는' 것뿐이야. 그걸 매일 해. 그리고 그들은 상대가 어떤 일을 하게 만들려는 게 아니라 강렬한 감정적 범위 인에 들어가지 못하도록 만드는 것이기 때문에 알아차리기가 매우 어려워.

팀마다 그들을 숨겨주는 스모커가 한 명, 지나가는 알로맨서들을 감시하는 시커 한 명이 있어. 장담하건대 심문관들은 여기서 실마리를 아주 많이 얻어낼 거야. 우리 부하들은 대부분 어느 지역에 오블리게이터가 있다는 걸 알면 금속을 태우지 않을 정도로 영리하지만, 빈민가에서는 더 해이해지지."

"지소 목록을 우리에게 만들어줄 수 있어?" 켈시어가 물었다. "우린 그 시커들이 어디 있는지 알아야 해, 마쉬."

마쉬는 고개를 끄덕였다.

"시도해볼게. 지금도 난 지소 한 군데에 가는 길이야. 그들은 비밀을 지키기 위해 항상 밤에 인원을 교대해. 상위 서열들이 내게 흥미를 가지면서 그들은 내가 자기들 일에 익숙해지도록 지소들을 방문하게 하고 있어. 널 위해서 목록을 만들 수 있나 알아볼게."

켈시어는 어둠 속에서 고개를 끄덕였다.

"다만…… 그 정보를 어리석게 써서는 안 돼, 알겠지?" 마쉬가 말했다. "우린 조심해야 해, 켈. 미니스트리는 이 지소들을 아주 오랫동안 비밀로 지켜왔어. 이제 지소에 대해 알게 됐으니 우리는 상당히 큰 이점을 갖게 된 거야. 그걸 낭비하지 마."

"그럴게." 켈시어가 약속했다. "심문관들은 어때? 그들에 대해 뭔가 알아냈어?"

마쉬는 잠시 가만히 서 있었다.

"그들은…… 이상해. 켈, 난 모르겠어. 그들은 알로맨시 힘을 전부 갖고 있는 것 같아. 그래서 내 추측에는 옛날에 미스트본이었을 것 같아. 그들에 대한 다른 정보를 많이 알아낼 수가 없어. 그들이 나이를 먹는다는 건 알지만."

"정말?" 켈시어가 흥미를 느끼면서 말했다. "그럼, 그들은 불멸이 아니야?"

"응." 마쉬가 말했다. "오블리게이터들 말로는 심문관이 때때로 바뀐대. 그 괴물들은 매우 오래 살지만, 결국 나이가 들어서 죽어. 귀족 서열에서 새 심문관들을 모집해야 하지. 켈, 그들은 사람이야. 단지…… 변한 거야."

켈시어는 고개를 끄덕였다.

"그들이 나이 들어 죽을 수 있다면, 그들을 죽일 수 있는 다른 방법도 있을 거야."

"내 생각도 그래." 마쉬가 말했다. "내가 무슨 정보를 찾을 수 있나 볼게. 하지만 너무 희망을 품지는 마. 심문관들은 보통 오블리게이터들과 많이 만나지는 않아. 두 그룹 사이에는 정치적 긴장이 있어. 로드 프렐란이 교회를 이끌지만, 심문관들은 자기들이 교회를 맡아야 한다고 생각해."

"재미있군." 켈시어가 천천히 말했다. 그의 정신이 그 새로운 정보를 처리하는 소리가 들리는 것 같았다.

"어쨌든 난 가야 해." 마쉬가 말했다. "난 여기까지 계속 뛰어와야 했고, 아무튼 약속에 늦게 생겼어."

켈시어가 고개를 끄덕였고 마쉬는 나가려고 했다. 오블리게이터가 입는 짙은 로브를 입은 마쉬가 돌무더기 위로 걸어갔다.

"마쉬." 그가 문에 나타났을 때 켈시어가 말했다.

마쉬가 돌아보았다.

"고마워." 켈시어가 말했다. "난 이게 얼마나 위험한 일인지 상상도 가지 않아."

"널 위해서 이 일을 하고 있는 게 아니야, 켈." 마쉬가 말했다. "하지만…… 그 감정은 고마워. 일단 정보가 더 들어오면 또 편지를 보내볼게."

"조심해." 켈시어가 말했다.

마쉬는 안개 낀 밤 속으로 사라졌다. 켈시어는 무너져가는 방 안에서 몇 분 동안 형의 뒷모습을 바라보며 서 있었다.

'그것도 거짓말이 아니었어. 그는 정말로 마쉬를 걱정하는구나.' 빈은 생각했다.

"가자." 켈시어가 말했다. "널 르노 저택에 도로 데려다 놔야 해. 레칼 가문이 며칠 안에 또 파티를 열 테고, 넌 거기 가야 해."

28

때때로 나의 동료들은 내가 걱정과 의문이 너무 많다고 말한다. 그러나 영웅으로서의 내 위상을 생각할 때 내가 결코 의문을 품지

않았던 것이 한 가지 있다. 우리 원정의 궁극적인 목표에 대해서다.

'디프니스'는 파괴되어야 한다. 나는 그것을 보고 느꼈다. 우리가 거기에 붙인 '디프니스'라는 이름은 너무 약한 말이라고 생각한다. 그렇다. 그것은 깊이를 알 수 없을 정도로 깊다. 하지만 끔찍하기도 하다. 그것에 지성이 있다는 것을 깨달은 사람은 별로 없지만, 나는 몇 차례 그것과 직접 마주쳤을 때 그것의 정신을 느꼈다. 정신이라고 말하기에는 보잘것없지만.

그것은 파괴, 광기, 부패의 존재다. 그것은 앙심이나 적의 때문이 아니라, 그저 그것이 그런 존재기 때문에 이 세상을 파괴할 것이다.

레칼 아성의 무도회장은 피라미드 내부 같은 모습이었다. 무도장은 방 한가운데 있는 허리 높이의 단 위에 세워져 있었고, 만찬 테이블은 무도회장을 둘러싼 네 개의 비슷한 단 위에 있었다. 하인들은 단 사이에 난 도랑 같은 통로를 종종걸음 치며 달려서 만찬을 즐기는 귀족들에게 음식을 가져다주었다.

피라미드 같은 방의 안쪽 주위를 따라 4단의 발코니들이 설치되어 있었다. 한 단 올라갈 때마다 꼭짓점에 조금씩 더 가까워졌고, 무도회장 위로 약간씩 더 뻗어 나와져 있었다. 큰 방은 조명이 환했지만, 발코니들은 돌출부 탓에 그늘져 있었다. 발코니 하나하나를 작은 스테인드글라스 창들이 둘러싸고 있는, 아성의 가장 독특한 예술적 특징을 제대로 볼 수 있게끔 의도한 설계였다.

레칼 귀족들은 다른 아성들의 창문이 더 클지 몰라도 레칼 아성의 것이 가장 세밀하게 만들어졌다고 자랑했다. 빈은 그 모습이 인상적이라는 것을 인정할 수밖에 없었다. 그녀는 지난 몇 달 동안 스테인드글라스 창을 아주 많이 봐왔기 때문에 그것을 당연한 것으로 생각하기 시작했다. 그러나 레칼 아성의 창문들은 그녀가 본 것 대부분을 초라하게 느껴지도록 만들었다. 창 하나하나가 휘황찬란한 색채들이 깃든 화려하고, 세밀하고, 경이로운 작품들이었다. 이국적인 동물들이 활보했고, 먼 곳의 풍경들이 보는 이를 유혹했고, 유명한 귀족들의 초상화가 자랑스럽게 자리 잡고 있었다.

물론 '승천'에 봉헌된 필수적인 그림들도 있었다. 빈은 이제 이런 그림들을 더 쉽게 알아볼 수 있었는데, 자기가 일기책에서 읽은 장면들이 묘사된 것을 보고 놀라기까지 했다. 에메랄드그린의 언덕. 꼭대기에서 희미한 파도 같은 선들이 나오는 가파른 산맥. 깊고 어두운 호수. 그리고…… 암흑. '디프니스'. 모든 것을 파괴하는 혼돈의 존재.

'그는 그걸 이겼어. 하지만…… 그건 뭐였을까?'

빈은 생각했다. 아마 일기책을 마지막까지 읽으면 더 많은 사실이 드러날 것이다.

빈은 고개를 젓고, 그 벽감과 거기 달린 검은 창문을 떠났다. 그녀는 순백의 드레스를 입고 두 번째 발코니를 따라 거닐었다. 그녀가 스카로 살 때에는 상상조차 할 수 없었던 복장이었다. 그때는 재와 검댕이 생활의 너무 많은 부분을 차지했기에, 아주 깨끗한 흰색이 어떻게 보인다는 개념조차 없었던 것 같았다. 그때의 기억 때문에 그녀는 그 드레스에 훨씬 더 경탄했다. 그녀는 결코 그 기억을 잃지 않기를 바랐다. 과거의 삶이 어땠는지 기억하는 내면의 감각을. 그것은 그녀가 지금 가진 것에 대해 진짜 귀족이 느끼는 것보다 훨씬 더 많은 고마움을 느끼게 해주었다.

그녀는 사냥감을 찾으며 발코니를 따라 계속 걸었다. 배경의 조명을 받아 창에서 화려한 색채들이 비쳤고, 반짝이는 빛이 마루를 가로질렀다. 창문은 대부분 발코니를 따라 난 작은 전망용 벽감 안에서 빛났고, 그녀 앞의 발코니에는 어둠과 색채가 얼룩얼룩한 무늬를 짓고 있었다. 빈은 이제 창문에서 주의를 돌렸다. 레칼 아성에서 열린 첫 번째 무도회 때 창문은 많이 봐두었다. 오늘 밤에는 따로 주의를 기울여야 할 일이 있었다.

그녀는 동쪽 발코니 통로를 절반쯤 내려갔을 때 사냥감을 발견했다. 레이디 클리스는 한 무리의 사람들과 이야기하고 있었다. 그래서 빈은 걸음을 멈추고 창을 열심히 바라보는 척했다. 클리스의 무리는 곧 흩어졌다. 사람들이 한 번에 클리스를 견딜 수 있는 시간은 보통 그 정도였다. 키 작은 클리스는 발코니를 따라 빈 쪽으로 걸어오기 시작했다.

그녀가 가까이 오자 빈은 놀란 듯이 돌아섰다.

"오, 레이디 클리스! 저녁 내내 당신이 안 보이더군요."

클리스는 신이 나서 돌아섰다. 소문을 퍼뜨릴 사람이 또 생겼다는 생각에 흥분한 게 분명했다.

"레이디 발레트!" 그녀가 뒤뚱뒤뚱 걸어오며 말했다. "지난주 로드 카베의 무도회에 안 나왔더군요! 전에 앓던 병이 재발한 건 아니겠지요?"

"아니에요. 그날 저녁은 삼촌과 함께 보냈어요." 빈이 말했다.

"오, 그렇군요." 클리스가 실망하며 말했다. 병이 재발했다는 쪽이 더 나은 이야깃거리가 되었을 것이다. "음, 그거 다행이네요."

"레이디 트렌-페드리 들루즈에 대해 재미있는 소식을 갖고 있다면서요?" 빈이 조심스럽게 말했다. "나도 최근에 좀 재미있는 이야기들을 들었답니다." 그녀는 소소한 소식들을 교환할 용의가 있다는 암시를 담아 클리스를 바라보았다.

"오, 그거요!" 클리스가 열을 올리며 말했다. "음, 난 트렌-페드리가 에이메 가문과 연합하는 데 전혀 흥미가 없다고 들었어요. 그녀의 아버지는 곧 결혼식을 올릴 거라고 시사하고 있지만요. 하지만 에이메 가문 아들들이 어떤지 알죠? 아, 페드렌은 완전히 어릿광대예요."

마음속으로 빈은 눈을 굴렸다. 클리스는 빈이 나누고 싶은 소식이 있다는 것도 알아차리지 못하고 이야기만 계속하고 있었다.

'이 여자한테 교묘하게 구는 건 농장 스카한테 목욕물 향수를 팔려는 것과 비슷하겠어.'

"그거 흥미롭군요." 빈이 클리스의 말을 가로막았다. "트렌-페드리가 망설이는 건 에이메 가문과 헤이스팅 가문의 관계 때문이겠지요."

클리스는 말을 멈추었다.

"왜 그게 그렇게 돼요?"

"음, 우리 모두 헤이스팅 가문이 무슨 계획을 짜고 있는지 알잖아요."

"우리 모두 안다고요?" 클리스가 물었다.

빈은 당황한 척했다.

"오, 아직 알려지지 않은 모양이군요. 부탁해요, 레이디 클리스. 내가 한 말은 잊어줘요."

"잊는다고요?" 클리스가 말했다. "오, 그건 이미 잊어버렸어요. 하지만 이봐요, 거기서 그냥 멈추면 안 돼요. 무슨 뜻이에요?"

"난 말하면 안 돼요." 빈이 말했다. "우리 삼촌 이야기를 엿들은 것뿐이라서요."

"당신 삼촌이요?" 클리스는 더 열성적으로 물었다. "그분이 뭐라 그러셨어요? 날 믿을 수 있다는 거 알잖아요."

"음…… 삼촌은 헤이스팅 가문이 '남쪽 지배지' 농장 쪽으로 많은 자원을 재배치하고 있다고 말했어요. 우리 삼촌은 아주 좋아하셨어요. 헤이스팅은 기존 계약을 몇 개 취소했고, 그 자리에 대신 들어갈 계약을 우리 삼촌이 맺고 싶어 하시거든요."

"재배치라……." 클리스가 말했다. "도시에서 물러나려는 계획이 아니라면 그렇게 하지 않을 텐데……."

"그들을 비난할 수 있겠어요?" 빈이 조용히 물었다. "그러니까 누가 테키엘 가문에 일어났던 것 같은 위험을 감당하고 싶겠어요?"

"정말 누가……." 클리스가 말했다. 그녀는 얼른 자리를 떠서 그 소식을 퍼뜨리고 싶은 열망으로 몸을 떨다시피 했다.

"아무튼, 제발요. 이건 전해 들은 말일 뿐이에요. 아무에게도 이 이야기를 해서는 안 돼요." 빈이 말했다.

"그럼요." 클리스가 말했다. "음…… 실례할게요. 가서 다과를 좀 먹어야겠어요."

"그럼요." 빈은 그녀가 발코니 계단 쪽으로 서둘러 가는 모습을 지켜보았다.

빈은 미소를 지었다. 물론 헤이스팅 가문은 그런 준비를 하지 않았다. 헤이스팅은 도시에서 가장 강한 가문 중 하나였고, 앞으로도 철수할 것 같지 않았다. 하지만 독슨은 가게에 돌아와 서류를 위조하고 있었다. 그 서류가 가야 할 곳으로 제대로 간다면, 빈의 말처럼 헤이스팅이 철수를 계획하고 있다는 암시를 줄 것이다.

모든 게 잘된다면 도시 전체가 곧 헤이스팅이 철수할 거라고 예상할 것이다. 동맹자들은 그 사태를 대비해 계획을 짤 것이고, 자기들도 철수하기 시작할지 모른다. 헤이스팅가에서 무기를 사려던 사람들은 그 가문이 도시에서 철수하면 계약을 지킬 수 없을 것을 우려하여 다른 거래처를 찾게 될 것이다. 헤이스팅이 철수하지 않으면 그들은 우유부단해 보일 것이다. 그들의 동맹은 없어지고, 수입은 적어지고, 다음에 무너질 가문은 그들이 될 것이다.

그러나 헤이스팅가는 작업하기 가장 쉬운 가문이었다. 헤이스팅은 극도로 속임수를 잘 쓰는 것으로 유명했기 때문에 사람들은 그 가문이 남몰래 퇴각을 계획하고 있다고 믿을 것이다. 거기에 더해, 헤이스팅은 상업 중심 가문이었다. 그것은 그들이 살아남기 위해 계약에 의존하는 부분이 아주 크다는 뜻이었다. 이렇게 수입원이 분명하고 단일 종목이 우세한 가문은 약점도 분명했다. 로드 헤이스팅은 자기 가문의 영향력을 키우기 위해 지난 몇십 년 동안 열심히 일했다. 그러면서 그는 자기 가문의 힘을 한계에 이르기까지 확장했다.

다른 가문들은 훨씬 더 안정적이었다. 빈은 한숨을 쉬고 돌아서서 복도를 걸어 내려가며, 방 맞은편 발코니들 사이에 놓인 거대한 시계를 보았다.

벤처는 쉽게 무너지지 않을 것이다. 그 가문이 강력한 권력을 가진 것은 순전히 재산의 힘이었다. 벤처가도 상업 계약을 맺기는 하지만 다른 가문들처럼 그 계약에 의존하지는 않았다. 벤처가는 충분히 부유하고 강력했기 때문에 상업상 재난이 일어나도 그 가문을 거칠게 흔드는 데 그칠 것이다.

한편으로는 벤처가의 안정성은 좋은 일이기도 했다. 적어도 빈에게는 그랬다. 그 가문은 눈에 보이는 약점이 없기 때문에 그녀가 벤처가를 무너뜨릴 방법을 발견할 수 없다고 해도 패거리가 아주 실망하지는 않을 것이다. 결국 그들은 반드시 벤처 가문을 파괴해야만 하는 것은 아니었다. 벤처 가문이 무너지면 계획이 더 순조롭게 진행될 뿐인 것이다.

무슨 일이 일어나든 간에, 빈은 벤처 가문이 테키엘 가문과 같은 운명을 겪지 않도록 해야 했다. 테키엘가의 명성은 사라졌고, 재정은 불안정했다. 테키엘은 도시에서 철수하려 했지만 마지막에 이런 약점을 보이는 행위를 하는 것은 치명적이었다. 테키엘의 귀족 중 몇 명은 떠나기도 전에 암살당했다. 나머지는 운하 보트의 타버린 잔해 속에서 발견되었다. 강도가 습격한 것처럼 보였지만, 빈은 감히 그렇게 많은 귀족을 학살할 수 있는 도둑 패거리를 알지 못했다.

켈시어는 아직도 그 살인 뒤에 어느 가문이 있는지 찾아낼 수 없었다. 그러나 루서델 귀족들은 범인이 누군지 신경 쓰지 않는 것 같았다. 테키엘 가문은 약해졌고, 귀족들에게 있어서 '대가문'이 스스로를 유지하는 데 실패했다는 것보다 더 당황스러운 사태는 없었다. 켈시어가 옳았다. 점잖은 무리들은 무도회에서 만나지만, 귀속들은 자기들에게 이익만 된다면 기꺼이 상대의 가슴 한복판을 찌를 것이다.

'도둑 패거리들 같아. 사실 귀족들도 내가 자랄 때 주변에 있던 사람들과 그렇게 다르지 않아.' 그녀는 생각했다.

정중한 행동과 그 밖의 세세한 차이점들 때문에 분위기가 덜 위험하게 느껴질 뿐이었다. 그런 위장 아래에는 음모와 암살, 그리고 미스트본이 있었다. 아마 가장 중요한 것은 미스트본이었을 것이다. 그녀가 최근 참석한 모든 무도회에 엄청난 수의 경비병들이 보인 것은 우연이 아니었다. 갑옷을 입었든 입지 않았든, 파티들은 이제 경고와 힘의 과시라는 또 다른 목적 또한 띠고 있었다.

'엘렌드는 안전해.' 그녀는 생각했다. '그가 자기 가족을 어떻게 생각하든 간에, 그들은 루서델 계급 구조 속에서 자리를 잘 지켜냈어. 그는 그 가문의 상속자야. 그러니 그들은 그가 암살당하지 않게 잘 보호할 거야.'

그녀는 그 생각이 조금 더 설득력이 있었으면 하고 바랐다. 그녀는 샨 엘라리엘이 무언가 획책하고 있다는 것을 알았다. 벤처가는 안전할지 모르지만, 엘렌드 자신은 약간…… 이따금 무신경했다. 샨이 개인적으로 그에게 해를 입혔을 때 그것이 벤처가에 큰 타격이 될지 그렇지 않을지는 모른다. 하지만 빈은 확실히 큰 타격을 받을 것이다.

"레이디 발레트 르노. 늦으신 것 같군요." 어떤 목소리가 말했다.

빈이 돌아보자 엘렌드가 왼쪽 벽감 안에 느긋이 앉아 있었다. 그녀는 미소를 지으며 시계를 내려다보았다. 정말로 그를 만나기로 약속한 시간이 몇 분 지났다.

"내 친구들한테 나쁜 습관이 옮았나 봐요." 그녀가 벽감 안쪽으로 걸어 들어가며 말했다.

"이거 봐요, 난 그게 나쁜 일이라고 말하지 않았어요." 엘렌드가 미소를 지으며 말했다. "아니, 오히려 약간 늦는 쪽이 숙녀가 궁정에서 지켜야 할 의무라고 말하겠어요. 여자의 변덕을 받들어 모셔야 한다고 강요받는 건 신사들에게 유익한 일이에요. 적어도 우리 어머니는 언제나 내게 그렇게 말하기를 좋아하셨죠."

"그분은 현명한 여성인 것 같군요." 빈이 말했다.

벽감은 두 사람이 옆으로 서 있기에 딱 알맞을 정도의 크기였다. 그녀는 그의 건너편에 섰다. 발코니는 그녀 왼편으로 조금 더 튀어나와 있었고, 오른쪽에는 경이로운 라벤더 창이 있었다. 그들의 발은 거의 닿을 지경이었다.

"오, 그건 잘 모르겠네요. 어머니는 결국 우리 아버지와 결혼했으니까요." 엘렌드가 말했다.

"그렇게 해서 '마지막 제국'에서 가장 강력한 가문에 들어오셨죠. 당신은 그보다 더 잘 행동하기 어려울 거예요. 당신 어머니는 로드 룰러와 결혼하려고 해볼 수도 있었겠지만요. 하지만 내가 마지막으로 들은 바로는, 로드 룰러는 결혼 시장에 없었지요."

"안된 일이군요." 엘렌드가 말했다. "그의 인생에 여자가 있었다면 조금은 덜 우울해 보였을 텐데요."

"그건 어떤 여자냐에 달렸을 거예요." 빈은 옆을 흘끗 쳐다보았다. 궁정 사람들이 작은 무리를 지은 채 한가로이 지나갔다. "이봐요, 여기는 썩 은밀한 장소는 아니에요. 사람들이 우릴 이상한 눈으로 보고 있어요."

"내가 있는 여기로 걸어 들어온 건 당신인걸요." 엘린드가 지적했다.

"맞아요. 음, 우리가 어떤 소문을 만들어낼지 생각하지 못했어요."

"소문나든 말든 상관없어요." 엘렌드가 똑바로 서며 말했다.

"그래야 당신 아버지가 화를 낼 테니까?"

엘렌드는 고개를 저었다.

"난 그 일에 더 이상 신경 쓰지 않아요, 발레트." 엘렌드가 한 발 앞으로 나오는 바람에 그들은 더 가까워졌다. 빈은 그의 숨결을 느낄 수 있었다. 그는 그대로 잠시 서 있다가 말했다. "당신에게 키스하게 될 것 같아요."

빈은 살짝 몸을 떨었다.

"그러고 싶지 않을걸요, 엘렌드."

"왜요?"

"당신은 나에 대해 얼마나 알아요?"

"내가 알고 싶은 만큼은 모르죠."

"당신이 알아야 할 만큼도 모르잖아요." 빈이 그의 눈 속을 들여다보며 말했다.

"그럼 나한테 말해줘요." 그가 말했다.

"난 못 해요. 지금 당장은 안 돼요."

엘렌드는 잠시 그대로 서 있다가 가볍게 고개를 끄덕이며 물러섰다. 그는 발코니 통로로 걸어 나갔다.

"그럼 우리 잠깐 산책이나 할까요?"

"좋아요." 빈은 안도했지만, 약간 실망스럽기도 했다.

"이게 제일 좋다고 생각해요. 그 벽감 불빛은 책 읽기엔 정말 끔찍했어요."

"절대로 하지 마요." 빈이 그의 주머니에 있는 책을 바라보며 말했다. 그녀도 통로로 나가 그의 옆으로 갔다. "다른 사람이랑 있을 때 읽어요. 나랑 있을 땐 말고."

"하지만 우리 관계는 그렇게 시작했잖아요!"

"그리고 그렇게 끝날 수도 있어요." 빈이 그의 팔을 잡으며 말했다.

엘렌드는 미소 지었다. 발코니를 걷고 있는 커플은 그들만이 아니었고, 다른 커플들은 아래쪽 무도장에서 희미한 음악에 맞춰 천천히 돌고 있었다.

'참 평화로워 보여. 그렇지만 며칠 전에 이 사람들 대다수가 여자와 아이들의 목이 베어지는 걸 멍하니 서서 지켜보기만 했지.'

그녀는 엘렌드의 팔과, 곁에 선 그의 체온을 느꼈다. 켈시어는 자기가 세상에서 느낄 수 있는 기쁨을 다 느껴야 하기 때문에 그렇게 많이 미소 짓는 거라고 말한 적이 있었다. '마지막 제국'에서는 아주 드물어 보이는 행복의 순간들을 누리기 위해서. 엘렌드 옆에서 잠시 걸으면서, 빈은 켈시어가 어떻게 느끼는지 이해할 것 같다고 생각했다.

"발레트……." 엘렌드가 천천히 말했다.

"왜요?"

"당신이 루서델에서 떠났으면 좋겠어요."

"뭐라고요?"

그는 멈춰 서서 그녀를 바라보았다.

"나는 이 일을 아주 많이 생각해봤어요. 당신은 깨닫지 못했을지도 모르지만 이 도시는 위험해지고 있어요. 아주 위험해져가요."

"나도 알아요."

"그러면 동맹 없는 작은 가문은 지금 '중앙 지배지'에 발붙일 데가 없다는 것도 알겠군요." 엘렌드가 말했다. "당신 삼촌이 여기 와서 출세하시려는 건 용감한 일이지만, 때를 잘못 골랐어요. 난……나는 이곳 사태가 금방 걷잡을 수 없게 될 거라고 생각해요. 그런 일이 일어났을 때 나는 당신의 안전을 보장할 수 없어요."

"우리 삼촌은 자기가 무슨 일을 하는지 잘 알고 계세요, 엘렌드."

"이건 달라요, 발레트." 엘렌드가 말했다. "가문들이 모두 무너지고 있어요. 테키엘 가족은 강도들에게 몰살당한 게 아니에요. 그건 헤이스팅가의 작품이었어요. 이 일이 끝날 때까지 우리는 또 여러 사람의 죽음을 보게 될 거예요."

빈은 잠깐 말을 잇지 못했다. 그녀는 샨을 다시 생각하고 있었다.

"하지만…… 당신은 안전하죠, 맞죠? 벤처 가문…… 거긴 다른 곳과 다르잖아요. 거기는 튼튼해요."

엘렌드는 고개를 저었다.

"우리는 다른 가문들보다 훨씬 더 취약해요, 발레트."

"하지만 당신들 재산은 엄청나잖아요." 빈이 말했다. "당신들은 계약에 의존하지 않잖아요."

"우리 약점은 다른 사람 눈에는 띄지 않을지 몰라도 확실히 우리 안에 도사리고 있어요, 발레트. 우리는 겉치레를 잘하기 때문에 다른 사람들은 우리가 실제 가진 것보다 더 많은 것을 갖고 있다고 생각하죠. 하지만 로드 룰러의 귀족 가문에 매기는 세금 아래서는…… 음, 우리가 이 도시에서 그런 힘을 유지하는 방법은 수입뿐이에요. 비밀 수입이죠."

빈이 눈살을 찌푸리자, 엘렌드는 더 가까이 몸을 숙여 거의 속삭이는 소리로 말했다.

"우리 가문은 로드 룰러의 아티움을 캐내요, 발레트. 그게 우리 재산이 나오는 곳이에요. 어떤 의미로는 우리 가문의 안정성은 완전히 로드 룰러의 변덕에 달려 있어요. 그는 아티움을 직접 모으는 일을 하고 싶어 하지 않아요. 하지만 납입 일정이 어긋나면 매우 동요하지요."

'더 알아내!' 본능이 그녀에게 말했다. '이게 그 비밀이야. 켈시어에게 필요한 건 이거야.'

"오, 엘렌드." 빈이 속삭였다. "나한테 이걸 말하지 말아야 해요."

"왜요? 난 당신을 믿어요." 그가 말했다. "이봐요, 당신은 지금 사태가 얼마나 위험한지 알아야 해요. 최근에 아티움 공급이 어려워졌어요…… 음, 몇 년 전 어떤 일이 일어났고, 그때부터 사태가 달라졌죠. 우리 아버지는 로드 룰러의 할당량을 맞출 수가 없게 됐고, 지난번에 그랬을 때는……."

"뭔데요?"

"음, 그냥 사태가 곧 벤처가에 매우 불리해질 수 있다고만 이야기할게요." 엘렌드가 불안한 듯이 말했다. "로드 룰러는 아티움에 의지하고 있어요, 발레트. 그것은 그가 귀족들을 지배하는 주요한 방법 중 하나예요. 아티움이 없는 가문은 미스트본을 막아낼 수 없게 돼요. 아티움을 많이 비축해둠으로써 로드 룰러는 시장을 지배하고, 스스로의 부를 쌓고 있어요. 그는 시장에서 아티움을 희귀하게 만든 후 남는 조각을 엄청난 값에 팔아치워서 자기 군대의 자금을 대요. 당신이 알로맨시 경제에 대해 더 잘 안다면 훨씬 이해가 잘될 텐데요."

'오, 사실 난 당신 생각보다 더 잘 알아요. 그리고 이제는 내가 알아야 하는 정도보다 훨씬 더 많이 알게 되었어요.'

오블리게이터 하나가 그들 옆 발코니 통로를 따라 걸어오자, 엘렌드는 말을 멈추고 유쾌하게 미소 지었다. 그 오블리게이터는 지나가면서 그들을 바라보았다. 그의 눈은 문신의 거미줄 안에서 생각에 잠긴 것 같았다.

엘렌드는 오블리게이터가 지나치자마자 도로 그녀를 보았다.

"당신이 떠났으면 좋겠어요." 그가 되풀이했다. "사람들은 내가 당신에게 주의를 기울인다는 걸 알아요. 내가 우리 아버지를 괴롭히려고 그런 것뿐이라고 사람들이 추측해주었으면 좋겠지만 그래도 그들은 여전히 당신을 이용하려 들 수 있어요. '대가문'들은 단지 나와 우리 아버지를 노리기 위해 당신 가문을 부숴버리는 데 조금도 거리낌이 없을 거예요. 당신은 가야 해요."

"난…… 생각해볼게요." 빈이 말했다.

"생각할 시간이 별로 없어요." 엘렌드가 경고했다. "난 당신이 이 도시에서 일어나는 일에 너무 많이 연루되기 전에 떠났으면 좋겠어요."

'난 이미 당신 생각보다 훨씬 많이 연루되어 있는걸요.'

"생각해보겠다고 했잖아요. 이봐요, 엘렌드. 당신 스스로를 더 걱정해야 할걸요. 샨 엘라리엘이 당신에게 타격을 주기 위해 무슨 일인가를 꾸미는 것 같아요."

"샨?" 엘렌드가 재미있어하며 말했다. "그녀는 해를 끼치지 않아요."

"난 그렇게 생각하지 않아요, 엘렌드. 당신은 좀 더 조심해야 해요."

그가 웃었다.

"우리 좀 봐요……. 서로 상대에게 상황이 얼마나 끔찍한지 설득하려고 하면서, 또 서로 상대의 말은 한마디도 들으려고 하지 않는군요."

빈은 잠시 말문이 막힌 듯하더니 이내 미소 지었다.

엘렌드는 한숨을 쉬었다.

"당신은 내 말을 듣지 않겠죠, 그렇죠? 당신이 떠나게 하기 위해 내가 할 수 있는 일이 있나요?"

"지금 당장은 없어요." 그녀가 조용히 말했다. "이봐요, 엘렌드.

우리 그냥 함께 있는 시간을 즐길 수 없을까요? 이 사태가 이대로 계속된다면 우리는 이런 기회를 한동안 갖지 못할지도 몰라요."

그도 밀문이 막혔다가 마침내 고개를 끄덕였다. 그녀는 그가 여전히 불안해하는 것을 알 수 있었지만, 그는 다시 산책을 시작했다. 그는 걸어가면서 그녀에게 부드럽게 팔을 맡겼다. 그들은 한동안 조용히 함께 걸었다. 그러다 뭔가가 빈의 주의를 끌었다. 그녀는 그의 팔에서 손을 떼고 팔을 아래로 내려 그의 손을 감쌌다.

빈이 자신의 손가락에 끼인 반지를 두드리자 그는 당황한 듯 눈가를 찌푸리고 그녀를 바라보았다.

"이건 정말로 금속이네요." 그녀는 들은 이야기가 있음에도 약간 놀라서 말했다.

엘렌드는 고개를 끄덕였다.

"순금이지요."

"당신은 걱정이 안 되나요……."

"알로맨서들?" 엘렌드가 물었다. 그는 어깨를 으쓱했다. "난 모르겠어요. 난 그런 자들과 한 번도 맞서본 적이 없으니까. 농장에서 당신은 금속을 끼지 않나요?"

빈은 고개를 저으며 머리에 꽂은 머리핀 하나를 똑똑 두들겼다.

"나무에 칠을 한 거예요." 그녀가 말했다.

엘렌드는 고개를 끄덕였다.

"아마 현명한 일이겠죠. 하지만 루서델에 오래 머물면 머물수록 당신은 우리가 여기서 하는 일치고 지혜의 이름으로 이루어지는 건 거의 없다는 사실을 깨닫게 될 거예요. 로드 룰러는 금속 반지를 껴요. 따라서 귀족들도 그렇게 하죠. 어떤 학자들은 그게 모두 그의 계획에 들어 있는 일이라고 생각해요. 로드 룰러는 귀족들이 자기를 흉내 내리라는 걸 알기 때문에 금속을 차고, 그런 식으로 자기 심문관들에게 귀족을 제압할 힘을 준다는 거죠."

"당신은 그 말이 맞는다고 생각해요?" 빈이 물었다. 그녀는 걸어가며 다시 그의 팔을 잡았다. "그러니까, 학자들 말이에요."

엘렌드는 고개를 저었다.

"아뇨." 그는 더 작은 목소리로 말했다. "로드 룰러…… 그는 그냥 오만한 거예요. 옛날에는 자기들이 얼마나 용감하고 강한지 증명하기 위해 갑옷을 입지 않고 전투에 나간 전사들이 있었다고 책에서 읽었어요. 그것과 똑같다고 생각해요. 훨씬 더 미묘한 수준이라는 건 인정하지만요. 로드 룰러는 자기 힘을 과시하기 위해서 금속을 차는 거죠. 자기가 겁이 없고, 우리가 무슨 짓을 해도 전혀 위협받지 않는다는 것을 보여주기 위해서요.

'자, 그는 스스로 로드 룰러가 오만하다고 말하고 있어. 그가 조금 더 털어놓게 만들 수 있을지도 몰라……' 빈은 생각했다.

엘렌드는 말을 멈추고 시계를 보았다.

"오늘 밤 시간이 많지 않아서 유감이에요, 발레트."

"맞아요. 가서 당신 친구들을 만나야겠죠." 빈은 말을 꺼내고 그의 반응을 재보려 했다.

그는 별로 놀란 것 같지 않았다. 그녀 쪽으로 한쪽 눈썹을 치켜세웠을 뿐이었다.

"사실 그래요. 당신은 매우 관찰력이 좋군요."

"별로 관찰하지 않아도 보여요." 빈이 말했다. "우리가 헤이스팅, 벤처, 레칼, 엘라리엘…… 어느 아성에 있든 간에 당신은 늘 같은 사람들과 어울리느라 달아났으니까요."

"내 술친구들이에요." 엘렌드가 미소를 지으며 말했다. "현재의 정치적 분위기에서는 별로 있을 것 같지 않은 모임이지만, 우리 아버지를 화나게 하는 데는 도움이 되는 모임이죠."

"만나서 뭘 하나요?" 빈이 물었다.

"주로 철학 이야기를 해요." 엘렌드가 말했다. "우린 좀 답답한 사람들이죠. 당신이 우리 중 한 사람이라도 안다면 그것도 그리 놀랍지는 않을 거예요. 우리는 정부, 정치학 그리고…… 로드 룰러에 대해 이야기해요."

"그에 대해 무슨 이야기를 해요?"

"음, 그가 '마지막 제국'에 내리는 명령 중에 어떤 것들은 별로 우리 마음에 들지 않아요."

"그럼 당신들은 그를 타도하고 싶어 하는 거군요!" 빈이 말했다.

엘렌드는 그녀에게 이상하다는 눈길을 보냈다.

"그를 타도해요? 왜 그런 생각을 해요, 발레트? 그는 로드 룰러예요. 신이죠. 그가 세상을 지배하는 걸 우리가 어떻게 할 수는 없어요." 그는 계속 걸으며 그녀에게서 눈길을 돌렸다. "아뇨, 내 친구들과 나, 우리는 그저…… '마지막 제국'이 조금 달라지기를 바랄 뿐이에요. 지금 당장 세상을 바꿀 수는 없겠지만, 우리 모두 내년까지 살아남는다면 언젠가는 로드 룰러에게 영향을 줄 수 있는 자리에 오르게 될 거예요."

"무슨 영향을요?"

"음, 며칠 전의 그 처형을 생각해봐요." 엘렌드가 말했다. "난 그 처형이 무슨 쓸모가 있는지 모르겠어요. 스카가 반역을 했다. 그 보복으로 미니스트리가 몇백 명을 마구잡이로 처형했다. 대중을 훨씬 더 화나게 만드는 것 외에 무슨 효과가 있겠어요? 자, 다음번엔 반역의 규모가 더 커질 거예요. 그러면 로드 룰러는 더 많은 사람들의 목을 베라고 명령할까요? 스카가 한 명도 남지 않을 때까지 얼마나 그런 일이 계속될까요?"

빈은 생각에 잠겨서 걸었다.

"그래서 당신은 무슨 일을 하려고요, 엘렌드 벤처? 만약 당신이 그런 자리에 오른다면요." 그녀가 마침내 말했다.

"나도 모르겠어요." 엘렌드가 털어놓았다. "난 책을 많이 읽었어요. 내가 읽으면 안 되는 책들까지도 읽었죠. 그러나 쉬운 해답을 전혀 찾지 못했어요. 하지만 사람들 목을 베는 걸로는 어떤 문제도 해결되지 않는다고 확신해요. 로드 룰러는 오랫동안 활동해왔으니 더 나은 방법을 찾아냈을 거라고 당신은 생각하겠죠. 그렇지만…… 아무튼 이 이야기는 나중에 계속해야겠어요……." 그는 발걸음을 늦추더니 그녀를 바라보았다.

"벌써 시간이 되었나요?" 그녀가 물었다.

엘렌드는 고개를 끄덕였다.

"나는 그 친구들을 만나기로 약속했고, 그들도 내가 나올 거라고 생각하고 있어요. 늦는다고 이야기는 할 수 있을 것 같지만……."

빈은 고개를 저었다.

"가서 당신 친구들과 술을 마셔요. 난 괜찮아요. 아무튼 나도 이야기를 나눠야 하는 사람이 몇 명 더 있으니까요." 그녀는 다시 일해야 했다. 브리즈와 독슨은 몇 시간씩 계획을 짜고 그녀가 퍼뜨려야 할 거짓말을 준비했다. 그들은 클럽스의 가게에서 파티 후 그녀가 보고하기를 기다리고 있을 것이다.

엘렌드는 미소를 지었다.

"당신 걱정을 그렇게 많이 하지 않아도 될 것 같군요. 누가 알겠어요? 당신의 정치적 움직임을 보면 르노 가문이 곧 이 도시의 실권자가 되고 난 그저 비천한 거지가 될지도 모르지요."

빈은 미소를 지었고, 그는 절을 하며 그녀에게 윙크를 하더니 계단 쪽으로 갔다. 빈은 천천히 발코니 난간으로 걸어가 아래에서 춤을 추고 만찬을 즐기는 사람들을 내려다보았다.

'그는 혁명가는 아니구나. 켈시어가 또 옳았어. 켈시어는 자기가 옳다는 것이 밝혀지는 일에 싫증을 낼 때가 올까.' 그녀는 생각했다.

그래도 그녀는 엘렌드에게 크게 실망하지는 않았다. 모든 사람이 신이자 황제인 존재를 타도할 수 있다고 생각할 정도로 정신이 나간 건 아니다. 엘렌드가 자발적으로 스스로를 다른 사람들과 분리해서 생각하고 있다는 단순한 사실만으로도, 그는 좋은 사람이었다. 자신의 신뢰를 받을 만한 여자를 얻을 자격이 있는 사람이었다.

그러나 불행하게도, 그에게 있는 여자는 빈이었다.

'그러면 벤처 가문은 남몰래 로드 룰러의 아티움을 파내고 있는 거구나. "하스신의 갱"을 감독하고 있는 자들은 그들이 분명해.' 그녀는 생각했다.

알고 보니 벤처 가문의 위치는 무시무시할 정도로 위태로웠다. 그들의 재정 상태는 로드 룰러를 기쁘게 할 수 있느냐 없느냐에 직결되어 있었다. 엘렌드는 자기가 조심하고 있다고 생각했지만, 빈은 걱정이 되었다. 그는 샨 엘라리엘을 별로 진지하게 생각하지 않았다. 그것만은 빈이 확신할 수 있었다. 빈은 돌아서서 맹렬한 걸음으로 발코니를 떠나 무도장이 있는 층으로 내려갔다.

샨의 테이블은 쉽게 찾을 수 있었다. 그 여자는 언제나 자기를 따라다니는 귀족 여성들로 이뤄진 큰 무리와 함께 앉아 있었다. 마치 농장을 감독하는 영주같이 중심을 차지한 모습이었다. 빈은 잠깐 얼어붙었다. 그녀는 샨에게 직접 다가간 적이 한 번도 없었다. 그러나 엘렌드를 보호할 사람이 있어야 했다. 그는 너무 멍청해서 자기 몸을 보호할 수 없었다.

빈은 앞으로 성큼성큼 걸어갔다. 그녀가 다가가자 샨의 테리스인이 빈을 뜯어보았다. 그는 세이즈드와 너무 달랐다. 그와는…… 기백이 달랐다. 이 남자는 돌로 조각한 생물처럼 밋밋한 표정을 유지했다. 숙녀 몇이 빈에게 비난하는 시선을 쏘았다. 그러나 샨을 포함한 대부분은 그녀를 무시했다.

"레이디 샨?" 그녀가 물었다.

샨은 얼음장 같은 눈길로 그녀를 바라보았다.

"사람을 보내 당신을 부르지 않았는데요, 시골 아가씨."

"네, 하지만 말씀하신 것 같은 책을 발견……."

"이제 당신의 봉사는 필요 없어요." 샨이 몸을 돌리며 말했다. "내가 직접 엘렌드 벤처를 처리할 수 있어요. 날 그만 귀찮게 하고 착한 꼬마 멍청이 노릇이나 해요."

빈은 얼떨떨해져서 서 있었다.

"하지만, 마님 계획은……."

"더 이상 당신이 필요하지 않다고 내가 말했죠? 전에 내가 당신한테 심하게 대했다고 생각해요, 아가씨? 그건 내가 그나마 당신한테 호의를 베풀 때였어요. 이제 날 귀찮게 하기만 해봐요."

빈은 그녀의 멸시하는 시선 앞에서 반사적으로 기가 꺾였다. 그녀는…… 넌더리를 내고, 심지어 화를 내고 있는 것 같았다. 질투일까?

'그녀가 알아차린 게 분명해. 마침내 나와 엘렌드가 그냥 장난질을 하고 있는 게 아니라는 걸 깨달은 거야. 내가 그를 좋아한다는 걸 알고, 내가 그에게 자기 비밀을 지킬 거라고 믿지 않아.'

빈은 테이블에서 물러났다. 샨의 계획을 알아내기 위해서는 다른 방법을 써야 할 것 같았다.

말은 자주 그렇게 해도, 엘렌드 벤처는 자신이 무례한 사람이라고 생각하지 않았다. 그는 오히려…… 말의 탐구자라고 해야 할 것이다. 그는 대화를 시험해보고 사람들이 어떻게 반응하는지 보려고 말머리를 돌려보는 것을 좋아했다. 옛날의 위대한 사상가들처럼, 그는 경계를 밀어보고 비인습적인 방식들을 실험했다.

그는 브랜디 잔을 눈앞에 들어 올려 잡은 채로 살펴보며 골똘히 생각했다.

'물론 그 옛날 학자들 대부분은 결국 반역으로 처형당했지.' 썩 성공적인 역할 모델이라고 할 수는 없었다.

친구들과 나누던 저녁의 정치적 대화가 끝나자, 그는 친구 몇 명과 함께 레칼 아성의 남성 대기실로 물러났다. 대기실은 무도장에 붙어 있는 작은 방으로, 짙은 녹색 계열로 꾸며져 있었고 의자는 편안했다. 그가 조금 더 기분이 좋은 상태였다면 책을 읽기 좋은 장소였을 것이다. 제이스티스는 그의 맞은편에 앉아 만족한 듯이 파이프를 뻐끔대고 있었다. 레칼가의 젊은이가 그렇게 침착해 보이는 모습을 보자 그는 기뻤다. 지난 몇 주간은 그에게 힘든 시기였기 때문이다.

'가문 전쟁이라니. 왜 이리 끔찍한 시기에 일어난담. 왜 지금이야? 모든 일이 잘되어가고 있었는데…….' 엘렌드가 생각했다.

잠시 후 텔덴이 술잔을 다시 채워서 들어왔다.

"그거 알아? 이곳 하인들 중 한 명도 자네에게 새 술을 가져다주지 않았어." 제이스티스가 파이프를 들고 손짓을 하며 말했다.

"난 다리 운동도 좋아해." 텔덴이 세 번째 의자에 앉으면서 말했다.

"그리고 자네는 돌아오는 길에 자그마치 세 명의 여성에게 추파를 던졌지. 내가 세어봤어." 제이스티스가 말했다.

텔덴이 미소를 지으며 잔을 기울였다. 몸집이 커다란 텔덴은 절대 그냥 '앉지' 않았다. 어디에나 편하게 걸터앉았다. 텔덴은 상황이 어떻든 간에 느긋하고 편안한 모습을 보일 수 있었다. 잘 다린 정복을 입고 멋지게 머리카락을 다듬은 그는 부러울 정도로 잘생긴 남자였다.

'아마 나도 그런 데 좀 더 신경을 써야 할까 봐.' 엘렌드는 속으로 생각했다. '밀레드는 내 머리 모양을 안 좋아해. 하지만 머리를 다듬으면 그녀가 더 좋아할까?'

엘렌드는 미용사나 재단사에게 가려고 마음먹은 적은 많았지만 곧 다른 일들에 주의가 쏠려버리는 경향이 있었다. 서재에서 길을 잃어버리거나 혹은 책을 너무 오래 읽고 있다가 또다시 약속 시간에 늦었음을 깨닫는 것이다.

"오늘 저녁 엘렌드는 조용하군." 텔덴이 한마디 했다. 다른 신사들은 어두침침한 대기실에 몇 개의 무리를 지은 채 앉아 있었다. 의자들은 은밀한 이야기를 나눌 수 있을 정도의 간격을 두고 여기저기 흩어져 있었다.

"최근 엘렌드는 그럴 때가 많지." 제이스티스가 말했다.

"아, 그래." 텔덴이 살짝 얼굴을 찌푸리며 말했다.

엘렌드는 그것이 암시라는 걸 알 수 있을 정도로 그들과 친했다.

"이봐, 왜 그러는 거야? 할 말이 있으면 말로 하지그래?"

"정치적 문제지, 친구여. 자네가 아는지 모르는지 모르겠지만 우린 귀족이야." 제이스티스가 말했다.

엘렌드가 눈을 굴렸다.

"좋아, 말할게." 제이스티스가 손으로 머리를 훑으며 말했다. 그가 초조할 때 보이는 습관이었다. 엘렌드는 그 습관이 어느 정도는 점차 빠지기 시작한 그의 머리 탓일 거라고 믿었다.

"넌 르노 댁 아가씨와 시간을 아주 많이 보내고 있어, 엘렌드."

"그건 단순하게 설명할 수 있어. 난 그녀를 좋아하게 됐어." 엘렌드가 말했다.

"좋지 않아, 엘렌드. 좋지 않아." 텔덴이 고개를 저으며 말했다.

"왜?" 엘렌드가 물었다. "너도 계급 차이를 무시하면서 즐겁게 지내는 것 같은데, 텔덴. 난 네가 방에서 서빙하는 여자애들 절반은 희롱하는 모습을 봤다고."

"난 우리 가문의 상속자가 아니잖아." 텔덴이 말했다.

"그리고 이 여자애들은 믿을 만해. 우리 가족이 이 여자들을 고용했어. 우리는 그들의 가문, 배경, 동맹을 다 안다고." 제이스티스가 말했다.

엘렌드는 눈살을 찌푸렸다.

"무슨 말을 하고 싶은 거야?"

"그 아가씨는 좀 이상해, 엘렌드." 제이스티스가 말했다. 그는 보통 때처럼 초조한 모습으로 돌아갔다. 그의 파이프는 눈에 띄지 않게 테이블의 파이프홀더에 놓여 있었다.

텔덴은 고개를 끄덕였다.

"그녀는 너와 너무 빨리 가까워졌어, 엘렌드. 뭔가 원하는 게 있는 거야."

"예를 들자면 어떤 것?" 엘렌드는 점점 부아가 치밀었다.

"엘렌드, 엘렌드. 하기 싫다는 말만으로 정치라는 게임을 피할 수는 없어. 그게 널 끌어들일 테니까. 르노는 가문 간의 긴장이 시작될 때 이 도시로 이사 왔고, 모르는 인척을 함께 데려왔어. 그 아가씨는 갑자기 루서델에서 가장 중요하면서 정해진 짝이 없는 젊은 남자에게 즉시 구애하기 시작했지. 이 일이 이상해 보이지 않아?"

"사실은 내가 먼저 다가갔어. 그녀가 내 책 읽는 자리를 차지했기 때문에." 엘렌드가 말했다.

"하지만 그녀가 얼마나 빠르게 네게 달라붙었는지 생각하면 의심스럽다는 건 인정해야 해." 텔덴이 말했다. "엘렌드, 로맨스 장난을 치고 싶으면 한 가지를 배워야 해. 네가 바란다면 여자들과 놀아도 좋지만, 여자들과 너무 가까워지면 안 돼. 모든 말썽은 거기서 시작된다고."

엘렌드는 고개를 저었다.

"발레트는 달라."

다른 두 명은 시선을 교환했고, 텔덴이 어깨를 으쓱하더니 도로 자기 술잔을 집었다. 그러나 제이스티스는 한숨을 쉬고 일어나 기지개를 폈다.

"어쨌든 난 가야 할 것 같아."

"한 잔 더 해." 텔덴이 말했다.

제이스티스는 고개를 젓고 한 손으로 머리를 훑었다.

"우리 부모님이 무도회가 있는 밤에 어떻게 구는지 알잖아. 나가서 손님 몇 명에게만이라도 작별 인사를 건네지 않으면 난 몇 주 동안 그것 때문에 갈궈질 거야."

제이스티스는 그들에게 작별 인사를 하고 도로 대무도장으로 걸어갔다. 텔덴은 자기 잔을 들어 마시며 엘렌드를 쳐다보았다.

"그녀 생각하는 거 아냐." 엘렌드가 성마르게 말했다.

"그럼 무슨 생각인데?"

"오늘 밤 모임. 이번 모임 결과가 좋은 건지 모르겠어."

"흥." 덩치 큰 텔덴은 손을 저으며 말했다. "넌 제이스티스만큼 까다로워지고 있어. 그냥 느긋하게 친구들과 시간을 보내고 싶어서 모임에 나오던 사람이 대체 어떻게 된 거야?"

"제이스티스는 걱정하고 있어." 엘렌드가 말했다. "그의 친구들 중 몇 명이 예상보다 빠르게 가문을 책임지게 될지도 모르잖아. 그는 우리 중 누구도 준비되지 않았다는 것 때문에 걱정하는 거야."

텔덴은 코웃음을 쳤다.

"그렇게 과장하지 마." 그는 빈 잔을 치우러 온 서빙하는 소녀에게 미소와 함께 윙크를 날리며 말했다. "내 느낌으로는 이건 다 그냥 지나갈 파도야. 몇 달 후면 되돌아보면서 무엇 때문에 그렇게 조바심을 쳤나 생각하게 될걸."

'케일 테키엘은 돌아보지 못하겠지.' 엘렌드는 생각했다.

그러나 대화는 힘이 빠져갔고, 텔덴은 결국 가버렸다. 엘렌드는 잠깐 더 앉아 『사회의 규칙』을 읽으려고 책을 펼쳐 들었지만 책에 집중하기가 어려웠다. 그는 손가락으로 브랜디 잔을 돌리고는 있었지만 많이 마시지는 않았다.

'발레트는 이제 떠났을까……' 그는 자기 모임이 끝나면 발레트를 찾아보려고 했다. 하지만 그녀는 그녀 나름대로 은밀한 모임에 간 것 같았다.

'그 아가씨는 위험할 정도로 정치에 관심이 많아.' 그는 한가롭게 생각했다. 아마 그의 질투에 지나지 않을지도 모른다. 궁정에 겨우 몇 달 드나들었는데, 그녀는 이미 그보다 더 노련해 보였다. 그녀는 겁이 없고, 대담하고…… 흥미로웠다. 그가 예측할 수 있는 어떤 궁정 아가씨의 전형에도 들어맞지 않았다.

'제이스티스의 말이 옳은 게 아닐까?' 그는 의문을 품었다. '발레트는 확실히 다른 여자들과 다른 데다가, 내가 자기에 대해 모르는 점들이 있다고 암시했어.'

하지만 엘렌드는 그 생각을 마음속에서 밀어냈다. 맞다, 발레트는 다르다. 그러나 그녀는 어떤 면에서는 순진하기도 했다. 열성적이고, 경탄과 투지가 가득했다.

엘렌드는 그녀가 걱정되었다. 그녀는 루서델이 얼마나 위험해질 수 있는지 모르는 게 분명했다. 이 도시에는 단순한 파티와 쩨쩨한 음모들보다 훨씬 더 많은 정치적 음모들이 있었다. 누군가가 그녀와 그녀의 삼촌에게 미스트본을 보낸다면 무슨 일이 생길까? 르노에게는 연줄이 거의 없었고, 펠리스에서 암살 몇 번 일어난다고 해서 궁정 사람들이 눈 하나 깜짝할 리 없었다. 발레트의 삼촌은 제대로 방비 조치를 취할 수 있을까? 알로맨서를 걱정해본 적이나 있을까?

엘렌드는 한숨을 쉬었다. 그는 발레트가 이곳을 꼭 떠나도록 만들어야 했다. 선택할 길은 그것밖에 없었다.

마차가 벤처 아성에 닿을 때쯤, 엘렌드는 자기가 너무 취했다고 생각했다. 그는 침대와 베개에 푹 파묻힐 생각으로 자기 방에 올라갔다.

그러나 침실로 가려면 아버지의 서재를 지나쳐야 했다. 서재 문은 열려 있었고, 시간이 늦었는데도 빛이 쏟아져 나오고 있었다. 엘렌드는 카펫이 깔린 마루 위를 조용히 걸으려고 했지만, 그가 들키지 않고 살며시 갈 수 있었던 적은 한 번도 없었다.

"엘렌드? 이리 들어와라." 아버지의 목소리가 서재에서 들려왔다.

엘렌드는 조용히 한숨을 쉬었다. 로드 스트라프 벤처는 놓치는 것이 별로 없었다. 그는 틴아이였다. 그는 날카로운 감각으로 바깥에서 엘렌드의 마차가 다가오는 소리도 들었을 것이다.

'지금 아버지에게 가지 않으면, 내가 내려와서 이야기할 때까지 하인을 보내 괴롭힐 뿐이겠지⋯⋯.'

엘렌드는 돌아서서 서재로 걸어 들어갔다. 그의 아버지는 의자에 앉아 텐순과 조용히 이야기하고 있었다. 텐순은 벤처의 칸드라였다. 엘렌드는 그 생물이 가장 최근에 손에 넣은 몸에 좀체 익숙해지지 않았다. 그 몸은 한때 헤이스팅 집안의 어느 하인의 몸이었다. 엘렌드는 텐순이 자기를 보자 몸을 떨었다. 그 생물은 절을 한 다음 조용히 방에서 물러갔다.

엘렌드는 문틀에 기댔다. 스트라프의 의자는 몇 개의 책장 앞에 놓여 있었다. 엘렌드는 자기 아버지가 저 책들 중 단 한 권도 읽어 보지 않았을 거라고 장담할 수 있었다. 방에는 두 개의 등잔이 불을 밝힌 채였는데, 등갓은 거의 닫혀 있어서 빛이 약간만 새어나오게 돼 있었다.

"오늘 밤 무도회에는 참석한 모양이구나. 새로 알게 된 소식이 있니?" 스트라프가 말했다.

엘렌드는 손을 위로 뻗어 이마를 문질렀다.

"제가 브랜디를 너무 많이 마시는 경향이 있다는 거요."

스트라프는 그 농담에 웃지 않았다. 그는 완벽한 제국 귀족이었다. 키가 크고 어깨는 단단했으며, 언제나 잘 재단된 조끼와 정복을 입었다.

"넌 그…… 여자와 다시 만났느냐?" 그가 물었다.

"발레트요? 흠, 네. 성에 찰 정도로 오래 보지는 못했지만요."

"난 네가 그 여자와 시간을 보내면 안 된다고 금지했다."

"네, 기억해요." 엘렌드가 말했다.

스트라프의 표정이 어두워졌다. 그는 일어서서 책상으로 걸어왔다.

"오, 엘렌드. 넌 언제 철이 들겠니? 순전히 나를 괴롭히려고 그렇게 바보같이 군다는 걸 내가 모를 줄 아니?"

"사실 전 얼마 전에 '철'이 들었어요, 아버지. 제 타고난 성격이 아버지를 화나게 하는 데 더 잘 맞을 뿐인 것 같아요. 그걸 미리 알았으면 좋았을 텐데요. 어렸을 때 그렇게 노력하지 않아도 됐을 텐데 말이죠."

그의 아버지는 코웃음을 치고는 편지 한 통을 들어 올렸다.

"조금 전 스택슬스에게 받아쓰도록 했다. 이건 내일 오후 로드 테가스의 오찬 약속을 받아들인다는 편지야. 가문 전쟁이 일어난다면, 우리는 가능한 한 빠르게 헤이스팅가를 파괴해버릴 위치에 확실히 서야 하고, 테가스는 강한 동맹이 될 수 있어. 그에게는 딸이 하나 있지. 네가 그녀와 오찬을 같이 했으면 좋겠다."

"생각해볼게요." 엘렌드가 머리를 두드리며 말했다. "내일 아침에 제 상태가 어떨지 모르겠어요. 브랜디를 너무 많이 마셨다고 말씀드렸죠?"

"넌 거기 가야 한다, 엘렌드. 이건 부탁이 아니야."

엘렌드는 잠시 몸이 굳었다. 마음 한구석으로는 아버지에게 날카로운 말을 쏘아붙이며 저항하고 싶었다. 어디서 오찬을 하는지 그가 신경 쓰기 때문이 아니라, 훨씬 더 중요한 어떤 것 때문에.

'헤이스팅은 도시에서 두 번째로 강력한 가문이야. 우리가 그들과 동맹을 맺으면 루서델이 혼돈에 빠지지 않도록 두 가문이 함께 지킬 수 있을 거야. 우리는 가문 전쟁을 더 악화시키지 않고 멈출 수 있어.'

그가 읽은 책들이 그를 그렇게 만들어주었다. 그 책들은 그를 반항적인 멋쟁이에서 학자 지망생으로 바꿔놓았다. 불행히도 그가 아무것도 몰랐던 시절이 너무 길었다. 스트라프가 자기 아들의 변화를 눈치채지 못한 게 뭐가 이상하겠는가? 엘렌드 자신도 겨우 깨닫기 시작하고 있는데.

스트라프는 계속 그를 노려보고 있었다. 엘렌드는 눈길을 돌렸다.

"생각해볼게요." 그가 말했다.

스트라프는 경멸하듯이 손을 젓고 돌아섰다.

자존심을 조금이라도 세우기 위해 엘렌드는 말을 계속했다.

"헤이스팅가를 걱정하지 않으셔도 될 것 같아요. 그들은 도시에서 달아나려고 준비하는 것 같거든요."

"뭐라고? 어디서 그런 이야기를 들었니?" 스트라프가 물었다.

"무도회에서요." 엘렌드는 대수롭지 않은 듯이 말했다.

"넌 중요한 소식은 아무것도 듣지 못했다고 말했잖느냐."

"저기, 전 그런 말은 한마디도 하지 않았어요. 그냥 아버지와 소식을 나누고 싶지 않았을 뿐이에요."

로드 벤처는 얼굴을 찌푸렸다.

"내가 왜 네 말에 신경을 쓰는지도 모르겠다. 네가 알아온 소식은 분명 쓸데없을 거야. 난 네게 정치 훈련을 시키려고 했다, 이 녀석아. 정말이다. 하지만 지금은…… 음, 네가 죽는 걸 볼 때까지 살고 싶구나. 네가 다스리게 되면 우리 가문은 지독한 시련을 맛보게 될 테니까."

"전 아버지가 생각하는 것보다는 더 잘 알아요, 아버지."

스트라프는 웃으며 도로 걸어가 의자에 앉았다.

"글쎄다, 애야. 봐라, 넌 여자 하나 제대로 눕히지 못하지 않느냐. 내가 알기로는 네가 단 한 번 시도했던 때도, 내가 직접 널 매음굴로 데려갔을 때였지."

엘렌드의 얼굴이 붉어졌다.

'조심해. 아버지는 저 이야기를 일부러 꺼내는 거야. 내가 그 일에 얼마나 괴로워하는지 아니까.' 그는 속으로 생각했다.

"가서 자라, 이 녀석. 꼴이 말이 아니다." 스트라프는 손을 저으며 말했다.

엘렌드는 잠시 서 있다가 마침내 아버지를 피해 복도로 달아났다. 그는 혼자 조용히 한숨지었다.

'그 사람들과 네가 다른 점이 바로 이거야, 엘렌드. 네가 읽은 책을 지은 그 학자들은 혁명가들이었어. 그들은 처형당할 위험마저

기꺼이 무릎썼는데, 넌 네 아버지한테 반항도 제대로 하지 못하는구나.'

그는 지친 채 자기 방으로 걸어갔다. 방에서는 하인 한 명이 그를 기다리고 있었다. 이상한 일이었다. 엘렌드는 얼굴을 찌푸렸다.

"음?"

"로드 엘렌드, 손님이 오셨습니다." 하인이 말했다.

"이 시간에?"

"로드 제이스티스 레칼입니다, 마이 로드."

엘렌드는 고개를 살짝 들었다.

'대체 무슨……?'

"거실에서 기다리고 있는 거겠지?"

"네, 마이 로드." 하인이 말했다.

엘렌드는 잠자리를 아쉬워하며 방에서 나와 복도로 내려갔다. 제이스티스는 조바심하며 그를 기다리고 있었다.

"제이스티스? 네 용건이 아주 중요한 거였으면 좋겠는데." 엘렌드는 피곤한 모습으로 거실에 들어서며 말했다.

제이스티스는 잠시 불편하게 발을 이리저리 꼬았다. 그는 보통 때보다 더 초조해 보였다.

"왜 그래?" 인내심이 약해진 엘렌드가 날카롭게 물었다.

"그 아가씨 얘기야."

"발레트?" 엘렌드가 물었다. "너 발레트 이야기를 하러 여기 온 거야? 이 시간에?"

"넌 친구들을 좀 더 믿어야 해." 제이스티스가 말했다.

엘렌드는 코웃음을 쳤다.

"여자에 대한 너희 지식을 믿으라고? 기분 나빠하지 마, 제이스티스. 하지만 난 그럴 생각이 없어."

"난 그 아가씨에게 미행을 붙였어, 엘렌드." 제이스티스가 불쑥 말했다.

엘렌드는 숨을 멈췄다.

"뭐?"

"그녀의 마차에 미행을 붙였어. 아니, 적어도 도시 성문에서 그 마차를 지켜보라고 명령했지. 마차가 도시를 떠날 때 그녀는 그 안에 없었어."

"무슨 말을 하는 거야?" 엘렌드의 주름살이 더 깊어졌다.

"마차에 타고 있지 않았다니까, 엘렌드." 제이스티스가 되풀이했다. "그녀의 테리스인이 경비병에게 서류를 꺼내 보여주는 동안 내 부하가 몰래 가서 마차 차창을 들여다봤는데, 그 안에는 아무도 없었어.

도시 안 어딘가에서 마차를 내렸겠지. 그녀는 다른 가문의 스파이야. 자네를 통해 자네 아버지를 노리려는 거야. 그자들은 자네를 매혹시킬 수 있는 완벽한 여자를 만들어냈어. 검은 머리에, 조금 신비롭고, 일반적인 정치 구조 바깥에 있는 여자지. 자네가 그녀에게 흥미를 느끼면 소문이 나도록 낮은 가문 태생으로 만들었고, 그런 다음 그녀에게 자네를 기습하도록 한 거야."

"제이스티스, 그런 말도 안 되는……."

"엘렌드." 제이스티스가 말을 가로막았다. "한 번 더 말해줘. 처음에 그녀를 어떻게 만났다고?"

엘렌드는 잠시 말을 멈추었다.

"그녀는 발코니에 서 있었어."

"자네가 책 읽는 자리에 있었지. 거기가 보통 자네가 가는 곳이라는 건 누구든지 알아. 우연의 일치라고?" 제이스티스가 말했다.

엘렌드는 눈을 감았다.

'발레트는 아니야. 그녀가 이런 모든 일에 끼어들었을 리가 없어.' 그러나 다른 생각이 즉각 떠올랐다. '아티움에 대해 그녀에게 말했어! 내가 왜 그렇게 바보 같은 짓을 했지?'

그것이 사실일 리 없었다. 그는 자기가 그렇게 쉽게 사기당했다고 믿지 않을 것이다. 그렇지만…… 정말로 위험을 무릅쓸 수 있을까? 맞다, 그는 나쁜 아들이었다. 그러나 가문의 배신자는 아니었다. 그는 벤처가 무너지는 것을 보고 싶지 않았다. 언젠가 가문을 이끌고, 세상을 바꾸고 싶었다.

그는 제이스티스에게 작별 인사를 한 다음 심란한 걸음으로 다시 자기 방으로 걸어갔다. 너무 지쳐서 가문 간의 정치에 대해 생각할 수가 없었다. 하지만 막상 침대에 들어가니 잠들 수가 없었다.

결국 그는 일어나 하인 한 명을 불렀다.

"아버지께 내가 거래를 하고 싶다고 말씀드려." 엘렌드는 하인에게 설명했다. "아버지가 원하시는 대로 내일 오찬에 가겠다고." 엘렌드는 저녁용 로브를 입고 침실 문 옆에 선 채로 잠깐 말을 멈추고 생각했다.

"그 대가로 내가 스파이 두어 명을 빌리고 싶다고 말씀드려." 마침내 그가 말했다. "누군가를 미행하게 하고 싶으니까."

29

다른 사람들은 모두 내가 크완을 처형했어야 한다고 생각한다. 나를 배신했기 때문이다. 사실을 말하면, 지금이라면 아마 그를 죽였을 것이다. 그가 어디로 가버렸는지만 안다면. 하지만 그때는 그럴 수가 없었다.

그는 내게 아버지 같은 존재가 되어 있었다. 오늘날까지도 나는 왜 그가 갑자기 내가 그 '영웅'이 아니라고 판단했는지 모르겠다. 어째서 그는 내게 등을 돌리고 '월드브링어들의 전체 비밀회의'에 나를 고발했을까?

그는 차라리 '디프니스'가 이기는 편이 낫다고 생각했을까? 크완이 지금 주장하는 것처럼 내가 진짜 영웅이 아니라고 해도, '승천의 우물'에 내가 있었다는 사실이 '디프니스'가 계속해서 땅을 파괴할 때 일어날 일보다 더 나쁠 리 없다.

거의 끝나가고 있었다. 빈은 일기책을 읽었다.

'우리 야영지에서는 그 동굴이 보인다. 거기에 가려면 몇 시간 더 걸어야 하겠지만, 나는 그 장소가 맞는다는 것을 안다. 어째서인지는 몰라도 느낄 수 있다. 저 위에서 맥박이 치는 것을 느낀다. ……내 마음 속에서.

날씨는 아주 춥다. 저 바위들도 얼음으로 만들어졌을 거라고 나는 장담할 수 있다. 어떤 곳의 눈은 너무 깊게 쌓여 길을 파고들어 가야 했다. 바람은 그치지 않고 분다. 페딕이 걱정스럽다. 그는 안개로 된 그 괴물의 공격을 받은 다음부터 전과 달라졌다. 그가 절벽을 헤매거나 땅에 많이 나 있는 얼음 틈새로 미끄러져 들어갈까 봐 걱정된다.

그러나 테리스인들은 경이롭다. 그들을 데려온 것은 행운이었다. 보통 짐꾼이라면 아무도 그 여행에서 살아남지 못했을 것이기 때문이다. 테리스인들은 추위에 신경 쓰지 않는 것 같다. 이상한 신진대사 때문에 그들은 악천후에 저항할 초자연적인 능력이 생긴 것일까? 그들은 자기 몸에 열을 '저장'해두었다가 나중에 쓰는 것이 아닐까?

그러나 그들은 자기들의 힘에 대해 이야기해주지 않을 것이다. 난 그것이 라셰크 탓이라고 확신한다. 다른 짐꾼들은 그를 지도자로 생각하지만 그가 그들을 완전히 지배하고 있는 것 같지는 않다. 페딕은 습격당하기 전에 테리스인들이 우리를 여기 얼음 속에 버려둘까 봐 두려워했다. 그러나 그런 일이 일어나리라고는 생각하지 않는다. 나는 테리스 예언의 섭리로 여기에 왔다. 이들은 자기들 중 한 명이 나를 싫어하게 되었다고 스스로의 종교에 거역하지는 않을 것이다.

나는 마침내 라셰크와 정면으로 맞섰다. 물론 그는 나와 이야기하려고 하지 않았지만, 내가 그에게 강요했다. 부추김을 받자 그는 클레니움과 내 민족에 대한 증오를 엄청나게 길게 쏟아냈다. 그는 우리가 자기네 민족을 노예나 다름없게 만들었다고 생각한다. 그는 테리스인들이 훨씬 더 많은 것을 가질 자격이 있다고 생각하며, 자기 민족이 초자연적인 힘을 가졌기 때문에 '지배'해야 한다고 계속 말한다.

나는 그의 말이 두렵다. 그 안에 어느 정도 진실이 있음이 보이기 때문이다. 어제, 짐꾼 한 명이 거대한 바위를 대충 들어 올려 길옆으로 가볍게 던져버렸다. 나는 평생 그런 대단한 힘을 보지 못했다.

테리스인들은 매우 위험할 수도 있다고 생각한다. 우리는 그들을 불공평하게 다루어온 것 같다. 그러나 라세크 같은 사람의 영향력은 억제되어야 한다. 그는 테리스인 외의 모든 민족이 자기를 억누르고 있다는 비합리적인 생각에 빠져 있다. 그는 너무 젊어서 그렇게 화를 내는 것 같기도 하다.

날씨는 아주 춥다. 이 일이 다 끝나면 한 해 내내 따뜻한 곳에서 살고 싶어질 것이다. 브래치스는 그런 장소들이 있다고 말해주었다. 거대한 산들이 불을 뿜어내는 남쪽 섬들.

이 일이 다 끝나면 어떻게 될까? 나는 다시 보통 사람이 될 것이다. 중요하지 않은 사람. 생각만 해도 좋다. 따뜻한 해와 바람 없는 하늘보다 더 바람직해 보인다. 나는 '영원의 영웅' 노릇을 하며 도시에 들어가 무장한 적개심이나 미친 듯한 경배를 받게 되는 일에 넌더리가 난다. 노인들 한 무리가 내가 하게 될 것이라고 말한 일 때문에 사랑받고 증오받는 일에 나는 질렸다.

나는 잊히고 싶다. 망각. 그래, 그건 좋을 것이다.

만약 사람들이 이 글을 읽는다면, 권력은 무거운 짐이라는 것을 그들에게 알리고 싶다. 권력의 사슬에 묶이지 않도록 애써라. 테리스의 예언자들은 내가 세계를 구할 힘을 갖게 된다고 말한다. 그러나 그들은 내가 세계를 파괴할 힘 또한 갖게 될 것이라고 암시한다.

나는 마음속의 소망을 뭐든지 이룰 능력을 갖게 될 것이다. '그는 어떤 필멸자도 가져서는 안 될 권위를 갖게 될 것이다.' 그러나 학자들은 내가 그 힘으로 잇속을 차리려고 하면 그 힘은 내 이기심에 오염되고 말 것이라고 경고했다.

이런 것이 사람이 질 수 있는 짐일까? 사람이 저항할 수 있는 유혹일까? 나는 지금은 강하다고 느끼지만, 내가 그 힘을 건드렸을 때 무슨 일이 일어날까? 나는 분명 세계를 구할 것이다. 그러나 내가 세계를 가지려 하게 되는 건 아닐까?

나는 세상이 다시 태어나기 전날 저녁에, 얼어붙은 펜으로 이런 공포를 끼적인다. 라셰크는 나를 증오하며 지켜본다. 동굴은 위에서 맥박 친다. 내 손가락은 떨린다. 추위 때문이 아니다.

내일, 다 끝날 것이다.'

빈은 열심히 페이지를 넘겼다. 그러나 그 작은 책의 뒷장은 비어 있었다. 그녀는 책장을 되넘겨 마지막 몇 줄을 다시 읽었다. 다음 글은 어디에 있을까?

세이즈드는 아직 마지막 몇 줄을 끝내지 못했을 것이다. 그녀는 일어서서 한숨을 쉬며 기지개를 켰다. 그녀는 그 일기책의 새로 번역된 부분을 앉은 자리에서 다 읽었다. 자기 자신조차 놀랄 위업이었다. 르노 저택의 정원이 앞에 펼쳐져 있었다. 잘 가꾸어진 오솔길, 가지 굵은 나무들, 조용한 냇물이 어우러져 가장 글을 읽기 좋은 장소를 만들어주고 있었다. 해는 하늘에 낮게 걸려 있고, 추워지기 시작했다.

그녀는 저택으로 가는 구불구불한 길을 따라 올라갔다. 싸늘한 저녁이었지만 로드 룰러가 묘사한 것 같은 장소는 상상하기 어려웠다. 그녀는 먼 봉우리 위에 쌓인 눈을 본 적은 있어도 눈이 내리는 것은 거의 본 직이 없었다. 눈이 내려도 보통은 얼음같이 찬 진눈깨비일 뿐이었다. 매일매일 그렇게 많은 눈을 경험하고, 그 눈이 거대하고 치명적인 눈사태가 되어 자기 위로 무너질지도 모르는 위험 속에 있는 것은……

마음속 한구석에서는 아무리 위험해도 그런 장소를 방문해보고 싶었다. 그 일기책에 로드 룰러의 여행 묘사가 전부 담겨 있지는 않았지만, 여행하면서 만난 경이로운 것들이 어느 정도 들어 있기는 했다. 북쪽의 얼음 벌판, 거대하고 검은 호수, 테리스 폭포…… 모두 놀라웠다.

'그런 것들이 어떻게 보이는지 좀 더 자세히 써놓았으면 좋잖아!' 그녀는 화를 내며 생각했다. 그러나 사실 그녀는 글을 통해 그에게서 이상한…… 친근감을 느끼기 시작했다. 그녀는 책을 읽고 마음속에 그려진 사람과 그렇게 많은 죽음을 일으킨 음울한 괴물을 연결시키기가 힘들다는 것을 깨달았다. '승천의 우물'에서 무슨 일이 일어난 것일까? 그는 무엇 때문에 그렇게 철저하게 변한 것일까? 그녀는 그것을 알아야 했다.

저택에 도착하자 그녀는 세이즈드를 찾으러 갔다. 그녀는 도로 드레스를 입고 있었다. 패거리 사람들을 제외하면 누구라도 그녀가 바지를 입고 있는 것을 이상하게 생각할 것이다. 그녀는 로드 르노의 실내 시종을 미소와 함께 지나치고, 대문 계단을 열심히 올라 서재를 찾았다.

세이즈드는 그 안에 없었다. 그의 작은 책상엔 아무도 없었고, 등잔은 꺼져 있었으며, 잉크병은 비어 있었다. 빈은 짜증이 나서 얼굴을 찡그렸다.

'어디 있는지는 몰라도 번역을 하고 있는 편이 좋을걸!'

그녀는 계단을 다시 내려가며 세이즈드가 어디 있는지 물었다. 한 하녀가 그녀에게 부엌으로 가보라고 했다. 빈은 눈살을 찌푸리며 뒤쪽 복도로 내려갔다.

'간식이라도 먹고 있는 걸까?'

세이즈드는 작게 무리 지은 하인들 사이에 서서 테이블 위에 놓인 목록을 가리키며 낮은 목소리로 말하고 있었다. 그는 빈이 들어오는 것을 알아채지 못했다.

"세이즈드?" 빈이 그의 말을 가로막았다.

그는 돌아보았다.

"네, 미스트리스 발레트?" 그가 살짝 허리를 굽히며 물었다.

"뭐 하고 있어요?"

"로드 르노의 음식 저장량을 살펴보고 있습니다, 미스트리스. 미스트리스를 돕도록 파견되기는 했지만 저는 여전히 로드의 시종이고, 달리 할 일이 없을 때 신경 써야 할 임무가 있습니다."

"곧 다시 번역할 거지요?"

세이즈드는 고개를 똑바로 들었다.

"번역요? 미스트리스, 그건 끝났습니다."

"그럼 마지막 부분은 어디 있어요?"

"당신께 드렸는데요." 세이즈드가 말했다.

"아뇨, 안 줬어요. 지금 본 부분은 그들이 동굴에 들어가기 전날 밤에 끝나요."

"그게 끝입니다, 미스트리스. 일기책은 거기까지 쓰였습니다."

"뭐라고요? 하지만……."

세이즈드는 다른 하인들을 보았다.

"이건 은밀히 이야기해야 할 것 같습니다." 그는 하인들에게 목록을 가리키며 몇 가지를 더 지시한 다음 빈에게 함께 가자고 고갯짓을 했다. 그는 부엌 뒷문으로 나가 보조 정원에 들어갔다.

빈은 잠시 말문이 막혀 서 있다가 서둘러 부엌에서 나가 그가 있는 곳으로 걸어갔다.

"그렇게 끝날 리가 없어요, 세이즈. 우린 무슨 일이 일어났는지 모르잖아요!"

"추측은 할 수 있다고 생각합니다." 세이즈드가 정원 길을 걸어 내려가며 말했다. 동쪽 정원은 빈이 자주 다니는 장소들처럼 풍성한 느낌은 아니었다. 그 대신 갈색 잔디가 매끄러웠고, 때때로 관목이 나왔다.

"뭘 추측해요?" 빈이 물었다.

"음, 로드 룰러는 세계를 구하기 위해 해야 했던 일을 한 것이 틀림없습니다. 우리가 아직 여기 살아 있으니까요."

"그렇겠죠. 하지만 그 후 그는 그 힘을 자기 손에 넣었어요. 아마 그렇게 되었겠죠. 그는 그 힘을 이기적인 용도로 사용하고 싶은 유혹에 저항할 수 없었을 거예요. 하지만 왜 다른 글이 없을까요? 왜 그는 자기가 성취한 것에 대해 더 말하지 않았을까요?"

"그 힘 때문에 그가 너무 많이 변했겠지요." 세이즈드가 말했다. "아니면 더 이상 기록할 필요를 느끼지 않았을지도 모릅니다. 그는 자기 목표를 성취했고, 부수적인 이익으로는 불멸이 되었으니까요. 어떤 사람이 영원히 살게 되면 후대를 위해 일지를 적을 필요가 없어질 것 같다고 생각합니다."

"그건 그냥……." 빈은 좌절감에 이를 갈았다. "그건 이야기의 결말로는 매우 불만족스러워요, 세이즈드."

그는 재미있다는 표정으로 미소 지었다.

"조심하세요, 미스트리스. 독서를 너무 좋아하게 되면 학자가 되실 수도 있습니다."

빈은 고개를 저었다.

"내가 읽는 책이 다 이렇게 끝난다면 절대로 그렇게 되지 않을걸요!"

"이 말이 조금이라도 위안이 될지 모르겠지만, 당신만 일기책의 내용에 실망하신 건 아닙니다. 마스터 켈시어가 이용할 수 있는 내용도 별로 없었습니다. '열한 번째 금속'에 대한 이야기는 전혀 없었습니다. 제가 그 책에서 가장 이익을 얻은 사람이라 좀 죄책감이 듭니다."

"하지만 테리스 종교에 대해서도 많이 쓰여 있지는 않았잖아요."

"많지는 않죠." 세이즈드가 동의했다. "하지만 진실로 그리고 애석하게도, '많지 않은' 것도 우리가 전에 알던 것보다는 훨씬 많습니다. 저는 이 정보를 물려줄 기회가 없으면 어쩌나 하는 것만 걱정됩니다. 제 형제자매 키퍼들이 살펴보게 될 장소로 일기책을 번역

한 공책 한 권을 보냈습니다. 이 새로운 지식이 제가 죽을 때 함께 죽는다면 유감스러울 테니까요."

"죽지 않을 거예요." 빈이 말했다.

"오? 마이 레이디께서는 낙관주의자가 되셨나요?"

"나의 테리스인은 갑자기 말대꾸쟁이가 되셨나요?" 빈이 비꼬았다.

"그 테리스인은 언제나 그랬던 것 같습니다." 세이즈드는 가볍게 미소를 띠며 말했다. "그가 형편없는 시종이 된 이유 중 하나랍니다. 적어도 대부분의 주인들 눈에는 그랬지요."

"그럼 그들이 바보였겠지요." 빈은 솔직하게 말했다.

"그런데 우린 이제 저택으로 돌아가야 한다고 생각합니다, 미스트리스." 세이즈드가 말했다. "안개가 도착할 때 정원에 나와 있는 모습을 보이면 안 될 것 같습니다."

"난 금방 다시 나와서 안개 속으로 들어갈 텐데요."

"정원에서 일하는 하인들 중에는 당신이 미스트본이라는 것을 모르는 사람이 많습니다, 미스트리스. 그 비밀은 잘 지켜야 한다고 생각합니다." 세이즈드가 말했다.

"알아요. 그럼 돌아가죠." 빈이 돌아서며 말했다.

"현명한 생각입니다."

그들은 잠시 동쪽 정원의 미묘한 아름다움을 즐기며 걸었다. 풀은 보기 좋게 줄지어 배치된 채 말끔히 손질되어 있었고, 때때로 나타나는 관목들은 정원에 강조의 효과를 주었다. 남쪽 정원은 시냇물과 나무, 이국적인 식물들로 꾸며져 훨씬 더 웅장했다. 그러나 동쪽 정원은 나름대로 평화로운 분위기를 띠고 있었다. 단순하고 고요했다.

"세이즈드?" 빈이 조용한 목소리로 말했다.

"네, 미스트리스?"

"모든 게 변하겠지요, 그렇죠?"

"뭘 말씀하시는 겁니까?"

"모든 게요." 빈이 말했다. "우리가 1년 안에 모두 죽지 않는다고 해도 패거리 사람들은 흩어져서 다른 일을 하겠지요. 햄은 가족에게 돌아갈 테고, 독스와 켈시어는 새로운 모험을 계획할 테고, 클럽스는 다른 패거리에게 가게를 빌려주고 있을 거고…… 우리가 그렇게 돈을 많이 들인 이 정원들도 다른 누군가의 소유가 되겠지요."

세이즈드는 고개를 끄덕였다.

"말씀하신 대로 될 가능성이 높겠지요. 하지만 일이 잘된다면, 내년 이맘때쯤엔 스카 반역도가 루서델을 지배하고 있을 겁니다."

"아마 그렇겠죠. 하지만 그래도…… 세상은 변하겠지요."

"그건 모든 생명의 본성입니다, 미스트리스. 세계는 변해야 하지요." 세이즈드가 말했다.

"알아요." 빈은 한숨을 쉬며 말했다. "난 그저…… 음, 지금 내 생활이 진짜 좋아요, 세이즈드. 패거리와 시간을 보내는 게 좋고, 켈시어와 훈련하는 것도 좋아요. 주말에 무도회에서 엘렌드와 만나는 게 정말 좋고, 당신과 함께 이 정원을 걷는 게 진짜 좋아요. 이런 것들이 변하지 않았으면 좋겠어요. 나는 내 삶이 1년 전으로 돌아가지 않았으면 좋겠어요."

"그렇게 되라는 법은 없습니다, 미스트리스. 더 좋은 쪽으로 변할 수도 있지요." 세이즈드가 말했다.

"그렇게는 안 될 거예요." 빈이 조용히 말했다. "변화는 이미 시작 되고 있어요. 켈시어는 내 훈련이 거의 다 끝나간다고 넌지시 말했어요. 앞으로 연습할 때는 나 혼자 해야 할 거예요.

엘렌드는 내가 스카라는 것도 몰라요. 그리고 내가 할 일은 그의 가문을 파괴하는 거죠. 벤처 가문이 내 손에 무너지지 않는다고 해도 다른 사람들이 무너뜨릴 거예요. 나는 샨 엘라리엘이 뭔가 계획 하고 있다는 걸 알지만, 그 계획에 대해서 아무것도 알아낼 수 없었어요.

하지만 이건 시작일 뿐이에요. 우리는 '마지막 제국'과 맞서고 있어요. 우린 아마 실패하겠죠. 솔직히 다른 전개가 어떻게 가능한지 모르겠어요. 우리는 싸울 테고 어느 정도 성과를 거두겠지만, 많은 것이 바뀌지는 않을 거예요. 그리고 우리 중에서 살아남은 사람들은 심문관들에게서 도망치면서 여생을 보내겠지요. 모든 게 바뀔 거예요, 세이즈드. 난 그걸 막을 수가 없어요."

세이즈드는 애정 어린 미소를 지으며 조용히 말했다.

"그러면 미스트리스, 그냥 지금 갖고 계신 것을 즐기십시오. 미래 는 당신을 놀라게 할 거라고 생각합니다."

"아마 그렇겠죠." 빈은 자신 없는 목소리로 말했다.

"아, 희망을 가지셔야 합니다, 미스트리스. 당신은 이미 약간의 행운을 얻으셨을 겁니다. '승천' 전에 아스탈시라는 집단이 있었습니다. 그들은 사람마다 정해진 양의 불운을 가지고 태어난다고 주장했지요. 그래서 불행한 사건이 일어나면 오히려 축복받았다고 생각했습니다. 그다음에는 삶이 더 좋아질 수밖에 없으니까요."

빈은 한쪽 눈썹을 치켜세웠다.

"좀 멍청한 소리로 들리는데요."

"저는 그렇게 믿지 않습니다." 세이즈드가 말했다. "음, 아스탈시는 꽤 발달한 곳이었습니다. 그들은 과학과 종교를 아주 깊이 있게 융합했습니다. 색깔마다 가리키는 행운의 종류가 다르다고 생각했고, 빛과 색깔을 아주 세세히 묘사했습니다. '승천' 전 세상의 모습을 우리가 짐작하기에 제일 좋은 자료는 그들에게서 얻은 것입니다. 그들은 색깔을 등급별로 나누어 가장 깊은 파란색의 하늘과 여러 가지 푸른 색조의 식물들을 묘사하는 데 사용했습니다.

하지만 저는 운명과 행운에 대한 그들의 철학도 매우 발달했다고 생각합니다. 그들에게는 현재의 비참한 삶이 앞으로 올 행운의 조짐이었을 뿐입니다. 당신에게 잘 맞을지도 모릅니다, 미스트리스. 운명이 언제나 나쁠 리는 없다는 확신이 당신께 이로울 수도 있습니다."

"난 모르겠어요." 빈은 회의적으로 말했다. "불운이 제한되어 있다면 행운도 제한되어 있지 않겠어요? 좋은 일이 일어날 때마다 나는 행운을 다 써버린 게 아닐까 걱정하게 될 거예요."

"흠, 그건 당신의 시각에 달렸다고 생각합니다, 미스트리스." 세이즈드가 말했다.

"당신은 어떻게 그렇게 낙천적일 수 있어요? 당신과 켈시어 둘 다요." 빈이 물었다.

"모르겠습니다, 미스트리스. 어쩌면 우리의 삶이 당신의 삶보다 편했기 때문이겠지요. 아니면 우리가 더 바보 같은 것뿐인지도 모르고요." 세이즈드가 말했다.

빈은 조용해졌다. 그들은 건물 쪽으로 난 꼬불꼬불한 길을 조금 더 걸어갔다. 그러나 걸음을 재촉하지는 않았다.

"세이즈드. 비 오던 그날 밤 당신이 날 구했을 때, 페루케미를 쓴 거죠? 그렇죠?" 마침내 그녀가 말했다.

세이즈드는 고개를 끄덕였다.

"맞습니다. 심문관은 당신에게 온통 정신이 팔려 있었기 때문에 그의 뒤로 살금살금 다가가 그를 돌로 때릴 수 있었습니다. 저는 보통 사람보다 몇 배 더 강해져 있었고, 그래서 제 일격으로 그는 벽에 처박혔습니다. 뼈가 몇 군데 부러졌을 거라고 생각합니다."

"그게 끝이에요?" 빈이 물었다.

"실망하신 것 같군요, 미스트리스." 세이즈드가 미소 지으며 말했다. "좀 더 극적인 걸 기대하셨던 것 같군요?"

빈은 고개를 끄덕였다.

"그냥…… 당신은 페루케미에 대해서 아무것도 말해주지 않았어요. 그래서 더 신비스러워 보이는 것 같아요."

세이즈드는 한숨을 쉬었다.

"당신에게 숨길 만한 것이 정말 거의 없습니다, 미스트리스. 페루케미의 진짜 독특한 힘은 기억을 저장하고 회복할 수 있는 능력인데, 그건 이미 추측하셨을 겁니다. 나머지 힘은 사실 백랍과 주석이 당신에게 주는 힘과 다르지 않습니다. 약간 별난 것들이 몇 가지 있기는 합니다. 페루케미스트가 자기 몸을 더 무거워지게 하거나, 스스로의 나이를 바꾸지요. 하지만 그런 특성은 싸울 때는 거의 응용할 수 없습니다."

"나이요?" 빈은 활기가 돌았다. "자기를 더 젊게 만들 수 있어요?"

"그런 건 아닙니다, 미스트리스. 명심하세요. 페루케미스트들은 자기 몸에서 힘을 끌어내야 합니다. 예를 들어 그들은 진짜 나이보다 열 살쯤 더 먹은 모습과 그렇게 느끼는 몸으로 몇 주 정도 지낼 수 있습니다. 그런 다음에는 같은 기간 동안 10년 더 젊어 보이는 모습이 될 수 있지요. 하지만 페루케미에서는 균형이 이루어져야 합니다."

빈은 잠시 그 문제를 골똘히 생각하다가 물었다.

"당신이 무슨 금속을 쓰느냐가 중요한가요? 알로맨시처럼?"

"그건 그렇지요. 무엇을 저장할 수 있는지 금속이 결정하니까요." 세이즈드가 말했다.

빈은 고개를 끄덕이고 계속 걸으면서 그의 말에 대해 곰곰이 생각했다.

"세이즈드, 당신 금속을 약간 줄 수 있어요?" 마침내 그녀가 물었다.

"제 금속 말씀이신가요, 미스트리스?"

"당신이 페루케미에서 저장고로 쓰는 금속이요. 그걸 태워보고 싶어요. 그러면 내가 그 힘을 좀 쓸 수 있을지도 몰라요." 빈이 말했다.

세이즈드는 호기심을 보이며 미간을 찡그렸다.

"누가 전에 시도해본 적이 있나요?"

"분명 누군가 해보았을 겁니다. 하지만 솔직히 말씀드리면, 특별한 예를 생각해낼 수가 없군요. 제 기억 코퍼마인드를 한번 검색해 보면……."

"그냥 내가 지금 해보면 안 돼요?" 빈이 물었다. "기본 금속으로 만든 물건이 있겠지요? 아주 가치 있는 것이 저장돼 있지는 않은 물건?"

세이즈드는 멈춰 서더니 자신의 매우 큰 귓불로 손을 가져가 빈이 달고 있는 것과 아주 비슷한 귀걸이를 하나 풀어냈다. 그는 귀걸이의 작은 뒤판을 빈에게 건네주었다. 귀걸이를 귀에 고정시키는 데 쓰이는 것이었다.

"순수 백랍입니다, 미스트리스. 그 안에 적당한 힘을 저장해두었지요."

빈은 고개를 끄덕이고 작은 장신구를 삼켰다. 그녀는 자신의 알로맨시 저장고를 탐색해보았지만, 그 작은 금속 뒤판은 아무 작용도 하지 않는 것 같았다. 그녀는 망설이다가 백랍을 태웠다.

"어떻게 되었나요?" 세이즈드가 물었다.

빈은 고개를 저었다.

"아무것도요. 난……." 그녀는 말끝을 흐렸다. 무엇인가가 있었다. 무언가 다른 것이.

"뭔가요, 미스트리스?" 세이즈드가 그답지 않게 열정을 띤 목소리로 물었다.

"난…… 그 힘을 느낄 수 있어요, 세이즈. 아주 희미해요. 내가 손에 넣기에는 너무 멀리 있어요. 하지만 내 안에 다른 저장고가 생겼다고 맹세할 수 있어요. 당신의 금속을 태우고 있을 때만 그 저장고가 나타나요."

세이즈드는 얼굴을 찌푸렸다.

"희미하다고 말씀하셨습니까? 마치…… 저장고의 그림자는 보이지만 그 힘 자체에는 접근할 수 없는 것처럼?"

빈은 고개를 끄덕였다.

"어떻게 알아요?"

"다른 페루케미스트의 금속을 사용해보려고 할 때 그런 느낌이거든요, 미스트리스." 세이즈드가 한숨을 쉬며 말했다. "이런 결과가 나오지 않을까 생각해봤어야 하는데요. 그건 당신의 힘이 아니기 때문에 그 힘에 접근할 수 없는 겁니다."

"아." 빈이 말했다.

"너무 실망하지 마십시오, 미스트리스. 알로맨서들이 우리 민족에게서 힘을 훔칠 수 있었다면 그 사실은 이미 알려졌을 겁니다. 하지만 훌륭한 생각이었습니다." 그는 돌아서서 저택 쪽을 가리켰다. "벌써 마차가 도착했군요. 우리는 회의에 늦은 것 같습니다."

빈은 고개를 끄덕였다. 그들은 저택 쪽으로 서둘러 걸었다.

'재미있군.' 켈시어는 르노 저택 앞의 어두운 안마당을 미끄러지듯 가로지르며 생각했다. '내 집에 들어가는데 귀족 아성을 습격하

는 것처럼 몰래 들어가야 하다니.'

그러나 그의 유명세 탓에 피할 수 없는 일이 되어버렸다. 도둑 켈시어만 하더라도 충분히 유명했다. 반역 선동자이자 *스카들*의 영적 지도자인 켈시어는 훨씬 더 악명이 높았다. 물론 그런 악명은 그가 밤의 혼란을 일으키고 퍼뜨리는 것을 막지 못했다. 조금 더 조심하면 될 뿐이었다. 점점 더 많은 가문들이 도시에서 철수하고 있었고, 강력한 가문들은 점점 더 피해망상에 사로잡히고 있었다. 어떤 면에서는 그래서 그들을 조작하기가 쉬웠다. 반면에 그들의 아성 근처로 숨어드는 일은 매우 위험해졌다.

거기에 비교하면 르노 저택은 사실상 방어망이 없었다. 물론 경비병들은 있었지만 미스팅은 없었다. 르노 가문은 저자세를 취해야 했다. 알로맨서가 너무 많으면 남들 눈에 미심쩍게 보일 것이다. 켈시어는 그늘을 계속 따라가며 조심스럽게 건물 동쪽 면을 에워 갔다. 그런 다음 동전 하나를 '밀어서' 르노의 발코니로 올라갔다.

켈시어는 가볍게 착지한 후 유리로 된 발코니 문 안을 들여다보았다. 휘장이 닫혀 있었지만 독슨, 빈, 세이즈드, 햄과 브리즈가 르노의 책상 주위에 서 있는 것이 보였다. 정작 르노는 회의에 끼지 않고 방구석에 앉아 있었다. 그가 로드 르노 역할을 하기로 계약을 하기는 했지만, 자신이 해야 하는 일 이상으로 계획에 참여하려고 하지는 않았다.

켈시어는 고개를 저었다.

'여기는 암살자가 들어오기 너무 쉬워. 빈은 계속 클럽스의 가게에서 자도록 해야겠어.' 르노 걱정은 하지 않았다. 칸드라의 본성상 암살자의 칼날을 걱정할 필요는 없었다.

켈시어가 문을 가볍게 두드리자, 독슨이 성큼성큼 걸어와 문을 열었다.

"놀라운 분이 들어오시노라!" 켈시어가 미스트클록을 뒤로 휘날리며 잽싸게 방으로 들어오면서 선언했다.

독슨은 코웃음을 치며 문을 닫았다.

"정말 놀랄 만한 꼴이군, 켈. 특히 무릎에 숯 검댕을 묻히고서는."

"오늘 좀 기어 다녀야 했거든." 켈시어가 무심히 손을 저으며 말했다. "레칼 아성 방어벽 바로 아래를 지나는 안 쓰는 배수로가 있어. 놈들은 거길 좀 수리해놔야 할 거야."

"그들이 걱정할 필요가 있을까 싶은데." 브리즈가 책상 뒤에서 말했다. "너희 미스트본은 대부분 너무 거만해서 기어 다니지 못할 테니까. 네가 직접 그렇게 했다는 게 놀랍다."

"너무 거만해서 기어 다니지 못한다고?" 켈시어가 말했다. "말도 안 돼! 아니, 오히려 이렇게 말하겠어. 우리 미스트본들은 너무 거만해서 겸손하지 못하게 여기저기 기어 다닌다고. 물론 위엄 있는 방식으로지만."

독슨은 얼굴을 찌푸리며 책상으로 다가왔다.

"켈, 그건 말도 안 돼."

"우리 미스트본들은 말이 되는 소리만 할 필요는 없어." 켈시어가 오만하게 말했다. "그런데 이건 뭐야?"

"네 형이 보낸 거야." 독슨이 책상 위에 놓인 커다란 지도를 가리키며 말했다. "오늘 오후 정교 캔턴에서 클럽스에게 다리가 부러진 테이블을 수리하라고 맡겼는데, 그 다리 안쪽 공간에 들어 있었어."

"흥미롭군." 켈시어가 지도를 살펴보며 말했다. "아마 '달래기' 시소 목록이겠지?"

"맞아." 브리즈가 말했다. "굉장한 발견이야. 난 이렇게 자세하고 주의 깊게 그려진 도시 지도를 한 번도 본 적이 없어. 이건 서른네 군데의 '달래기' 지소를 전부 보여줄 뿐 아니라 심문관이 활동하는 위치와 다른 캔턴들이 신경 쓰고 있는 장소도 알려줘. 네 형과 어울려본 적은 별로 없지만, 그는 분명 천재야!"

"켈과 한 핏줄이라는 게 믿기 어려울 정도지, 응?" 독슨이 미소 지으며 말했다. 그는 앞에 메모지를 두고 '달래기' 지소 목록을 만들고 있었다.

켈시어가 코웃음을 쳤다.

"마쉬는 천재일지 모르지. 하지만 난 잘생겼다고. 이 숫자들은 뭐야?"

"심문관이 습격한 날짜. 빈의 패거리 본거지가 목록에 올라 있는 거 보이지?" 햄이 말했다.

켈시어는 고개를 끄덕였다.

"마쉬는 대체 어떻게 이런 지도를 훔칠 수 있었을까?"

"훔친 게 아니야." 독슨은 글을 쓰면서 말했다. "지도와 같이 쪽지가 하나 들어 있었어. 하이 프렐란들이 준 것 같아. 그들은 마쉬에게 깊은 인상을 받아서 그에게 도시를 조사하고 새 '달래기' 지소를 설치할 장소를 추천해달라고 했어. 미니스트리는 가문 전쟁에 대해 좀 걱정을 하는 것 같아. 그래서 사태를 계속 제어하기 위해 수더들을 더 파견하고 싶어 하나 봐."

"테이블 다리를 수리하면 이 지도를 도로 넣어 보내야 할 겁니다." 세이즈드가 말했다. "일단 오늘 저녁 회의가 끝나면 제가 가능한 한 빨리 지도를 베껴보겠습니다."

'그리고 그것을 외우기도 하겠지. 그렇게 해서 모든 키퍼들의 기록에 넣고.' 켈시어는 생각했다. '자네가 외우는 일을 그만두고 가르치기 시작하는 날이 곧 올 거야, 세이즈. 자네 민족이 마음의 준비를 해두었기를.'

켈시어는 눈길을 돌려 지도를 살펴보았다. 지도는 브리즈의 말처럼 훌륭했다. 마쉬는 이 지도를 보내기 위해 정말 엄청난 위험을 무릅썼을 것이다. 무모한 위험이었을지도 모른다. 그러나 이것이 담고 있는 정보는……

'이 지도를 빨리 돌려보내야겠어. 가능하면 내일 아침에.' 켈시어는 생각했다.

"이게 뭐죠?" 빈이 커다란 지도 위로 몸을 기울여 뭔가를 가리키며 조용히 물었다. 그녀는 귀족 여성이 입는 드레스를 입었다. 무도회 드레스보다 약간 장식이 덜한 예쁜 원피스였다.

켈시어는 미소 지었다. 그는 빈이 무서울 정도로 어색한 모습으로 드레스를 입고 있던 때를 기억했다. 그러나 그녀는 그런 옷을 점점 좋아하게 된 것 같았다. 그녀는 여전히 귀족 태생의 숙녀와 똑같이 움직이지는 않았다. 그녀는 우아했지만, 그것은 궁정 숙녀의 신중한 우아함이 아니라 포식자의 민첩한 우아함이었다. 그래도 이제 빈에게는 재단 방식과 관계없이 드레스가 어울려 보였다.

'메어, 당신은 언제나 귀족 여성과 도둑 사이의 선을 걷도록 가르칠 수 있는 딸을 갖고 싶어 했지.' 켈시어는 생각했다. 메어와 빈은 서로 좋아했을 것이다. 둘 다 인습에 사로잡히지 않는 경향이 깃들어 있었다. 그의 아내가 아직 살아 있었다면, 그녀는 빈에게 귀족 여성 흉내를 내기 위해 알아야 할 것들, 심지어 세이즈드도 모르는 일들을 가르칠 수 있었을 것이다.

'물론 메어가 아직 살아 있다면 난 이런 일을 하고 있지 않겠지. 감히 그러지 못했을 거야.'

"여기 봐요! 이 심문관 습격 날짜는 새 거예요. 이건 어제로 표시돼 있어요." 빈이 말했다.

독슨은 켈시어에게 빠르게 눈길을 보냈다.

'아무튼 언젠가는 그녀에게 말해야 할 테니까……'

"그건 테론 패거리였어. 어느 심문관이 어제 저녁 그들을 습격했어." 켈시어가 말했다.

빈은 창백해졌다.

"내가 알아야 하는 사람인가?" 햄이 물었다.

"테론 패거리는 카몬과 함께 미니스트리에 사기를 치려고 했던 팀이었어요. 이건…… 그들이 아직 내 뒤를 밟고 있을지도 모른다는 뜻이에요." 빈이 말했다.

'그 심문관은 그날 밤 우리가 궁전에 잠입했을 때 빈을 알아봤어. 그녀의 아버지가 누군지 알아내려고 했고. 그 무시무시한 놈들이 귀족들을 불편하게 만들어서 다행이야. 그렇지 않았다면 빈이 무

도회에 가는 것도 걱정스러웠을 거야.'

"테론 패거리도 저번과 같았나요?" 빈이 말했다.

독슨이 고개를 끄덕였다.

"생존자는 없었어."

어색한 침묵이 흘렀고, 빈은 새파랗게 질려 있었다.

'가엾은 아이야.' 켈시어는 그렇게 생각했지만, 그들은 이 일을 계속할 수밖에 없었다.

"좋아. 이 지도를 어떻게 이용하지?"

"여기에는 가문들의 방어 체제에 대해 미니스트리가 적어놓은 메모도 있어. 그건 쓸모가 있을 거야." 햄이 말했다.

"그러나 심문관들의 습격에 일정한 패턴은 보이지 않아. 그들은 정보를 받은 곳으로만 가는 모양이야." 브리즈가 말했다.

"'달래기' 지소 근처에서는 너무 활발하게 활동하지 않는 편이 좋겠어." 독스가 펜을 내려놓으면서 말했다. "다행히 클럽스의 가게와 가까이 있는 지소는 없어. 지소는 대부분 빈민가에 있어."

"그냥 지소를 피하는 데 멈춰서는 안 돼. 우린 그곳들을 없앨 준비를 해야 해." 켈시어가 말했다.

브리즈가 얼굴을 찌푸렸다.

"그렇게 하려면 무모한 수를 둬야 해."

"하지만 적이 입을 피해를 생각해봐." 켈시어가 말했다. "마쉬는 지소 하나마다 적어도 수더 세 명과 시커 한 명이 있다고 말했어. 미니스트리의 미스팅은 130명이야. 그 정도 수를 모으려면 '중앙 지배지' 전체에서 모집을 해야 했을 거야. 그들을 한 번에 몽땅 없애버릴 수 있다면……."

"우리가 그렇게 많이 죽일 수는 없어." 독슨이 말했다.

"남은 군대를 쓰면 할 수 있어. 그들은 빈민가에 숨어 있어." 햄이 말했다.

"더 좋은 생각이 있어." 켈시어가 말했다. "우리가 다른 도둑 패거리를 고용하면 돼. 열 패거리를 고용하면 지소 세 곳을 없앨 수 있어. 그러면 미니스트리 수더와 시커들을 이 도시에서 겨우 몇 시간이면 제거할 수 있어."

"하지만 시기를 논의해야 해." 독슨이 말했다. "브리즈 말이 옳아. 오블리게이터를 하룻저녁에 그렇게 많이 죽이려면 전력을 거의 다 투입해야 해. 심문관들이 복수하는 데 오래 걸리지도 않을 테고."

켈시어는 고개를 끄덕였다.

'네 말이 맞아, 독스. 시기가 가장 중요해.'

"이렇게 하면 어떨까? 적당한 패거리를 찾아두고, 우리가 시기를 결정할 때까지 기다렸다가 때가 되면 '달래기' 지소 장소를 알려주는 거야."

독슨은 고개를 끄덕였다.

"좋아. 우리 군인들 이야기를 해보자. 햄, 그들은 어떻게 하고 있어?"

"사실 내가 기대했던 것 이상이야." 햄이 말했다. "그들은 동굴에서 훈련을 받았기 때문에 꽤 능숙해. 그리고 네 뜻을 어기고 예덴을 따라 전투하러 나서지 않았기 때문에 자기들이 더 '충실한' 군대라고 생각해."

브리즈는 코웃음을 쳤다.

"전술적 실수로 군대의 4분의 3을 잃었다는 사실을 참 편하게 호도하는군."

"그들은 좋은 사람들이야, 브리즈." 햄이 단호히 말했다. "죽은 사람들도 그렇고. 그들을 나쁘게 말하지 마. 하지만 이대로 군대를 숨겨두는 건 염려스러워. 오래지 않아 어느 팀이든 발각될 거야."

"그래서 어디서 다른 팀을 찾아야 할지 아무도 모르게 만든 거지." 켈시어가 말했다.

"그 군대 이야기 말인데." 브리즈가 르노의 책상 옆에 놓인 의자 하나에 앉으며 말했다. "해먼드를 보내 군대를 훈련시키는 게 중요하다는 건 알겠어. 하지만 솔직히 말해서 독슨이나 내가 그들을 방문해야 하는 이유가 뭐야?"

"자기들 지도자가 누군지는 알아야지." 켈시어가 말했다. "햄에게 이상이 생기면 다른 사람이 지휘를 해야 하잖아."

"넌 왜 안 되고?" 브리즈가 물었다.

"난 그냥 참아줘. 그게 제일 좋을 거야." 켈시어가 미소를 지으며 말했다.

브리즈는 눈을 굴렸다.

"널 참는다니, 그건 우리가 지금도 엄청나게 하고 있는 일 같은데……."

"아무튼 빈, 귀족들 소식은 있어? 벤처가에서 쓸 만한 소식을 찾아냈니?" 켈시어가 말했다.

그녀는 잠시 말문이 막혔다.

"아뇨."

"다음 주 무도회는 벤처 아성에서 열리지? 맞지?" 독슨이 물었다.

빈은 고개를 끄덕었다.

켈시어는 빈을 바라보았다.

'이 아이가 안다고 해도 우리에게 말할까?' 그녀가 그의 눈을 맞바라보았지만, 그는 그 안에서 아무것도 읽어낼 수 없었다. '제기랄, 여자애는 거짓말에 너무 능숙하다니까.'

"좋아, 계속 지켜봐." 그가 그녀에게 말했다.

"알았어요."

그날 밤, 켈시어는 피곤한데도 잠이 오지 않았다. 불행히도 나가서 복도를 서성거릴 수는 없었다. 믿을 만한 하인들만 그가 이 저택에 있다는 것을 알고 있었고, 그는 점점 더 유명해졌기 때문에 더욱 잘 숨어야 했다.

유명세라. 그는 한숨을 쉬며 발코니 난간에 기대어 안개를 지켜보았다. 어떤 면에서는 그조차 자기가 하는 일이 걱정스러웠다. 다른 사람들은 그가 요구한 대로 입 밖에 내어 묻지 않았지만, 그는 자신이 점점 유명해지는 것을 그들이 여전히 신경 쓰고 있음을 알았다.

'그게 최선의 방법이야. 이런 게 다 필요 없을 수도 있지만······ 만약 필요해지면 그 고생을 한 것도 기쁘게 느껴질 거야.'

문가에서 부드러운 노크 소리가 났다. 그는 누굴까 궁금해하며 돌아섰다. 세이즈드가 방에 머리를 들이밀고 있었다.

"죄송합니다, 마스터 켈시어. 하지만 경비병 한 명이 제게 와서 당신이 발코니에 있는 모습이 보였다고 말했습니다. 그는 당신이 발각될까 봐 걱정하고 있었습니다."

켈시어는 한숨을 쉬고는 발코니에서 물러나 문을 닫고 휘장을 쳤다.

"난 익명성을 잘 이용하는 사람이 아니야, 세이즈. 도둑으로서 나는 숨는 데 정말 자질이 없어."

세이즈드는 미소를 짓고 나가려고 했다.

"세이즈드?" 켈시어가 부르자 테리스인은 그 자리에 멈춰 섰다. "잠이 오지 않아. 나한테 새로 제안할 건 없나?"

세이즈드는 소리 없이 활짝 웃으며 방으로 걸어 들어왔다.

"물론 있지요, 마스터 켈시어. 최근에 저는 '베네트의 진실'에 대해 당신이 들어보셔야 한다고 생각하고 있었습니다. 마스터에게 아주 잘 맞을 것 같습니다. 베네트는 남쪽 섬들에 살던 매우 발달한 민족이었습니다. 용감한 뱃사람이고 뛰어난 지도 제작자들이었지요. '마지막 제국'이 아직도 사용하는 옛 지도들 중에는 베네트 탐험가들이 만든 것들도 있습니다.

그들의 종교는 그들이 한 번에 몇 달씩 바다에 나가 있는 배 위에서 믿음을 지킬 수 있도록 만들어졌습니다. 선장은 그들의 성직자이기도 한데, 신학적 훈련을 받지 않은 사람은 아무도 그들을 지휘할 수 없었습니다."

"반란은 많지 않았겠군."

세이즈드가 미소 지었다.

"좋은 종교였습니다, 마스터 켈시어. 그 종교는 지식의 발견에 집중했습니다. 이 민족에게 지도 제작은 신성한 의무였습니다. 그들은 세계의 모든 장소가 일러지고, 이해되고, 목록으로 만들이지면 사람은 마침내 평화와 조화를 찾을 수 있을 거라고 믿었습니다. 그런 이상을 가르치는 종교는 많지만 베네트처럼 실제로 그것을 행할 수 있었던 종교는 사실 거의 없었습니다."

켈시어는 미간을 찌푸리며 발코니 커튼 옆 벽에 등을 기댔다.

"평화와 조화라. 난 지금 당장은 둘 중 아무것도 필요 없어, 세이즈." 그가 천천히 말했다.

"아." 세이즈가 탄식했다.

켈시어는 위를 쳐다보다가 천장을 노려보았다.

"자네…… 발라에 대해 다시 말해줄 수 있나?"

"물론이죠." 세이즈드가 켈시어의 책상 옆으로 의자 하나를 끌어와 앉으면서 말했다. "특별히 알고 싶으신 것이 있습니까?"

켈시어는 고개를 저었다.

"잘 모르겠어. 미안, 세이즈. 나 오늘 밤엔 기분이 이상해."

"제 생각엔 언제나 기분이 이상하신 것 같습니다." 세이즈드가 슬쩍 미소를 띠며 말했다. "그런데 흥미로운 종교를 골라 물어보시는군요. 발라는 다른 어떤 종교보다도 오랫동안 로드 룰러의 지배하에서 버텼지요."

"그래서 묻는 거야." 켈시어가 말했다. "난…… 그들을 그렇게 오래 버티도록 만든 게 뭔지 알아야겠어, 세이즈. 그들은 무엇 때문에 계속 싸웠지?"

"그들은 제일 완강했던 것 같습니다."

"하지만 그들에게는 지도자도 없었어. 로드 룰러는 첫 원정 때 발라 종교회의를 전부 학살해버렸어." 켈시어가 말했다.

"오, 그들에게는 지도자들이 있었습니다, 마스터 켈시어. 맞습니다, 죽은 사람들입니다. 하지만 지도자들이었습니다." 세이즈드가 말했다.

"어떤 사람들은 그들의 헌신이 터무니없다고 할 거야. 발라 지도자들이 없어졌을 때 그 민족은 망했어야 했어. 더 완강하게 계속 저항하는 게 아니라."

세이즈드는 고개를 저었다.

"사람에게는 그것보다 더 큰 회복력이 있다고 생각합니다. 우리의 믿음은 제일 약해야 할 때인데도 제일 강할 때가 많습니다. 그것이 희망의 본성이지요."

켈시어는 고개를 끄덕였다.

"발라에 대해 설명이 더 필요하십니까?"

"아냐. 고마워, 세이즈. 난 그저 세상이 희망 없어 보일 때도 싸우는 사람들이 있었다는 사실을 기억할 필요가 있었어."

세이즈드는 고개를 끄덕이며 일어섰다.

"알 것 같습니다, 마스터 켈시어. 그럼 안녕히 주무십시오."

켈시어는 멍하게 고개를 끄덕였다. 테리스인은 물러갔다.

30

테리스인들 대다수는 라셰크처럼 나쁘지 않다. 그러나 그들이 어느 정도는 그를 믿는 것이 눈에 보인다. 이들은 철학자나 학자가 아니라 단순한 사람들이고, 자신들의 예언이 '영원의 영웅'은 이방인일 거라고 말하는 것을 이해하지 못한다. 그들은 라셰크가 가리키는 것만 본다. 자기들이 표면적으로는 우수한 민족이므로, 복종이 아니라 '지배하는' 민족이어야 한다는 것을.

이런 열정과 증오 앞에서는 선한 사람들도 속을 수 있다.

벤처가의 무도회장에 돌아오자 빈은 진정한 웅장함이 무엇인지 다시 떠올리게 되었다.

그녀는 아성들을 아주 많이 방문해보았기에 이제 그 휘황찬란함에 무감각해지기 시작했다. 그러나 벤처 아성은 특별했다. 다른 아성들이 따라가려고 애를 써도 결코 이룰 수 없는 뭔가가 있었다. 벤처 아성이 부모라면, 다른 아성들은 교육을 잘 받은 아이들 같았다. 아성들은 전부 아름다웠지만, 어떤 것이 제일 훌륭한지는 너무도 명백했다.

한 면마다 육중한 기둥들이 한 줄로 늘어선 거대한 벤처 홀은 보통 때보다 더 웅장해 보였다. 빈은 그 이유를 알 수 없었다. 그녀는 하인이 숄을 받아주기를 기다리면서 그 문제를 생각하고 있었다. 보통 때처럼 라임라이트가 스테인드글라스 창 바깥에서 빛나며 방에다 색색의 빛 조각을 뿌렸다. 기둥이 있는 돌출부 아래 차려진 테이블들은 티 하나 없이 깨끗했다. 복도 맨 끝에 있는 작은 발코니에 놓인 영주의 테이블은 변함없이 장엄해 보였다.

'이건…… 너무 완벽해.' 빈은 마음속으로 눈살을 찌푸리며 생각했다. 모든 것이 약간 과장되어 있는 것 같았다. 식탁보조차 보통 때보다 더 희고 더 반듯하게 다려진 것 같았다. 하인들의 제복은 유달리 깔끔해 보였다. 문가에는 일반 군인들 대신 헤이즈킬러들이 서 있었다. 그들은 일부러 나무 방패를 들고 갑옷을 입지 않은 모습으로 보는 사람들에게 깊은 인상을 주었다. 그 모든 것이 합쳐져서 평소에도 완벽했던 벤처 아성이 더 완벽해 보였다.

"뭔가 잘못됐어요, 세이즈드." 하인이 테이블을 차리러 떠나자 그녀는 속삭였다.

"무슨 말씀이십니까, 미스트리스?"

"여기 온 사람들이 너무 많아요." 빈은 마음이 불편해졌던 이유 가운데 한 가지를 알아차리고 말했다. 지난 몇 달 동안 무도회 참석자들은 점점 줄어들고 있었다. 그러나 이번에는 마치 모든 귀족이 벤처가의 행사를 위해 돌아온 것처럼 사람이 많았다. 그리고 그들은 모두 제일 좋은 옷을 빼입고 있었다.

"뭔가가 진행되고 있어요. 우리가 모르는 일이." 빈이 조용히 말했다.

"예." 세이즈드도 조용히 대답했다. "저도 느껴집니다. 저는 시종들 만찬에 일찍 가봐야 할 것 같습니다."

"좋은 생각이에요." 빈이 말했다. "난 오늘 저녁에 식사를 건너뛰어야 할지도 모르겠어요. 우리가 약간 늦게 와서 사람들이 이미 이야기를 시작한 것 같아요."

세이즈드가 미소 지었다.

"왜요?"

"절대로 식사를 건너뛰지 않으시던 시절이 기억나서요, 미스트리스."

빈은 코웃음 쳤다.

"내가 이런 무도회에서 음식을 훔쳐서 주머니를 채우려고 한 적이 없다는 거나 기뻐해요. 솔직히 그러고 싶은 마음도 들었다고요. 자, 가요."

세이즈드는 고개를 끄덕이고 시종들의 만찬 자리로 떠났다. 빈은 잡담하는 무리들을 훑어보았다.

'고맙게도 샨의 기척은 안 보이네.' 그녀는 생각했다. 하지만 불행하게도 클리스 또한 보이지 않았다. 소문을 퍼뜨리려면 다른 사람을 골라야 했다. 그녀는 천천히 앞으로 가며 로드 이드렌 시리스에게 미소를 지었다. 그는 엘라리엘가의 친척이자 빈과 몇 번 춤을 춘 적이 있는 사이였다. 그는 그녀에게 뻣뻣하게 목례를 하며 알은척했다. 그녀는 그와 함께 서 있는 귀족 무리에 합류했다.

빈은 그 무리의 다른 사람들에게 미소를 지었다. 여자 세 명에 영주 한 명이었다. 그녀는 대충은 그들을 모두 알고 있었고, 로드 예스탈과는 춤을 춘 적도 있었다. 그러나 오늘 저녁에는 네 명 모두 그녀에게 차가운 시선을 보냈다.

"한동안 벤처 아성에 와보지 못했네요." 빈이 시골 소녀 역할에

몰입하며 말했다. "여기가 얼마나 웅장한지 잊어버리고 있었어요!"

"정말 그래요." 한 숙녀가 말했다. "실례해요. 가서 마실 걸 가져오겠어요."

"같이 가요." 다른 숙녀가 잽싸게 말했다. 둘 다 무리를 떠났다.

빈은 그들이 가는 모습을 지켜보며 얼굴을 찡그렸다.

"아, 우리 식사가 도착했군요. 갈까요, 트리스?" 예스탈이 말했다.

"물론이죠." 마지막 숙녀가 예스탈과 함께 걸어갔다.

이드렌은 안경을 고쳐 쓰더니 성의 없이 빈에게 사과의 시선을 보낸 후 떠났다. 빈은 말문이 막힌 채 서 있었다. 그녀는 처음 무도회 몇 번을 빼면 이렇게 눈에 띄게 차가운 대접을 받아본 적이 없었다.

'무슨 일이 일어나고 있는 거지?' 그녀의 두려움이 커져갔다. '샨이 한 일일까? 그녀가 방에 가득 찬 사람들 모두가 나를 적대시하도록 만든 걸까?'

아니, 그렇게 느껴지지는 않았다. 그러려면 공이 너무 많이 들 것이다. 게다가 그녀 주변에만 그런 이상한 분위기가 맴도는 것이 아니었다. 모든 귀족 무리들이…… 오늘 저녁에는 달라 보였다.

빈은 또 한 무리에 섞이려고 시도해봤지만 결과는 훨씬 더 나빴다. 그녀가 그 무리에 들어가자마자 사람들은 티가 날 정도로 그녀를 무시했다. 빈은 너무나 어색해져서 스스로 물러났다. 그녀는 와인을 마시겠다며 도망 나왔다. 걸어가면서 그녀는 예스탈과 이드렌이 있었던 첫 번째 무리가 아까와 똑같은 구성원으로 다시 모인 것을 보았다.

빈은 동쪽 돌출부 그늘 안에 멈춰 서서 군중을 살펴보았다. 춤을 추고 있는 사람들은 거의 없었고, 그나마 있는 사람들은 모두 정해진 커플들이었다. 또 그룹이나 테이블에 모인 사람들이 서로 섞이는 일도 거의 없었다. 무도회장이 가득 찼는데도, 대부분의 참석자들은 다른 사람들 모두를 명백하게 무시하려고 하는 것 같았다.

'이건 좀 더 자세히 살펴봐야겠어.' 그녀는 계단통으로 걸어가면서 생각했다. 조금 올라가니 무도회장 위 벽에 자리 잡은 회랑같이 긴 발코니가 나왔다. 낯익은 파란 등잔이 석조 세공을 부드럽고 구슬프게 비추었다.

빈은 멈춰 섰다. 맨 오른쪽 기둥과 벽 사이에 엘렌드의 작은 공간이 있었다. 그곳은 등잔 한 개로 환히 밝혀져 있었다. 그는 언제나 거기서 책을 읽으며 벤처가 무도회를 흘러보냈다. 그는 파티를 베풀 때의 거창한 분위기와 여러 가지 의식을 좋아하지 않았다.

그 공간은 비어 있었다. 그녀는 난간 쪽으로 다가가 목을 빼고 웅장한 복도 맞은편을 바라보았다. 성주(城主)의 테이블은 발코니와 같은 높이의 돌출부 위에 마련되어 있었다. 그녀는 엘렌드가 그곳에 앉아 자기 아버지와 식사를 하는 모습을 보고 충격을 받았다.

'저건 뭐지?' 그녀는 믿을 수가 없었다. 벤처 아성에서 대여섯 번 참석한 무도회에서 그녀는 단 한 번도 엘렌드가 가족과 같이 앉아 있는 모습을 본 적이 없었다.

아래쪽에서 낯익고 다채로운 색깔의 로브를 입은 사람이 군중 속을 움직여 다니는 것을 빈은 보았다. 그녀는 세이즈드를 향해 손을 흔들었지만, 그가 이미 그녀를 본 것 같았다. 그를 기다리면서 빈은 발코니 맞은편에서 낯익은 목소리를 희미하게 들은 것 같았다. 돌아서서 살펴보자 아까 놓쳤던 키 작은 여자 모습이 보였다. 클리스는 소영주들로 이뤄진 작은 무리와 이야기를 하고 있었다.

'그럼 클리스는 저기로 갔구나. 그녀는 나와 이야기하겠지.' 빈은 일어서서 클리스가 대화를 끝내거나 세이즈드가 도착하기를 기다렸다.

세이즈드가 먼저 왔다. 그는 계단통으로 올라와 힘겹게 숨을 몰아쉬었다.

"미스트리스." 그는 난간 옆에서 그녀와 마주치자 낮은 목소리로 말했다.

"발견한 게 있으면 말해줘요, 세이즈드. 이 무도회는…… 소름이 끼쳐요. 모두 너무 근엄하고 차가워요. 파티가 아니라 장례식에 온 것 같아요."

"적절한 비유입니다, 마이 레이디." 세이즈드가 조용히 말했다. "우리가 중요한 발표를 놓쳤습니다. 헤이스팅가에서 이번 주에 정기 무도회를 열지 않겠답니다."

빈은 눈썹을 찡그렸다.

"그래서요? 전에도 무도회를 취소한 가문들이 있었잖아요."

"엘라리엘가도 취소했습니다. 보통 그다음 차례는 테키엘이겠지요. 그러나 그 가문은 무너졌습니다. 슈나가는 더 이상 무도회를 열지 않겠다고 이미 발표했습니다."

"무슨 말을 하는 거예요?"

"미스트리스, 이번이 당분간 마지막 무도회가 될 것 같습니다……. 아마 아주 오랫동안 열리지 않겠지요."

빈은 홀에 난 장중한 창들을 내려다보았다. 그 아래서 사람들은 따로 떨어져 무리를 짓고, 거의 저대적인 모습으로 서 있었다.

"일이 그렇게 진행되고 있는 거군요." 그녀가 말했다. "그들은 동맹을 완성하고 있어요. 모든 사람들이 자기의 가장 강한 친구나 지원자들과 어울리고 있죠. 그들은 이게 마지막 무도회라는 걸 알고 다들 참석하러 왔지만, 정치 공작을 할 시간이 남지 않았다는 것도 아는 거죠."

"그렇게 보입니다, 미스트리스."

"모두들 방어적으로 굴고 있어요." 빈이 말했다. "말하자면 자기 벽 뒤로 숨은 거죠. 그래서 아무도 나랑 이야기하고 싶어 하지 않는 거예요. 우리는 르노가를 너무 중립적인 세력으로 만들었어요. 내게는 파벌이 없고, 아무에게나 정치적 판에 돈을 걸기는 힘든 시절이 된 거죠."

"이 정보를 마스터 켈시어에게 알려야 합니다, 미스트리스." 세이즈드가 말했다. "마스터 켈시어는 오늘 밤 다시 정보원 노릇을 할 계획입니다. 이 상황을 모른다면 그의 신용은 심각한 타격을 입을 겁니다. 우리는 지금 떠나야 합니다."

"안 돼요." 빈이 세이즈드를 돌아보며 말했다. "나는 못 가요. 다른 사람들이 전부 머물러 있는 동안엔 안 돼요. 귀족들은 모두 이 마지막 무도회에 모습을 보이는 것이 중요하다고 생각하고 있어요. 그러니 그들이 떠나기 시작할 때까지 나는 떠나면 안 돼요."

세이즈드는 고개를 끄덕였다.

"맞는 말씀입니다."

"당신은 가요, 세이즈드. 마차를 빌려 켈에게 가서 우리가 알게 된 소식을 말해요. 나는 조금 더 머물러 있다가 내가 나가도 르노가가 약해 보이지 않는 적당한 시점이 되면 떠날게요."

세이즈드는 잠시 침묵했다.

"저는…… 모르겠습니다, 미스트리스."

빈은 눈을 굴렸다.

"당신이 절 도와준 건 고맙지만 제 손을 계속 잡아줘야 할 필요는 없어요. 자기를 돌봐줄 시종 없이 무도회에 온 사람도 많아요."

세이즈드는 한숨을 쉬었다.

"잘 알겠습니다, 미스트리스. 하지만 마스터 켈시어가 있는 곳에 갔다가 바로 돌아오겠습니다."

빈은 고개를 끄덕이고 그에게 인사를 했다. 그는 돌계단을 내려갔다. 빈은 엘렌드의 자리에서 발코니에 기댄 채 세이즈드가 아래층에 나타났다가 앞문으로 사라질 때까지 지켜보았다.

'이제 어쩌지? 이야기할 사람을 찾는다고 해도 이젠 소문을 퍼뜨리는 게 아무 의미가 없어.'

그녀는 공포감을 느꼈다. 귀족들이 하는 경솔한 짓거리를 그녀가 이토록 좋아하게 되리라고 누가 생각했을까? 그 경험은 귀족들이 할 수 있는 짓이 어떤지 아는 그녀의 경계심조차 흐리게 만들었다. 그렇지만 그 경험에는…… 꿈같은 즐거움이 있었다.

이런 무도회에 또 참석할 수 있을까? 귀족 여성 발레트는 어떻게 될까? 드레스와 화장을 벗어 던지고 거리의 도둑 빈으로 되돌아가야 할까? 켈시어의 새 왕국에 웅장한 무도회 같은 것이 들어설 틈은 없을 것이다. 그것이 나쁜 일은 아닐 것이다. 그녀가 무슨 권리로 다른 스카들이 굶주리는 동안 춤을 출 수 있겠는가? 그러나…… 아성과 춤추는 사람들, 드레스와 축제 기분이 없어진다니, 세상에서 아름다운 것이 하나 사라지는 느낌이었다.

그녀는 한숨을 쉬며 난간에 기대어 자기 드레스를 내려다보았다. 드레스는 짙고 반짝이는 파란색이었고, 스커트 단에는 하얀 동그라미 문양이 수놓여 있었다. 소매가 없는 드레스였지만, 그녀는 팔꿈치 너머까지 올라오는 파란 실크 장갑을 끼고 있었다.

한때 그녀는 그 복장이 화가 날 정도로 육중하다고 생각했다. 그러나 이제는 아름답다고 생각했다. 그 옷이 가슴이 풍성해 보이도록 만들어진 것이 좋았다. 마른 윗몸을 강조하면서도 허리에서 확 펴져 천천히 커다란 종 모양이 되고, 걸을 때 사그락사그락 소리가 나는 게 좋았다.

그녀는 이 옷이 그리울 것이다. 이런 것들이 모두 그리울 것이다. 그러나 세이즈드가 옳았다. 시간이 가는 것을 막을 수는 없었다. 순간을 즐길 수 있을 뿐이었다.

'그가 저녁 내내 저 높은 테이블에 앉아 나를 무시하도록 그냥 두진 않겠어.' 그녀는 결심했다.

빈은 돌아서서 발코니를 따라 걷다가 클리스와 서로 지나치자 고개를 끄덕여 인사를 했다. 발코니의 끝은 복도였고, 그 복도는 굽어져서 빈의 추측대로 성주의 테이블이 놓여 있는 받침대 위로 통했다.

그녀는 잠시 그 복도에 서서 밖을 내다보았다. 영주와 숙녀들은 웅장한 복장으로 앉아, 위층에 초대받아 로드 스트라프 벤처와 함께하는 특권을 기분 좋게 누리고 있었다. 빈은 기다리면서 엘렌드의 주의를 끌려고 했다. 마침내 손님 한 명이 그녀가 있는 것을 알아차리고 엘렌드를 쿡 찔렀다. 그는 놀라서 돌아보았다. 빈을 보자 그는 얼굴을 약간 붉혔다.

그녀는 짧게 손을 흔들었고, 그는 잠시 나갔다 오겠다고 하며 일어섰다. 빈은 급히 석조 통로 안쪽으로 약간 더 들어갔다. 그와 남몰래 이야기를 하고 싶었기 때문이다.

"엘렌드!" 그가 통로로 걸어 들어오자 그녀가 말했다. "당신 아버지와 함께 앉아 있군요!"

그는 고개를 끄덕였다.

"이 무도회는 특별한 행사가 되어버렸어요, 발레트. 그리고 우리 아버지는 내가 격식에 따라야 한다고 매우 고집을 부리셨죠."

"우리가 이야기할 시간이 있을까요?"

엘렌드는 잠시 침묵했다.

"그럴 시간이 있을까 모르겠네요."

빈은 눈살을 찌푸렸다. 그는…… 속마음을 숨기는 것 같았다. 보통 때는 약간 닳고 주름진 정복을 입고 있었는데, 지금은 딱 맞는 멋진 정복 차림이었다. 머리도 빗질이 되어 있었다.

"엘렌드?" 그녀가 앞으로 걸어 나오며 말했다.

그는 한 손을 들어 그녀가 오지 못하게 막았다.

"세상이 바뀌었어요, 발레트."

'아니. 이건 바뀌면 안 돼. 아직은 안 돼!'

"세상? 뭐가 '세상'이죠? 엘렌드, 무슨 이야기를 하고 있는 거예요?"

"나는 벤처가 상속자입니다. 그리고 위험한 시기가 오고 있어요. 헤이스팅가는 오늘 오후 수송대를 전부 잃었지만 그건 시작일 뿐입니다. 이번 달 안으로 아성들은 공공연히 전쟁에 돌입할 겁니다. 내가 무시할 수 있는 일이 아니에요, 발레트. 난 이제 집안의 골칫거리 노릇을 그만둬야 해요." 그가 말했다.

"그건 좋아요. 하지만 그렇다고……."

"발레트." 엘렌드가 말을 가로막았다. "당신도 골칫거리에요. 매우 큰 골칫거리죠. 당신을 전혀 좋아하지 않았다고 거짓말을 하지는 않겠어요. 난 당신을 좋아했고, 아직도 좋아해요. 하지만 난 처음부터 이 일이 지나가는 불장난 이상은 될 수 없다는 걸 알고 있었어요. 당신도 알았겠죠. 진실을 말하면, 우리 가문에는 내가 필요해요. 그건 당신보다 더 중요해요."

빈은 창백해졌다.

"하지만……."

그는 만찬 자리로 돌아가려고 몸을 돌렸다.

"엘렌드, 제발 날 외면하지 말아요." 그녀가 조용히 말했다.

그는 멈춰 서더니 다시 그녀를 바라보았다.

"발레트, 난 진실을 알아요. 당신이 자기 정체를 거짓으로 말했다는 거요. 솔직히 신경은 쓰지 않아요. 난 화나지 않았어요. 실망하지도 않았고요. 사실 난 그럴 거라고 예상했어요. 당신은 그냥……

게임을 하고 있었던 것뿐이에요. 우리 모두 그렇듯이." 그는 말을 멈추고 고개를 젓더니 그녀에게서 몸을 돌렸다. "내가 그렇듯이."

"엘렌드?" 그녀는 그에게 손을 뻗었다.

"당신에게 공공연히 망신을 주게 만들지 마요, 발레트."

빈은 멍해진 채로 동작을 멈추었다. 그리고 잠시 뒤, 너무 화가 나서 멍한 상태에서 벗어났다. 너무 화가 나고, 너무 좌절하고…… 너무 겁을 먹었다.

"떠나지 마요. 당신까지 날 떠나면 안 돼요." 그녀가 속삭였다.

"미안해요. 하지만 난 친구들을 만나러 가봐야겠어요……. 재미있었어요." 그가 말했다.

그리고 그는 떠났다.

빈은 어두운 통로에 혼자 서 있었다. 그녀는 자기 몸이 조용히 떨리는 것을 느끼고, 돌아서서 휘청거리며 큰 발코니로 다시 나갔다. 옆쪽에서 엘렌드가 가족에게 저녁 인사를 하고는 아성의 생활 구역으로 통하는 뒤쪽 통로로 향하는 모습이 보였다.

'그가 나한테 이럴 수는 없어. 엘렌드는 아니야. 지금은 안 돼……'

그러나 그녀가 거의 잊어버렸던 마음속의 목소리가 말하기 시작했다.

'당연히 그는 너를 떠났지.' 린이 속삭였다. '당연히 널 포기했어. 모두 널 배신할 거야, 빈. 내가 너한테 뭐라고 가르쳤지?'

'아냐! 이건 정치적 긴장 때문일 뿐이야. 일단 이 일이 끝나면 그를 설득해서 돌아오게 만들 수 있을 거야……' 그녀는 생각했다.

'나는 절대 네게 돌아가지 않았어. 그도 마찬가지일 거야.' 린이 속삭였다. 그 목소리는 너무나 현실적이었다. 마치 옆에서 말하는 것 같았다.

빈은 발코니 난간 위로 몸을 기대고 철 격자를 이용해 힘을 얻어서 몸을 지탱했다. 그가 그녀를 부숴버리도록 놔두지는 않을 것이다. 거리의 삶도 그녀를 부술 수 없었다. 자만심 강한 귀족 한 명이 그렇게 하도록 놔둘 수는 없었다. 그녀는 계속 스스로에게 그렇게 말했다.

하지만 왜 이것이 굶주림보다, 카몬이 때린 주먹보다 훨씬 더 아플까?

"어머, 발레트 르노." 뒤에서 목소리가 났다.

"클리스. 난…… 지금 당장은 이야기할 기분이 아니에요." 빈이 말했다."

"아, 그럼 엘렌드 벤처가 마침내 당신을 찾았군요. 걱정 마요, 아가씨. 그는 곧 벌을 받을 거예요." 클리스가 말했다.

클리스의 목소리에 깃든 이상한 분위기 때문에 빈은 얼굴을 찌푸리며 돌아섰다. 그녀는 평상시처럼 보이지 않았다. 너무…… 침착해 보였다.

"당신 삼촌에게 내 메시지를 전해줘요. 알겠죠, 아가씨?" 클리스가 가볍게 부탁했다. "당신 삼촌같이 가문 동맹이 없는 사람은 앞으로 몇 달 동안 정보를 모으기 힘들 거라고 말해줘요. 좋은 정보원이 필요하면 나를 부르라고 해줘요. 난 재미있는 걸 많이 알아요."

"당신은 정보원이었군요!" 빈이 순간 자기 고통은 제쳐두고 말했다. "하지만 당신은……."

"바보 같은 소문요?" 그녀가 물었다. "아니, 나 맞아요. 궁정의 소문쟁이로 알려져 있을 때 저절로 알게 되는 것들은 아주 재미있지요. 사람들은 명백한 거짓말을 퍼뜨리려고 내게 와요. 당신이 지난 주에 한 헤이스팅가 이야기 같은 거죠. 왜 내가 그런 거짓말을 퍼뜨리기를 바랐지요? 가문 전쟁 동안 르노가가 무기 시장에 도전하려고요? 그러면…… 헤이스팅 바지선들이 최근에 당한 습격의 배후에 르노가 있을 수도 있겠네요?"

클리스의 눈이 반짝였다.

"당신 삼촌한테 나는 적은 돈만 받아도 입 다물 수 있다고 전해 줘요."

"내내 날 속이고 있었군요……." 빈이 멍하니 말했다.

"물론 그렇죠, 아가씨." 클리스가 빈의 팔을 쓰다듬으며 말했다. "우리가 궁정에서 하는 일이 그거잖아요. 당신도 결국 알게 될 거예요. 만약 살아남는다면요. 이제 착하고 어린 아가씨답게 내 메시지를 전해줘요, 알겠죠?"

클리스는 돌아섰다. 그녀의 땅딸막하고 야한 드레스가 갑자기 빈에게 눈부신 의상으로 보였다.

"기다려요! 아까 엘렌드에 대해 한 말은 뭐죠? 그가 곧 벌을 받게 될 거라고요?" 빈이 말했다.

"흠?" 클리스가 돌아섰다. "아니…… 그건 맞아요. 당신, 샨 엘라리엘의 계획을 캐묻고 다녔죠, 안 그래요?"

'샨?' 빈의 불안이 커졌다.

"그녀가 뭘 계획하고 있는데요?"

"우리 아가씨, 이건 정말 비싼 비밀이랍니다. 당신에게 말해줄 수는 있어요. 하지만 그 대가로 내가 뭘 얻을 수 있죠? 나처럼 크지 않은 가문의 여자는 어디에서든 생활 유지비를 만들어내야 해요……."

빈은 사파이어 목걸이를 풀었다. 그녀가 차고 있던 유일한 보석이었다.

"여기요, 이걸 가져요."

클리스는 생각에 잠긴 표정으로 목걸이를 받았다.

"흠, 네. 아주 훌륭하군요."

"뭘 알고 있죠?" 빈이 날카롭게 물었다.

"불행히도 젊은 엘렌드는 가문 전쟁에서 벤처가의 첫 번째 사망자가 될 것 같아요." 클리스가 목걸이를 소매 주머니에 넣으면서 말했다. "불행한 일이죠. 그는 정말 선한 젊은이 같아 보이니까요. 아마 너무 선하겠죠."

"언제? 어디서? 어떻게?" 빈이 따져 물었다.

"질문이 이렇게 많은데, 목걸이는 하나뿐이군요." 클리스가 느긋이 말했다.

"지금 당장 난 가진 게 그것밖에 없어요!" 빈은 솔직하게 말했다. 그녀의 동전 주머니에는 '강철-밀기'를 하기 위한 청동 동전들밖에 없었다.

"하지만 내 말대로 이건 매우 가치 있는 비밀이에요." 클리스가 말을 계속했다. "당신에게 말하면 내 생명도……."

'그만해! 바보 같은 귀족들 게임 따위!' 빈은 맹렬히 화가 나서 생각했다.

그녀는 아연과 놋쇠를 태워 감정적인 알로맨시를 강력하게 폭발시켜서 클리스를 쳤다. 그 여자의 모든 감정 중에서 공포만 남기고 나머지는 '달래서' 없애버린 후, 그 공포를 잡고 확고하게 당겼다.

"말해요!" 빈이 으르렁거리듯이 명령했다.

클리스는 숨을 들이쉬었다. 그녀의 몸이 땅에 쓰러질 듯 흔들렸다.

"알로맨서! 르노가 이렇게 먼 친척을 루서델에 데려온 게 이상한 일이 아니었군요!"

"말해요!" 빈이 한 걸음 앞으로 나서면서 말했다.

"그를 돕기엔 너무 늦었어요." 클리스가 말했다. "나한테 피해가 돌아올 가능성이 있으면 절대 이런 식으로 비밀을 팔지는 않는다고요."

"나한테 말해!"

"오늘 저녁 엘라리엘 알로맨서들에게 암살될 거예요." 클리스가 속삭였다. "그는 이미 죽었을 수도 있어요. 그 일은 그가 성주의 테이블에서 물러나자마자 일어나게 돼 있으니까요. 하지만 복수를 하고 싶다면 당신은 로드 스트라프 벤처도 처리해야 할걸요."

"엘렌드의 아버지?" 빈이 놀라서 물었다.

"물론이죠, 바보 같은 아가씨." 클리스가 말했다. "로드 벤처는 가문의 상속자 칭호를 아들 대신 자기 조카에게 줄 수 있는 구실이 절실할걸요. 벤처는 엘라리엘의 암살자들이 들어오기 쉽게 젊은 엘렌드의 방 근처 옥상에서 병사 몇 명만 철수시키면 되지요. 그리고 엘렌드가 그 작은 철학 모임을 여는 동안 일어날 일이니까, 로드 벤처는 헤이스팅 한 명과 레칼 한 명도 없앨 수 있게 되고요!"

빈은 빙글 돌아섰다.

'내가 뭔가 해야 해!'

"물론 로드 벤처도 놀랄 일이 있죠." 클리스는 씩 웃으며 일어났다. "내가 듣기로는 젊은 엘렌드가 매우…… 세심하게 고른 책들을 갖고 있다더군요. 젊은 로드 벤처는 곧 여자에게 말할 때 훨씬 더 조심하게 될 거예요."

빈은 다시 돌아서서 클리스 쪽을 보았다. 클리스는 그녀에게 윙크를 했다.

"당신이 알로맨서라는 건 비밀로 지킬게요, 아가씨. 내가 내일 오후까지 돈을 받을 수 있게만 해줘요. 숙녀는 먹을 것을 사야 해요. 그리고 당신이 보다시피, 난 먹을 게 많이 필요하거든요.

벤처가 이야기를 하자면…… 음, 내가 당신이라면 그들과 거리를 둘 거예요. 오늘 밤 샨의 암살자들이 소란을 피울 거거든요. 궁정 사람들 절반이 그 젊은이 방에서 무슨 대소동이 일어나는지 보게 된다고 해도 난 놀라지 않겠어요. 궁정 사람들이 그 책을 보면 엘렌드는…… 음, 당분간 오블리게이터들이 벤처가에 매우 흥미를 가질 거라고만 말해둘게요. 엘렌드가 이미 죽었으리라고 생각하니 너무 안타깝죠. 귀족의 공개 처형을 못 본 지 상당히 오래됐는데!"

'엘렌드의 방. 그들은 거기 있을 거야!' 빈은 필사적으로 생각했다. 그녀는 돌아서서 드레스를 움켜쥐고 미친 듯이 바스락거리며 발코니 보도를 내려가 조금 전 자기가 나왔던 통로로 도로 들어갔다.

"어디 가요?" 클리스가 놀라서 물었다.

"이 일을 막아야 해요!" 빈이 말했다.

클리스가 웃었다.

"너무 늦었다고 내가 이미 말했잖아요. 벤처는 매우 오래된 아성이고, 영주 구역으로 통하는 뒤쪽 통로들은 완전히 미궁이에요. 길을 모르면 몇 시간 동안 헤매기만 할걸요."

빈은 무력감을 느끼며 주위를 둘러보았다.

"게다가 아가씨, 그 젊은이는 방금 당신을 차버리지 않았어요?" 클리스가 돌아서서 걸어가며 덧붙였다. "당신이 그에게 무슨 은혜를 갚을 게 있다고?"

빈은 그 자리에 얼어붙었다.

'그녀 말이 맞아. 내가 그에게 무슨 은혜를 갚을 게 있다고?'

대답은 즉시 나왔다.

'난 그를 사랑해.'

그 생각을 하자 힘이 났다. 빈은 클리스의 웃음을 무시하고 앞으로 마구 달려 나갔다. 그녀는 그 일을 막아야 했다. 그녀는 통로를 통과해 뒤쪽 복도로 들어갔다. 그러나 곧 클리스의 말이 옳다는 것을 깨달았다. 어두운 돌 복도들은 아무 장식도 없고 춥기만 했다. 그녀는 절대로 그 시간까지 길을 찾지 못할 것이다.

'지붕이야. 엘렌드의 방에는 외부 발코니가 있을 거야. 난 창문이 있어야 해.' 그녀는 생각했다.

그녀는 아무 복도로 황급히 달려 내려가며 신발을 차서 벗어 던지고 스타킹을 벗은 후, 드레스를 입은 채로 가능한 한 빠르게 달렸다. 그녀는 자기 몸이 빠져나갈 만큼 큰 창문을 미친 듯이 찾고 있었다. 갑자기 더 큰 복도가 나타났다. 펄럭이는 횃불만 빼고 텅 비어 있었다.

방 맞은편에 거대한 라벤더 장미창이 있었다.

'저 정도면 충분해.' 빈은 강철을 폭발시키며, 뒤에 있는 거대한 철문을 '밀면서' 공중으로 몸을 던졌다. 그녀는 잠시 앞으로 날아가다가 장미창의 철제 창틀을 강력하게 '밀었다'.

앞뒤로 동시에 '밀자' 그녀는 공중에서 휘청거리며 멈추었다. 그녀는 빈 통로에 매달려 뭉개지지 않도록 백랍을 폭발시키면서 안간힘을 썼다. 장미창은 거대했지만 대부분 유리로 되어 있었다. 창이 얼마나 강할까?

매우 강했다. 빈은 중압감 아래에서 신음했다. 뒤에서 딱 하는 소리가 났다. 문이 문틀에서 뒤틀리기 시작했다.

'넌…… 무너져야…… 해!' 그녀는 화가 나서 강철을 폭발시켰다. 돌 조각들이 창문 주위로 떨어졌다.

그리고 빠직 소리와 함께 장미창이 돌벽에서 확 빠져나왔다. 창은 뒤편 밤의 어둠 속으로 떨어졌고, 빈은 그 뒤를 따라 쏜살같이 밖으로 빠져나왔다.

서늘한 안개가 몸을 감쌌다. 그녀는 살짝 방 안의 '문'을 당겨 몸이 너무 멀리 가버리지 않도록 한 다음, 떨어지는 창에 대고 강하게 '밀었다'. 어두운색 유리를 낀 커다란 창이 그녀 아래로 추락하면서 안개가 소용돌이쳤다. 빈은 위쪽 지붕을 향해 똑바로 날아갔다.

빈이 옥상 가장자리를 넘어 날아오름과 동시에 창이 땅에 떨어져 깨졌다. 드레스가 바람 속에서 미친 듯이 펄럭였다. 그녀는 청동으로 도금된 지붕 위에 웅크린 자세로 쿵 떨어졌다. 손가락과 발가락 아래 느껴지는 금속이 서늘했다.

그녀는 청동을 태웠다. 마쉬가 가르쳐준 대로 청동을 사용하며 알로맨시의 기척을 찾았다. 그러나 없었다. 암살자들은 스모커를 데리고 있었다.

'지금 이 건물을 전부 뒤져볼 수는 없어!' 빈은 청동을 폭발시키며 필사적으로 생각했다. '그들은 어디 있을까?'

그때, 이상하게도 뭔가가 느껴지는 것 같았다. 어둠 속의 알로맨시 맥박이었다. 희미하고 숨겨져 있었지만, 그것으로 충분했다.

빈은 자기 본능을 믿고 일어서서 옥상을 가로질러 뛰어갔다. 달려가는 중에 그녀는 백랍을 폭발시키며 드레스의 목 근처를 세차게 잡아당겨 앞면을 아래로 찢어버렸다. 그녀는 비밀 주머니에서 자신의 동전 주머니와 금속 병을 꺼낸 다음 계속 달리면서 드레스, 페티코트, 페티코트에 붙은 레깅스까지 전부 찢어 옆으로 던져버렸다. 그다음에는 코르셋과 장갑이 날아갔다. 그 아래에 그녀는 얇고 소매 없는 하얀 시프트 원피스와 흰 반바지를 입고 있었다.

그녀는 미친 듯이 달렸다.

'너무 늦으면 안 돼. 제발, 안 돼.'

앞쪽 안개 속에서 사람들이 나타났다. 그들은 비스듬히 달린 옥상 채광창 옆에 서 있었다. 빈이 달려올 때도 비슷한 창문을 몇 개

지나쳐 왔다. 한 사람이 채광창을 가리켰고, 그의 손에서 무기가 번쩍였다.

빈은 고함을 지르며, 청동 옥상에 몸을 '밀어' 호를 그리면서 뛰어올랐다. 그녀는 놀란 사람들 한가운데 내려앉은 다음, 동전 주머니를 둘로 찢으며 위로 거칠게 밀었다.

동전들이 아래 창에서 나오는 빛을 반사하며 공중에 흩뿌려졌다. 번쩍이는 금속 소나기가 빈 주위에 떨어졌고, 그녀는 그것을 '밀었다'.

동전들이 그녀를 중심으로 곤충 떼처럼 휭휭 날아갔다. 동전 하나하나가 안개 속에 긴 흔적을 남겼다. 동전을 몸에 맞자 사람들은 비명을 질렀고, 검은 사람 형체 몇 개가 아래로 떨어졌다.

몇 명은 떨어지지 않았다. 어떤 동전들은 보이지 않는 알로맨시의 손에 옆으로 '밀려' 빗겨 나갔다. 선 채로 남아 있는 사람은 네 명이었다. 그중 두 명은 미스트클록을 입고 있었다. 그중 한 명은 낯이 익었다.

샨 엘라리엘. 빈은 클록을 볼 필요도 없이 알아차렸다. 샨같이 중요한 여성이 이런 암살에 올 이유는 하나뿐이었다. 그녀는 미스트본이었다.

"네가?" 샨은 충격에 빠져 물었다. 그녀는 검은 바지와 셔츠를 입고, 짙은 머리는 뒤로 묶었다. 그녀의 미스트클록은 낡았어도 우아해 보였다.

'미스트본이 둘이라니. 이거 안 좋은데.' 빈은 생각했다. 암살자 한 명이 그녀에게 결투용 지팡이를 휘두르자 그녀는 재빨리 몸을 숙여 피했다.

빈은 옥상을 가로질러 미끄러졌다. 몸을 '당겨' 잠시 멈추었다가, 차가운 청동에 한 손을 대고 빙글 돌았다. 그녀는 마음을 뻗어 어둠 속으로 빠져나가지 않은 동전 몇 개를 손안으로 도로 세게 끌어'당겼다'.

"그년을 죽여!" 샨이 날카롭게 말했다. 빈이 쓰러뜨린 두 남자가 신음하며 옥상에 누워 있었다. 그들은 죽지 않았다. 한 명은 이미 휘청거리며 일어나고 있었다.

'써그구나. 다른 두 명은 코인샷이겠지.' 빈은 생각했다.

그녀가 옳다는 것을 증명하려는 듯, 한 남자가 빈의 금속 병을 '밀려고' 했다. 다행히 그 병 안에는 그의 닻이 될 정도로 금속이 많지 않았다. 그래서 그녀는 그것을 쉽게 붙잡을 수 있었다.

샨은 다시 채광창으로 주의를 돌렸다.

'그렇게는 안 돼!' 빈이 앞으로 달려 나갔다.

그녀가 다가가자 코인샷이 고함을 질렀다. 빈은 동전 하나를 튕겨 그를 겨냥해 쏘았다. 물론 그는 '밀어'냈다. 그러나 빈은 청동 지붕과 폭발시킨 강철을 닻 삼아 자기 몸을 거기에 걸어놓고 확고하게 '밀었다'.

남자의 '강철-밀기'가 동전을 타고 빈에게, 다시 지붕에 전해졌다. 그 결과 그는 공중으로 날아가버렸다. 그는 어둠 속으로 튕겨져 나가며 비명을 질렀다. 그는 미스팅일 뿐인지라 자기 몸을 도로 옥상으로 '당길' 수는 없었다.

다른 코인샷 두 명이 빈에게 동전을 뿌리려고 했지만 그녀는 그것들을 쉽게 '밀어'버렸다. 불행히도 그는 자기 동료만큼 어리석지는 않았고, 그녀가 '밀기' 시작하자 곧 동전을 놓아버렸다. 그러나 그가 그녀를 맞힐 수는 없었다. 왜 그는 계속······.

'미스트본이 또 있었지!' 어두운 안개 속에서 한 사람이 허공에 유리 단검을 번뜩이며 뛰쳐나오자 빈은 몸을 숙여 바닥을 굴렀다.

그 남자는 여전히 피가 흐르는 옆구리를 잡고 휘청거리다 발을 헛디뎌 곧장 채광창 안으로 떨어졌다. 그 바람에 색이 엷게 든 질 좋은 유리가 깨졌다. 빈은 주석으로 강화된 청력으로 아래쪽에서 사람들이 놀라 지르는 비명 소리를 들을 수 있었다. 써그가 땅에 부딪치는 요란한 소리가 뒤따랐다.

빈은 위를 쳐다보며 얼떨떨한 샨에게 사악하게 미소 지었다. 그녀 뒤에서 두 번째 미스트본이 조용히 욕설을 뱉고 있었다.

"너······ 네가······." 샨은 말을 더듬었다. 그녀의 눈이 어둠 속에서 분노로 위험하게 빛났다.

'경고를 받아들여요, 엘렌드. 도망가요. 난 이제 가야 해요.' 빈은 생각했다.

그녀는 동시에 두 명의 미스트본과 싸울 수는 없었다. 켈시어도 이길 수 없는 밤이 대부분이었다. 강철을 폭발시키며, 빈은 뒤로 몸을 띄웠다. 샨은 한발 앞으로 나서서 단호하게 빈을 쫓아 자기 몸을 '밀었다'. 두 번째 미스트본도 그녀를 따랐다.

'제기랄!' 빈은 공중에서 빙글 돌아 아까 장미창을 깬 곳 근처 옥상 가장자리를 '밀며' 생각했다. 아래쪽 등잔들이 밝힌 안개 속에서 사람들이 허둥지둥 움직이고 있었다. 로드 벤처는 그 소동이 자기 아들이 죽었다는 뜻이라고 생각한 것 같았다. 그는 놀라게 될 것이다.

빈은 몸을 다시 공중으로 쏘아 올려 안개 낀 허공으로 뛰어나갔다. 두 명의 미스트본이 뒤쪽에 착지했다가 그녀와 마찬가지로 떠나는 소리가 들렸다.

'이건 좋지 않은데.' 빈은 안개 낀 기류 속을 날아가면서 두려움에 싸여 생각했다. 동전은 하나도 남지 않았고, 단검도 없었다. 그 상태에서 두 명의 제대로 훈련받은 미스트본과 싸우고 있는 것이다.

그녀는 철을 태우며 미친 듯이 어둠 속에서 닻이 될 만한 것을 찾았다. 파란 선이 그녀 아래 오른쪽에 나타나 천천히 움직였다.

빈은 그 선을 잡아당겨 몸의 탄도(彈道)를 바꾸었다. 그녀는 아래로 쏜살같이 내려갔다. 그녀 아래쪽에서 벤처가의 벽이 검은 그림자처럼 다가왔다. 그녀의 닻은 벽 위에 있던 어느 불운한 경비병의 흉갑이었다. 그 경비병은 그녀에게 끌려가지 않으려고 필사적으로 흉벽의 성가퀴를 붙잡고 있었다.

빈은 발로 남자를 세게 찬 다음 안개 낀 공중에서 빙글 돌아 몸 방향을 바꾸어 서늘한 돌 위에 내려앉았다. 경비병은 돌 위에 쓰러져 비명을 질렀다. 그는 또 다른 알로맨시 힘이 자기를 끌어'당기'자 필사적으로 그 돌을 움켜쥐었다.

'미안, 친구.' 빈은 그 남자의 손을 차서 성가퀴에서 떼어내며 생각했다. 그는 즉각 위로 튕겨 오르더니 강력한 밧줄에 묶여 끌어당겨지는 것처럼 공중으로 날아갔다.

위쪽 어둠에서 몸이 충돌하며 쿵 소리가 나고, 사람 한 쌍이 벤처가의 안뜰로 흐느적거리며 떨어지는 것이 보였다. 빈은 미소를 지으며 벽을 따라 달려갔다.

'저게 샨이면 정말 좋을 텐데.'

빈은 위로 뛰어올라 정문 관리실 위에 내려앉았다. 아성 근처에서 사람들이 흩어져 도망치려고 마차에 오르는 모습이 보였다.

'이걸로 가문 전쟁이 시작되는구나. 내가 공식적으로 가문 전쟁을 개전할 사람이 될 거라곤 생각도 못 했어.' 빈이 생각했다.

사람 하나가 위쪽 안개에서 그녀를 향해 곤두박질쳤다. 빈은 비명을 지르며 백랍을 폭발시키고 옆으로 뛰어 비켜났다. 샨이 정문 관리실 위에 민첩하게 착륙했다. 그녀의 미스트클록 술이 한껏 부풀어 올랐다. 그녀는 단검 두 개를 모두 꺼내 들고 있었고, 눈은 분노로 불탔다.

빈은 옆으로 뛰어 피하고, 정문 관리실을 굴러 내려가 아래쪽 벽 위에 내려앉았다. 한 쌍의 경비병이 반쯤 벌거벗은 소녀가 자기들 가운데로 떨어지는 것을 보고 놀라서 뒤로 뛰어 물러났다. 샨은 그들 뒤에 있는 벽으로 떨어지더니, 경비병 한 명을 '밀어서' 빈 쪽으로 던졌다.

빈도 그 남자의 흉갑을 '밀자' 그는 비명을 질렀다. 그러나 남자 쪽이 훨씬 무거웠기 때문에 그녀의 몸이 뒤로 던져졌다. 그녀는 자기 속도를 늦추기 위해 그 경비병을 끌어'당겼고', 그 남자는 요란한 소리를 내며 벽 위로 떨어졌다. 빈은 그의 옆에 유연하게 착지해, 경비병의 손에서 굴러 떨어지는 스태프를 움켜쥐었다.

샨이 번뜩이는 단검을 빠르게 회전시키며 공격했다. 빈은 다시 뒤로 뛰어 물러날 수밖에 없었다.

'솜씨가 대단한데!' 빈이 초조해하며 생각했다. 빈은 단검 훈련을 거의 받지 않았다. 지금은 켈시어에게 좀 더 연습시켜달라고 할 걸 그랬다는 생각이 들었다. 그녀는 스태프를 휘둘렀지만, 전에 그 무기를 한 번도 써본 적이 없었기 때문에 공격은 터무니없이 빗나갔다.

샨은 단검을 휘둘렀고, 빈은 몸을 피하면서도 뺨이 타오르는 듯한 아픔을 느꼈다. 그녀는 충격으로 스태프를 떨어뜨리고 얼굴에 손을 갖다 댔다. 피가 흐르는 게 느껴졌다. 그녀는 뒤로 휘청거리며, 샨의 얼굴에 미소가 떠오르는 것을 보았다.

그때 빈은 그 병이 떠올랐다. 켈시어가 주었고, 아직 그녀가 갖고 있는 병.

아티움.

그녀는 허리에 밀어 넣었던 병을 움켜쥐는 일조차 하지 않았다. 그녀는 강철을 태워 그 병을 자기 앞 공중으로 '밀어'냈다. 그다음 즉각 철을 태워 아티움 방울을 잡아당겼다. 병이 깨지면서 구슬은 뒤쪽에 있던 빈을 향해 날아왔다. 그녀는 그것을 입에 물고, 방울을 억지로 삼켰다.

샨은 멈추었다. 다음 순간, 빈이 손 쓸 틈도 없이 그녀도 자기 병을 들이켰다.

'당연히 그녀도 아티움을 갖고 있었겠지!'

그러나 얼마나 많이 갖고 있었을까? 켈시어는 빈에게 아티움을 많이 주지 않았다. 겨우 삼십 초 정도 버틸 수 있는 양이었다. 샨은 앞으로 뛰어오며 미소를 지었다. 그녀의 긴 머리가 공중에 치솟았다. 빈은 이를 갈았다. 선택의 여지가 별로 없었다.

그녀는 아티움을 태웠다. 즉시, 샨의 모습이 수십 개로 늘어나면서 환영 같은 아티움 그림자가 되어 앞으로 날아왔다. 미스트본의 교착 상태였다. 아티움이 먼저 떨어지는 쪽이 약해질 것이다. 내가 정확히 무엇을 할 것인지 상대가 알고 있으면 도망칠 수 없다.

빈은 뒤로 재빨리 움직이며 샨을 계속 지켜보았다. 귀족 여성은 큰 걸음으로 걸어왔고, 반투명한 환영들이 그녀 주위에서 어지러운 거품처럼 움직였다. 그녀는 차분해 보였다. 자신만만했다.

'아티움을 많이 갖고 있구나.' 빈은 자기 저장량이 타서 없어지는 것을 느끼며 생각했다. '여기서 빠져나가야 해.'

어슴푸레한 긴 나무가 갑자기 빈의 가슴을 꿰뚫었다. 진짜 화살이 막 그녀가 서 있던 공중을 지날 때, 그녀는 옆으로 몸을 피했다. 화살촉 없이 만들어진 화살 같았다. 정문 관리실 쪽을 흘긋 보니 병사 몇 명이 활을 들어 올리고 있었다.

그녀는 욕을 하며 옆쪽의 안개 속을 슬쩍 보았다. 그러자 샨의 미소가 보였다.

'내 아티움이 다 타서 없어지기만 기다리고 있는 거야. 샨은 내가 도망치기를 바라. 나를 붙잡을 수 있다는 걸 아니까.'

다른 선택지는 하나뿐이었다. 공격하는 것.

빈이 앞으로 달려 나가자 샨은 놀라 얼굴을 찡그렸다. 진짜 화살이 도착하기 직전에 유령 화살이 돌에 딱 부딪쳤다. 빈은 두 화살 사이를 뛰어서 피했다. 아티움으로 강화된 그녀의 정신은 정확히 어떻게 움직여야 할지 알고 있었다. 양쪽 화살이 공중에서 다 느껴질 정도로 너무나 가깝게 그녀를 스쳐 지났다.

샨이 단검을 휘둘렀고, 빈은 옆으로 몸을 틀어 베어 들어오는 일격은 피했으나 다른 일격을 위팔로 받는 바람에 깊은 자상을 입었다. 몸을 빙글 돌리자 그녀의 피가 공중에 흩날렸다. 핏방울 하나하나가 반투명한 아티움의 이미지를 여러 개 뿜어냈다. 그녀는 백랍을 폭발시키며 샨의 배를 정통으로 때렸다.

샨은 고통으로 신음하며 몸을 약간 굽혔다. 그러나 그녀는 쓰러지지 않았다.

'아티움이 거의 다 떨어졌어. 겨우 몇 초 남았어.' 빈은 필사적으로 생각했다.

그녀는 자기 아티움을 미리 꺼버리고 모습을 드러냈다.

샨은 사악하게 미소 지으며 웅크린 자세로 다가왔다. 그녀의 오른손은 자신 있게 단도를 휘두르고 있었다. 샨은 빈의 아티움이 다 떨어졌고, 그래서 그녀의 모습이 드러난 거라고 생각했다. 빈은 취약하다고.

바로 그 순간, 빈은 마지막 아티움 조각을 불태웠다. 샨은 아주 잠깐 당황해서 멈추며 빈에게 틈을 보였다. 동시에 머리 위 안개 속에서 유령 화살이 빠르게 날아왔다.

빈은 뒤따라오는 진짜 화살을 붙잡았다. 거칠거칠한 나무 때문에 손가락이 불에 타는 듯이 아팠다. 그녀는 화살을 샨의 가슴팍에 박아 넣었다. 화살대는 가슴을 파고들다 몸 밖으로 1인치 정도 남긴 채 빈의 손안에서 꺾어졌다. 샨은 뒤로 휘청거렸지만 아직 서 있었다.

'망할 백랍.' 빈은 발치에 있는 의식을 잃은 병사의 칼집에서 거칠게 검을 빼냈다. 그녀는 투지로 이를 갈며 앞으로 뛰어나갔다. 샨은 아직 멍한 채로 칼을 '밀어'내기 위해 한 손을 들었다.

빈은 칼을 놓아버렸다. 칼은 한눈을 팔게 하려는 수에 지나지 않았다. 그녀는 부러진 화살의 나머지 절반을 샨의 가슴에 때려 박았다. 먼저 화살이 박힌 부분 바로 옆이었다.

이번에는 샨이 쓰러졌다. 그녀는 일어나려고 했지만, 화살대 중하나가 그녀의 심장에 심각한 타격을 준 것 같았다. 그녀의 얼굴이 창백해졌다. 그녀는 잠시 몸부림을 쳤으나, 결국 죽어 돌 위에 쓰러졌다.

빈은 선 채로 깊이 숨을 들이쉬며 뺨에서 피를 닦아냈다. 그러나 헛수고였다. 피투성이 팔 때문에 얼굴이 더 엉망이 되었다. 뒤쪽에서 병사들이 소리를 지르며 더 많은 화살을 시위에 메웠다.

빈은 아성 쪽을 흘끗 돌아보며 엘렌드에게 마음속으로 작별 인사를 한 다음, 자기 몸을 어둠 속으로 '밀었다'.

31

다른 이들은 자신이 기억될지 그렇지 않을지를 걱정한다. 나는 그런 두려움은 없다. 그 테리스 예언을 무시한다 해도, 나는 이 세상에 그토록 많은 혼란과 갈등과 희망을 가져왔기 때문에 잊힐 가능성은 거의 없다.

나는 사람들이 나를 어떻게 말할지 걱정한다. 역사가들은 과거를 가지고 원하는 대로 만들 수 있다. 천 년 동안, 나는 인류를 강력한 악에서 보호한 사람으로 기억될까? 아니면 오만하게도 스스로를 전설로 만들려 했던 폭군으로 기억될까?

"난 몰라." 켈시어가 어깨를 으쓱하며 미소를 지었다. "브리즈는 아주 좋은 위생 장관이 될 거야."

패거리는 씩 웃었지만 브리즈는 그저 눈만 굴렸다.

"솔직히 왜 내가 계속 너희의 웃음거리가 되는지 모르겠어. 왜 이 패거리에서 유일하게 품위 있는 사람을 조롱거리로 삼는 거야?"

"왜냐하면, 이 사람아." 햄이 브리즈의 억양을 흉내 내며 말했다. "지금까지는 우리에게 제일 좋은 놀림거리니까."

"오, 제발." 브리즈가 말했다. 스푸크는 웃느라 마루에 쓰러질 지경이었다. "이건 퇴행일 뿐이야. 그 말이 재밌다고 생각하는 사람은 10대 소년 하나뿐이었다고, 해먼드."

"난 군인이야." 햄이 잔을 들며 말했다. "자네의 재치 있는 말솜씨로는 아무 타격도 입지 않아. 너무 명청해서 그런 건 이해를 못 하거든."

켈시어는 찬장에 기대선 채 씩 웃었다. 밤에 일할 때 겪는 한 가지 문제는 클럽스의 부엌에서 열리는 저녁 모임을 놓치게 된다는 것이다. 브리즈와 햄은 보통 때처럼 친근한 농담을 계속했고, 독스는 테이블 끝에 앉아 장부와 보고서들을 검토했다. 스푸크는 햄 옆에 앉아 대화에 참여하려고 최선을 다했다. 클럽스는 구석 자리에 앉아 모임을 감독하고 이따금 미소를 짓기도 했지만, 보통은 그 방에서 가장 자주 얼굴을 씰ㅡ리는 능력을 발휘했다.

"저는 이제 나가야겠습니다, 마스터 켈시어." 세이즈드가 방의 시계를 보며 말했다. "미스트리스 빈도 떠날 준비가 됐을 겁니다."

켈시어가 고개를 끄덕였다.

"나도 가야겠어. 할 일이……."

바깥 부엌문이 쾅 열렸다. 빈이 어두운 안개 속에 실루엣을 보이며 서 있었다. 그녀는 드레스용 속옷만 입고 있었다. 얇은 흰 셔츠와 반바지였다. 둘 다 피가 튀어 있었다.

"빈!" 햄이 외치며 일어섰다.

그녀의 뺨에는 길고 가는 자상이 나 있었고, 한쪽 위팔에는 붕대를 감고 있었다.

"난 괜찮아요." 그녀는 녹초가 된 채로 말했다.

"네 드레스는 어떻게 된 거야?" 독슨이 바로 날카롭게 물었다.

"이거 말이죠?" 빈이 미안해하는 표정을 지으며 찢어지고 검댕이 묻은 파란 천 뭉치를 들어 올렸다. "이거…… 걸리적거려서요. 미안해요, 독스."

"로드 룰러시여, 애야!" 브리즈가 말했다. "드레스 같은 건 잊어버리고…… 너한테 무슨 일이 생긴 거냐!"

빈은 고개를 저으며 문을 닫았다. 그녀의 복장을 본 스푸크의 얼굴이 타오르듯 빨개졌다. 세이즈드는 즉시 그녀에게 다가가 뺨의 상처를 살펴보았다.

"내가 나쁜 짓을 한 것 같아요. 내가…… 샨 엘라리엘을 죽인 것 같아요." 빈이 말했다.

"네가 뭘 했다고?" 켈시어가 물었다. 세이즈드는 조용히 혀를 차며 뺨의 작은 상처는 남겨두고 그녀 팔의 붕대를 풀고 있었다.

세이즈드의 손이 닿자 빈은 살짝 움찔했다.

"그녀는 미스트본이었어요. 우린 싸웠고, 내가 이겼어요."

'완전히 훈련받은 미스트본을 죽였다고? 넌 겨우 여덟 달밖에 연습하지 않았는데!' 켈시어는 충격을 받았다.

"마스터 해먼드, 제 의료 가방을 가져다주시겠습니까?" 세이즈드가 부탁했다.

햄이 고개를 끄덕이며 일어섰다.

"빈이 입을 것도 갖고 오면 좋을 것 같아." 켈시어가 제안했다. "스푸크가 가엾게도 심장마비로 곧 죽을 것 같거든."

"이게 뭐가 어때서요?" 빈이 자기 옷 쪽으로 고갯짓을 하며 물었다. "내가 입었던 도둑 옷 중에는 이것보다 몸을 더 많이 드러내는 것도 있었는데요."

"그건 속옷이잖아, 빈." 독스가 말했다.

"그래서요?"

"세상의 원칙이야. 젊은 숙녀들은 속옷을 입고 돌아다니지 않는다. 그 속옷이 보통 옷과 얼마나 닮았는지는 상관없어."

빈은 어깨를 으쓱하고는 세이즈드가 팔에 붕대를 대는 동안 가만히 앉아 있었다. 그녀는…… 기진맥진해 보였다. 싸움 때문만은 아니었다.

'파티에서 무슨 일이 일어난 거지?'

"그 엘라리엘네 여자와 어디서 싸웠지?" 켈시어가 물었다.

"벤처 아성 밖에서요." 빈이 눈을 내리깔며 말했디. "경비병 몇 명이 날 본 것 같아요. 귀족들도 봤을지 몰라요. 확실하진 않아요."

"말썽거리가 되겠구나." 독슨이 한숨을 쉬며 말했다. "물론 그 뺨의 상처는 화장을 해도 눈에 아주 띌 거고. 솔직히 너희 알로맨서들은…… 넌 이런 싸움을 하고 난 다음 날 어떻게 보일지 걱정이 안 되니?"

"난 살아남는 데만 집중하고 있었어요, 독스." 빈이 말했다.

"독스는 그냥 너를 걱정하기 때문에 불평하고 있는 거야. 그는 그런 식이거든." 켈시어가 말했다. 그때 햄이 가방을 가지고 돌아왔다.

"양쪽 상처 다 즉시 꿰매야 합니다, 미스트리스. 팔의 상처는 뼈까지 닿은 것 같습니다." 세이즈드가 말했다.

빈이 고개를 끄덕이자 세이즈드는 마취제로 그녀의 팔을 문지른 다음 치료에 착수했다. 그녀는 많이 불편하지 않은 듯 참아냈다. 백랍을 폭발시키고 있는 게 분명했다.

'아주 기진맥진해 보여.' 켈시어는 생각했다. 빈은 팔다리만 길쭉하고 지나치게 연약해 보이는 아이였다. 해먼드가 그녀의 어깨에 클록을 둘러주었지만 그녀는 너무 지친 나머지 알지도 못하는 것 같았다.

'내가 이 아이를 이 일에 끌어들였어.'

물론 그녀는 이런 말썽에 휘말려들지 않도록 자제했어야 했다.

마침내 세이즈드가 능률적인 바느질을 끝낸 다음 팔의 상처 주위에 새 붕대를 감았다. 그의 손길은 뺨의 상처로 옮겨갔다.

"왜 미스트본과 싸웠어?" 켈시어가 엄격하게 물었다. "도망쳤어야지. 넌 심문관들과 싸웠을 때 배운 게 없니?"

"그녀에게 등을 보이고 도망칠 수는 없었어요." 빈이 말했다. "게다가 그녀가 나보다 아티움을 더 많이 갖고 있었어요. 내가 공격하지 않았다면 그쪽에서 나를 쫓아왔을 거예요. 우리가 동등한 조건에서 겨루고 있을 때 역습을 해야 했어요."

"하지만 애초에 왜 거기 말려든 거야?" 켈시어가 날카롭게 물었다. "그녀가 널 공격했어?"

빈은 자기 발치를 내려다보았다.

"내가 먼저 공격했어요."

"왜?" 켈시어가 물었다.

빈은 잠시 가만히 앉아 세이즈드가 뺨을 치료하도록 내맡기고 있다가, 마침내 말했다.

"그녀가 엘렌드를 죽이려고 했어요."

켈시어는 화가 나서 훅 숨을 내쉬었다.

"엘렌드 벤처? 그 멍청한 남자애 하나 때문에 네 목숨과 우리 계획과 우리 생명까지 걸었다고?"

빈은 고개를 들고 그를 노려보았다.

"그래요."

"너 어디가 잘못된 거냐, 얘야?" 켈시어가 물었다. "엘렌드 벤처는 이만한 가치가 없어."

그녀가 화가 나 일어서는 바람에 세이즈드는 뒤로 물러섰다. 클록이 마루에 떨어졌다.

"그는 좋은 사람이에요!"

"그는 귀족이야!"

"당신도 그래요!" 빈이 쏘아붙였다. 그녀는 부엌과 패거리들 쪽으로 좌절한 듯이 팔을 휘저었다. "이게 뭐라고 생각해요, 켈시어? 스카의 생활이에요? 당신들이 스카에 대해 뭘 알아요? 귀족들 정복을 입고, 밤에 적들을 살금살금 미행하고, 친구들과 테이블 주위에 둘러앉아 근사한 저녁을 먹으면서 자기 전에 술 한잔? 스카의 생활은 이렇지 않아요!"

그녀는 한발 앞으로 나서 켈시어를 노려보았다. 그는 그녀의 격앙된 모습에 놀라 눈만 껌벅였다.

"당신이 스카에 대해 뭘 알아요, 켈시어?" 그녀가 물었다. "마지막으로 차가운 비에 떨면서 골목길에서 자본 게 언제예요? 죽을병에 걸렸다는 걸 아는 옆자리 거지의 기침 소리를 들으면서? 패거리 사람이 당신을 강간하지 않을까 겁을 먹고 밤에 깼던 적이 마지막으로 언제죠? 무릎을 꿇고, 굶주리고, 옆에 있는 패거리의 빵 조각 하나를 먹고 싶어서 그 사람을 칼로 찌를 용기가 있었으면 하고 바란 적이 있나요? 오빠가 때릴 때 그 앞에서 겁을 먹으면서도 적어도 나한테 주의를 기울이는 사람이 있다는 데 감사해야 했던 적이 있어요?"

그녀는 살짝 씩씩거리는 상태로 조용해졌다. 패거리 사람들이 그녀를 멍하니 바라보았다.

"나한테 귀족에 대해 말하지 마요. 당신이 모르는 사람들에 대해서도 얘기하지 마요. 당신들은 스카가 아니에요. 그냥 작위가 없는 귀족일 뿐이에요."

그녀는 돌아서서 성큼성큼 걸어 방을 나갔다. 켈시어는 충격을 받은 채 그녀가 가는 모습을 지켜보았다. 계단을 밟는 발소리가 났다. 그는 얼떨떨해져서 일어나면서, 놀랍게도 부끄러움과 죄책감이 울컥 솟구치는 것을 느꼈다.

그리고 이번만은, 아무 할 말이 없었다.

빈은 자기 방으로 가지 않았다. 그녀는 지붕으로 올라갔다. 조용하고 불빛 없는 밤의 어둠 속에 안개가 웅크리고 있었다. 그녀는 구석에 앉았다. 평평한 옥상의 거친 돌 가장자리가 거의 벗다시피 한 등에 닿았다. 아래로 나무들이 보였다.

추웠지만 상관없었다. 팔은 약간 아팠지만 대체로 감각이 없었다. 그녀는 마음도 그렇게 감각이 없었으면 좋겠다고 생각했다.

그녀는 팔짱을 끼고 쪼그려 앉아 안개를 바라보았다. 무엇을 느끼는지는 물론이고 무슨 생각을 해야 할지도 몰랐다. 켈시어에게 성질을 폭발시키지 말았어야 했다. 그러나 지금까지 일어났던 모든 일들…… 그 싸움, 엘렌드의 배신…… 그 일들은 그녀를 좌절시키기만 했다. 그녀는 누군가에게 화를 내야 했다.

'그냥 너 자신에게 화를 냈어야지.' 린의 목소리가 속삭였다. '그 사람들이 너와 가까워지게 놔둔 사람은 너잖아. 이제 그들 모두 너를 떠나버릴 거야.'

그녀는 그 목소리가 마음을 베는 것을 막지 못했다. 그녀는 몸을 떨며 앉아 눈물을 떨구었다. 모든 것이 어떻게 이렇게 빨리 무너져 내릴까 싶었다.

옥상 함정 문이 낮게 끼긱 소리를 내며 열리더니, 켈시어의 머리가 나타났다.

'오, 로드 룰러시여! 난 지금 그의 얼굴을 마주 보고 싶지 않아요.' 그녀는 눈물을 닦아내려 했지만 갓 꿰맨 뺨의 상처만 자극했을 뿐이었다.

켈시어는 함정 문 밖으로 나와 문을 닫은 다음 일어섰다. 안개를 올려다보는 그의 모습은 크고 당당했다.

'난 그에게 주제넘은 말을 했어. 그들 모두에게.'

"안개를 지켜보면 위안이 되지, 안 그래?" 켈시어가 물었다.

빈은 고개를 끄덕였다.

"내가 예전에 뭐라고 했더라? 안개는 널 보호해주고, 네게 힘을 주고…… 널 숨겨주지……."

그는 아래를 내려다보다가 빈 쪽으로 걸어와 그녀 앞에 쪼그려 앉더니 클록을 내밀었다.

"숨길 수 없는 것들도 있지, 빈. 알아. 나도 해봤으니까."

그녀는 클록을 받아 들어 어깨에 둘렀다.

"오늘 밤에 무슨 일이 있었니? 진짜 무슨 일이 일어난 거야?" 그가 물었다.

"엘렌드가 더 이상 나와 만나고 싶지 않대요."

"아." 켈시어가 그녀 곁에 앉으면서 말했다. "그건 네가 그의 전

약혼녀를 죽이기 전이니, 후니?"

"그 전이요." 빈이 말했다.

"그래도 넌 그를 보호해주었고?"

빈은 고개를 끄덕이며 조용히 훌쩍였다.

"나도 알아요, 내가 바보예요."

"우리보다 바보는 아니야." 켈시어가 한숨을 쉬며 말했다. 그는 안개 속을 올려다보았다. "나도 메어를 사랑했어. 그녀가 나를 배신한 후에도. 내가 느낀 감정을 바꿀 수 있는 건 아무것도 없어."

"그래서 이렇게 마음이 아픈 거예요." 빈은 켈시어가 전에 했던 말을 떠올렸다.

'마침내 알 것 같아.'

"어떤 사람이 널 아프게 했다고 해서 그를 사랑하지 않을 수는 없는 거지. 그럴 수 있다면 세상 살기가 얼마나 쉽겠니." 그가 말했다.

그녀는 다시 훌쩍이기 시작했고, 그는 아버지같이 다정하게 그녀에게 팔을 둘렀다. 그녀는 꼭 다가붙었다. 그의 온기로 고통을 밀어내고 싶었다.

"나도 사랑했어요, 켈시어." 그녀가 속삭였다.

"엘렌드? 알아."

"아뇨, 엘렌드 말고요." 빈이 말했다. "린이요. 그는 나를 때리고 또 때리고 또 때렸어요. 내게 욕을 하고 고함을 치고, 날 배신할 거라고 말했어요. 매일 나는 오빠가 얼마나 미운지를 생각했어요.

하지만 난 오빠를 사랑했어요. 아직도 사랑해요. 오빠가 가버렸다고 생각하면 너무 마음이 아파요. 언제나 자기는 날 떠날 거라고 말했는데도."

"오, 얘야." 켈시어가 그녀를 꼭 끌어안았다. "미안하다."

"모두가 날 떠나요." 그녀가 속삭였다. "난 엄마를 기억하시도 못해요. 알죠. 엄마는 날 죽이려고 했어요. 엄마 머릿속에서 목소리들이 났고, 그 목소리들 때문에 엄마는 갓난아기였던 내 여동생을 죽였어요. 아마 그다음엔 나를 죽였을 거예요. 하지만 린이 엄마를 막았죠.

어느 쪽이든, 엄마는 날 떠났어요. 그 후 난 린에게 달라붙었어요. 하지만 린도 떠났어요. 난 엘렌드를 사랑하지만, 그는 더 이상 내가 필요하지 않대요." 그녀는 켈시어를 쳐다보았다. "당신은 언제 갈 거예요? 언제 날 떠날 거죠?"

켈시어는 슬퍼 보였다.

"난…… 빈, 난 모르겠어. 이 일, 이 계획……."

그녀는 그의 눈 속을 들여다보면서 그가 숨긴 비밀을 알아내려고 했다.

'나한테 뭘 감추고 있지요, 켈시어? 위험한 건가요?'

그녀는 다시 눈을 문지르며 그의 품에서 떨어져 나왔다. 바보가 된 느낌이었다.

켈시어는 자기 옷을 내려다보면서 고개를 저었다.

"이것 봐, 넌 지금 내 멋지고 더러운 가짜 정보원 옷에 온통 피를 묻혔다고."

빈이 미소를 지었다.

"최소한 그중에 귀족의 피도 있어요. 샨의 피가 꽤나 많이 묻었거든요."

켈시어가 씩 웃었다.

"아마 네가 나한테 한 말이 옳을 거야. 그래, 난 귀족에게 별로 회심할 가능성이 있다고 느끼지 않아, 그렇지?"

빈의 얼굴이 붉어졌다.

"켈시어, 내가 아까 한 말은 아예 하지 말았어야 했어요. 당신들은 좋은 사람들이고, 이 계획은…… 음, 당신들이 스카를 위해 뭘 하려고 하는지 알아요."

"아냐, 빈." 켈시어가 고개를 흔들며 말했다. "네가 한 말이 맞아. 우리는 진짜 스카는 아니야."

"하지만 그것도 좋아요." 빈이 말했다. "당신이 진짜 스카였다면 이런 계획을 짤 경험이나 용기가 없었을 거예요."

"그들에게 경험이 없을지는 몰라. 하지만 용기가 없는 건 아냐." 켈시어가 말했다. "맞아, 우리 군대는 졌어. 하지만 그들은 최소한의 훈련만 받고도 월등히 많은 병력과 망설임 없이 맞섰어. 그래, 스카에게 용기가 없는 건 아냐. 기회가 없을 뿐이야."

"그럼 반은 스카고 반은 귀족인 태생 때문에 당신은 기회를 얻었군요, 켈시어. 그리고 당신은 그 기회를 당신의 반쪽인 스카를 돕는 데 쓰기로 했어요. 무엇보다도 그 선택이 당신에게 스카 자격을 주는 거예요."

켈시어가 미소를 지었다.

"스카 자격이라. 그 말 좋은데. 하지만 나는 어느 귀족을 죽일지 고르는 데 들이는 시간을 좀 줄이고, 어느 농부들을 도울지 걱정하는 시간을 좀 더 늘려야 할 거야."

빈은 고개를 끄덕이고 클록을 꼭 두르면서 안개 속을 쳐다보았다.

'안개는 우리를 보호하고…… 우리에게 힘을 주고…… 우리를 숨겨주고…….'

그녀는 오랫동안 숨어야 할 필요성을 느끼지 못했다. 그러나 지금은, 아래층에서 그 말을 하고 난 다음에는, 안개 한 줌이 되어 날아가버리고 싶었다.

'그에게 말해야 해. 그게 계획의 성공과 실패를 가를 수도 있어.' 그녀는 숨을 깊이 들이마셨다.

"벤처 가문에는 약점이 하나 있어요, 켈시어."

그의 얼굴에 생기가 돌았다.

"그래?"

빈은 고개를 끄덕였다.

"아티움이요. 벤처가는 그 금속을 거두고 운반해요. 그들의 재산의 원천이 바로 그거예요."

켈시어는 잠시 말이 없었다.

"당연하지! 그래서 세금을 낼 수 있었고, 그래서 그렇게 강력했군……. 로드 룰러는 자기 대신 일을 처리할 사람이 필요했을 거야……."

"켈시어?" 빈이 물었다.

그는 다시 그녀를 바라보았다.

"꼭 해야 하는 일이 아니면…… 아무것도 하지 마세요, 알았죠?"

켈시어는 얼굴을 찡그렸다.

"난…… 무슨 약속을 할 수 있을지 잘 모르겠어, 빈. 다른 방법을 생각해보기는 할게. 하지만 지금 같은 상황에서 벤처가는 무너져야 해."

"이해해요."

"하지만 네가 말해줘서 기뻐."

그녀는 고개를 끄덕였다.

'이제 나도 엘렌드를 배신했구나.'

하지만 원한 때문에 배신한 것이 아니라고 확신하자 마음이 평화로웠다. 켈시어가 옳았다. 벤처 가문은 무너뜨려야 할 권력이었다. 그런데 이상하게도, 그 가문의 비밀을 그녀가 털어놓자 그녀가 비밀을 품고 있을 때 괴로워했던 것보다도 켈시어가 더 괴로워하는 것 같았다. 그는 앉아서 묘하게 우울한 표정으로 안개 속을 들여다보고 있었다. 그는 손을 내려 멍하니 팔을 긁었다.

'그 상처들이구나. 그는 벤처 가문 생각을 하고 있던 게 아니었어. "갱"이었어. 그녀였어.'

"켈시어?"

"응?" 안개를 지켜보는 그의 눈은 아직도 약간…… 멍해 보였다.

"난 메어가 당신을 배신한 것 같지 않아요."

그는 미소 지었다.

"네가 그렇게 생각해주니 기쁘다."

"아뇨, 진심이에요." 빈이 말했다. "당신들이 궁전 한가운데 갔을 때 심문관들이 기다리고 있었죠, 맞죠?"

켈시어는 고개를 끄덕였다.

"그들은 우리도 기다리고 있었어요."

켈시어는 고개를 저었다.

"너와 내가 들어갈 때는 경비병 몇 명과 싸우고 소리도 좀 냈지. 메어와 들어갈 때는 소리 하나 내지 않았어. 우리는 1년 동안 계획을 세우고 비밀스럽게, 살며시, 아주 조심하면서 갔어. 누군가가 우리에게 덫을 놓았던 거야."

"메어는 알로맨서였잖아요, 맞죠?" 빈이 물었다. "그들은 당신들이 오는 걸 느낄 수 있었던 것뿐이에요."

켈시어가 고개를 저었다.

"우린 스모커도 데리고 갔어. 그의 이름은 레드였어. 심문관은 그를 곧장 죽여버렸지. 그가 배신자였는지도 생각해봤지만, 그건 말이 안 돼. 레드는 그날 밤 우리가 그를 데려갈 때까지 그런 잠입 계획이 있다는 걸 알지도 못했어. 메어만이 우리를 배신할 만한 것들을 알고 있었어. 날짜, 시간, 목적. 더구나 로드 룰러가 그렇게 말했어. 넌 그를 보지 못했지, 빈. 그가 메어에게 고맙다고 하면서 미소를 짓더군. 그의 눈은…… 정직했어. 로드 룰러는 거짓말을 하지 않는다고 하잖아. 그가 왜 거짓말을 할 필요가 있겠어?"

빈은 잠시 조용히 앉아 그의 말에 대해 생각했다.

"켈시어." 그녀가 천천히 말했다. "심문관들은 우리가 구리를 태워도 우리의 알로맨시를 느낄 수 있는 것 같아요."

"그럴 리가 없어."

"난 오늘 밤 느꼈어요. 샨의 구리구름을 뚫고 그녀와 다른 암살자들이 있는 곳을 찾아냈어요. 그래서 제때 엘렌드에게 갈 수 있었던 거예요."

켈시어가 얼굴을 찌푸렸다.

"잘못 느꼈겠지."

"전에도 그런 일이 있었어요." 빈이 말했다. "구리를 태우고 있었는데도 로드 룰러의 손길이 내 감정에 와 닿는 걸 느낄 수 있었어요. 그리고 나를 사냥하던 심문관은 내가 숨어 있을 때 찾을 수 없었어야 하는데도 날 찾아냈어요. 장담할 수 있어요. 켈시어, 만약 그 일이 가능하다면 어때요? '스모킹'으로 기적을 숨기는 게 구리가 켜져 있느냐 아니냐 하는 단순한 문제가 아니라면? 그냥 당신이 얼마나 강한지에 달려 있다면요?"

켈시어는 생각에 잠겨 앉아 있었다.

"그건 가능할 수도 있겠어."

"그럼 메어는 당신을 배신할 필요가 없었어요!" 빈은 열정적으로 말했다. "심문관들은 매우 강해요. 당신들을 기다리고 있던 심문관들은 아마 당신들이 금속을 태우고 있는 걸 느꼈을 거예요! 그래서 그들은 알로맨서가 궁전에 숨어들려고 한다는 걸 알았어요. 그다음 로드 룰러는 그녀에게 고맙다고 했죠. 당신들이 있는 곳을 드러낸 사람이 그녀니까! 그녀는 알로맨서였고, 주석을 태웠고, 심문관들을 당신들에게 안내했어요."

켈시어의 얼굴에 혼란스러운 표정이 떠올랐다. 그는 돌아서서 똑바로 그녀 앞에 앉았다.

"그럼 지금 해봐. 내가 무슨 금속을 태우고 있는지 말해봐."

빈은 눈을 감고 청동을 태웠다. 귀를 기울이며…… 마쉬가 가르쳐준 대로 느껴보았다. 그녀는 브리즈나 햄, 스푸크가 그녀에게 내보낸 파동에 집중하며 보낸 시간을, 혼자 했던 훈련을 떠올렸다. 그리고 알로맨시의 흐릿한 리듬을 골라내려고 애썼다. 시도했다……

순간, 뭔가를 느낀 것 같았다. 매우 낯설고 느린 맥박이었다. 멀리서 들려오는 북소리처럼 희미했고, 전에 느껴본 어떤 알로맨시 리듬과도 달랐다. 그러나 켈시어에게서 나오는 것은 아니었다. 그것은 멀리…… 훨씬 멀리 떨어진 곳에 있었다. 그녀는 그 파동이 나오는 방향을 알아내려고 더 집중했다.

그런데 갑자기 다른 것이 그녀의 주의를 끌었다. 켈시어에게서 나오는 더 낯익은 리듬이었다. 희미한 데다 그녀 자신의 심장 고동과 섞여서 알아차리기가 어려웠다. 하지만 박자가 대담하고 빨랐다.

그녀는 눈을 떴다.

"백랍! 백랍을 태우고 있죠!"

켈시어가 놀라서 눈을 깜박거렸다.

"믿을 수가 없어. 다시!" 그가 속삭였다.

그녀는 눈을 감았다.

"주석." 그녀가 잠시 후 말했다. "이제는 강철. 내가 말하자마자 바꿨군요."

"말도 안 돼!"

"내 말이 맞잖아요." 빈이 열성적으로 말했다. "구리구름을 뚫고 알로맨시 맥박을 느낄 수 있다고요! 아주 희미하지만 충분히 집중하기만 하면 돼요……."

"빈." 켈시어가 말을 막았다. "알로맨서들이 전에 이걸 시험해보지 않은 것 같니? 천 년이나 흘렀는데, 누군가가 구리구름을 꿰뚫을 수 있다는 사실을 알아차렸을 것 같지 않아? 나도 그걸 시도해봤어. 나는 내 마스터의 구리구름을 뚫고 뭔가 느껴보려고 몇 시간씩이나 집중했었어."

"하지만…… 하지만 왜……?" 빈이 말했다.

"네 말처럼 힘과 관계가 있을 거야. 심문관들은 보통 미스트본보다 훨씬 더 세게 '밀고' '당길' 수 있어. 그들이 아주 강해서 다른 사람의 금속을 압도해버리는 거겠지."

"하지만 켈시어, 난 심문관이 아니잖아요." 빈이 조용히 말했다.

"하지만 넌 강해. 터무니없을 정도로 강해. 넌 오늘 완전히 훈련된 미스트본을 죽였잖아!" 그가 말했다.

"행운이었어요. 그녀를 속였을 뿐이에요." 빈은 얼굴을 붉히며 말했다.

"알로맨시는 속임수 빼면 시체야, 빈. 아니, 너에게는 특별한 것이 있어. 난 첫날부터 알았어. 내가 네 감정을 '밀고' '당기려고' 할 때 네가 움츠러들었던 그날부터."

빈의 얼굴이 붉어졌다.

"그럴 리가 없어요, 켈시어. 내가 당신보다 청동을 좀 더 연습한 걸 거예요……. 모르겠어요, 난 그냥……."

"빈." 켈시어가 말했다. "넌 아직 너무 소심해. 넌 뛰어난 알로맨서야. 그것만큼은 분명해. 네가 구리구름을 뚫고 볼 수 있는 이유가 그거라면…… 음, 난 모르겠어. 하지만 자부심을 갖는 법을 좀 배워, 얘야! 내가 너한테 가르칠 수 있는 게 있다면 그건 자신만만해지는 법일 거야."

빈이 미소 지었다.

"가자." 그는 일어서서 한 손을 내밀어 그녀가 일어나도록 도왔다. "뺨의 상처를 다 꿰매놓지 않으면 세이즈드가 밤새 속을 태울 거야. 그리고 햄은 네가 치른 전투 이야기를 듣고 싶어 죽을 지경일걸. 샨의 시체를 벤처 아성에 남겨놓고 온 건 잘했어. 아무튼 엘라리엘 가문이 그녀가 벤처가의 땅에서 죽은 채로 발견되었다는 소식을 들으면……."

빈은 그의 손에 이끌려 일어났다. 그러나 그녀는 불안한 듯이 함정 문 쪽을 슬쩍 보았다.

"난…… 내려가고 싶은지 아직 잘 모르겠어요, 켈시어. 그들을 볼 낯이 없어요."

켈시어가 웃었다.

"오, 걱정 마라. 네가 가끔 바보 같은 말을 하지 않는다면 절대 이 무리와 놀 수 없을 거야. 어서 와."

빈은 머뭇거리다가, 그에게 이끌려 따스한 부엌으로 들어갔다.

"엘렌드, 어떻게 이런 때에 책을 읽을 수가 있어?" 제이스티스가 물었다.

엘렌드는 책에서 고개를 들었다.

"책을 읽으면 마음이 차분해져."

제이스티스는 한쪽 눈썹을 치켜세웠다. 젊은 로드 레칼은 조바심을 치며 카우치에 앉아 팔걸이를 손가락으로 두드리고 있었다. 창 가리개는 내려져 있었다. 엘렌드의 독서등 불빛을 감추기 위해서기도 했고, 안개를 막기 위해서기도 했다. 엘렌드는 결코 인정하지 않았지만, 그는 소용돌이치는 안개를 보면 좀 불안해졌다. 귀족들은 그런 것을 두려워하면 안 된다. 하지만 그렇다고 해서 짙고 어두운 안개가 소름 끼치게 느껴진다는 사실이 변하지는 않았다.

"네 아버지는 네가 돌아가면 매우 화를 내시겠군." 제이스티스가 여전히 팔걸이를 두드리며 말했다.

엘렌드는 어깨를 으쓱했다. 그 말에 그는 약간 초조해졌지만, 아버지 때문이 아니라 오늘 밤 일어난 일 때문이었다. 어떤 알로맨서들이 엘렌드와 그의 친구들 모임을 엿보고 있었던 것 같다. 그들은 무슨 정보를 얻었을까? 그가 읽은 책이 무엇인지 알까?

다행히 그중 한 명이 발을 헛디뎌 엘렌드의 채광창으로 떨어졌다. 그다음에는 혼란과 난장이 벌어졌다. 병사들과 무도회에 온 손님들이 반쯤 공황에 빠져 주위를 뛰어다녔다. 엘렌드가 처음 떠올린 것은 책 생각이었다. 위험한 책들. 그가 갖고 있다는 것을 오블리게이터들이 알게 되면 심각한 곤란을 겪을 수 있는 책들.

그 혼란 속에서 그는 책들을 모조리 가방에 쓸어 넣고 제이스티스를 따라 궁전 옆문으로 내려왔다. 마차를 잡아 궁전 부지 바깥으로 빠져나오는 건 극단적인 대처법이었는지도 모른다. 그러나 그 일은 터무니없을 정도로 쉬웠다. 벤처가의 땅에서 도망치는 그 많은 마차 속에서 엘렌드가 제이스티스와 함께 마차를 타고 있다는 것을 알아차린 사람은 한 명도 없었다.

'지금쯤은 모두 죽어 쓰러졌겠지.' 엘렌드는 생각했다. '사람들은 벤처가가 자기들을 공격하려고 했던 것이 아니라 실제로는 아무 위험도 없다는 걸 알게 될 테고. 그냥 부주의한 스파이들일 거야.'

그는 지금쯤 돌아갔어야 했다. 그러나 그는 궁전에 들어가지 않는 편이 편했고, 다른 스파이들이 있나 살펴본다는 완벽한 변명거리도 있었다. 그리고 엘렌드 자신이 보낸 스파이도 있었다.

문에서 갑자기 노크 소리가 나는 바람에 제이스티스는 펄쩍 뛸 듯이 놀랐다. 엘렌드가 책을 덮고 마차 문을 열었다. 벤처 가문의 스파이 대장 중 한 명인 펠트가 마차로 올라와 코밑수염이 난 호전적인 얼굴을 엘렌드에게 공손히 숙이고는 이어서 제이스티스에게도 숙였다.

"무슨 일이지?" 제이스티스가 물었다.

펠트는 스파이 특유의 예리하고 유연한 동작으로 앉았다.

"그 건물은 표면적으로는 목공 가게였습니다, 마이 로드. 제 부하 한 명이 그곳에 대해 들어본 적이 있습니다. 그곳은 마스터 클래던트라는 자가 운영하는 곳입니다. 솜씨가 여간 좋은 게 아닌 스카 목수죠."

엘렌드가 얼굴을 찌푸렸다.

"왜 발레트의 시종이 거기에 갔지?"

"그 가게는 위장인 것 같습니다, 마이 로드." 펠트가 말했다. "그 시종이 거기로 들어간 다음부터 명령하신 대로 그곳을 관찰하고 있었습니다. 그러나 매우 조심해야 했습니다. 그곳 옥상과 꼭대기

층에는 감시소가 몇 군데 있었습니다."

엘렌드는 얼굴을 찌푸렸다.

"단순한 목공소 치고는 묘한 예방 조치라고 생각할 수밖에 없군."

펠트는 고개를 끄덕였다.

"그것만이 아닙니다, 마이 로드. 우리는 최고로 뛰어난 부하 한 명을 건물 안으로 살짝 들여보내는 데 성공했습니다. 누가 그를 목격한 것 같지는 않습니다. 그러나 그는 안에서 나누는 이야기를 들을 수 없었습니다. 창은 봉해져 있고 방음이 되어 있습니다."

'그것도 묘한 예방 조치로군.' 엘렌드는 생각했다.

"그게 무슨 의미라고 생각하나?" 그가 펠트에게 물었다.

"그곳은 암흑가의 은신처가 되었습니다, 마이 로드." 펠트가 말했다. "그중에서도 매우 훌륭한 곳입니다. 우리가 주의 깊게 감시하지 않고 무엇을 찾아야 할지 확신하지도 못하고 있었더라면, 아마 아무런 흔적도 찾지 못했을 겁니다. 제 추측으로는 안에 있는 사람들은, 그 테리스인까지도 모두 스카 도둑 패거리들입니다. 자금이 풍부하고 매우 노련한 패거리입니다."

"스카 도둑 패거리라고? 레이디 발레트도?" 제이스티스가 물었다.

"그런 것 같습니다, 마이 로드." 펠트가 말했다.

엘렌드는 말문이 막혔다.

"스카…… 도둑 패거리라니……." 그는 얼떨떨해진 채로 말했다.

'그들이 왜 자기 패거리 사람을 무도회에 보냈을까? 사기를 치기

위해서?'

"마이 로드?" 펠트가 물었다. "급습하기를 바라십니까? 패거리 전체를 잡을 만큼 부하는 충분합니다."

"아냐. 자네 부하들을 도로 불러들여." 엘렌드가 말했다. "그리고 오늘 밤 자네가 본 일은 아무에게도 말하지 말게."

"예, 마이 로드." 펠트가 마차에서 나가며 말했다.

"로드 룰러시여!" 마차 문이 닫히자마자 제이스티스가 말했다. "그녀가 보통 귀족 여성 같지 않았던 게 당연했어. 시골에서 자라서 그런 게 아니었어. 그녀는 도둑이었던 거야!"

엘렌드는 고개를 끄덕였다. 그는 생각에 잠겼으나 사실 무엇을 생각해야 할지도 알 수 없었다.

"너, 나한테 사과해야 해." 제이스티스가 말했다. "그녀에 대해서는 내 말이 맞았잖아, 응?"

"아마 그렇겠지." 엘렌드가 말했다. "하지만…… 어떤 면에선 네가 틀렸어. 그녀는 날 염탐하려던 게 아니었어. 그냥 도둑질을 하려는 거였겠지."

"그래서?"

"이 문제에 대해 생각 좀 해봐야겠어." 엘렌드는 그렇게 말하며 손을 뻗어 마차를 움직이라고 노크했다. 마차가 다시 벤처 아성을 향해 굴러가기 시작하자 그는 도로 앉았다.

발레트는 겉모습과 같은 인물이 아니었다. 그러나 그는 이미 그 소식에는 대비가 되어 있었다. 제이스티스의 말 때문에 의심스러워졌을 뿐만 아니라, 아까 발레트 자신도 엘렌드의 비난을 부인하지 않았었다. 그건 분명했다. 그녀는 그에게 거짓말을 하고 있었다. 연기를 하고 있었다.

그는 맹렬히 화가 나야 했다. 논리적으로는 그것을 알았고, 마음 속 한 부분은 그녀의 배신 때문에 아팠다. 그러나 이상하게도 그가 가장 크게 느낀 감정은…… 안도감이었다.

"왜 그래?" 제이스티스가 눈살을 찌푸리며 엘렌드를 살펴보았다.

엘렌드는 고개를 흔들었다.

"넌 이것 때문에 내가 며칠을 걱정하게 만들었어, 제이스티스. 난 이제 너무 질려서 제대로 활동도 하지 못할 지경이라고. 다 내가 발레트를 배신자라고 생각했기 때문이야."

"하지만 배신자잖아, 엘렌드. 그녀는 자네에게 사기를 치려는 거였다고!"

"그래. 하지만 적어도 다른 가문의 스파이는 아닌 것 같아. 최근에 계속 일어난 음모, 정치, 험담 앞에서 도둑질 같은 단순한 범죄는 오히려 기분 전환이 되는걸."

"하지만……."

"돈 문제일 뿐이잖아, 제이스티스."

"돈은 어떤 사람들에게는 꽤 중요해, 엘렌드."

"발레트만큼 중요하진 않아. 그 가엾은 아가씨…… 요즘 내내 나한테 사기를 쳐야 해서 불안해하고 있었던 거야!"

제이스티스는 잠시 말없이 앉아 있다가, 마침내 고개를 저었다.

"엘렌드, 누군가가 너한테서 도둑질을 하려고 했다는 걸 알고 안도할 수 있는 사람은 너밖에 없을 거야. 그 여자애가 내내 거짓말을 하고 있었다는 걸 너한테 다시 일깨워줘야겠어? 넌 그녀에게 애착을 갖고 있었을지도 몰라. 하지만 그녀의 감정이 진짜일지는 의심스러워."

"네 말이 맞을지도 몰라." 엘렌드가 인정했다. "하지만…… 난 모르겠어, 제이스티스. 난 이 아가씨를 알 것 같아. 그녀의 감정……그건 아주 진짜 같고, 아주 정직해 보였어. 거짓이 아닌 것 같았어."

"의심스러워." 제이스티스가 말했다.

엘렌드는 고개를 저었다.

"우리는 아직 그녀를 심판할 수 있을 만큼 정보가 충분하지 않아. 펠트는 그녀가 도둑이라고 생각하지만, 그런 무리라면 누군가를 무도회에 보낼 만한 다른 이유가 있을 거야. 그녀는 그냥 정보원일 거야. 아니면 도둑일 수도 있어. 하지만 나를 도둑질하려는 의도는 아니었을 거야. 그녀는 다른 귀족들과 섞이면서 시간을 엄청나게 많이 보냈어. 내가 그녀의 목표였다면 왜 그랬겠어? 사실, 그녀는 상대적으로 나와 별로 시간을 같이 보내지 않았어. 그리고 내게 선물을 달라고 조른 적도 한 번도 없었어."

그는 말을 멈추고, 자신과 발레트의 만남을 유쾌한 사고였다고 생각했다. 그들의 삶 양쪽을 다 무시무시하게 꼬이게 만든 사건. 그는 미소를 짓다가 고개를 저었다.

"아냐, 제이스티스. 우리에게 보이는 것보다 더 큰 비밀이 있을 거야. 그녀의 어떤 면이 아직 아귀가 맞지 않아."

"내 생각엔…… 엘." 제이스티스가 얼굴을 찌푸리며 말했다.

엘렌드는 똑바로 앉았다. 한 가지 생각이 그에게 떠올랐다. 발레트의 동기를 추측하는 일보다 훨씬 더 중요한 생각이었다.

"제이스티스, 그녀는 스카야!" 그가 말했다.

"그래서?"

"그래서 그녀는 날 속였지. 우리 둘 다 속였지. 그녀는 귀족 역할을 거의 완벽하게 해냈으니까."

"경험 없는 귀족 역할이었겠지."

"내 옆에 진짜 스카 도둑이 있었다고! 그녀에게 어떤 질문을 할 수 있었을지 생각해봐." 엘렌드가 말했다.

"질문? 무슨 질문?"

"스카의 삶에 대한 질문." 엘렌드가 말했다. "하지만 그건 중요한 게 아니야, 제이스티스. 그녀는 우리를 속였어. 우리가 스카와 귀족 여성의 차이를 알 수 없다면, 그건 스카가 우리와 별로 다를 리 없다는 뜻이야. 그들이 그 정도로 우리와 다르지 않다면 우리가 지금처럼 그들을 다룰 권리가 어디 있지?"

제이스티스는 어깨를 으쓱했다.

"엘렌드, 넌 이 문제를 제대로 보고 있는 것 같지 않아. 우리는 가문 전쟁 한가운데 있어."

엘렌드는 멍하니 고개를 끄덕였다.

'난 오늘 저녁 그녀에게 아주 심하게 대했어. 너무 심했던 거 아닐까?'

그는 자기가 그녀와 함께 있는 것 이상을 바라지 않았다고 그녀가 믿게 만들고 싶었다. 부분적으로는 진실이었다. 그 자신의 불안 때문에 그녀를 믿을 수 없다고 생각했기 때문이었다. 그리고 당시에는 그녀를 믿을 수 없었다. 어느 쪽이건, 그녀가 도시를 떠나기를 바랐다. 그가 할 수 있는 최선의 일은 가문 전쟁이 다 끝날 때까지 관계를 끊는 것이라고 생각했다.

'그렇지만 그녀가 진짜로 귀족 여성이 아니라면, 그렇다면 그녀를 떠나야 할 이유가 없어.'

"엘렌드? 너 내 말은 듣고 있는 거야?" 제이스티스가 물었다.

엘렌드는 그를 쳐다보았다.

"난 오늘 밤 나쁜 일을 한 것 같아. 난 발레트를 루서델 밖으로 나가게 하고 싶었어. 하지만 이제 생각하니 그녀에게 이유 없이 상처를 입힌 거야."

"허튼소리 하지 마, 엘렌드!" 제이스티스가 말했다. "오늘 밤 알로맨서들이 우리 모임을 엿듣고 있었어. 그들이 우리를 염탐하는 대신 죽이기로 했었다면 무슨 일이 일어날 수 있었는지 알아?"

"아, 그래. 네 말이 맞아." 엘렌드는 멍하니 고개를 끄덕이며 말했다. "아무튼 발레트가 떠났다면 그게 제일 좋았겠지. 앞으로 다가올 시간에는 나와 가까운 사람은 누구든 위험에 빠질 테니까."

제이스티스는 말을 멈추고 더 짜증 난다는 표정을 지었다가, 마침내 웃어버렸다.

"넌 정말 어쩔 수가 없구나."

"난 최선을 다하고 있어." 엘렌드가 말했다. "하지만 진지하게 말하는데, 걱정해봐야 소용없어. 그 스파이들은 정체가 드러났고, 아마 그 혼란 속에서 도망쳤거나 아니면 잡혔을 거야. 우리는 이제 발레트가 숨기고 있던 비밀의 일부분을 알아. 그러니까 그만큼 앞서 있는 것이기도 해. 매우 생산적인 밤이었어!"

"넌 매우 낙관적인 방식으로 문제를 바라보는구나……."

"다시 말하지만, 난 최선을 다할 거야." 그래도 그는 벤처 아성에 돌아갈 때쯤이면 마음이 더 편해져 있을 것이다. 무슨 일이 일어났는지 자세히 듣기 전에 궁전에서 빠져나왔다면 그것은 무모한 일이 되었을 것이다. 그러나 그때 엘렌드는 별로 신중하게 생각하지 않고 있었다. 더구나 펠트와 만나기로 미리 정했었고, 그 혼란은 성에서 빠져나오기에 완벽한 기회가 돼주었다.

마차가 천천히 벤처가 정문으로 다가갔다.

"넌 가야 해." 엘렌드가 마차 문을 빠져나오며 말했다. "책을 가져가."

제이스티스는 고개를 끄덕이며 배낭을 움켜쥐고, 엘렌드에게 작별 인사를 한 후 마차 문을 닫았다. 엘렌드는 마차가 도로 문을 통과해 멀어질 때까지 기다렸다가, 돌아서서 아성까지 남은 길을 걸어갔다. 놀란 정문 경비병들 때문에 쉽게 들어갈 수 있었다.

구내는 여전히 불빛으로 환했다. 경비병들은 이미 아성 앞에서 그를 기다리고 있었고, 한 무리가 안개 속으로 뛰어나와 그를 맞았다. 그러더니 그를 둘러쌌다.

"마이 로드, 아버님께서……."

"알았어." 엘렌드가 말을 가로막고 한숨을 쉬었다. "날 곧장 아버지에게 데려가야 한다는 거지?"

"예, 마이 로드."

"그럼 어서 안내하게, 대장."

그들은 건물 옆쪽에 있는 영주 전용 출입구로 들어갔다. 로드 스트라프 벤처는 서재에 서서 한 무리의 경비대 장교들과 이야기하고 있었다. 엘렌드는 그들의 장백한 얼굴을 보고 그들이 임한 꾸짖음을 당했다는 것을 알 수 있었다. 어쩌면 구타 위협도 받았을 것이다. 그들은 귀족이었기 때문에 벤처는 그들을 처형할 수 없었다. 그러나 그는 더 야만적인 훈련 방식을 매우 좋아했다.

로드 벤처는 날카로운 몸짓으로 병사들을 해산시킨 다음, 적대적인 눈으로 엘렌드 쪽을 바라보았다. 엘렌드는 병사들이 가는 모습을 보며 눈살을 찌푸렸다. 모든 것이 너무…… 긴장된 것 같았다.

"그래서?" 로드 벤처가 날카롭게 물었다.

"뭐가 그래서예요?"

"넌 어디 있었니?"

"아, 나갔다 왔어요." 엘렌드가 퉁명스럽게 말했다.

로드 벤처는 한숨을 쉬었다.

"좋아. 원한다면 위험 속으로 달려가려무나, 이 녀석아. 어떤 면에서는 그 미스트본이 널 해치우지 못한 게 안타깝구나. 내 엄청난 좌절감을 덜 수 있었을 텐데."

"미스트본? 무슨 미스트본이요?" 엘렌드가 눈살을 찌푸리며 물었다.

"너를 암살하려던 미스트본 말이다." 로드 벤처가 신랄하게 말했다.

엘렌드는 놀라서 눈을 깜박였다.

"그럼…… 그냥 스파이 무리가 아니었나요?"

"그래, 아니었지." 벤처가 약간 사악한 미소를 지으며 말했다. "너와 네 친구들을 찾으러 여기 온 완전한 암살 팀이었다."

'로드 룰러시여!' 엘렌드는 혼자 밖에 나갔던 것이 얼마나 어리석은 일이었는지 깨달았다. '가문 전쟁이 이렇게 빨리, 그것도 이 정도로 위험해질 거라곤 예상하지 못했어! 적어도 나한테는……'

"미스트본이었다는 건 어떻게 알았죠?" 엘렌드가 정신을 차리고 물었다.

"그 여자가 도망가고 있을 때 우리 경비병들이 간신히 죽였어." 스트라프가 말했다.

엘렌드는 얼굴을 찌푸렸다.

"완전한 미스트본을요? 보통 군인들이 죽였다고요?"

"궁수들이었어. 그녀를 기습한 것 같아." 로드 벤처가 말했다.

"그럼 내 채광창을 뚫고 떨어진 남자는요?" 엘렌드가 물었다.

"죽었어. 목이 부러졌다."

엘렌드는 다시 눈살을 찌푸렸다.

'우리가 달아날 때 그 남자는 아직 살아 있었어. 뭘 숨기고 있는 거죠, 아버지?'

"그 미스트본은 제가 아는 사람인가요?"

"그렇게 말해야겠구나." 로드 벤처가 책상 앞의 의자에 앉으면서 말했다. 그는 위를 쳐다보지 않았다. "샨 엘라리엘이었다."

엘렌드는 충격을 받아 얼어붙었다.

'샨?' 그는 멍하니 생각했다. 그들은 약혼했지만, 그녀는 자기가 알로맨서라고 말한 적이 한 번도 없었다. 그 말의 뜻은……

그녀는 처음부터 첩자였던 것이다. 엘라리엘가는 자기 가문을 이어갈 외손자만 태어나면 엘렌드를 죽일 계획이었을 것이다.

'네 말이 옳았어, 제이스티스. 정지를 무시한다고 피할 수는 없어. 난 내 생각보다 훨씬 오래전부터 이 게임에 끼어 있었어.'

그의 아버지는 분명 기뻐하고 있었다. 엘렌드를 암살하려던 엘라리엘가의 고위 일원이 벤처가의 땅에서 죽은 채 발견되었다……. 이런 승리를 거두었으니, 로드 벤처는 며칠 동안 참을 수 없이 오만하게 굴 것이다.

엘렌드는 한숨을 쉬었다.

"그럼 산 채로 잡은 암살자는 없나요?"

스트라프는 고개를 끄덕였다.

"하나는 도망치려다가 안마당에 떨어졌어. 그놈은 달아났다. 그놈도 아마 미스트본이었을 거야. 지붕 위에 또 한 명이 죽어 있었고. 하지만 다른 놈들도 있었는지 없었는지는 잘 모르겠다." 그가 말을 멈추었다.

"왜요?" 엘렌드는 아버지의 눈에 약간의 혼란이 깃든 것을 보고 물었다.

"아무것도 아니다." 스트라프는 무시하라고 손짓하며 말했다. "다른 두 미스트본과 싸우던 세 번째 미스트본이 있었다고 주장하는 경비병들이 몇 명 있어. 하지만 그 보고는 의심스럽다. 적어도 우리 미스트본은 아니었어."

엘렌드의 몸이 굳었다.

'다른 두 미스트본과 싸우던 세 번째 미스트본이라…….'

"누가 암살 계획을 알아내고 막으려고 한 것 같군요."

로드 벤처는 코웃음을 쳤다.

"왜 다른 가문의 미스트본이 널 보호해주려고 하겠니?"

"그냥 죄 없는 사람이 살해당하는 걸 막고 싶었을 수도 있죠."

로드 벤처는 웃으며 고개를 흔들었다.

"넌 정말 바보로구나, 이 녀석아. 너도 그건 알겠지, 응?"

엘렌드는 얼굴이 붉어지는 것을 느끼며 몸을 돌렸다. 로드 벤처는 그에게 더 할 이야기가 없는 것 같았다. 그래서 엘렌드는 서재에서 나왔다. 창문이 깨지고 경비병들이 서 있을 자신의 방으로 다시 들어갈 수는 없었다. 그래서 그는 손님용 침실로 가면서 헤이즈킬러 한 조(組)를 불렀다. 만약을 대비해 그의 문과 발코니 밖을 지킬 병력이었다.

그는 아버지와 나눈 대화를 생각하며 침구를 펼쳤다. 세 번째 미스트본에 대해서는 그의 아버지가 옳았을 것이다. 죄 없는 사람이라 구해준다는 건 세상 돌아가는 방식이 아니었다.

'하지만…… 그게 세상이 돌아가야 하는 방식이야. 아마 그렇게 될 수 있을 거야.'

엘렌드는 하고 싶은 것들이 아주 많았다. 하지만 그의 아버지는 건강했고, 그 정도로 강한 권력을 가진 영주치고는 젊었다. 엘렌드가 가문의 대표자가 되려면 몇십 년은 있어야 할 것이다. 그가 그렇게 오래 살아남을 수 있을지는 모르겠지만. 그는 발레트에게 가고 싶었다. 그녀와 이야기하고, 그의 좌절감을 설명하고 싶었다. 그녀는 그가 무슨 생각을 하는지 이해할 것이다. 왜인지는 몰라도, 그녀는 언제나 다른 사람보다 그를 더 잘 이해하는 것 같았다.

'그런데 그녀가 스카라고!' 그는 그 생각을 떨쳐버릴 수가 없었다. 그녀에게 할 질문, 그녀에게서 알아내고 싶은 것들이 아주 많았다.

'나중에 하자.' 그는 침대로 올라가면서 생각했다. '지금 당장은 가문의 단결에 집중하자.' 그에 관해 발레트에게 한 말은 거짓이 아니었다. 그는 자기 가문이 가문 전쟁에서 살아남도록 해야 했다.

그 후에는…… 음, 아마 그들은 거짓말과 사기를 피해 갈 방법을 찾을 수 있을 것이다.

32

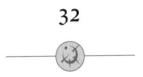

많은 테리스인들이 클레니움에 대해 억울한 감정을 갖고 있지만, 한편으론 질투하기도 한다. 짐꾼들이 놀라운 스테인드글라스 창과 넓은 홀들이 있는 클레니 대성당이 얼마나 경이로운지 이야기하는 것을 들은 적이 있다. 또 그들은 우리 옷차림을 매우 좋아하는 것 같다. 나는 도시에서 젊은 테리스인들이 그들의 가죽과 모피를 잘 만들어진 신사 정복과 바꾸는 것을 많이 보았다.

클럽스의 가게에서 거리 두 개를 지난 위에, 주위 건물들과 비교할 때 드물게 높은 건물이 하나 있었다. 빈은 그곳이 공동주택일 거라고 생각했다. 스카 가족들이 꽉꽉 들어차 있는 장소. 하지만 안에는 한 번도 들어가본 적이 없었다.

그녀는 동전 하나를 떨어뜨리고, 6층짜리 건물 측면을 따라 몸을 쏘아 올렸다. 그녀가 가볍게 옥상에 내려앉자, 어둠 속에 웅크리고 있던 사람이 깜짝 놀랐다.

"나야, 나." 빈이 경사진 지붕을 조용히, 살금살금 걸어 가로지르며 속삭였다.

스푸크는 어둠 속에서 그녀에게 미소 지었다. 그는 패거리에서 제일 뛰어난 틴아이기 때문에 보통 제일 중요한 때 경비를 섰다. 최근에는 초저녁 동안이 중요했다. '대가문'들 사이의 분쟁이 가장 노골적인 싸움으로 변하기 쉬운 때였다.

"여전히 열심히들 붙고 있어?" 빈은 가만히 물어보며 주석을 폭발시켜 도시를 살펴보았다. 밝은 아지랑이가 멀리서 빛나며 안개가 이상한 빛으로 물들었다.

스푸크는 그 빛을 가리키며 고개를 끄덕였다.

"헤이스팅 아성. 엘라리엘 병사들이 오늘 밤 공격."

빈은 고개를 끄덕였다. 헤이스팅 아성이 무너지는 건 얼마 전부터 예상되던 바였다. 그곳은 지난 한 주 동안 서로 다른 가문들의 공격을 대여섯 번이나 번갈아가며 받았다. 동맹들은 철수하고 재정은 파산했으니, 가문이 무너지는 건 시간문제였다.

이상하게도 낮 동안에는 어떤 가문도 공격하지 않았다. 그 전쟁에는 비밀을 유지하는 척하는 분위기가 감돌았다. 마치 귀족들이 로드 룰러의 지배를 존중하여, 낮에 서로를 공격해 그의 화를 돋우는 일이 없게 하려는 것 같았다. 싸움은 모두 밤에, 안개의 장막 아래에서 이루어졌다.

"있어 이것 원하고." 스푸크가 말했다.

빈은 멈칫했다.

"어, 스푸크. 좀…… 정상적으로 말해줄 수 있겠니?"

스푸크는 멀리 희미하게 보이는 어두운 건물 쪽으로 고갯짓을 했다.

"로드 룰러, 그가 싸움 원하고 있는 듯."

빈은 고개를 끄덕였다.

'켈시어가 옳았어. 미니스트리나 궁전은 가문 전쟁에 별다른 반응을 보이지 않고 있고, 주둔군은 루서델에 돌아오지 않고 뜸을 들이고 있어. 로드 룰러는 가문 전쟁이 일어날 거라고 예상했고, 그것이 계속되기를 바라고 있어. 들판을 태워 새롭게 만드는 들불처럼.'

이번에는 그렇게 되지 않을 것이다. 불길 하나가 죽으면 다른 불길이 시작될 테니까. 켈시어가 도시를 공격할 것이다.

'마쉬가 "강철 심문관"을 막는 법을 찾아낼 수 있다면, 우리가 궁전을 점령할 수 있다면, 그리고 켈시어가 로드 룰러를 처리할 방법을 찾을 수 있다면……'

빈은 고개를 저었다. 그녀는 켈시어를 낮게 평가하고 싶지 않았지만, 이 일이 어떻게 돌아갈지 전혀 알 수 없었다. 주둔군은 아직 돌아오지 않았지만 겨우 한두 주면 돌아올 수 있는 가까운 거리에 있다는 보고가 들어왔다. 몇몇 귀족 가문은 무너지고 있었으나 켈시어가 바란 것같이 전반적으로 혼란에 빠진 분위기는 아닌 듯했다. '마지막 제국'은 압박을 받고 있었다. 그러나 그것이 부서질지는 의심스러웠다.

그렇지만 중요한 건 그게 아닐지도 모른다. 켈시어 패거리는 가문 전쟁을 부추긴다는 놀라운 일을 해냈다. '대가문' 세 개가 완전히 없어졌고, 나머지도 심각하게 약화되었다. 귀족들이 자기들끼리 벌인 분쟁의 여파에서 회복되려면 수십 년이 걸릴 것이었다.

'우린 놀라운 일을 해냈어. 우리가 궁전을 공격하지 못하게 되거나 공격이 실패로 돌아간다고 해도, 우린 이미 놀라운 일을 이뤄낸 셈인 거야.'

마쉬가 미니스트리에 대한 정보를 보고하고, 세이즈드가 일기책을 번역함으로써 반역도들은 새롭고 쓸모 있는 정보를 갖게 되었다. 그들이 앞으로 저항할 때 도움이 될 것이다. 켈시어가 바랐던 결과는 아니었다. '마지막 제국'이 전복되지는 않았다. 그러나 그것만 해도 큰 승리였다. 스카들은 오랫동안 그것을 용기의 원천으로 삼을 수 있을 것이다.

그리고 빈은, 자신이 그 일부라는 사실을 스스로 자랑스럽게 느끼고 있다는 것을 깨닫고 깜짝 놀랐다. 앞으로 그녀는 진짜 반역이 시작되도록 도울 수 있을 것이다. 스카가 그렇게 처절하게 패배하지 않은 장소에서.

'그런 장소가 존재한다면 말이지……' 빈은 스카를 고분고분하게 만드는 것은 루서델과 그곳의 '달래기' 지소만이 아니라는 것을 깨닫기 시작했다. 모든 것이었다. 오블리게이터들, 들판과 방앗간에서 끊임없이 해야 하는 노동, 천 년 동안의 억압으로 부추겨진 사고방식. 왜 스카 반역이 언제나 그렇게 규모가 작았는지, 그럴 만한 이유가 있었다. 사람들은 '마지막 제국'에 당해낼 수 없다는 것을 알았다. 적어도 안다고 생각했다.

심지어 자기를 '자유로운' 도둑이라고 생각하는 빈도 똑같이 믿었다. 오로지 켈시어의 정신 나간 것 같은 과상된 계획만이 그렇지 않다고 그녀를 설득할 수 있었다. 아마 그래서 켈시어는 패거리의 목표를 그렇게 높이 잡았던 것이리라. 그는 이렇게 도전적인 목표만이, 방식은 이상할지 몰라도, 그들에게 자신이 저항할 수 있음을 깨닫게 만들리라는 걸 알고 있었다.

스푸크가 그녀를 흘끗 보았다. 그는 그녀와 함께 있으면 여전히 불편해했다.

"스푸크, 엘렌드가 나와 관계를 끊었다는 거 알지." 빈이 말했다.

스푸크는 약간 활기가 도는 얼굴로 고개를 끄덕였다.

"하지만 난 여전히 그를 사랑해." 빈은 유감스러운 듯이 말했다. "미안, 스푸크. 그렇지만 사실이 그래."

그는 기가 꺾여 아래를 내려다보았다.

"너 때문에 그런 게 아니야." 빈이 말했다. "정말이야, 그런 건 아니야. 그건 그냥…… 음, 사람은 자기가 누구를 사랑할지 정할 수가 없는 거야. 정말이야. 내가 차라리 사랑하지 말걸, 하는 사람들도 있어. 그들은 그런 사랑을 받을 자격이 없었어."

스푸크는 고개를 끄덕였다.

"이해해요."

"내가 그 손수건 계속 갖고 있어도 될까?"

그는 어깨를 으쓱했다.

"고마워. 그건 나한테 아주 큰 의미가 있어." 그녀가 말했다.

그는 고개를 들어 안개 속을 바라보았다.

"난 바보 아니에요. 난…… 아무 일도 일어나지 않을 거 알았어요. 난 봐요, 빈. 여러 가지를 봐요."

그녀는 그를 위로하려고 그의 어깨에 손을 얹었다. '난 봐요'……. 그와 같은 틴아이에게 적절한 말이었다.

"넌 알로맨시가 된 지 오래됐니?" 그녀가 물었다.

스푸크는 고개를 끄덕였다.

"나 다섯 살에 '끊었'어요. 거의 기억도 안 나요."

"그때부터 주석으로 계속 연습한 거야?"

"대체로요." 그가 말했다. "나한테 좋은 일이었어요. 날 보게 하고, 듣게 하고, 느끼게 해요."

"네가 가르쳐줄 수 있는 비결이 있니?" 빈은 희망을 갖고 물었다.

그는 잠시 말이 없었다. 기울어진 옥상 가장자리에 앉은 채 그 너머로 한 발을 덜렁거리며 생각에 잠겼다.

"주석 태우기…… 보는 거 아니에요. 안 보는 거예요."

빈은 눈살을 찌푸렸다.

"무슨 뜻이야?"

"태울 때, 모든 게 들어와요." 그가 말했다. "모든 게 아주 많이. 여기, 저기, 신경 쓸 것들. 만약 원하는 힘 있으면, 신경 쓸 거 양쪽 다 무시해요."

'주석을 잘 태우고 싶으면 신경을 끄는 법을 배워야 한다.' 그녀는 최선을 다해 자기가 아는 말로 번역해보았다. '무엇을 보느냐가 중요한 것이 아니다. 무엇을 무시할 수 있느냐가 중요한 것이다.'

"흥미로운데." 빈은 생각에 잠겨 말했다.

스푸크는 고개를 끄덕였다.

"볼 때는, 안개가 보이고 집이 보이고 나무가 느껴지고 아래 있는 쥐들이 들려요. 하나만 선택하고 다른 건 신경 쓰지 마요."

"좋은 충고야." 빈이 말했다.

스푸크는 고개를 끄덕였다. 그때 그들 뒤에서 쿵 소리가 났다. 그들은 둘 다 깜짝 놀라 아래로 몸을 숙였다. 켈시어가 옥상을 가로질러 걸어오며 씩 웃었다.

"우리가 올라갈 때 위에 있는 사람들에게 경고할 좋은 방법을 찾아야겠어, 정말. 감시소에 올 때마다 난 누군가를 놀라게 해서 옥상에서 떨어뜨릴까 봐 걱정한다고."

빈은 일어서서 옷에서 먼지를 떨었다. 그녀는 미스트클록과 셔츠, 바지를 입었다. 드레스를 입지 않은 지 며칠이 되었다. 그녀는 르노 저택에서만 형식적으로 잠깐 얼굴을 내비쳤다. 켈시어는 암살자가 걱정되어 그녀를 저택에 오래 머물게 할 수 없었다.

'적어도 클리스의 침묵은 샀으니까.' 하지만 빈은 그 대가를 생각하면 화가 났다.

"갈 때가 됐나요?" 그녀가 물었다.

켈시어는 고개를 끄덕였다.

"거의 다 됐어. 난 도중에 어디 들렀다 갔으면 좋겠어."

빈은 고개를 끄덕였다. 마쉬는 자기가 미니스트리를 위해 찾아 놓은 장소를 두 번째 접선 장소로 고른 것 같았다. 접선할 기회로는 완벽했다. 마쉬는 그 건물 안에 밤새 있을 구실이 있었기 때문이다.

표면상으로는 근처의 알로맨시 활동을 '찾기' 위해 그곳에 있는 것이었다. 그는 대부분의 시간을 수더 한 명과 함께 있겠지만, 자정쯤에 틈이 날 것이고 마쉬는 그때 한 시간 정도 혼자 있을 기회가 생길 거라고 생각했다. 그가 몰래 나갔다 돌아오기에는 빠듯한 시간이었지만, 잠행하는 미스트본 한 쌍이 그를 잠깐 방문할 시간으로는 충분했다.

그들은 스푸크에게 작별 인사를 하고 몸을 '밀어' 어둠 속으로 떠났다. 그러나 그들은 옥상에서 멀리 가지 않았다. 켈시어가 앞장서서 거리로 내려와 걸었다. 기운과 금속을 아끼기 위해서였다.

'이상해. 이젠 텅 빈 거리도 소름 끼치지 않아.' 빈은 켈시어와 처음 알로맨시를 연습하던 밤을 떠올리며 생각했다.

안개의 습기 때문에 바닥의 조약돌이 미끄러웠고, 사람 없는 거리의 끝은 먼 아지랑이 속으로 사라져 있었다. 어둡고 조용하고 쓸쓸했다. 전쟁이 일어나도 많이 바뀌지 않았다. 공격하는 병사들 무리는 집단으로 다니면서 재빨리 상대를 쳐서 적 가문의 방어망을 돌파하려 했다.

그러나 밤의 도시가 띤 공허함에도 빈은 그 안에서 마음이 편안해졌다. 안개가 그녀와 함께 있었다.

"빈, 너에게 고맙다고 말하고 싶어." 걸어가면서 켈시어가 말했다.

그녀는 그를 보았다. 웅장한 미스트클록을 입은 키 크고 자신만만한 남자를.

"나한테 고맙다고요? 왜요?"

"네가 메어에 대해 해준 말 말이야. 난 그날의 일을…… 그녀의 일을 아주 많이 생각했어. 구리구름을 뚫고 볼 수 있는 네 능력으로 모든 걸 설명할 수 있는지는 모르겠어. 하지만…… 음, 이런저런 선택지를 고려해보면 메어가 나를 배신하지 않았다고 믿는 게 좋을 것 같아."

빈은 미소를 지으며 고개를 끄덕였다.

그는 슬픈 듯이 고개를 저었다.

"바보 같지, 응? 마치…… 지금까지 몇 년 동안 나는 자기기만에 굴복할 이유만 기다리고 있었던 것 같아."

"난 모르겠어요. 옛날이라면 아마 당신이 바보라고 생각했을 거예요. 하지만…… 신뢰라는 게 좀 그렇잖아요, 안 그래요? 고의적인 자기기만 같은 거? 당신은 누군가가 배신할 거라고 속삭이는 목소리를 듣지 말아야 해요. 그리고 친구들이 당신을 상처 입히지 않기만 바라야죠."

켈시어가 씩 웃었다.

"네가 그 주장에 힘이 되어주고 있는 것 같진 않은데, 빈."

그녀는 어깨를 으쓱했다.

"나한텐 말이 되는데요. 불신은 신뢰와 똑같아요. 동전의 양면일 뿐이죠. 두 가지 가정 사이에서 하나를 선택해야 할 때 사람들이 왜 믿는 쪽을 택하는지 알 것 같아요."

"하지만 넌 아니고?" 켈시어가 물었다.

빈은 다시 어깨를 으쓱했다.

"난 이제 잘 모르겠어요."

켈시어는 머뭇거렸다.

"그…… 너의 엘렌드 말이다. 그는 네게 겁을 줘서 도시를 떠나게 하려고 했을 뿐인지도 몰라, 그렇지? 그는 너를 위해 그런 말들을 했을 거야."

"어쩌면 그렇겠죠." 빈이 말했다. "하지만 그의 태도는 평소와 달랐어요……. 그가 날 쳐다보는 태도가요. 그는 내가 자기에게 거짓말을 했다는 걸 알고 있었어요. 하지만 내가 스카라는 걸 안 것 같지는 않아요. 아마 내가 다른 어느 가문의 스파이라고 생각한 것 같아요. 어느 쪽이든 그가 나와 관계를 끊고 싶다는 소망은 진심인 것 같았어요."

"그가 널 떠나리라는 걸 이미 확신하고 있었기 때문에 그렇게 생각했을 거야."

"난……." 빈은 말끝을 흐리며, 자신이 걸어가는 잿빛의 미끄러운 거리를 슬쩍 내려다보았다. "난 모르겠어요. 그리고 그건 당신 잘못이라고요. 예전에 난 모든 걸 이해했어요. 이젠 모든 게 혼란스러워요."

"그래, 우리가 널 아주 제대로 망쳐놨지." 켈시어가 미소를 지으며 말했다.

"당신은 그 사실에 미안해하는 것 같지 않은데요."

"응, 조금도." 켈시어가 말했다. "아, 다 왔다."

그는 커다랗고 넓은 건물 옆에서 멈추었다. 이것도 스카 공동주택인 것 같았다. 건물 안은 어두웠다. 스카는 등잔 기름을 살 돈이 없었기 때문에 저녁 식사를 만든 후에는 건물의 중앙 난로를 끌 것이다.

"여기요?" 빈이 머뭇거리며 말했다.

켈시어는 고개를 끄덕이고 위로 걸어가 가볍게 문을 두드렸다. 문이 소심스럽게 열리는 바람에 빈은 깜짝 놀랐다. 말랐지만 단단해 보이는 스카의 얼굴이 안개 속을 내다보았다.

"로드 켈시어!" 남자가 낮은 소리로 말했다.

"내가 방문한다고 했지." 켈시어가 미소 지으며 말했다. "오늘 밤이 좋을 것 같더라고."

"어서 들어오세요, 들어오세요." 그 남자가 문을 당겨 열었다. 그는 뒤로 물러서서 켈시어와 빈이 들어올 때 안개가 자기 몸에 닿지 않도록 주의했다.

빈은 전에도 스카 공동주택에 가본 적이 있었다. 그러나 전에는 한 번도 그렇게…… 암울하게 보인 적이 없었다. 안개와 씻지 않은 몸에서 나는 냄새가 너무나 압도적이어서, 그녀는 구역질을 하지 않기 위해 주석을 꺼야 했다. 작은 석탄 난로에서 발해지는 파리한 빛에 한 무리의 사람들이 한데 뭉쳐 마루에서 자고 있는 모습이 보였다. 그들은 방을 쓸어 재가 들어오지 못하게 했지만 할 수 있는 일은 거기까지였다. 여전히 검은 얼룩이 옷, 벽, 얼굴 들을 덮고 있었다. 가구는 거의 없었다. 담요가 모든 사람에게 돌아갈 만큼 많지 않다는 것은 말할 필요도 없었다.

'전에 난 이렇게 살았어.' 빈은 경악하며 생각했다. '패거리의 은신처도 마찬가지로 사람이 빽빽했지. 어떨 때는 더 많았어. 이건…… 내 삶이었어.'

사람들은 일어나 방문객을 보았다. 켈시어가 어느새 소매를 걷어붙였다는 것을 빈은 알아차렸다. 그의 팔에 난 흉터들은 깜부기 불에도 눈에 보였다. 손목부터 팔꿈치를 지나 세로로 뻗어 올라가고 십자 무늬를 그리며 서로 겹쳐지는 흉터는 아주 두드러지게 눈에 띄었다.

즉시 사람들이 속삭이기 시작했다.

"'생존자'야……."

"그분이 오셨어!"

"'안개의 군주' 켈시어야……."

'이건 새로운 칭호네.' 빈은 한쪽 눈썹을 치올리며 생각했다. 켈시어가 미소를 지으며 앞으로 걸어 나가 스카들을 만날 때, 그녀는 뒤에 머물러 있었다. 사람들은 말없이 흥분하며 그 주위에 모여들고, 손을 뻗어 그의 팔과 클록을 만져보았다. 다른 사람들은 그저 서서 그를 엄숙하게 지켜보았다.

"나는 희망을 퍼뜨리러 왔다." 켈시어는 그들에게 조용히 말했다. "오늘 밤 헤이스팅가가 무너졌다."

놀라움과 경외감에 차서 중얼거리는 소리들이 들렸다.

"여러분 가운데 많은 사람들이 헤이스팅가의 대장간과 강철 공장에서 일했다는 건 알고 있다." 켈시어가 말했다. "사실, 이 일이 여러분에게 무슨 의미를 갖게 될지 말해줄 수는 없다. 그러나 이것은 우리 모두의 승리다. 한동안 여러분은 적어도 풀무 앞이나 헤이스팅가 작업 감독들의 채찍 아래서 죽지는 않을 것이다."

거기 모인 소규모의 군중이 웅얼거렸다. 마침내 어떤 목소리가 빈에게 충분히 들릴 정도로 크게 불안을 토로했다.

"헤이스팅가가 사라졌다고요? 그러면 누가 우리를 먹여 살리죠?"

'성말 섭을 먹었구나.' 빈은 생각했다. '난 질대 저렇지는 않았…… 아니, 저랬나?'

"여러분에게 음식을 더 보내겠다. 적어도 한동안 굶지 않을 정도로는 충분하게 보내겠다." 켈시어가 약속했다.

"당신은 우리에게 참 많은 일을 해주셨습니다." 다른 남자가 말했다.

"허튼소리. 만약 나한테 보답하고 싶다면 조금 더 똑바로 서고, 조금 더 용감해져라. 그들은 무너질 수 있다."

"당신 같은 사람들은 무너뜨리실 수 있지요, 로드 켈시어." 한 여자가 속삭였다. "하지만 저희는 못합니다."

"너희는 놀라게 될 거야." 켈시어가 말했다. 그때 아이들을 앞으로 데리고 나오는 부모들에게 군중이 길을 내주기 시작했다. 모든 사람이 자기 아들들과 켈시어를 직접 만나게 해주고 싶어 하는 것 같았다. 빈은 복잡한 심경으로 그 모습을 지켜보았다. 패거리 사람들은 약속을 지켜 입을 다물고 있기는 했지만 스카들 사이에서 켈시어의 명성이 높아지는 것을 여전히 꺼림칙하게 생각하고 있었다.

'그는 정말로 저들을 사랑하는 것 같아.' 빈은 켈시어가 작은 아이를 들어 올리는 모습을 지켜보며 생각했다. '이건 쇼인 것 같지 않아. 이게 그의 본모습이야. 그는 사람들을 사랑하고 스카를 사랑해. 하지만…… 그건 자기와 동등한 사람에게 느끼는 사랑이라기보다는 부모가 자식에게 느끼는 사랑 같은 거야.'

그게 그렇게 잘못되었을까? 결국 그는 스카에게 아버지 같은 존재였다. 스카들이 늘 가져야만 했던 귀족 군주였다. 그럼에도 희미한 불빛에 비치는, 흠모하고 숭배하는 눈으로 켈시어를 바라보는 스카 가족들의 더러운 얼굴을 보며 빈은 불편한 감정을 억누를 수 없었다.

켈시어는 결국 그 무리에게 자기는 약속이 있다고 말하며 작별 인사를 했다. 빈과 그는 그 좁은 방을 떠나 신선한 공기 속으로 나왔다. 켈시어는 마쉬와 만나는 새 '달래기' 지소로 가는 동안 계속 조용했다. 그러나 그의 발걸음은 약간 더 가벼워진 것 같았다.

결국 빈이 말을 꺼내야 했다.

"그 사람들을 자주 방문해요?"

켈시어는 고개를 끄덕였다.

"적어도 하룻밤에 두 집씩은 가지. 내가 하는 다른 일들을 단조롭지 않게 해주거든."

'귀족들을 죽이고 거짓 소문을 퍼뜨리는 일 말이죠. 그래요, 스카 방문은 훌륭한 휴식이 되겠네요.' 빈은 생각했다.

만날 장소는 겨우 큰길 몇 개 지나서였다. 켈시어는 입구에 멈춰서서, 눈을 가늘게 뜨고 어둠 속을 바라보았다. 그러다 그는 아주 희미하게 빛나는 어느 창문을 가리켰다.

"마쉬는 다른 오블리게이터들이 가버리면 불을 켜놓겠다고 했어."

"창으로 가요, 아니면 계단으로 가요?" 빈이 물었다.

"계단으로. 문은 잠겨 있지 않을 테고 이 건물 전체가 미니스트리의 소유니까 다른 사람은 없을 거야." 켈시어가 말했다.

켈시어의 말이 옳았다. 건물은 버려진 건물 특유의 퀴퀴한 냄새가 나지는 않았지만, 아래 몇 층이 쓰이지 않은 것도 분명했다. 빈과 켈시어는 재빨리 계단을 올라갔다.

"마쉬는 '가문 전쟁'에 대한 미니스트리의 반응을 이야기해줄 수있을 거야." 켈시어가 꼭대기 층에 닿았을 때 말했다. 등잔불이 높은 곳에서 문틈으로 일렁였다. 그는 문을 열면서 계속 말했다. "주둔군이 아주 빨리 돌아오지는 않기를 바라. 피해는 줄 만큼 주었지만 그래도 그 전쟁은 좀 더 가야……."

그는 문가에 얼어붙은 듯이 서서 빈의 시야를 가렸다.

빈은 즉각 백랍과 주석을 태우며 몸을 낮춰 웅크리고 공격자들이 있나 귀를 기울였다. 아무도 없었다. 침묵뿐이었다.

"안 돼……." 켈시어가 속삭였다.

그때 빈은 짙은 붉은색의 액체가 가느다란 선으로 켈시어의 발옆에 흘러 주위로 스며드는 것을 보았다. 그것은 약간 고였다가, 첫번째 계단을 타고 흘러내리기 시작했다.

"오, 로드 룰러시여……."

켈시어는 휘청거리며 방으로 들어갔다. 빈은 그를 따라갔지만자기가 보게 될 광경을 이미 알고 있었다. 시체는 방 한가운데 놓여 있었다. 껍질이 벗겨지고, 사지가 잘리고, 머리는 완전히 으스러졌다. 사람의 시체임을 알아볼 수 없을 정도였다. 벽에는 붉은 액체가 뿌려져 있었다.

'정말로 시체 하나에서 이렇게 많은 피가 나온 거야?' 전에 카몬의 은신처 지하실에서 본 광경과 똑같았다. 다만 희생자가 한 사람일 뿐이었다.

"심문관이에요." 빈이 속삭였다.

켈시어는 핏덩이에 상관 않고 마쉬의 시체 곁에 무릎을 꿇었다. 그는 피부가 벗겨진 시체를 만질 듯이 한 손을 들었으나, 그대로 넋이 나가 얼어붙은 채 가만히 있었다.

"켈시어." 빈이 긴박하게 말했다. "얼마 되지 않았어요. 심문관들이 아직 근처에 있을 수도 있어요."

그는 움직이지 않았다.

"켈시어!" 빈이 날카롭게 말했다.

켈시어는 고개를 저으며 주위를 둘러보았다. 그녀와 눈이 마주치자 제정신이 드는 것 같았다. 그는 비틀거리며 일어섰다.

"창으로 가요." 빈이 방을 가로질러 달려가며 말했다. 그러나 벽옆의 작은 책상에 무언가 놓여 있는 것을 보고 그녀는 멈추었다. 나무 테이블 다리 아래에 백지 한 장이 반쯤 가려진 채 감추어져 있었다. 빈이 그것을 낚아채는 동안 켈시어는 창문에 닿았다.

그는 뒤를 돌아보았다. 방을 마지막으로 한번 훑어본 다음, 어둠 속으로 뛰어내렸다.

'안녕, 마쉬.' 빈은 그를 따라가며 안타까운 작별 인사를 했다.

"'심문관들은 나를 의심하는 것 같다.'" 독슨이 읽었다. 테이블 다리 안에서 찾아낸 종이 한 장은 하얗고 깨끗했다. 피는 켈시어의 무릎과 빈의 클록 아래쪽을 더럽혔지만 그 종이에는 묻지 않았다.

독슨은 클럽스의 부엌 테이블에 앉아 계속 읽었다.

"나는 너무 많은 질문을 했다. 그리고 그들은 나를 견습으로 훈련시킨 부패한 오블리게이터에게 메시지를 적어도 하나는 보냈다. 나는 반역도들이 알아야 했던 비밀들을 찾아내고 싶었다. 미니스트리는 어떻게 미스트본을 모집해 심문관으로 만드는가? 심문관들은 왜 보통 알로맨서보다 더 강력한가? 그들의 약점이 있는가? 있다면 무엇인가?

불행히도 심문관들에 대해서 더 알게 된 것은 거의 없다. 하지만 정규 미니스트리 계층 사이의 정치 공작에는 계속 놀랐다. 보통 오블리게이터들은 로드 룰러의 규칙을 매우 교묘하게나 성공적으로 적용해서 얻는 특권 외에는 바깥 세계에는 신경도 쓰지 않는 것 같다.

그러나 심문관들은 다르다. 그들은 보통 오블리게이터들보다 로드 룰러에게 훨씬 더 충성한다. 이것도 아마 두 집단 사이의 알력 중 하나일 것이다.

그렇지만 나는 진실에 가까워졌다고 느낀다. 켈시어, 그들은 비밀을 갖고 있다. 약점을. 나는 확신한다. 다른 오블리게이터들도 그렇게 속삭이지만, 아무도 그 약점을 모른다.

내가 너무 많이 찔러보고 다닌 것 같아 걱정이다. 심문관들이 내게 따라붙고 나를 감시하고 나에 대해 묻고 다닌다. 그래서 이 쪽지를 준비해둔다. 하지만 이런 예방 조치는 불필요할 것이다.

그렇지 않을지도 모르고.'"

독슨은 위를 쳐다보았다.

"이게 끝이야."

켈시어는 부엌 맞은편에 서서 평소처럼 찬장에 등을 기대고 비스듬히 서 있었다. 그러나…… 지금 그의 자세는 가볍지 않았다. 그는 팔짱을 끼고 고개를 살짝 숙인 채였다. 눈으로 본 것조차 믿지 못하게 만들던 슬픔은 사라지고, 다른 감정이 그 자리에 들어선 것 같았다. 그가 귀족들에 대해 말할 때 그의 눈 뒤에서 어둡게 타들어가던 감정.

그녀는 그가 서 있는 모습을 보고 자기도 모르게 몸을 떨었다. 그녀는 새삼 그의 옷차림을 보았다. 어두운 잿빛의 미스트클록, 소매가 긴 검은색 셔츠, 짙은 회색 바지. 밤에 볼 때 그 옷은 위장복일 뿐이었다. 그러나 불이 밝혀진 방에서 그 검은색 복장은 위협적으로 보였다.

그가 똑바로 서자 방 전체가 긴장했다.

"르노에게 떠나라고 해." 켈시어가 작게 말했다. 그러나 그의 목소리는 철같이 단단했다. "미리 짜놓은 탈출 이유를 써서 둘러대면 돼. 가문 전쟁 때문에 자기 집안 영토로 물러난다고. 하지만 내일은 철수해야 해. 보호 조치로 써그와 틴아이를 한 명씩 그에게 붙여서 보내. 하지만 언젠가 도시 밖에서 운하 보트를 버리고 우리에게 돌아오라고 해."

독슨은 침묵하다가, 빈과 다른 사람들을 둘러보았다.

"좋아……."

"마쉬는 모든 걸 알고 있었어, 독스." 켈시어가 말했다. "그들은 그를 죽이기 전에 갈기갈기 찢어버렸어. 심문관들이 일하는 방식이지."

그는 그 말의 여운이 남도록 기다렸다. 빈은 한기를 느꼈다. 은신처가 위태로워진 것이다.

"그럼 예비 은신처로 갈까?" 독슨이 물었다. "그 장소를 아는 건 너와 나뿐이잖아."

켈시어가 단호히 고개를 끄덕였다.

"십오 분 안에 도제들까지 전부 이 가게에서 나갔으면 좋겠어. 이틀 후 예비 은신처에서 봐."

독슨은 켈시어를 쳐다보며 눈살을 찌푸렸다.

"이틀이라고? 켈, 무슨 일을 꾸미고 있는 거야?"

켈시어는 성큼성큼 문으로 걸어가 문을 홱 열고 안개가 흘러 들어오게 한 다음 다시 패거리를 보았다. 그 눈은 심문관의 대못만큼이나 날카로웠다.

"그들은 내 가장 아픈 곳을 때렸어. 나도 똑같이 해주겠어."

왈린은 어둠 속으로 몸을 밀어 넣었다. 비좁은 동굴 속으로 길을 찾아 더듬으며, 아주 작은 틈 사이에 몸을 억지로 집어넣었다. 그는 베이고 긁힌 수많은 상처를 무시하고 손가락으로 바위를 더듬어가며 아래로 계속 내려가고 있었다.

'계속 가야 해, 계속 가야 해……' 남아 있는 온전한 정신이 오늘이 그의 마지막 날이라고 말하고 있었다. 그가 마지막으로 성공한 후 엿새가 흘렀다. 일곱 번째도 실패한다면 그는 죽을 것이다.

'계속 가야 해.'

아무것도 보이지 않았다. 동굴 표면에서 너무 멀리 내려와 있었기 때문에 햇빛이 반사된 파편조차도 보이지 않았다. 그러나 빛이 없어도 길은 찾을 수 있었다. 방향은 두 가지밖에 없었다. 올라가거나 내려가거나. 옆으로 가는 동작은 중요하지 않았고, 쉽게 무시할 수 있었다. 계속 내려가고 있는 한에는 길을 잃을 리 없었다.

그동안 내내, 그는 손가락으로 수정이 싹틀 때 분명히 느껴지는 거친 감촉을 찾고 있었다. 이번에는 돌아갈 수 없었다. 성공할 때까지는, 그때까지는……

'계속 가야 해.'

움직이는 도중 그의 손에 부드럽고 차가운 것이 닿았다. 바위 두 개 사이에 박힌 채 썩어가는 시체였다. 왈린은 계속 움직였다. 좁은 동굴 속에서 시체는 드물지 않게 발견되었다. 어떤 시체들은 죽은 지 얼마 되지 않았지만, 대부분은 뼈만 남아 있었다. 왈린은 진짜 운 좋은 사람들은 죽은 사람들 쪽이 아닐까 하고 자주 생각하곤 했다.

'계속 가야 해.'

동굴 속에 진짜 '시간' 같은 건 없었다. 보통 그는 잠을 자러 위로 돌아왔다. 동굴 밖에는 채찍을 든 작업 감독들이 있었지만 그들은 음식을 갖고 있었다. 목숨만 간신히 붙어 있게 만들 정도로 적은 양이었지만, 아래에서 너무 오래 머물다 맞게 될 굶주림보다는 나았다.

'계속 가야……'

그는 얼어붙었다. 그는 바위 속 좁은 틈에 꽉 낀 채 꿈지럭거리며 길을 나아가는 중이었다. 그러면서도 그의 손가락은 벽을 더듬고 있었다. 언제나, 그에게 거의 의식이 없을 때조차 그것의 감촉을 찾고 있던 손가락이, 뭔가를 찾아냈다.

수정 싹을 더듬는 그의 손이 기대감으로 떨렸다. 그래, 그래, 그것들이었다. 그것들은 벽을 타고 넓은 원형으로 자랐다. 가장자리는 크기가 작았지만 가운데로 가면서 점차 커졌다. 원형 패턴의 바로 한가운데서 수정들은 안쪽으로 굽어진 채 벽 안에 주머니같이 움푹 파인 곳을 감싸고 있었다. 그 부분의 수정들은 길었고, 가장자리가 전부 들쑥날쑥하고 날카로웠다. 돌짐승의 목구멍을 따라 늘어선 이빨 같았다.

숨을 한 번 들이쉬고 로드 룰러에게 기도하며, 왈린은 주먹 크기의 원형 틈에 손을 집어넣었다. 수정들이 그의 팔을 찢었다. 길고 얕은 자상이 그의 피부를 갈랐다. 그는 그 고통을 무시하고 팔을 더 안쪽으로, 팔꿈치까지 집어넣은 다음 손가락으로 더듬었다…….

있었다! 그의 손가락이 주머니의 중심에 있는 작은 돌을 발견했다. 수정이 떨어지면서 신비로이 만들어진 돌이었다. 하스신 정동석.

그는 그 돌을 탐욕스레 움켜쥐고 빼냈다. 수정이 늘어선 구멍에서 팔을 빼낼 때 그의 팔이 다시 긁혔다. 그는 기쁨으로 거친 숨을 몰아쉬며 그 작고 둥근 공을 부드럽게 쥐었다.

또 일곱 날. 또 일곱 날을 살 수 있다.

배고픔과 피로로 더 약해지기 전에, 왈린은 또다시 위로 올라가는 고된 행로를 시작했다. 그는 크레바스 속에 낀 채로 벽의 튀어나온 부분을 밟고 올라갔다. 천장이 열릴 때까지 오른쪽이나 왼쪽으로 움직여야 할 때도 있었다. 그러나 위로 올라가는 길은 언제나 열렸다. 정말로 두 방향밖에 없었다. 위 또는 아래.

그는 다른 사람들의 기척을 경계하기 위해 귀를 기울이고 있었다. 그는 동굴을 기어오르다 정동석을 훔치려는 더 젊고 더 강한 남자들에게 살해당한 사람을 본 적이 있었다. 다행히 그는 아무와도 마주치지 않았다. 좋은 일이었다. 그는 나이 먹은 사람이었다. 농장 영주에게서 절대 음식을 훔쳐서는 안 된다는 것을 알 만한 나이였다.

자업자득일 것이다. 그는 '하스신의 갱'에서 죽어 마땅할 것이다.

'하지만 오늘 죽지는 않을 거야.' 그는 마침내 달콤하고 신선한 공기를 맡으며 생각했다. 위에 올라오자 밤이었다. 그러나 상관없었다. 그는 더 이상 안개에 신경 쓰지 않았다. 심지어 구타도 많이 괴롭지는 않았다. 너무 지쳐서 신경을 쓸 수가 없었다.

왈린은 틈에서 벗어나 기어오르기 시작했다. '하스신의 갱'이라고 알려진 작고 납작한 계곡 속에 난 수십 개의 균열 가운데 하나였다. 순간, 그가 얼어붙은 듯이 멈추었다.

한 사람이 그의 위쪽 어둠 속에 서 있었다. 그는 조각조각으로 길게 잘린 것처럼 보이는 커다란 클록을 입고 있었다. 그 남자는 왈린을 바라보았다. 검은 옷을 입은 그는 조용하고 강력해 보였다. 다음 순간 그는 손을 아래로 내밀었다.

왈린은 움찔했다. 그러나 남자는 왈린의 손을 잡더니 그를 틈 밖으로 끌어냈다.

"가라!" 그 남자는 소용돌이치는 안개 속에서 조용히 말했다. "경비병들은 대부분 죽었다. 최대한 죄수를 많이 모아 이 장소를 빠져나가라. 정통식은 깃고 있니?"

왈린은 다시 움찔하며 가슴 쪽으로 손을 움츠렸다.

"좋아." 이방인이 말했다. "그걸 깨뜨려. 그 안에는 금속 덩어리가 있을 거다. 매우 값진 물건이야. 너희가 어느 도시에 가게 되든지 그걸 암흑가에 팔아라. 오랫동안 먹고살 돈을 충분히 벌 수 있을 테니까. 얼른 가! 경보가 울릴 때까지 얼마나 시간이 남았을지 모르니까."

왈린은 당황해서 비틀거리며 뒤로 물러났다.

"누…… 누구십니까?"

"곧 너도 나와 같은 존재가 된다." 이방인은 틈 쪽으로 걸어가며 말했다. 그의 몸을 감싼 검은 클록 리본들이 안개와 섞이며 그의 주위에서 부풀어 올랐다. 그는 왈린 쪽을 돌아보았다. "나는 생존자다."

켈시어는 그 죄수가 허둥지둥 멀리 도망가는 소리를 들으며 아래를 내려다보고, 바위 속의 어두운 틈을 살펴보았다.

"이제 내가 돌아왔다." 켈시어가 속삭였다. 흉터가 불타는 듯이 아팠고, 기억이 마음속에서 넘쳐흘렀다. 몇 달 동안 바위틈 속을 꿈틀거리며 뚫고 지나가던 기억들. 수정 칼날에 팔을 찢기고, 매일 정동석을 찾으며…… 딱 하나만, 그래야 그가 살 수 있었으니까.

정말 저 비좁고 조용하고 깊은 곳으로 내려갈 수 있을까? 그 어둠 속에 다시 들어갈 수 있을까? 켈시어는 팔을 들어 상처를 바라보았다. 피부 위의 흉터는 여전히 희고 선명했다.

그래. 그녀의 꿈을 위해, 그는 할 수 있었다.

그는 균열로 걸어가 마음을 단단히 먹고 그 안으로 내려간 다음 주석을 태웠다. 즉시 아래에서 무언가가 갈라지는 소리가 났다.

주석은 그의 아래에 난 균열을 보여주었다. 금은 넓어졌지만, 갈라져서 비비 꼬인 틈을 사방으로 퍼뜨리고 있기도 했다. 어떻게 보면 동굴이었고, 어떻게 보면 균열이었으며, 어떻게 보면 터널이었다. 그는 언제나 자신의 첫 번째 아티움 수정 구멍을, 아니 그 구멍이 남긴 상처를 볼 수 있었다. 긴 은빛 수정들이 부러지고 부서지던 광경.

아티움 수정 근처에서 알로맨시를 쓰면 수정은 부서진다. 그래서 로드 룰러는 아티움을 모으기 위해 알로맨서가 아니라 노예들을 부린다.

'이제 실전 테스트다.' 켈시어는 균열 속으로 더 깊이 몸을 끼워 넣어 아래로 들어가며 생각했다. 철을 불태우자 곧 몇 개의 파란 선이 아래쪽을 가리키는 것이 보였다. 아티움 구멍 쪽이었다. 그 구멍 안에는 아티움이 없을 테지만 수정 자체가 희미하게 파란 선을 내뿜었다. 수정에도 아티움이 조금 남아 있었다.

켈시어는 파란 선 하나에 집중해 가볍게 '밀었다'. 주석으로 강화된 귀에 아래쪽 균열 속에서 뭔가가 부서지는 소리가 들렸다.

켈시어는 미소 지었다.

거의 3년 전, 메어를 때려죽인 작업 감독들의 시체 위에 서 있을 때, 그는 철을 이용해서 수정 구멍들이 어디 있는지 느낄 수 있다는 것을 처음으로 알아차렸다. 그 당시 그는 자신의 알로맨시 힘을 거의 이해하지 못했지만, 그때조차도 그의 마음속에는 계획이 하나 움트고 있었다. 복수의 계획.

그 계획은 점점 발전하며 자라나 그가 원래 생각했던 것보다 훨씬 거대해졌다. 그러나 가장 중요한 부분 하나는 마음속 한구석에 남아 있었다. 그는 그 수정 구멍들을 찾을 수 있었다. 그리고 알로맨시를 사용해 부술 수 있었다.

'마지막 제국' 전체에서 아티움이 생산되는 곳은 그 구멍들밖에 없었다.

"하스신의 갱", 너는 나를 파괴하려고 했지.' 그는 균열 속으로 더 깊이 내려가면서 생각했다. '이제 은혜를 갚아주지.'

33

이제 거의 다 왔다. 이상하게도, 이렇게 높은 산에 오르자 마침내 '디프니스'의 숨 막히는 손길에서 자유로워진 것 같다. 내가 그 손길을 느껴본 지도 한참 되었다.

우리는 이제 페딕이 발견한 호수 위로 올라왔다. 바위 선반 위에서 그것이 보인다. 유리 같은, 거의 금속 같은 광택을 내는 그 호수는 이 위에서 더 섬뜩하게 보인다. 그가 호숫물 표본을 가져오게 놔둘 걸 그랬다는 생각이 들 정도다.

아마 그가 보인 흥미 때문에 우리를 따라오던 안개 생물이 화를 낸 것 같다. 아마도…… 그 생물이 그를 보이지 않는 칼로 찔러 공격한 이유는 그것이리라.

이상하게도 그 공격은 내게 위안이 되었다. 최소한 다른 사람도 그것을 보았다는 걸 아니까. 그것은 내가 미치지 않았다는 뜻이다.

"그래서…… 다 끝난 거예요?" 빈이 물었다. "우리 계획 말이에요."

햄은 어깨를 으쓱했다.

"심문관들이 마쉬에게 자백을 받아냈다면 그들은 모든 걸 알고 있을 거야. 아니면 적어도 알 만큼은 알고 있겠지. 궁전을 습격하기로 계획한 것도 알 테고, 우리가 가문 전쟁을 위장용으로 사용하리라는 것도 알 거야. 우린 이제 로드 룰러를 도시 밖으로 절대 끌어내지 못할 테고, 그가 도시를 지키려고 궁전 경비대를 보내는 일도 절대 없겠지. 상황이 좋지 않아 보여, 빈."

빈은 조용히 앉아 그 정보를 소화하고 있었다. 햄은 더러운 바닥 위에 양반다리로 앉아 맞은편 벽돌 벽에 몸을 기대고 있었다. 예비 은신처는 겨우 방 세 개짜리 눅눅한 지하 창고였고, 공기에서는 먼지와 재 냄새가 났다. 독슨은 안전가옥에 들어오기 전에 다른 하인들을 다 보내버렸지만, 클럽스의 도제들은 남아 방 하나를 차지했다.

브리즈는 맞은편 벽 옆에 서 있었다. 그는 종종 더러운 마루와 먼지 앉은 의자 쪽을 불편한 듯이 바라보다가, 계속 서 있기로 했다. 빈은 왜 그가 그런 데 신경을 쓰는지 알 수 없었다. 실질적으로 땅속 구덩이나 마찬가지인 곳에서 사는 동안 정복을 깨끗이 유지하기란 어차피 불가능할 텐데.

자진 감금 상태에 분개한 사람은 브리즈만이 아니었다. 빈은 도제들 몇이 마치 미니스트리에 잡힌 것 같다고 투덜대는 소리를 들었다. 그러나 창고에서 보낸 이틀 동안, 반드시 필요한 때가 아니라면 모두 안전가옥에 머물러 있었다. 그들은 어떤 위험에 처해 있는지 이해하고 있었다. 마쉬는 심문관들에게 패거리 사람들의 용모를 가르쳐주었거나 가명을 말했을 수도 있었다.

브리즈는 고개를 저었다.

"여러분, 이제 이 작전을 그만둬야 할 때인 것 같아. 우리는 열심히 노력했고, 군대를 모으겠다는 원래 계획이 그렇게 무참하게 끝났다는 사실을 고려하면 아주 놀라운 일을 해냈다고 생각해."

독슨은 한숨을 쉬었다.

"음, 확실히 남은 자금으로 오래 버틸 수는 없어. 특히 켈이 우리 돈을 스카들에게 줘버린다면." 그는 방에 있는 단 하나뿐인 가구인 테이블 옆에 앉았다. 그의 앞에는 그의 중요한 장부, 공책, 계약서들이 깔끔하게 쌓여 정리돼 있었다. 그는 패거리와 관계가 있거나 그들의 계획을 드러낼지도 모르는 서류들을 놀랄 만큼 효율적으로 챙겨서 나왔다.

브리즈는 고개를 끄덕였다.

"나는 다른 계획으로 넘어가기를 간절히 바라고 있어. 이 일은 전부 재미있었고 즐거웠고 성취감을 주는 온갖 감정을 느끼게 해주었어. 하지만 켈시어와 일하면 좀 진이 빠지는 것 같아."

빈은 눈살을 찌푸렸다.

"당신은 이 패거리에 계속 있지 않을 건가요?"

"그건 그가 다음에 짜는 계획에 달렸지." 브리즈가 말했다. "우리는 네가 아는 다른 패거리들과 달라. 우리는 명령을 받아서 일하는 게 아니라 우리가 원할 때 일해. 덕분에 우리는 맡을 일을 고르는 안목이 매우 높아졌지. 보상은 막대하지만 위험도 커."

햄은 먼지에 전혀 개의치 않고 뒷머리에 팔로 괸 다음 미소 지었다.

"우리가 어떻게 이런 계획을 함께하게 되었는지 좀 놀랐지, 응? 위험은 아주 높고 보상은 거의 없는데."

"사실상 없지." 브리즈가 말했다. "우린 이제 절대로 아티움을 손에 넣지 못할 거야. 켈시어의 이타주의적인 연설과 스카를 돕기 위해 하는 일도 괜찮았지만, 난 언제나 우리가 그 보물 창고를 한번 휩쓸기를 바라고 있었어."

"맞아." 독슨이 그의 공책에서 눈을 들어 쳐다보며 말했다. "하지만 어쨌든 할 만한 가치는 있지 않았어? 우리가 한 일과 이뤄낸 것들은?"

브리즈와 햄은 잠시 침묵했다가, 둘 다 고개를 끄덕였다.

"그래서 우리가 머물러 있었던 거야." 독슨이 말했다. "켈도 말했잖아. 우리가 가치 있는 목표를 성취하기 위해 색다른 일을 시도할 줄 알기 때문에 우리를 뽑은 거라고. 너희는 좋은 사람들이야. 심지어 너도 그래, 브리즈. 나 좀 그만 노려봐."

빈은 익숙하고 친근한 농담에 미소 지었다. 이들도 마쉬를 애도

하고 있었다. 그러나 이 사람들은 상실을 딛고 전진하는 법을 아는 사람들이었다. 그런 면에서 결국 그들은 진정한 스카였다.

"가문 전쟁 말인데." 햄이 느긋하게 미소 지으며 말했다. "귀족들이 얼마나 많이 죽었을 것 같아?"

"적어도 몇백." 독슨이 쳐다보지도 않고 말했다. "탐욕스러운 귀족들 서로의 손에 전부 죽었지."

"이 일 전체는 낭패로 끝났고, 나도 의심을 품고 있었다는 걸 인정할게." 브리즈가 말했다. "하지만 가문 전쟁으로 상거래는 중단됐고, 정부가 엉망이 된 건 말할 것도 없고……. 그래, 네 말이 맞아, 독슨. 할 만한 가치가 있는 일이었어."

"그래." 햄이 브리즈의 딱딱한 목소리를 흉내 내며 말했다.

'난 이 사람들이 그리울 거야.' 빈은 안타까워하며 생각했다. '켈시어는 다음 계획에도 날 데려가겠지.'

계단이 삐걱거리는 바람에 빈은 반사적으로 다시 그늘로 들어갔다. 금방이라도 부서질 것 같은 문이 홱 열리면서 검은 옷을 입은 낯익은 사람의 형체가 성큼성큼 들어왔다. 그는 팔 위에 미스트클록을 걸치고 있었다. 그의 얼굴은 믿을 수 없을 정도로 지쳐 보였다.

"켈시어!" 빈이 앞으로 나서며 외쳤다.

"안녕, 모두들." 그가 지친 목소리로 말했다.

'난 저 지친 분위기를 알아. "백랍-끌어내기"를 쓴 거야. 그는 어디 갔었던 거지?' 빈이 생각했다.

"늦었어, 켈." 독슨은 여전히 장부에서 고개를 들지 않은 채 말했다.

"나야 일관성 **빼면** 시체지." 켈시어가 미스트클록을 마루에 던져 놓고 기지개를 켠 다음 앉으면서 말했다. "클럽스와 스푸크는 어디 있어?"

"클럽스는 뒷방에서 자고 있어." 독슨이 말했다. "스푸크는 르노와 함께 갔어. 그가 경계를 하기 위해 우리의 최고 틴아이를 데려가는 쪽을 네가 좋아할 거라고 생각했어."

"좋은 생각이야." 켈시어가 깊은 한숨을 내쉬고 눈을 감으며 벽에 기대섰다.

"세상에, 네 꼴은 끔찍하군." 브리즈가 말했다.

"겉보기처럼 나쁘지는 않아. 천천히 돌아왔거든. 오는 도중에 멈춰서 몇 시간 자기도 했는걸."

"그래, 그런데 어디 갔었어?" 햄이 날카롭게 물었다. "우린 네가 밖에서 뭔가…… 음, 바보 같은 짓을 할까 봐 무진장 걱정하고 있었다고."

"사실 우리는 네가 바보 같은 짓을 하고 있다는 걸 기정사실로 받아들이고 있었어. 이번 건수는 얼마나 바보 같은 짓으로 밝혀질지 궁금해하던 중이었고. 그래서 무슨 일을 했지? 로드 프렐란을 암살했나? 귀족 수십 명을 학살했어? 아니면 로드 룰러의 등짝에서 클록이라도 훔쳐 왔어?"

"난 '하스신의 갱'을 파괴했어." 켈시어가 조용히 말했다.

방 전체가 경악에 찬 침묵으로 덮였다.

"이봐." 브리즈가 마침내 말했다. "지금쯤 우리는 켈을 과소평가

하지 않는 법을 알고 있어야 하지 않을까?"

"그걸 파괴해?" 햄이 물었다. "어떻게 '하스신의 갱'을 파괴해? 그건 땅에 난 한 무더기의 균열일 뿐이잖아!"

"음, 사실 갱 자체를 파괴한 건 아니고." 켈시어가 설명했다. "아티움 정동석을 만들어내는 수정들을 부쉈을 뿐이야."

"전부?" 독슨이 놀라서 말문이 막힌 듯이 물었다.

"내가 찾을 수 있는 건 전부." 켈시어가 말했다. "정동석 구멍 몇백 개 정도 되던걸. 사실 알로맨시를 쓰니까 그 아래로 내려가기 훨씬 쉽더군."

"수정이라뇨?" 빈은 무슨 말인지 알 수가 없어 물었다.

"아티움 수정 말이야, 빈." 독슨이 말했다. "거기서 정동석이 생겨나. 실제로 어떻게 그렇게 되는지는 아무도 모를 거야. 그 정동석 한가운데 아티움 구슬이 있어."

켈시어가 고개를 끄덕였다.

"로드 룰러가 알로맨서를 그냥 내려보내 아티움 정동석을 '당겨' 올 수 없는 이유가 바로 그 수정들 때문이야. 수정 근처에서 알로맨시를 쓰면 수정이 깨지거든. 그게 다시 자라려면 수백 년이 걸리지."

"수백 년 동안 아티움을 만들어낼 수 없다는 말이야." 독슨이 덧붙였다.

"그럼 당신은⋯⋯." 빈은 말끝을 흐렸다.

"난 앞으로 300년 동안 '마지막 제국'의 아티움 생산을 완전히 끝장낸 거지."

'엘렌드, 벤처 가문. 그들이 "갱"을 책임지고 있어. 로드 룰러가 이걸 알게 되면 어떻게 반응할까?'

"이 미친놈." 브리즈가 눈을 휘둥그레 뜨고 조용히 말했다. "아티움은 제국 경제의 토대야. 로드 룰러가 귀족들에 대한 지배권을 유지하는 주된 방법이 아티움 통제니까. 우리가 그의 저장고에 가지는 못했지만, 결국 똑같은 효과를 내겠군. 이 축복받을 미친놈······ 이 축복받을 천재야!"

켈시어가 쓴웃음을 지었다.

"양쪽 칭찬 다 고마워. 심문관들이 클럽스의 가게를 쳤나?"

"우리 감시원들이 지켜본 결과 치지 않았어." 독슨이 말했다.

"잘됐군." 켈시어가 말했다. "어쩌면 그들은 마쉬의 자백을 받지 못했을 거야. 적어도 자기들의 '달래기' 지소가 피해를 입었다는 건 깨닫지 못할 거야. 너희가 괜찮다면 난 이만 자러 갈게. 우린 내일 계획할 일이 많아."

패거리는 얼어붙었다.

"계획이라고?" 독스가 마침내 물었다. "켈····· 우리는 물러나야 할 때라고 생각하고 있었어. 우리는 가문 전쟁을 일으켰고, 너는 방금 제국 경제를 뿌리 뽑아버렸어. 우리의 위장은 드러났고 계획도 손상되었는데······ 음, 설마 우리가 뭔가 더 하길 바라는 건 아닐 테지, 그렇지?"

켈시어는 미소를 짓더니, 비틀거리며 일어나 뒷방으로 들어갔다.

"내일 이야기하자."

"그가 뭘 계획하고 있는 것 같아요, 세이즈드?" 빈이 창고 벽난로 옆의 스툴에 앉아서 물었다. 테리스인은 저녁 식사를 준비하고 있었다. 켈시어는 밤새 자고 그날 오후에야 일어났다.

"전 정말 모릅니다, 미스트리스." 세이즈드가 스튜를 맛보며 대답했다. "하지만 도시가 이렇게 위태로운 지금이 '마지막 제국'에 저항하는 작전을 펼 절호의 기회인 것 같습니다."

빈은 생각에 잠겨 앉아 있었다.

"우리가 아직 궁전을 점거할 수 있을지도 몰라요. 켈시어는 언제나 그러고 싶어 했어요. 하지만 로드 룰러가 이미 경고를 받았다면, 그 일은 이루어지지 못할 거예요. 게다가 우리에겐 도시에서 큰일을 벌일 수 있을 정도의 군대가 없어요. 햄과 브리즈는 모병을 다 끝내지 못했어요."

세이즈드는 어깨를 으쓱했다.

"아마 켈시어가 로드 룰러에 대한 계획을 짜고 있을 거예요." 빈이 골똘히 생각하며 말했다.

"아마 그렇겠죠."

"세이즈드? 당신은 전설들을 모으죠, 그렇죠?" 빈이 천천히 말했다.

"키퍼로서 저는 여러 가지를 모읍니다. 민담, 전설, 종교." 세이즈드가 말했다. "제가 어렸을 때 다른 키퍼가 자기 지식을 모두 읊어주었습니다. 제가 그것을 저장한 다음 거기에 새로운 지식을 덧붙일 수 있도록요."

"켈시어가 이야기하는 이 '열한 번째 금속' 전설에 대해 들어본 적 있어요?"

세이즈드는 잠시 침묵했다.

"아뇨, 미스트리스. 그 전설은 저도 마스터 켈시어에게 처음 들었습니다."

"하지만 켈시어는 그 전설이 진짜라고 확신해요. 그리고 난……그를 믿어요. 왠지는 모르겠지만." 빈이 말했다.

"제가 들어보지 못한 전설들도 존재할 가능성이 매우 높습니다." 세이즈드가 말했다. "키퍼들이 모든 걸 알고 있다면 왜 계속 탐색을 해야 하겠습니까?"

빈은 고개를 끄덕였지만 아직 자신이 없는 태도였다.

세이즈드는 계속 수프를 저었다. 그는 그런 사소한 일을 하면서도 아주…… 위엄 있어 보였다. 패거리가 하인들을 해산시켰기 때문에, 그는 하인들을 대신해서 일하고 있었다. 그러나 아무리 단순한 일이라도 상관하지 않고 시종 로브를 입은 채 그것을 척척 수행했다.

계단에서 빠른 발소리가 나자 빈은 활기를 띠며 미끄러지듯 의자에서 일어났다.

"미스트리스?" 세이즈드가 물었다.

"누가 계단에 있어요." 빈이 문으로 가며 말했다.

도제 한 명이 벌컥 문을 열고 큰 방에 들어왔다. 빈이 알기로는 테이즈라는 이름이었다. 이제 레스티번스가 없었기 때문에 테이즈가 패거리의 망보기를 중심적으로 맡고 있었다.

"사람들이 광장에 모이고 있어요." 테이즈가 계단 쪽으로 몸짓을 하며 말했다.

"무슨 일이지?" 독슨이 다른 방에서 들어오며 물었다.

"분수 광장에 사람들이 모여요, 마스터 독슨." 소년이 말했다. "거리에서 들은 소문으로는 오블리게이터들이 더 많은 사람을 처형하려고 계획하고 있대요."

"'갱' 사건을 응징하려는 거야. 빠르기도 하지.' 빈이 생각했다.

독슨의 표정이 어두워졌다.

"가서 켈을 깨워."

"난 그들을 지켜볼 생각이야." 켈시어가 방으로 걸어 들어오며 말했다. 그는 단순한 스카 복장과 클록을 입고 있었다.

빈은 속이 뒤틀렸다.

'또?'

"너희는 모두 각자 좋을 대로 해도 돼." 켈시어가 말했다. 오래 쉰 다음이라 그는 훨씬 상태가 좋아 보였다. 탈진 상태는 가셨고, 빈이 그의 특징이라 생각하는 활기가 돌았다.

"처형은 아마 내가 '갱'에서 한 일의 앙갚음일 거야." 켈시어가 말을 계속했다. "난 그 사람들의 죽음을 지켜봐야겠어. 간접적으로는 내가 그렇게 만들었으니까."

"네 잘못이 아니야, 켈." 독슨이 말했다.

"모두 우리 잘못이야." 켈시어가 직설적으로 말했다. "우리가 한 일이 잘못된 건 아니야. 하지만 우리가 아니었으면 저 사람들은 죽지 않아도 됐을 거야. 이 사람들의 죽음을 참고 목격하는 게 우리가 그들을 위해 할 수 있는 최소한의 행동이라고 생각해."

그는 문을 열고 계단을 올라갔다. 천천히, 나머지 패거리도 그를 따라갔다. 그러나 클럽스와 세이즈드 그리고 도제들은 안전가옥에 남아 있었다.

빈은 퀴퀴한 냄새가 나는 계단을 올라 스카 빈민가 한가운데의 더러운 거리에서 다른 사람들과 만났다. 하늘에서 재가 떨어져 느긋하게 공중에 떠돌았다. 켈시어는 이미 거리를 걸어 내려가고 있었고, 나머지 사람들—브리즈, 햄, 독슨과 빈—은 재빨리 그를 따라잡았다.

안전가옥은 분수 광장에서 멀지 않았다. 그러나 켈시어는 목적지에서 도로 몇 개 떨어진 곳에 멈추었다. 멍한 눈을 한 스카들이 주위에서 걸으며 패거리를 거칠게 밀쳐댔다. 멀리서 종이 울렸다.

"켈?" 독슨이 물었다.

켈시어는 고개를 들었다.

"빈, 저거 들려?"

그녀는 눈을 감고 주석을 태웠다.

'집중해. 스푸크의 말처럼. 질질 끄는 발소리와 웅얼거리는 목소리 사이로 들어. 문 닫히는 소리와 사람들 숨소리 너머로 들어. 귀를 기울이면……'

"말들이 와요. 마차도요." 그녀가 주석을 줄이고 눈을 뜨며 말했다.

켈시어는 주위의 건물들을 쳐다보다가 빗물 홈통 하나를 움켜쥐고 춤추듯이 올라갔다. 브리즈는 눈을 굴리더니 독슨을 쿡쿡 찌른

다음 건물 앞쪽으로 고갯짓을 했다. 그러나 백랍을 쓸 수 있는 빈과 햄은 손쉽게 켈시어를 따라 지붕으로 갔다.

"저기야." 켈이 약간 떨어진 어느 거리를 가리키며 말했다. 빈은 창살이 달린 죄수 수레들이 일렬로 광장을 향해 굴러가는 모습을 간신히 알아볼 수 있었다.

독슨과 브리즈는 창문을 통해 경사진 옥상으로 올라왔다. 켈시어는 계속 지붕 가장자리에 서서 죄수를 태운 수레들을 뚫어지게 바라보고 있었다.

"켈, 무슨 생각 하고 있는 거야?" 햄이 조심조심 물었다.

"우리는 아직 광장 가까운 곳에 있어. 그리고 심문관들은 죄수들과 함께 오고 있지 않아. 그들은 지난번처럼 궁전에서 내려올 거야. 저 사람들을 지키는 병사가 백 명이 넘을 리는 없고." 그가 천천히 말했다.

"백 명은 많은 수야, 켈." 햄이 말했다.

켈시어는 그 말을 듣지 못한 것 같았다. 그는 또 한 걸음 앞으로 나가 지붕 끄트머리에 섰다.

"난 이 일을 막을 수 있어……. 그들을 구할 수 있어."

빈이 그의 옆으로 걸어 올라갔다.

"켈, 죄수들과 함께 있는 경비병들은 많지 않을지 모르지만, 분수 광장이 겨우 몇 블록 떨어진 곳에 있어요. 거긴 군인들로 가득 차 있어요. 심문관들은 물론이고요!"

뜻밖에도 햄은 그녀 편을 들지 않았다. 그는 돌아서서 독슨과 브리즈를 보았다. 독슨은 잠깐 얼굴을 굳혔다가 어깨를 으쓱했다.

"모두들 미쳤어요?" 빈이 날카롭게 물었다.

"잠깐만." 브리즈가 눈을 가늘게 뜨며 말했다. "난 틴아이는 아니지만, 저 죄수들 중 몇 명은 너무 잘 차려입은 것 같지 않아?"

켈시어가 얼어붙더니 저주의 말을 중얼거렸다. 돌연 그는 아무런 경고도 없이 지붕 꼭대기에서 뛰어내려 아래쪽 거리로 떨어졌다.

"켈! 무슨……." 다음 순간 빈의 몸도 굳어졌다. 그녀는 주석으로 강화된 눈으로 붉은 햇빛 속에서 천천히 다가오는 수레의 행렬을 지켜보았다. 수레들 가운데 한 채의 앞쪽에 앉은 사람이 낯익었다.

스푸크였다.

"켈시어, 지금 뭐가 어떻게 돼가는 거예요!" 빈이 그의 뒤를 따라 거리를 달려 내려가며 날카롭게 물었다.

그는 아주 약간 속도를 늦추었다.

"저기 첫 번째 수레에 르노와 스푸크가 있어. 미니스트리가 르노의 운하 수송선들을 친 게 틀림없어. 저 수레 속에 든 사람들은 우리가 저택에서 일하도록 고용한 하인과 직원, 경비병 들이야."

'운하 수송선……. 미니스트리는 르노가 가짜라는 걸 알아낸 게 틀림없어. 마쉬가 결국 자백했구나.' 빈은 생각했다.

뒤이어 햄이 건물에서 거리로 나왔다. 브리즈와 독슨은 좀 더 늦게 나왔다.

"빨리 해야 해!" 켈시어가 다시 속도를 내며 말했다.

"켈!" 빈이 그의 팔을 움켜쥐었다. "켈시어, 당신은 그들을 구할 수 없어요. 경비가 너무 삼엄한 데다, 대낮 도시 한복판이에요. 당신만 죽고 말 거예요."

거리 한가운데서 빈의 손에 잡힌 채 멈춰 선 그가 돌아보았다. 실망한 기색으로 그녀의 눈 속을 들여다보았다.

"빈. 넌 이게 다 무엇 때문인지 이해하지 못하는구나, 응? 전혀 이해하지 못했어. 넌 전장 옆 산비탈에서 나를 한 번 막았었지. 이번엔 안 돼. 이번엔 내가 뭔가 할 수 있어."

"하지만……."

그는 팔을 흔들어 그녀의 손을 떼어냈다.

"넌 아직 우정에 대해 배워야 할 것이 있어, 빈. 언젠가 네가 그것이 무엇인지 깨달았으면 좋겠어."

다음 순간 그는 수레 쪽으로 돌진했다. 햄은 광장 쪽으로 가고 있는 스카들을 밀어 다른 방향으로 길을 내며 질주했다.

빈은 떨어지는 재 속에서 잠시 멍하니 서 있었다. 독슨이 그녀를 붙잡았다.

"이건 미친 짓이에요." 그녀는 중얼거렸다. "우린 이 일을 해낼 수 없어요, 독스. 우린 무적이 아니라고요."

독슨이 코웃음을 쳤다.

"우리는 무력하지도 않아."

브리즈가 뒤에서 씩씩거리며 다가와 옆길을 가리켰다.

"저기로 가자. 내가 군인들을 볼 수 있는 위치를 잡아줘야지."

그들은 빈을 함께 끌고 갔다. 빈은 갑자기 불안과 부끄러움이 섞인 감정을 느끼며 그들의 손에 몸을 맡겼다.

'켈시어…….'

켈시어는 병 안에 있던 것을 삼키고 빈 병 한 쌍을 던져버렸다. 병은 그의 옆 공중에서 반짝거리며 빛나다가, 그대로 떨어져선 자갈에 부딪쳐 깨져버렸다. 몸을 숙이고 마지막 골목길 하나를 통과하자 오싹할 정도로 텅 빈 커다란 도로가 별안간 나타났다.

죄수를 실은 수레들이 그를 향해 굴러오고 있었다. 수레는 두 개의 거리가 교차하면서 생겨난 작은 안마당 같은 광장으로 들어왔다. 네모난 수레 모두 철창이 쳐져 있었다. 수레마다 낯익은 사람들로 가득 채워져 있었다. 하인들, 경비병들, 가정부들. 그중에서 어떤 사람들은 반역도였지만, 다른 많은 사람들은 그냥 보통 사람들이었다. 그들 가운데 죽을 짓을 한 사람은 없었다.

'스카는 이미 너무 많이 죽었어. 수백, 수천. 수만.' 그는 금속을 불태우며 생각했다.

'오늘은 안 돼. 더 이상은 안 돼.'

그는 동전 하나를 떨어뜨리고 '밀어서', 커다란 호를 그리며 공중으로 도약했다. 병사들은 그들 한가운데 내려앉는 켈시어를 손으로 가리키며 쳐다보았다.

병사들이 놀라서 돌아보는, 조용하고 짧은 순간이 흐르고 있었다. 켈시어는 그들 가운데 웅크렸다. 재 조각이 하늘에서 떨어졌다.

다음 순간 그는 '밀었다'.

그는 소리를 지르며 강철을 폭발시키고, 일어서서 바깥쪽으로 '밀었다'. 알로맨시 힘이 터져나오자, 군인들은 입고 있던 흉갑 때문에 던져졌다. 수십 명이 공중으로 날아가 동료들이나 벽에 부딪쳤다.

사람들이 비명을 질렀다. 켈시어는 빙글 돌아서 한 무리의 군인들을 '밀고' 그 힘으로 죄수 수레를 향해 날아갔다. 그는 백랍을 폭발시키며 수레와 격돌했고 손으로 금속 문을 움켜쥐었다.

죄수들은 놀라서 뒤로 옹송그리며 모여들었다. 켈시어의 백랍은 여전히 폭발하고 있었다. 그는 힘을 써서 문을 뜯어낸 다음, 다가오는 한 무리의 군인에게 그 문을 던졌다.

"어서 도망가!" 그는 죄수들에게 말하고 뛰어내려 거리에 가볍게 착지한 후 빙글 돌았다.

그리고 갈색 로브를 입은 키 큰 그림자와 맞닥뜨렸다. 켈시어는 잠시 그 자리에 굳었다가, 키 큰 괴물이 위로 손을 뻗어 후드를 내리고 대못에 찔린 한 쌍의 눈을 드러내자 뒤로 물러났다.

심문관은 미소 지었다. 옆 골목길에서 발소리가 다가오는 것이 들렸다. 수십. 수백.

"천벌 받을 놈들!" 브리즈는 군인들이 광장을 휩쓸자 욕설을 했다.

독슨은 브리즈를 옆 골목길로 끌고 들어갔다. 빈은 그들을 따라 들어가 그늘 속에 웅크리고 바깥 교차로에서 군인들이 소리치는 것에 귀를 기울였다.

"뭐죠?" 그녀가 날카롭게 물었다.

"심문관이야!" 브리즈가 켈시어 앞에 서 있는 로브를 입은 그림자를 가리키며 말했다.

"뭐라고?" 독슨이 일어섰다.

'함정이야.' 빈은 공포를 느끼며 깨달았다. 군인들이 숨겨진 옆길에서 나타나 광장을 가득 메우기 시작했다.

'켈시어, 거기서 나와요!'

켈시어는 쓰러진 경비병을 '밀어' 몸을 뒤로 휙 날려서 죄수 수레 위에 올라탔다. 그는 웅크린 자세로 내려앉은 다음 새로 나타난 병사들을 바라보았다. 갑옷을 입지 않고 스태프를 든 자들이 많았다. 헤이즈킬러들이었다.

심문관이 재가 가득한 공중으로 자기 몸을 '밀어' 쿵 소리를 내며 켈시어 앞에 내려앉았다. 그 괴물은 미소 지었다.

'같은 놈이다. 전의 그 심문관이야.'

"그 여자애는 어디 있지?" 괴물이 조용히 말했다.

켈시어는 그 질문을 무시했다.

"왜 혼자뿐이지?" 켈시어가 물었다.

괴물의 미소가 커졌다.

"제비뽑기를 했거든."

심문관이 한 쌍의 흑요석 도끼를 뽑아들자 켈시어는 백랍을 폭발시키고 옆으로 재빨리 피했다. 군인들이 서둘러 광장을 봉쇄했다. 사람들이 외치는 소리가 들렸다.

"켈시어! 로드 켈시어! 제발!"

심문관이 켈시어에게 돌진하자 그는 조용히 욕설을 내뱉었다. 그는 손을 뻗어 아직 꽉 차 있는 수레 한 채를 '밀고' 공중으로, 한 무리의 군인들 위로 몸을 띄웠다. 그는 땅에 내려앉자마자 수레 안에 있는 사람들을 풀어주러 달려갔다. 그러나 그가 도착한 순간 수레가 흔들렸다. 켈시어가 위를 쳐나보았다. 강철 눈의 괴물이 수레 위에서 그를 내려다보며 웃고 있었다.

켈시어는 머리 옆쪽으로 도끼날이 휘두르며 일으키는 바람을 느끼고 몸을 뒤로 '밀었다'. 그는 매끄럽게 착지했지만 한 분대의 병력이 공격해오는 바람에 즉시 옆으로 뛰어올라야 했다. 내려앉으면서 그는 손을 뻗어 수레 한 채를 닻으로 사용해 자기 몸을 '당기고', 아까 던졌던 철문도 '당겼다'. 빗장이 걸린 문은 공중으로 떠올라 몰려오던 병사들과 부딪쳤다.

심문관이 뒤에서 공격하자 켈시어는 뛰어서 피했다. 철문이 아직도 빙글빙글 돌면서 켈시어 앞쪽의 자갈을 가로질러 위태롭게 달려가고 있었다. 켈시어는 그 문을 넘어 지나가며 '밀어'서 공중으로 잽싸게 날아올랐다.

'빈이 옳았어.' 켈시어는 좌절감을 느끼며 생각했다. 아래쪽에서는 심문관이 그를 초자연적인 눈으로 좇으며 지켜보고 있었다. '이 일은 하지 말았어야 했어.' 아래에서 한 무리의 군인들이 그가 풀어준 스카들을 잡아 모으고 있었다.

'도망쳐야겠어. 심문관을 따돌려보자. 전에도 했던 일이야.'

하지만…… 그럴 수 없었다. 이번만은 그러지 않을 것이다. 그는 이제까지 너무 많은 것을 타협했다. 다른 모든 것을 잃는다 해도 저 죄수들만은 풀어주어야 했다.

그리고 그가 공중에서 떨어지기 시작했을 때, 한 무리의 사람들이 교차로로 돌진하는 것이 보였다. 그들은 무기를 갖고 있었지만 제복은 없었다. 맨 앞에서 낯익은 사람이 달리고 있었다.

'햄! 거기 갔었구나.'

"무슨 일이죠?" 빈이 광장을 들여다보려고 목을 빼며 초조한 목소리로 물었다. 켈시어의 몸은 다시 싸움판 속으로 떨어져 내렸다. 검은 클록이 꼬리처럼 뒤에서 흩날렸다.

"우리 군부대야! 햄이 그들을 데려온 게 틀림없어." 독슨이 말했다.

"얼마나 많아요?"

"200명씩 편제해두었어."

"그럼 수에서 밀리겠군요."

독슨이 고개를 끄덕였다. 빈은 일어섰다.

"내가 나갈게요."

"아니, 넌 안 돼." 독슨은 단호하게 그녀의 클록을 붙잡고 끌어당겼다. "네가 마지막으로 저 괴물들을 만났을 때 겪은 일을 되풀이하게 할 수는 없어."

"하지만……."

"켈은 괜찮을 거야. 그는 햄이 죄수들을 풀어줄 때까지만 시간을 벌고 그다음엔 달아날 거야. 지켜보라고." 독슨이 말했다.

빈은 도로 물러났다.

옆에서 브리즈는 혼자 중얼거리고 있었다.

"그래, 너희는 겁이 난다. 거기에 집중해. 다른 모든 감정을 '달래서' 없애버려. 계속 겁먹고 있어. 저건 심문관과 미스트본의 싸움이

다. 너희는 저기 개입하고 싶지 않다……."

빈은 다시 광장을 보았다. 군인 한 명이 스태프를 떨어뜨리고 도망가는 모습이 보였다.

'다른 방식의 싸움도 있어.' 그녀는 깨닫고 브리즈 옆에 무릎을 꿇었다.

"전 어떻게 도울까요?"

켈시어는 다시 심문관에게서 물러나 뒤로 피했다. 햄의 부대가 제국 군인들과 충돌하며 칼을 휘둘러 죄수 수레로 향하는 길을 뚫고 있었다. 그 공격은 군인들의 주의를 끌었다. 그들은 켈시어와 심문관이 일대일 전투를 하도록 내버려두고 갈 수 있어 아주 홀가분해 보였다.

옆에서는 스카들이 작은 안마당 주위의 거리를 막기 시작하는 것이 보였다. 켈시어와 심문관의 싸움이 위쪽 분수 광장에서 기다리고 있던 사람들의 주의를 끈 것이다. 다른 제국군 분대들이 이 싸움판을 향해 길을 밀고 들어오는 모습도 보였지만, 거리에 모여선 수천 명의 스카 때문에 그들은 매우 느리게 전진할 수밖에 없었다.

심문관이 도끼를 휘두르자 켈시어는 피했다. 괴물은 점점 화가 나는 듯했다. 옆에서는 햄의 작은 부대가 죄수 수레 한 채에 닿았다. 그들은 자물쇠를 깨서 문을 열고 죄수들을 풀어주었다. 햄의 나머지 부하들은 죄수들이 달아나는 동안 제국 군인들을 붙잡아두고 있었다.

켈시어는 미소를 지으며, 화가 난 심문관을 바라보았다. 괴물은 조용히 으르렁거렸다.

"발레트!" 어떤 목소리가 외쳤다.

켈시어는 충격을 받고 그쪽을 돌아보았다. 잘 차려입은 귀족 한 명이 군인들을 밀고 싸움 한복판으로 들어오고 있었다. 그는 결투용 지팡이를 들고 두 명의 경호원에게 보호받고 있었다. 사면초가에 몰려 있었지만 그는 대체로 공격을 잘 피하고 있었다. 귀족들과 스카들 양쪽 모두 귀족 혈통이 분명한 남자를 쓰러뜨리려고 열심이지는 않았다.

"발레트!" 엘렌드 벤처가 다시 소리쳤다. 그는 군인 한 명을 보았다.

"누가 르노가 수송대를 습격하라고 했나! 이건 누구 권한이야!"

'대단한데.' 켈시어는 심문관에 대한 경계를 늦추지 않은 채 생각했다. 그 괴물은 일그러진 혐오스러운 표정으로 켈시어를 바라보았다.

'넌 계속 날 증오하렴.' 켈시어가 생각했다. '난 햄이 죄수들을 풀어줄 때까지만 널 붙잡아놓으면 돼. 그다음엔 널 따돌릴 수 있어.'

심문관은 손을 뻗더니 아무렇지도 않게 도망치는 하인 한 명의 목을 베어버렸다.

"안 돼!"

켈시어가 외쳤다. 시체는 심문관 발치에 쓰러졌다. 그 괴물은 또 한 명의 희생자를 붙잡고 도끼를 치켜들었다.

"좋아!" 켈시어는 성큼성큼 앞으로 걸어가며 말했다. 그는 어깨띠에서 한 쌍의 병을 꺼냈다. "좋아. 나랑 싸우고 싶다고? 와라!"

괴물은 웃으면서 붙잡았던 여자를 옆으로 밀쳐놓더니 켈시어에게로 성큼성큼 걸어왔다.

켈시어는 양쪽 병의 코르크를 빼버리고 동시에 두 병을 다 비운 다음 빈 병을 옆으로 던져버렸다. 금속들이 그의 가슴속에서 폭발하고 분노와 함께 타올랐다. 그의 형이 죽었다. 아내도 죽었다. 가족, 친구, 영웅 들. 모두가 죽었다.

'네가 나한테 복수를 재촉한단 말이지? 좋아, 맛 좀 봐라!'

켈시어는 심문관 몇 피트 앞에서 멈추었다. 주먹을 불끈 쥐고 그는 강철을 폭발시켜 거세게 '밀었다'. 보이지 않는 어마어마한 힘의 파도에 부닥친 그의 주위 사람들이 자기가 가진 금속 때문에 뒤로 날아갔다. 제국 군인과 죄수와 반역도들이 꽉꽉 들어찬 광장 한복판, 켈시어와 심문관 주위에 작은 공터가 생겼다.

"그럼, 시작하자." 켈시어가 말했다.

34

나는 결코 두려움을 받고 싶지 않았다.

한 가지 후회하는 것이 있다면, 내가 불러일으킨 공포다. 공포는 폭군의 도구다. 불행히도 세계의 운명이 걸려 있을 때는, 쓸 수 있는 도구는 다 써야 한다.

죽은 사람들, 죽어가는 사람들이 자갈 바닥에 쓰러져 있었다. 스카가 길을 꽉꽉 메웠다. 죄수들은 그의 이름을 소리치고, 햇빛에 희부옇게 흐려진 거리에서 열기가 올라왔다.

그리고 재가 하늘에서 떨어졌다.

켈시어는 백랍을 폭발시키며 단검을 빼들고 맹렬히 앞으로 달려갔다. 그는 심문관과 동시에 아티움을 태웠고, 둘 다 오랜 시간 버틸 정도로 충분한 아티움을 갖고 있는 것 같았다.

켈시어는 뜨거운 공중을 두 번 긋고는 팔이 흐릿해질 정도로 빠르게 심문관을 공격했다. 심문관은 미친 듯이 몰아치는 아티움 그림자의 소용돌이 속으로 피한 다음 도끼를 휘둘렀다.

켈시어는 펄쩍 뛰어올랐다. 백랍 덕분에 그는 인간이 뛸 수 없는 높이까지 뛰어올라 심문관이 휘두르는 무기 바로 위를 스쳐 지났다. 그는 손을 뻗고 뒤에서 싸우는 군인들을 '밀어' 몸을 앞으로 던졌다. 그는 양발로 심문관의 얼굴을 세게 차고 다시 공중으로 튕겨 나갔다.

심문관은 비틀거렸다. 켈시어는 떨어지면서 군인 한 명을 '당겨' 자기 몸을 뒤로 재빨리 뺐다. 그 군인은 '철-당기기'의 힘 때문에 선 자리에서 뽑혀 나와 켈시어를 향해 빠르게 날아오기 시작했다. 양쪽 다 공중을 날았다.

켈시어는 여전히 그 군인을 '당기'면서도 철을 태워 오른쪽에 있는 한 분대의 군인들을 '당겼다'. 그 결과 회전이 일어났다. 켈시어는 옆으로 날아가고, 그 군인은 켈시어의 몸에 밧줄로 묶인 듯이 잡힌 채 사슬 끝에 달린 철공처럼 커다란 호를 그리며 휘둘렸다.

그 불운한 군인은 비틀거리던 심문관과 충돌했다. 그들 둘 다 빈

죄수 수레의 철창에 처박혔다.

군인은 의식을 잃고 땅에 쓰러졌다. 심문관은 강철 감옥에서 튕겨 나와 손과 무릎으로 바닥을 짚으며 땅에 떨어졌다. 괴물의 얼굴에서 피 한 줄기가 흘러 눈가의 문신을 가로질렀다. 그러나 심문관은 미소를 지으며 위를 쳐다보았다. 그 괴물은 일어설 때 조금도 어지러워 보이지 않았다.

켈시어는 소리 죽여 욕설을 하며 땅에 내려앉았다.

믿을 수 없는 속도로, 심문관이 빈 상자 같은 수레 감옥의 철창 한 쌍을 움켜쥐고 감옥 전체를 수레바퀴에서 떼어냈다.

'제기랄!'

그 괴물은 빙글 돌아 거대한 강철 감옥을 겨우 몇 피트 떨어진 곳에 서 있던 켈시어에게 던졌다. 피할 시간이 없었다. 그의 바로 뒤에는 건물이 있었다. 뒤로 몸을 '밀면' 건물과 충돌할 것이다.

감옥이 부딪치는 순간, 그는 뛰어올라 '강철-밀기'로 빙글빙글 도는 감옥의 열린 문 안에 들어갔다. 그는 감옥 안에서 몸을 돌려 금속 철창의 정중앙에 자리를 잡으며, 감옥이 벽에 부딪혀 튕겨 나오는 순간 바깥 사방으로 '밀어냈다'.

감옥은 구르다가 땅 위에서 미끄러지기 시작했다. 감옥이 천천히 미끄러져 멈출 때 켈시어는 몸을 떨어뜨려 지붕 밑면에 내려앉았다. 군인들이 바다처럼 모여 싸우는 가운데 심문관이 그를 지켜보는 모습이 보였다. 심문관의 몸은 구부러지고 달려오고 움직이는 아티움 이미지의 구름에 둘러싸였다. 심문관은 존경의 표시로 켈시어에게 머리를 가볍게 끄덕였다.

켈시어는 고함을 지르며 사방을 '밀었다'. 자기 몸이 으깨지지 않도록 백랍을 폭발시켜야 했다. 감옥이 폭발하며 금속 상판이 공중으로 날아가고 철창들이 바깥으로 터져 뜯겨 나왔다. 켈시어는 뒤쪽 철창을 '당기고' 앞에 있는 철창을 '밀어'서 금속 막대들을 심문관 쪽으로 쏘아 보냈다.

괴물은 한 손을 들어 그 커다란 막대를 노련하게 쪼개버렸다. 그러나 켈시어는 빗장 다음에 자기 몸을 '강철-밀기'로 심문관에게 쏘아 보내고 있었다. 심문관은 어느 불운한 병사를 닻으로 사용해 몸을 옆으로 '당겼다'. 그 병사는 싸우다가 상대에게서 떨어져 나오자 비명을 질렀다. 그러나 심문관이 그 병사를 '밀어' 땅에 처박으며 뛰어오르자 그는 숨이 막힌 듯했다.

심문관은 공중으로 쏜살같이 날았다. 켈시어는 한 무리의 군인들을 '밀어서' 속도를 늦추며 심문관을 따라갔다. 뒤쪽에서 감옥 상판이 도로 땅에 떨어지는 바람에 돌 조각들이 위로 튀어 올랐다. 켈시어는 그 상판에 대고 힘을 폭발시키며 심문관을 쫓아 몸을 위로 던졌다.

재 조각들이 쏜살같이 그를 스쳐 지나갔다. 앞쪽에서 심문관이 아래쪽의 뭔가를 '밀어' 몸을 돌렸다. 그 괴물은 즉시 방향을 바꿔 켈시어에게로 날아오고 있었다.

'박치기를 하자고? 머리에 대못을 박아 넣지 않은 사람에게 불리한걸.' 켈시어는 황급히 병사 한 명을 '당겨' 아래로 요동을 치며 몸을 낮추었다. 심문관이 머리 위로 비스듬히 스쳐 지났다.

켈시어는 백랍을 폭발시킨 다음 그가 위로 끌어'당긴' 군인과 부딪쳤다. 둘 다 공중에서 빙글 돌았다. 다행히 햄의 부하 군인은 아니었다.

"미안, 친구." 켈시어는 몸을 옆으로 '밀면서' 이야기를 나누듯이 말했다.

켈시어가 전장 위로 날아오르기 위해 '밀었기' 때문에, 군인은 쏜살같이 멀어져서 결국 어느 건물 벽에 충돌했다. 아래쪽에서 햄의 주력군이 마침내 마지막 죄수 수레에 닿았다. 불행히도 제국군 몇 분대가 멍하니 구경 중인 스카 군중을 밀치고 들어왔다. 그중 하나는 흑요석 활촉을 단 화살로 무장한 대규모 궁수 팀이었다.

켈시어는 욕을 내뱉으며 자유낙하로 떨어졌다. 궁수들이 정렬했다. 싸우고 있는 군중 속으로 곧장 화살을 쏠 준비를 하는 것 같았다. 자기편 군인들도 어느 정도 죽겠지만, 주로 큰 타격을 받는 쪽은 달아나는 죄수들일 것이다.

켈시어는 자갈 위로 떨어졌다. 그는 옆으로 손을 뻗어 아까 부순 감옥에서 튀어나온 창살들을 '당겼다'. 창살들이 그를 향해 날아왔다.

궁수들이 시위를 당겼다. 그러나 그는 그들의 아티움 그림자를 볼 수 있었다.

켈시어는 창살을 놓고 몸을 옆으로 아주 약간 '밀었다'. 창살이 궁수들과 도망치는 죄수들 사이로 날아갔다.

궁수들이 활을 쏘았다.

켈시어는 철과 강철 양쪽 다 폭발시키며 창살을 끌어당겼다. 창살 하나하나마다 한쪽 끝을 '밀고' 반대쪽 끝을 '당겼다'. 창살들이 공중에서 휘청거리더니, 금세 풍차처럼 미친 듯이 맹렬하게 돌기 시작했다. 날아오던 화살 대부분이 회전하는 쇠막대기에 맞아 옆으로 튕겨 나갔다.

못 쓰게 된 화살들이 땅에 흩어졌고, 그 위로 창살이 철컹 떨어졌다. 궁수들이 얼이 빠진 채 일어났을 때 켈시어는 옆으로 다시 뛰면서 가볍게 창살을 '당겨' 자기 앞쪽 공중으로 튕겨 올렸다. 그런 다음 '밀어서' 궁수들에게 날려 보냈다. 군인들이 비명을 지르며 죽어 가자 그는 돌아서서 진짜 적을 찾았다.

'그 괴물이 어디 숨어 있지?'

그는 아수라장 속을 살펴보았다. 사람들이 싸우고 달리고 도망치고 죽었다. 켈시어의 눈에 보이는 사람들 한 명 한 명마다 미래를 예언하는 아티움 그림자가 달려 있었다. 그러나 이번에는 그림자가 전장에서 움직이는 사람들 수를 두 배로 만드는 바람에 혼란을 가중시키기만 했다.

더 많은 군사들이 속속 도착하고 있었다. 햄의 부하들은 대부분 쓰러졌고, 나머지는 거의 다 퇴각하고 있었다. 다행히 그들은 갑옷만 버리면 스카 무리 속에 섞여들 수 있었다. 켈시어는 마지막 죄수 수레 쪽이 더 걱정되었다. 그 안에는 르노와 스푸크가 있었다. 햄의 무리가 전장 속으로 들어온 길은 수레 진행 방향의 뒤쪽이었다. 르노에게 가려면 앞에 있는 다섯 채의 다른 수레를 지나쳐야 했다. 그 수레들 안에도 아직 사람들이 갇혀 있었다.

햄은 스푸크와 르노를 풀어줄 때까지 전장을 떠날 생각이 없는 게 분명했다. 그리고 햄이 싸우는 곳에서 반역도 군사들은 물러나지 않고 버텼다. '백랍팔'이 '써그*'라고도 불리는 이유가 그것이었다. 그들은 싸울 때 기교 따위는 쓰지 않았다. 교묘한 '철-당기기'나 '강철-밀기'도 없었다. 햄은 그저 힘과 스피드만으로 돌격해 적의 군인들을 자기 진로에서 밖으로 던져버렸다. 그는 자기 앞의 군인들을 줄줄이 초토화시키며 50명으로 이뤄진 분대를 이끌고 마지막 죄수 수레로 가고 있었다. 수레에 닿은 후에는 부하 한 명이 자물쇠를 부수는 동안 햄이 적군 병사들을 물리치기 위해 뒤로 조금 물러섰다.

켈시어는 자부심을 느끼며 미소 지었으나 눈으로는 여전히 심문관을 찾고 있었다. 그의 부하들은 거의 보이지 않았지만, 적군 병사들은 스카 반역도들의 투지에 눈에 띄게 동요하고 있는 것 같았다. 켈시어의 부하들은 열정적으로 싸웠다. 그들에게는 수많은 장애물이 있었지만 이 한 가지 이점만은 여전히 그들 편이었다.

'그들을 설득해 마침내 싸우도록 했을 때 이런 일이 일어나는 거야. 그들 모두 내면에 이런 불길을 감추고 있어. 해방시키기가 어려울 뿐……'

르노는 감옥에서 나와 자기 하인들이 수레에서 도망쳐 달려가는 모습을 지켜보며 수레 옆으로 걸어갔다. 갑자기 잘 차려입은 사람 하나가 혼전 속에서 빠져나와 르노의 멱살을 잡았다.

"발레트는 어디 있습니까?" 엘렌드 벤처가 재우쳐 물었다. 주석으로 강화된 켈시어의 귀에 그의 필사적인 목소리가 들렸다. "그녀는 어느 수레에 있죠?"

---

* 써그(THUG): '폭력배'라는 뜻이 있다.

'저 녀석이 정말로 날 화나게 만들기 시작하는군.' 켈시어는 수레 쪽으로 달려가며 생각했다. 그는 자기 몸을 '밀어' 군인들 사이로 길을 뚫었다.

심문관이 한 무리의 군인들 뒤에서 뛰어나왔다. 그 생물이 감옥 위로 내려앉자 수레 전체가 흔들렸다. 그는 갈고리 같은 양손에 각각 흑요석 도끼를 하나씩 움켜쥐고 있었다. 괴물은 켈시어의 눈을 마주 보고 미소 짓더니, 감옥 위에서 떨어지며 르노의 등을 도끼로 찍었다.

칸드라는 눈을 크게 뜨며 쓰러졌다. 심문관은 그다음 엘렌드를 보았다. 켈시어는 그 괴물이 청년의 정체를 알아보는지 확신할 수 없었다. 심문관은 엘렌드가 르노의 가족이라고 생각한 것 같았다. 아니면 상관하지 않았을지도 모른다.

켈시어는 순간 멈추었다.

심문관은 엘렌드를 치려고 도끼를 들어 올렸다.

'그 아이가 저 녀석을 사랑해.'

켈시어는 몸 안에서 강철을 폭발시키고 돋우고 격렬하게 태웠다. 그의 가슴이 화산처럼 타올랐다. 그는 뒤쪽 군인들에게 그 힘을 폭발시켜 수십 명을 뒤로 날리면서 심문관 쪽으로 쏜살같이 달려갔다. 그 괴물이 도끼를 휘두르기 시작할 때 그가 부딪쳤다.

도끼가 날아가 몇 피트 떨어진 곳 돌바닥에 딸각거리며 떨어졌다. 두 개의 도끼가 땅에 떨어졌을 때, 켈시어는 심문관의 목을 움켜쥔 뒤였다. 심문관은 목에서 켈시어의 손을 필사적으로 떼어내려 했다.

'마쉬 말이 맞았어.' 켈시어는 그 난장판 속에서 생각했다. '이놈은 자기 생명을 아끼고 있어. 죽일 수 있는 거야.'

심문관은 거질게 헉헉거렸다. 눈에서 튀어나온 금속 대못 머리가 켈시어의 얼굴에서 겨우 몇 인치 떨어진 곳에 있었다. 곁눈질로 켈시어는 엘렌드 벤처가 휘청거리면서 뒤로 물러나는 모습을 보았다.

"그 아가씨는 무사해!" 켈시어가 이를 악물고 말했다. "그녀는 르노가 바지선에 타고 있지 않았어. 도망가!"

엘렌드는 잠시 머뭇거리며 멈춰 서 있었다. 마침내 그의 경호원 한 명이 나타났고, 젊은이는 경호원의 손에 이끌려 갔다.

'내가 방금 귀족 하나를 구했다니 믿어지지 않는군. 애야, 넌 이 일에 단단히 감사해야 할 거다.' 켈시어는 심문관을 목 졸라 죽이려고 기를 쓰며 생각했다.

천천히 근육에 힘을 주며, 심문관은 켈시어의 손을 억지로 떼어냈다. 그 생물은 다시 미소 짓기 시작했다.

'심문관은 정말 강하군!'

심문관은 켈시어를 뒤로 밀어내더니 병사 한 명을 '당겨서' 자갈 바닥 위로 몸을 홱 미끄러뜨렸다. 심문관은 시체 하나와 부딪치며 뒤로 몸을 날려 도로 일어났다. 켈시어의 손아귀 때문에 그의 목이 붉었다. 손톱에 살점이 점점이 뜯겨 나가 있었다. 그러나 그 생물은 아직도 미소 짓고 있었다.

켈시어도 병사 하나를 '밀어' 위로 몸을 던졌다. 곁눈질로 그는 르노가 수레에 기대 있는 것을 보았다. 켈시어는 칸드라와 눈이 마주치자 살짝 고개를 끄덕였다.

르노는 한숨을 쉬며 등에 도끼를 꽂은 채 땅에 쓰러졌다.

"켈시어!" 햄이 군중 너머로 외쳤다.

"가! 르노는 죽었어." 켈시어가 그에게 말했다.

햄은 르노의 시체를 흘끗 보더니 고개를 끄덕였다. 그는 자기 부하들에게 퇴각 명령을 내렸다.

"'생존자'여." 거친 목소리가 말했다.

켈시어는 몸을 휙 돌렸다. 심문관이 백랍을 태울 때의 유연한 걸음걸이로 성큼성큼 앞으로 걸어 나왔다. 그의 몸은 아지랑이 같은 아티움 그림자에 둘러싸여 있었다.

"'하스신의 생존자'여. 너는 내게 싸우겠다고 약속했다. 내가 스카를 더 죽여야 하느냐?" 심문관이 말했다.

켈시어는 금속을 폭발시켰다.

"난 우리가 다 끝났다고 한 적 없어." 그가 미소 지었다. 그는 불안했고 고통을 느끼고 있었지만, 한편으론 고무되어 있기도 했다. 평생 동안 그는 마음속 한구석에 당당하게 싸우고 싶다는 염원을 품고 있었다.

그는 언제나 자기가 심문관을 해치울 수 있는지 알고 싶었다.

빈은 일어서서 필사적으로 군중 너머를 보려고 했다.

"왜 그래?" 독슨이 물었다.

"엘렌드를 본 것 같아요!"

"여기서? 그건 좀 터무니없는 소리로 들리는데, 안 그래?"

빈의 얼굴이 붉어졌다.

'아마 그렇겠지.'

"하지만 더 자세히 봐야겠어요." 그녀는 골목길 옆 벽을 움켜쥐었다.

"조심해. 저 심문관이 너를 보면⋯⋯." 독스가 말했다.

빈은 고개를 끄덕이고 재빨리 벽을 타고 올랐다. 일단 충분히 높은 곳에 이르자 그녀는 교차로에 낯익은 사람들이 보이는지 찾아보았다. 독슨의 말이 옳았다. 엘렌드는 아무 데도 보이지 않았다. 심문관이 감옥을 떼어낸 수레가 옆으로 넘어져 있었다. 싸움과 스카 군중으로 완전히 둘러싸인 말들이 쿵쾅거리며 걸어 다녔다.

"뭐가 보이니?" 독스가 위로 소리쳤다.

"르노가 쓰러졌어요!" 빈이 눈을 가늘게 뜨고 주석을 태우며 말했다. "등에 도끼가 박힌 것 같아요."

"그건 그에게 치명적일 수도 있고 아닐 수도 있어." 독슨은 애매하게 말했다. "난 칸드라에 대해서는 잘 몰라."

'칸드라?'

"죄수들은 어때?" 독스가 소리쳤다.

"모두 풀려났어요." 빈이 말했다. "수레는 다 비었어요. 독스, 저기 스카가 아주 많아요." 분수 광장에 있던 사람들 모두가 그 작은 교차로로 몰려온 것 같았다. 그 지역은 약간 내려앉은 작은 분지 같은 곳이었고, 수천 명의 스카가 위로 비탈진 거리를 사방으로 꽉꽉 메우고 있었다.

"햄은 없어요!" 빈이 말했다. "죽었는지 살았는지 아무 데도 안 보여요! 스푸크도 없어요."

"그럼 켈은?" 독슨이 다급하게 말했다.

빈은 잠시 숨을 골랐다.

"그는 아직 심문관과 싸우고 있어요."

켈시어는 백랍을 폭발시키며 심문관의 눈에서 튀어나온 납작한 금속 원반을 피해 심문관을 주먹으로 때렸다. 그 생물은 비틀거렸고, 켈시어는 심문관의 배 속 깊이 주먹을 박아 넣었다. 심문관이 으르렁거리며 켈시어의 뺨을 갈겼다. 그 일격에 그는 아래로 떨어졌다.

켈시어는 고개를 흔들었다.

'이걸 죽이려면 어떻게 해야 하지?' 그는 몸을 '밀어' 일어나 뒤로 피하면서 생각했다.

심문관이 성큼성큼 걸어왔다. 몇몇 군인들은 햄과 그의 부하들을 찾아 군중을 수색하려고 했지만, 그냥 가만히 서 있는 군인들이 많았다. 강력한 알로맨서 둘이 벌이는 싸움은 소문으로는 들어봤어도 직접 본 적은 없었기 때문이었다. 군인들과 농부들은 멍하니 서서 경외감을 느끼며 그 결투를 지켜보았다.

'그는 나보다 강해.' 켈시어는 심문관을 주의 깊게 지켜보며 인정했다. '하지만 힘이 전부는 아니지.'

켈시어는 손을 뻗어 작은 금속들을 움켜쥐고 끌어'당겼다'. 철모, 질 좋은 강철 칼, 동전 주머니, 단검 들. 그는 '강철-밀기'와 '철-당기기'를 조심스럽게 사용하며 그 물건들을 심문관에게 던졌다.

그러면서 아티움을 계속 태워, 그가 조종하는 물건 하나하나가 심문관의 눈에 아티움 이미지의 연속적인 잔상으로 펼쳐지도록 만들었다.

심문관은 낮은 소리로 욕설을 하며 수많은 물건들을 튕겨냈다. 그러나 켈시어는 심문관 자신의 '밀기'를 이용해 물건 하나하나를 도로 끌어'당겼다'가 방향을 바꿔 다시 그 생물에게 던졌다. 심문관은 바깥으로 힘을 터뜨려 모든 물건을 동시에 '밀어'버렸다. 그러자 켈시어는 물건들을 놓아버렸다. 하지만 심문관이 '밀기'를 그치자마자 켈시어는 자기 무기들을 도로 '당겼다'.

제국 군인들은 그들 주위에 둥그런 원을 그리며 서서 조심스럽게 지켜보았다. 켈시어는 그들을 사용했다. 군인들의 흉갑을 '밀면서' 자기 몸을 공중에서 앞뒤로 요동치게 만들었다. 몸의 위치를 빠르게 변화시키며 끊임없이 움직여 그는 심문관의 방향감각을 잃게 만들고 원하는 곳으로 금속 조각들을 날려 보낼 수 있었다.

"내 허리띠 버클 잘 보고 있어." 독슨이 빈 옆의 벽돌에 달라붙으면서 부탁했다. 그의 몸이 조금 불안하게 흔들렸다. "내가 만약 떨어지면, 천천히 떨어지도록 날 '당겨'줘, 응?"

빈은 고개를 끄덕였다. 그러나 그녀는 독스에게 별로 주의를 기울이고 있지 않았다. 그녀는 켈시어를 지켜보고 있었다.

"켈시어는 대단해요!"

켈시어는 발을 절대 땅에 대지 않으면서 공중에서 앞뒤로 휘청거렸다. 금속 조각들이 그가 '밀고' '당기는' 힘에 응답하면서 그의 주위에서 웅웅거렸다. 어찌나 교묘하게 조종하는지, 모르고 보는 사람은 그 물건들이 살아 있는 생물이라고 생각할 것이다. 심문관은 날아오는 물건들을 맹렬하게 쳐냈지만, 그것들 전부를 계속해서 파악하기가 힘겨운 듯했다.

'난 켈시어를 과소평가했어.' 빈은 생각했다. '난 그가 너무 많은 기술을 쓰기 때문에 미스팅들보다 노련하지 않을 거라고 생각했어. 하지만 전혀 그렇지 않았어. 그의 특기는 이거였어. "밀기"와 "당기기"를 전문적으로 구사하는 것.

그리고 철과 강철은 그가 나에게 개인 훈련을 해준 금속들이야. 속속들이 알고 있을 거야.'

켈시어는 빙글 돌아 금속의 소용돌이 속으로 날아갔다. 뭔가가 땅에 떨어질 때마다 그는 그것을 도로 튕겨 올렸다. 물건들은 언제나 직선으로 날았지만, 그는 계속 움직이며 자기 몸을 '밀어' 물건들을 계속 공중에 띄우고, 주기적으로 심문관에게 쏘아 보냈다.

심문관은 혼란에 빠져 빙글 돌았다. 그 생물은 자기 몸을 위로 '밀려고' 했지만, 켈시어는 심문관의 머리 위로 큰 금속 조각 몇 개를 쏘아 보냈다. 심문관은 날아오르는 것을 포기하고 그 물건들을 '밀어야' 했다.

강철 창살이 심문관의 얼굴을 때렸다.

심문관이 비틀거렸다. 얼굴 옆쪽 문신이 피로 얼룩졌다. 강철 철모가 심문관의 옆구리를 때리는 바람에 심문관은 뒤로 튕겨 나갔다.

켈시어는 맹렬한 분노가 치솟는 것을 느끼며 금속 조각들을 빠르게 쏘기 시작했다.

"네가 마쉬를 죽인 놈이냐?" 그는 소리쳤지만 대답을 들으려고 귀를 기울이지는 않았다. "몇 년 전 내가 붙잡혔을 때, 네가 거기 있었나?"

심문관은 날아오는 물건들을 막아내려고 한 손을 들고 쇄도하는 금속들을 '밀어'냈다. 뒤로 절뚝거리다가 뒤집힌 나무 수레에 등을 댔다.

그 생물이 신음하는 소리가 들렸다. 갑자기 '미는' 힘이 터져 나오며 군중을 휩쓸고, 군인들을 넘어뜨리고, 켈시어의 금속 무기들을 날려버렸다.

켈시어는 무기들을 놔버리고 앞으로 달려갔다. 그는 길바닥에 느슨하게 박혀 있는 자갈들을 집어 올리며 갈팡질팡하는 심문관에게 돌진했다.

심문관은 그가 달려오는 것을 보았고, 켈시어는 자갈을 휘두르며 고함을 쳤다. 그의 힘은 백랍보다 분노 때문에 더 타오르는 것 같았다.

그는 심문관의 눈을 정면으로 때렸다. 심문관의 머리가 뒤로 팍 꺾이면서 뒤집힌 수레 바닥에 처박혔다. 켈시어는 다시 때리고, 고함을 치고, 심문관의 얼굴에 계속 자갈을 던졌다.

심문관은 고통으로 울부짖으며 갈고리 같은 손을 켈시어에게 뻗었다. 그는 앞으로 뛰어오를 듯이 움직였으나 갑자기 멈추었다. 그 생물의 머리가 나무 수레에 박혀 있었다. 두개골 뒤에서 튀어나온 대못 끄트머리가 켈시어의 공격으로 판자 속에 두들겨 박힌 것이다.

켈시어는 미소 지었다. 그 생물은 분노로 비명을 지르며 나무에서 머리를 빼내려고 애썼다. 켈시어는 옆을 살피며 조금 전 땅바닥에 떨어져 있는 것을 보았던 그 물건을 찾았다. 그는 시체 한 구를 옆으로 차내고 흑요석 도끼를 잽싸게 주웠다. 거칠게 이가 빠진 날이 붉은 햇빛 속에서 빛났다.

"네놈이 내가 싸우게 강요해주어 기쁘다." 그는 조용히 말한 다음 양손으로 도끼를 휘둘렀다. 그는 일격에 도끼날을 심문관의 목으로 힘껏 밀어 넣었고, 도끼날은 목을 통과해 그 뒤의 나무에 가서 박혔다.

심문관의 몸이 자갈 위로 쓰러졌다. 대못으로 나무에 박힌 채 수레에 그대로 남은 머리가 문신을 한 눈으로 비정상적이고 소름 끼치는 시선을 던지고 있었다.

켈시어는 돌아서서 군중을 보았다. 갑자기 믿을 수 없을 정도로 피로했다. 몸은 수십 개의 멍과 자상 때문에 아팠고, 클록은 언제 뜯겨 나갔는지도 알 수 없었다. 그러나 그는 도전적으로 군인들을 바라보며 상처가 난 팔을 숨김없이 내보였다.

"'하스신의 생존자'야!" 누군가가 속삭였다.

"그가 심문관을 죽였어……." 다른 사람이 말했다.

다음 순간 합창이 시작되었다. 주위 거리에 있는 스카들이 그의 이름을 절규하듯 외치기 시작했다. 군인들은 주위를 둘러보고는 공포감을 느끼며 자기들이 포위되었다는 것을 깨달았다. 농부들은 군인들을 밀어붙이기 시작했다. 켈시어는 그들의 분노와 희망을 느낄 수 있었다.

'이 일은 내가 생각했던 대로 굴러가지 않아도 될 것 같아.' 켈시어는 의기양양하게 생각했다. '아마 난······.'

그때, 그것이 부딪쳐왔다. 태양 앞을 가리는 구름처럼, 조용한 밤에 갑자기 몰아치는 폭풍우처럼, 촛불을 눌러 끄는 두 개의 손가락처럼. 억압적인 손길이, 싹트는 스카의 감정들을 눌러 죽였다. 사람들은 움찔했고 그들의 외침은 사그라졌다. 켈시어가 그들의 마음 속에 지핀 불은 너무 새로웠다.

'거의 다 되었는데······.' 그는 생각했다.

앞쪽에서, 검은 마차 한 대가 언덕 꼭대기를 넘어 분수 광장에서 내려오기 시작했다.

로드 룰러가 도착한 것이다.

우울한 감정이 물결처럼 때리는 바람에 빈은 손을 놓칠 뻔했다. 그녀는 구리를 폭발시켰지만, 언제나 그렇듯이 여전히 로드 룰러의 억압적인 손길이 느껴졌다.

"로드 룰러!" 독슨이 말했다. 하지만 빈은 그 말이 욕설인지, 아니면 그 광경을 보고 하는 말인지 알 수 없었다. 싸움을 보기 위해 빽빽하게 들어차 있던 스카들은 어찌어찌 검은 마차가 지나갈 수 있는 공간을 만들었다. 마차는 사람들이 만든 통로 사이로 굴러 내려와 시체가 흩어진 광장 쪽으로 향했다.

군인들은 뒤로 물러났고, 켈시어는 쓰러진 수레에서 뒷걸음질

쳐 물러나며 자신을 향해 다가오는 마차를 마주 보았다.

"켈시어는 뭘 하고 있는 거죠?" 빈이 작은 돌출부에 몸을 받치고 있는 독슨을 바라보며 물었다. "왜 도망치지 않죠? 이건 심문관이 아니에요. 싸울 수 있는 상대가 아니라고요!"

"바로 그거야, 빈." 독슨이 경외감에 휩싸인 채 말했다. "그가 기다리던 건 바로 이거였어. 로드 룰러와 대결할 기회, 자신의 전설을 증명할 기회."

빈은 다시 광장 쪽을 보았다. 마차가 멈추었다.

"하지만……." 그녀가 조용히 말했다. "'열한 번째 금속'을 그가 갖고 있나요?"

"그랬을 거야."

'켈시어는 언제나 로드 룰러는 자기 몫이라고 말했어.' 빈은 생각했다. '그는 우리가 귀족과 주둔군, 미니스트리에 공을 들이도록 놔뒀어. 하지만 이건…… 켈시어는 이 일을 직접 해치우려고 항상 계획하고 있었던 거야.'

로드 룰러가 마차에서 걸어 나왔다. 빈은 주석을 불태우며 앞으로 몸을 기울였다. 그의 모습은…….

사람 같았다.

그는 귀족 정복과 좀 비슷하지만 훨씬 더 과장된 흑백의 제복을 입고 있었다. 발까지 닿는 코트가 그의 뒤에서 끌렸다. 그의 조끼는 다른 색 없이 순수한 검은색에 밝은 흰색의 무늬로만 강조점을 두었다. 빈이 들었던 것처럼, 그의 손가락들은 반지로 빛났다. 그가 가진 힘의 상징이었다.

'나는 너희보다 훨씬 더 강하다. 그러므로 금속을 차도 상관없다.'
그 반지들은 선언하고 있었다.

로드 룰러는 잘생겼고 칠흑 같은 머리에 피부는 창백했다. 그는 키가 컸고 말랐고 자신만만했다. 그리고 젊었다. 빈이 예상했던 것보다 더 젊었고, 심지어 켈시어보다도 더 젊었다. 그는 시체들을 피하며 광장을 성큼성큼 가로질렀다. 군인들이 뒤로 물러서며 스카들을 밀어냈다.

갑자기 작은 무리가 군인들의 줄을 뚫고 뛰쳐나왔다. 그들은 서로 어울리지 않는 반역도들의 갑옷을 입고 있었고, 그들을 이끄는 사람은 약간 낯이 익었다. 햄의 써그들 중 한 명이었다.

"내 아내를 위해!" 써그는 창을 쥐고 돌진하며 말했다.

"로드 켈시어를 위해!" 다른 네 명이 외쳤다.

'오, 안 돼……' 빈은 생각했다.

그러나 로드 룰러는 그들을 무시했다. 선두에 있던 반역도가 반항적으로 소리치며 로드 룰러의 가슴에 창을 찔러 넣었다.

로드 룰러는 창에 몸이 꿰뚫린 채 그 병사를 지나쳐 그냥 계속 걸어갔다.

반역도는 잠시 얼어붙었다가 동료의 창을 빼앗아 움켜쥐고는 로드 룰러의 등을 찔렀다. 또다시 로드 룰러는 그들을 무시했다. 경멸할 가치조차 없다는 태도였다.

선두에 선 반역도가 비틀거리며 뒤로 물러나다 동료들이 심문관의 도끼 아래서 비명을 지르기 시작하자 휙 돌아섰다. 그도 곧 같은 신세가 되었고, 심문관은 잠시 그의 시체 위에 서서 신나게 난도질을 해댔다.

　로드 룰러는 두 개의 창을 몸에 꽂은 채 계속 앞으로 걸어왔다. 마치 아무것도 알아차리지 못했다는 듯이. 켈시어는 서서 기다렸다. 찢어진 스카 옷을 입은 그는 누더기 같은 모습이었다. 그러나 그는 당당했다. 그는 로드 룰러의 육중한 '달래기' 손길 아래서도 몸을 굽히거나 절하지 않았다.

　로드 룰러는 켈시어에게서 겨우 몇 피트 떨어진 곳에 멈춰 섰다. 몸에 꽂힌 창 가운데 하나가 켈시어의 가슴을 스칠 정도였다. 두 사람 주위로 검은 재가 가볍게 떨어졌다. 재 조각들이 희미한 바람에 소용돌이치며 휘날렸다. 광장은 무시무시할 정도로 고요했다. 심문관마저도 자신의 소름끼치는 작업을 중단했다. 빈은 거친 벽돌에 달라붙어 아슬아슬할 정도로 앞으로 몸을 기울였다.

　'어떻게 좀 해봐요, 켈시어! 그 금속을 써요!'

　로드 룰러는 켈시어가 죽인 심문관을 흘긋 보았다.

　"저들은 다시 채워 넣기 매우 힘들다." 특유의 억양이 깃든 목소리가 주석으로 강화된 빈의 귀에 쉬이 들려왔다.

　멀리서도 그녀는 켈시어의 미소를 볼 수 있었다.

　"난 너를 한 번 죽였다." 로드 룰러가 다시 켈시어를 보며 말했다.

　"죽이려고 했지." 켈시어는 대답했다. 그의 목소리는 광장 맞은 편까지 들릴 정도로 크고 단호했다. "하지만 넌 날 죽이지 못했다, 폭군이여. 나는 아무리 네가 열심히 죽이려고 해도 결코 죽일 수 없는 것을 상징하기 때문이다. 나는 희망이다."

　로드 룰러는 업신여기듯 코웃음을 쳤다. 그는 무심하게 한 팔을 들어 올리더니, 손등으로 켈시어를 갈겼다. 너무나 강력한 일격이라 짝 소리가 광장 전체에 울려 퍼졌다.

켈시어는 휘청하면서 빙글 돌너니, 피를 뿌리며 쓰러졌다.

"안 돼!" 빈이 비명을 질렀다.

로드 룰러는 자기 몸에서 창 한 자루를 뽑아내 켈시어의 가슴에 박아 넣었다.

"처형을 시작해라." 그는 자기 마차 쪽으로 몸을 돌리고 두 번째 창을 뽑아내 옆으로 던졌다.

뒤이어 혼란이 몰아쳤다. 심문관에게 재촉을 받은 군인들이 돌아서서 군중을 공격했다. 다른 심문관들이 검은 말을 타고 위쪽 광장에서 내려왔다. 그들이 든 흑단 도끼가 오후 햇살을 받아 번뜩였다.

빈은 그 광경을 전부 무시했다.

"켈시어!" 그녀는 비명을 질렀다. 그의 시체는 앞가슴으로 창이 튀어나온 채 쓰러졌던 곳에 그대로 누워 있었다. 주위에 진홍색 피가 고였다.

'안 돼, 안 돼, 안 돼!' 그녀는 건물에서 뛰어내리면서 몇몇 사람을 '밀어' 학살이 일어나는 쪽으로 몸을 던졌다. 그녀는 이상할 정도로 텅 빈 광장 한가운데 내려앉았다. 로드 룰러는 가버렸고, 심문관들은 스카를 죽이느라 바빴다. 그녀는 서둘러 켈시어에게로 갔다.

그의 왼쪽 얼굴은 거의 남아 있지 않았다. 그러나 그 오른쪽…… 그 얼굴은 아직 희미하게 미소 짓고 있었다. 죽은 자의 한쪽 눈이 붉고 검게 물든 하늘을 바라보고 있었다. 재 조각이 가볍게 그의 얼굴 위로 떨어졌다.

"켈시어, 안 돼요……." 빈의 얼굴에 눈물이 흘렀다. 그녀는 그의 몸을 받치고 맥박을 찾아 더듬었다. 맥은 뛰지 않았다.

"당신은 살해당하지 않을 거라고 했잖아요!" 그녀는 외쳤다. "당신 계획은 어떻게 됐어요? '열한 번째 금속'은 어떻게 된 거냐고요? 난 어떡해요?"

그는 움직이지 않았다. 빈은 눈물 때문에 앞이 잘 보이지 않았다.

'이런 일이 있을 리 없어. 그는 언제나 우리는 무적이 아니라고 말했어……. 하지만 그건 내 얘기였어. 그가 아니야. 켈시어는 아니야. 그는 무적이야.

무적이었어야 했어.'

누군가가 그녀를 붙잡는 바람에 그녀는 비명을 지르며 몸을 빼내려고 꿈지럭거렸다.

"이제 가야 해, 애야." 햄이 말했다. 그리고 그는 잠시 멈춰 서서, 패거리의 두목이 죽었다는 사실을 스스로에게 납득시키려는 듯이 켈시어를 바라보았다.

다음 순간 그는 그녀를 끌어냈다. 빈은 계속 약한 몸부림을 치고 있었지만 점점 감각이 없어지고 있었다. 마음 뒤편에서 린의 목소리가 들려왔다.

'봐. 그는 널 떠날 거라고 그랬잖아. 내가 너한테 경고했잖아.

너한테 분명히 말했어…….'

5장

믿는 자들

35

나는 내가 잘못된 선택을 하면 무슨 일이 일어날지 안다. 마음을 강하게 먹어야 한다. 그 힘을 나를 위해 써서는 안 된다.

왜냐하면, 그렇게 하면 무슨 일이 일어나는지 보았기 때문이다.

'나와 함께 일하려면 한 가지만 약속해주면 좋겠어. 날 믿을 것.' 켈시어는 이렇게 말한 적이 있었다.

빈은 안개 속에 움직이지 않고 매달려 있었다. 안개는 조용한 강물처럼 그녀 주위를 흘렀다. 위, 앞, 옆, 아래. 사방이 안개였다.

'날 믿어, 빈.' 그가 말했다. '넌 그 벽을 뛰어내릴 정도로 날 믿었고, 난 널 붙잡았지. 넌 이번에도 날 믿어줘야 해.

내가 널 붙잡을게.

내가 널 붙잡을게……'

마치 그녀가 아무 데도 존재하지 않는 것 같았다. 안개 속에서, 안개로. 그녀가 얼마나 안개를 부러워했는지. 안개는 생각하지 않았다. 걱정하지도 않았다.

아파하지 않았다.

'난 당신을 믿었어요, 켈시어.' 그녀는 생각했다. '정말 믿었어요. 하지만 당신은 내가 떨어지게 내버려뒀어요. 당신 패거리엔 배신이 없다고 약속했잖아요. 이게 뭐예요? 당신의 배신은 어쩌고?'

그녀는 공중에 떠 있었다. 주석이 꺼지자 안개가 더 잘 보였다.

안개는 약간 젖어 있었고, 피부에 닿자 죽은 자의 눈물처럼 서늘했다.

'더 이상 뭐가 중요한데?' 그녀는 위를 쳐다보면서 생각했다. '모든 게 뭐가 중요해? 당신 나한테 뭐라고 말했죠, 켈시어? 내가 정말로 이해하지 못했다고? 아직 우정에 대해 알아야 할 것이 있다고요? 당신은요? 당신은 그와 싸우지도 않았어요.'

그녀의 마음속에서, 그는 그곳에 다시 서 있었다. 로드 룰러가 무시하듯 일격에 그를 때려눕혔다. '생존자'는 다른 사람들과 마찬가지로 죽었다.

'당신이 날 버리지 않을 거라고 약속하지 못하고 망설인 이유가 이거였나요?'

그녀는 자기가 그냥…… 가버릴 수 있으면 좋겠다고 생각했다. 떠내려가고 싶었다. 안개가 되고 싶었다. 그녀는 한때 자유를 바랐고, 그것을 찾았다고 생각했다. 그녀가 틀렸다. 이 슬픔, 그녀 안에 뻥 뚫린 이 커다란 구멍은 자유가 아니었다.

전에 린이 그녀를 버렸을 때와 마찬가지였다. 무슨 차이가 있을까? 적어도 린은 정직했다. 그는 언제나 자기가 빈을 떠날 거라고 장담했다. 켈시어는 그녀를 이끌어주었고, 그녀에게 믿고 사랑하라고 말했다. 그러나 진실한 쪽은 언제나 린이었다.

"난 더 이상 이런 걸 바라지 않아. 날 그냥 데려갈 수는 없니?" 그녀는 안개에게 속삭였다.

안개는 아무 대답도 하지 않았다. 그녀를 희롱하듯 무신경하게 빙빙 돌고 있을 뿐이었다. 안개는 언제나 변화했다. 하지만 어떻게 보면, 언제나 똑같았다.

"미스트리스?" 아래에서 어떤 목소리가 주저하며 그녀를 불렀다. "미스트리스, 위에 계십니까?"

빈은 한숨을 쉬고 주석을 태운 다음 강철을 끄고는 몸을 떨어뜨렸다. 안개 속으로 떨어지는 동안 그녀의 미스트클록이 펄럭였다. 그녀는 조용히 안전가옥 옥상에 착륙했다. 세이즈드는 약간 떨어진 곳에 서 있었다. 망보기들이 건물 위로 올라올 때 쓰는 강철 사다리 옆이었다.

"네, 세이즈드?" 그녀는 지친 듯이 물으며 손을 뻗어, 삼각대 다리처럼 그녀를 받쳐주기 위한 닻으로 사용하고 있던 동전 세 개를 '당겨' 올렸다. 동전 한 닢은 뒤틀리고 구부러져 있었다. 그녀와 켈시어가 몇 달 전 '밀기' 시합을 했던 바로 그 동전이었다.

"죄송합니다, 미스트리스. 그냥 어디 가셨는지 궁금했습니다." 세이즈드가 말했다.

그녀는 어깨를 으쓱했다.

"이상할 정도로 조용한 밤인 것 같습니다." 세이즈드가 말했다.

"애도의 밤이에요." 켈시어가 죽은 후 수백 명의 스카가 학살당했고, 도망가려고 달리다가 수백 명이 더 짓밟혔다.

"그의 죽음에 무슨 의미가 있는지 모르겠어요." 그녀는 조용히 말했다. "우리가 구한 사람보다 죽은 사람이 훨씬 더 많은 것 같아요."

"악한 사람들에게 살해된 겁니다, 미스트리스."

"햄은 '악' 같은 것이 있기는 하냐고 가끔 묻죠."

"마스터 해먼드는 질문하는 걸 좋아하시죠." 세이즈드가 말했다. "하지만 그분조차도 그 대답에 의문을 품지는 않으십니다. 악한 사람들이 있습니다. 좋은 사람들이 있는 것처럼요."

빈은 고개를 저었다.

"난 켈시어를 잘못 봤어요. 그는 좋은 사람이 아니었어요. 그냥 거짓말쟁이였죠. 그는 로드 룰러를 이길 계획 따위 전혀 세워놓지 않았어요."

"어쩌면 그렇겠죠." 세이즈드가 말했다. "아니면, 어쩌면 그분은 그 계획을 완수할 기회를 갖지 못했던 것일 테고요. 어쩌면 우리가 그 계획을 이해하지 못하고 있는 것뿐인지도 모르지요."

"당신은 아직 그를 믿고 있는 것같이 말하는군요." 빈은 돌아서서 평지붕 가장자리로 걸어가 조용하고 어두운 도시를 내다보았다.

"저는 지금도 믿습니다, 미스트리스." 세이즈드가 말했다.

"어떻게요? 어떻게 그럴 수가 있어요?"

세이즈드는 고개를 저으며 걸어와 그녀 곁에 섰다.

"믿음은 좋은 시절과 밝은 나날에만 가능한 것은 아니라고 저는 생각합니다. 실패 후에도 계속 어떤 것을 믿지 않는다면 도대체 믿음이란 무엇일까요? 신앙은 또 무엇이고요?"

빈은 눈살을 찌푸렸다.

"언제나 성공하는 사람이나 사물은 누구라도 믿을 수 있습니다, 미스트리스. 하지만 실패는…… 확실하고 진실하게 믿는 것이 힘들어지지요. 가치를 가질 만큼 어려운 일이라고 생각합니다."

빈은 고개를 저었다.

"켈시어는 그런 믿음을 받을 자격이 없어요."

"진심으로 하시는 말씀이 아니군요, 미스트리스." 세이즈드가 차분하게 말했다. "당신은 아까 일어난 일 때문에 화가 나신 겁니다. 상처받았고요."

"오, 진심이에요." 빈은 뺨에 눈물이 흐르는 것을 느꼈다. "그는 우리 믿음을 받을 자격이 없어요. 한 번도 없었어요."

"스카들의 생각은 다릅니다. 그들 사이에는 그분에 대한 전설이 빠르게 퍼져가고 있습니다. 저는 곧 여기로 돌아와 그것을 수집해야 합니다."

빈은 미간을 찌푸렸다.

"켈시어에 대한 이야기를 모을 거라고요?"

"물론입니다. 저는 모든 종교를 수집하니까요." 세이즈드가 말했다.

빈은 코웃음을 쳤다.

"우리는 지금 종교 이야기를 하고 있는 게 아니잖아요, 세이즈드. 이건 켈시어 이야기라고요."

"그건 동의할 수 없습니다. 스카에게 그분은 확실히 종교적인 인물입니다."

"하지만 우린 그를 알잖아요." 빈이 말했다. "그는 신이나 예언자가 아니었어요. 그냥 사람이었지."

"신이나 예언자 중 많은 분들이 그냥 사람이라고 생각합니다." 세이즈드가 조용히 말했다.

빈은 고개만 저을 뿐이었다. 그들은 그곳에 잠시 서서 어둠 속을 지켜보고 있었다.

"다른 사람들은 어때요?" 그녀가 마침내 물었다.

"그분들은 다음에 할 일을 논의하고 계십니다." 세이즈드가 말했다. "각자 따로 루서델을 떠나 다른 도시에서 숨을 곳을 찾는 것으로 결정된 것 같습니다."

"그럼…… 당신은요?"

"저는 북쪽으로 여행해야 합니다. 제 고향, '키퍼들의 장소'로 가서 제가 갖게 된 지식을 나눠야지요. 제 형제자매들에게 그 일기장 이야기를 해야 합니다. 특히 우리의 선조, 라셰크라는 사람에 대한 이야기 말입니다. 이 이야기에는 알아야 할 것이 많다고 생각합니다."

그는 잠시 말을 멈추고 그녀를 바라보았다.

"다른 사람을 데려갈 수 있는 여행은 아닙니다, 미스트리스. '키퍼들의 장소'는 비밀로 지켜야 합니다. 당신에게도요."

'당연하지. 당연히 그도 가버리는구나.' 빈은 생각했다.

"전 돌아올 겁니다." 그가 약속했다.

'분명 그러겠지. 다른 모든 사람들이 그런 것처럼.'

패거리들은 한동안 그녀로 하여금 자기가 누군가에게 필요한 사람이라고 느끼게 만들었다. 그러나 그녀는 언제나 그것이 끝나리라는 걸 알고 있었다. 다시 거리로 돌아갈 때였다. 다시 혼자가 될 때였다.

"미스트리스……." 세이즈드가 천천히 말했다. "저거 들리십니까?"

그녀는 어깨를 으쓱했다. 그러나…… 뭔가가 들렸다. 목소리들. 빈은 얼굴을 찌푸리고 건물 반대편 끝으로 걸어갔다. 목소리들은 짐짐 커져 주석 없이도 쉽게 들리게 되었다. 그녀는 옥상 너머를 바라보았다.

열 명 정도 되는 스카들이 무리 지어 아래쪽 거리에 서 있었다.

'도둑질 패거리인가?' 빈은 생각했다. 세이즈드가 그녀가 있는 곳으로 왔다. 많은 스카들이 겁을 먹고 집을 떠나면서 무리의 숫자는 점점 더 불어나고 있었다.

"이리 오시오." 무리 맨 앞에 선 스카 남자가 말했다. "안개를 두려워하지 말아요! '생존자'도 자신을 '안개의 군주'라고 하시지 않았습니까? 우리가 안개를 두려워할 필요가 없다고 말씀하시지 않았습니까? 사실 안개는 우리를 보호해주고, 우리에게 숨을 곳을 줄겁니다. 심지어 우리에게 힘을 줄 겁니다!"

눈에 뚜렷이 보이는 파급 효과는 없었지만, 더 많은 스카가 집에서 나와 합류하며 무리가 점점 커지기 시작했다.

"가서 다른 사람들을 데려와요." 빈이 말했다.

"좋은 생각입니다." 세이즈드가 재빨리 사다리로 가면서 말했다.

"여러분의 친구, 아이들, 아버지, 어머니, 아내, 연인 들." 그 스카 남자가 등잔을 켜고 위로 치켜들면서 말했다. "그들이 여기서 반시간도 안 되는 거리에 죽어 누워 있습니다. 더구나 로드 룰러는 학살 현장을 치우려는 체면치레조차 하지 않습니다."

군중은 동의의 소리로 웅성거리기 시작했다.

"만에 하나 그곳을 치운다 해도, 그 무덤을 파는 게 설마 로드 룰러의 손이겠습니까? 아뇨! 우리의 손일 것입니다. 로드 켈시어는 그렇게 말씀하셨습니다."

"로드 켈시어!" 몇 명이 동의의 함성을 질렀다. 여자와 아이들이 따라붙으면서 무리는 이제 더욱 커지고 있었다.

사다리가 찰강거리는 소리가 햄의 도착을 알렸다. 곧 세이즈드, 브리즈, 독슨, 스푸크, 게다가 클럽스까지 합류했다.

"로드 켈시어!" 아래의 그 남자가 선언했다. 다른 사람들이 횃불을 밝혀 안개를 환히 비추었다. "로드 켈시어가 오늘 우리를 위해 싸우셨다! 불멸이라던 심문관을 죽이셨다!"

군중은 찬성의 뜻으로 웅얼거렸다.

"하지만 그런 다음 죽었잖아요!" 누군가 외쳤다.

침묵.

"그렇지만 우리가 그분을 돕기 위해 무엇을 했지요?" 지휘자가 물었다. "우리 가운데 많은 사람이 거기 있었습니다. 수천 명이요. 우리가 도왔나요? 아니죠! 그분이 우리를 위해 싸우실 때조차 우리는 기다리고 지켜보았습니다. 멍하니 서서 그분이 쓰러지게 놔두었습니다. 그분이 돌아가시는 걸, 그저 지켜만 보았습니다!

그런데 정말 그랬을까요? '생존자'가 뭐라고 말씀하셨습니까? 로드 룰러는 절대 그를 진짜로 죽일 수 없다고 하셨지요? 켈시어는 '안개의 군주'이십니다. 그분이 지금 우리와 함께 있지 않습니까?"

빈은 다른 사람들을 둘러보았다. 햄은 주의 깊게 지켜보고 있었지만, 브리즈는 어깨만 으쓱할 뿐이었다.

"저 남자는 미친 게 분명해. 광신도야."

"정말입니다, 친구들이여!" 아래의 남자가 소리쳤다. 군중은 여전히 불어갔고, 불붙은 횃불은 점점 더 많아졌다. "나는 진실을 말하고 있습니나! 로드 켈시어가 비로 오늘 밤 내게 ㅣ타나나셨습니다! 언제나 우리와 함께 있을 것이라고 말씀하셨어요. 그분이 또다시 쓰러지도록 놔둘 겁니까?"

"아니오!" 대답이 나왔다.

브리즈는 고개를 저었다.

"그들 속에 저런 게 있다고 생각하지 않았어. 너무 작은 게 안타깝군……."

"그게 뭔데?" 독스가 물었다.

빈은 돌아보며 눈살을 찌푸렸다. 멀리 한 다발의 빛이 보였다. 안개 속에 타오르는 횃불들…… 같았다. 또 다른 빛이 동쪽 스카 빈민가 근처에서 보였다. 세 번째가 나타났다. 그다음 네 번째. 조금 있으면 전 도시가 불타오르는 것처럼 보일 듯했다.

"이 미친 천재 녀석……." 독슨이 속삭였다.

"뭔데?" 클럽스가 얼굴을 찌푸리며 물었다.

"우리가 놓친 게 있었어." 독스가 말했다. "아티움, 군대, 귀족…… 켈시어의 계획은 그런 게 아니었어. 이게 그의 계획이었어! 그는 우리 패거리가 '마지막 제국'을 뒤엎을 거라고 결코 기대하지 않았어. 우리는 너무 작으니까. 하지만 전 도시의 인구라면……."

"그가 이걸 일부러 했다는 말이야?" 브리즈가 물었다.

"그분은 언제나 저한테 같은 질문을 하셨습니다." 세이즈드가 뒤에서 말했다. "언제나 종교가 어떻게 그렇게 큰 힘을 얻게 된 거냐고 물으셨죠. 매번 저는 그분께 같은 대답을 드렸습니다……." 세이즈드는 고개를 들고 그들을 바라보았다. "저는 그분께, 믿는 자들이 열정을 느낄 만한 무언가를 종교가 갖고 있기 때문이라고 말씀드렸습니다. 무언가…… 아니면 누군가를요."

"그런데 왜 우리한테 말하지 않았지?" 브리즈가 물었다.

"알고 있었으니까." 독슨이 조용히 말했다. "그는 우리가 절대로 찬성하지 않을 걸 알고 있었어. 자기가 죽어야 한다는 걸."

브리즈는 고개를 저었다.

"안 속아. 그럼 대체 왜 우리한테 일을 시킨 거야? 자기 혼자 할 수도 있는 일이었잖아."

'대체 왜 우리한테……'

"독스, 켈시어가 빌린 그 창고 어디예요? 그가 정보원 회의를 한 곳이요." 빈이 돌아서며 말했다.

독슨은 잠시 멈칫했다.

"사실 그렇게 멀지는 않아. 큰길 두 개를 지나 내려가면 있지. 그는 예비 은신처 근처에 그런 장소를 갖고 싶다고 했어……."

"나한테 알려주세요!" 빈이 건물 가장자리를 재빨리 넘어오며 말했다. 모여 있는 스카들이 계속 고함을 치고 있었다. 한 번 외칠 때마다 소리가 전보다 더 커져 있었다. 일렁이는 횃불들이 안개를 밝은 아지랑이로 바꾸며, 온 거리가 빛으로 불타올랐다.

독슨은 그녀를 데리고 거리를 내려갔고, 나머지 패거리도 그 뒤를 줄줄 따라갔다. 창고는 빈민가 공업 지역에 암담하게 주저앉아 있는 크고 낡은 건물이었다. 빈은 그 건물로 걸어가, 백랍을 폭발시키고 자물쇠를 부쉈다.

문은 천천히 열렸다. 독슨이 등잔을 들자 그 빛에 반짝이는 금속 무더기가 드러났다. 칼, 도끼, 스태프, 철모 들이 불빛 속에서 빛나고 있었다. 믿을 수 없을 만치 반짝이는 새 물건들이었다.

패거리는 놀라서 방 안을 뚫어지게 바라보았다.

"이런 이유 때문이었어요." 빈이 조용히 말했다. "이 정도로 많은 무기를 사기 위해 르노라는 위장이 필요했던 거예요. 그는 반역도들이 도시를 점령하려면 이게 필요하다는 걸 알고 있었어요."

"그럼 왜 군대를 모은 거야? 그것도 위장이었을 뿐인가?" 햄이 말했다.

"제 생각엔 그런 것 같아요." 빈이 말했다.

"틀렸습니다." 어떤 목소리가 동굴 같은 창고 안에서 울렸다. "거기에는 훨씬 더 많은 뜻이 있었습니다."

패거리는 놀라 펄쩍 뛰었고, 빈은 금속을 폭발시켰다……. 다음 순간, 그 목소리를 알아들었다.

"르노?"

독슨이 등잔을 더 높이 들었다.

"모습을 보이게."

사람 그림자 하나가 창고 뒤쪽에서 움직였다. 그 사람은 그늘에 머물러 있었지만, 말을 하는 목소리는 분명히 아는 목소리였다.

"그는 반역이 일어났을 때 훈련된 사람들로 핵심 조직을 만들기 위해 그 군대가 필요했습니다. 그 부분에서 그의 계획은 여러 가지 사건 때문에 방해를 받았지요. 하지만 그것은 그가 당신들을 필요로 했던 이유의 일부일 뿐입니다. 귀족 가문들은 무너져 정치 구조에 공백을 남겨야 했습니다. 주둔군은 스카를 학살하지 못하도록 도시를 떠나야 했습니다."

"처음부터 모두 계획한 거야." 햄은 경이감을 느끼며 말했다. "켈시어는 스카가 들고일어나지 않으리라는 걸 알고 있었어. 그들은 너무 오랫동안 억압받아왔고, 로드 룰러가 그들의 육체와 영혼 양쪽을 다 소유하고 있다고 생각하도록 훈련을 받았어. 그들은 결코 반역을 하지 않을 터였어……. 그가 그들에게 새로운 신을 주지 않았다면."

"맞습니다." 르노가 앞으로 걸어 나오며 말했다. 빛이 그의 얼굴에 반사되어 반짝이자 빈은 놀라서 숨을 들이켰다.

"켈시어!" 그녀는 비명을 질렀다.

햄이 그녀의 어깨를 움켜쥐었다.

"잘 봐, 애야. 저건 켈시어가 아니야."

그 생물은 그녀를 바라보았다. 얼굴은 켈시어였으나, 눈은…… 달랐다. 그 얼굴에는 켈시어 특유의 미소가 없었다. 그 얼굴은 공허해 보였다. 죽어 있었다.

"미안합니다." 그것이 말했다. "그 계획에서 제가 맡은 부분은 이것이었고, 켈시어가 원래 제게 연락했던 이유도 이것이었습니다. 저는 그가 죽으면 그의 뼈를 먹고…… 그런 다음 그의 추종자들에게 모습을 보여 믿음과 힘을 주도록 되어 있었습니다."

"당신은 뭐죠?" 빈은 겁에 질려 물었다.

르노-켈시어가 그녀를 쳐다보았다. 그의 얼굴이 순간 희미하게 빛나더니, 반투명해졌다. 젤리 같은 피부를 통해 그의 뼈가 보였다. 그 모습은 그녀에게 무언가를 생각나게 했다…….

"안개유령이군요."

"칸드라입니다." 그 생물이 말했다. 반투명해졌던 피부가 되돌아왔다. "당신들은 다 자란…… 안개유령이라고 말할 수도 있겠지요."

빈은 안개 속에서 보았던 그 생물을 떠올리며 역겨워서 눈길을 돌렸다. 켈시어는 말했다. 스캐빈저들이야. 죽은 동물의 시체를 먹고, 뼈와 이미지를 훔치지.

'전설들은 내 생각보다 더 사실이었어.'

"당신들도 이 계획에 속해 있었지요." 칸드라가 말했다. "당신들 모두요. 왜 그에게 패거리가 필요했느냐고 물었죠? 그는 도덕성이 있는 사람들, 돈보다 사람을 더 걱정하는 법을 배울 수 있는 사람들이 필요했습니다. 그는 당신들을 군대와 군중 앞으로 데려가 지도력을 익히도록 했습니다. 그는 당신들을 이용하고 있었습니다…… 하지만 당신들을 훈련하고 있는 것이기도 했습니다."

그 생물은 독슨과 브리즈 그리고 햄을 보았다.

"관료, 정치가, 장군. 앞으로 태어날 새 나라에는 당신들의 재능을 가진 사람이 필요합니다." 칸드라는 조금 떨어져 있는 테이블 위에 붙은 커다란 종이 쪽으로 고갯짓을 했다.

"당신들은 저대로 따르면 됩니다. 나는 가서 다른 일들을 해야 합니다."

그것은 떠나려는 듯이 몸을 돌리다가, 빈 옆에서 멈춰 서서 그녀를 보았다. 충격적일 정도로 켈시어와 똑같은 얼굴이 그녀를 바라보았다. 그러나 그 생물은 르노도 켈시어도 아니었다. 감정이라곤 없어 보였다.

칸드라는 작은 주머니를 들어 올렸다.

"그는 당신에게 이것을 주라고 부탁했습니다."

그것은 그 주머니를 그녀의 손 위에 올려놓은 후 계속 길을 갔다. 그것이 창고를 떠날 때 패거리는 멀찍이 물러나 그것을 피했다.

브리즈가 제일 먼저 테이블로 가기 시작했지만 햄과 독슨이 더 빨랐다. 빈은 주머니를 내려다보았다. 그녀는…… 그 안에 담겨 있는 것을 보기가 두려웠다. 그녀는 서둘러 앞으로 가 패거리에 합류했다.

그 종이는 도시의 지도였다. 마쉬가 보낸 것을 베낀 지도 같았다. 맨 위에 글이 몇 줄 있었다.

친구들, 너희들은 할 일이 많아. 그것도 빨리 해야 해. 너희는 이 창고의 무기들을 정리해서 나눠준 다음 다른 빈민가에 있는 비슷한 창고 두 개도 똑같이 정리해야 해. 옆방에 여행하기 쉽게 말들을 갖춰놓았어.

일단 무기를 나눠준 다음에는 성문을 지키고, 남아 있는 주둔군을 진압해. 브리즈, 네 팀이 해야 해. 주둔군으로 먼저 진군해 가서 성문을 평화롭게 점령해.

도시 안에 강한 군사력을 갖고 있는 '대가문'이 아직도 네 개나 남아 있어. 지도에 표시해놓았어. 햄, 네 팀이 이걸 처리해줘. 우리 이외의 무장 세력이 도시에 남아 있어서는 안 돼.

독슨, 선생 초반에는 뒤에 남아 있어. 일난 소문이 퍼시면 스카들이 점점 더 많이 창고로 오게 될 거야. 내가 바라는 건 거리에서 모인 스카들이 들어가면서 브리즈와 햄의 군대 규모가 커지는 거고, 거기에 우리가 훈련한 병력이 들어가는 거야. 너는 보통 스카들이 무기를 갖도록 확실히 나눠줘야 해. 클럽스가 궁전을 공격할 수 있도록.

'달래기' 지소들은 이미 사라졌을 거야. 르노는 너희를 찾아 여기로 데려오기 전에 이미 우리 암살자 팀에게 적절한 명령을 전달했어. 시간이 있다면 햄의 써그 몇 명을 보내 그 지소들을 살펴봐. 브리즈, 네 수더들이 스카 속에 섞여서 용기를 갖도록 독려해줘야 할 거야.

이게 전부인 것 같아. 재미있는 일이었어, 안 그래? 너희가 날 기억할 때, 이걸 기억해줘. 미소를 지어야 한다는 걸. 자, 빨리 움직여.

너희가 지혜롭게 통치하기를.

지도에는 도시가 여러 지역으로 나뉘어 그려져 있었고, 지역마다 패거리 일원들의 이름이 붙어 있었다. 빈은 자기와 세이즈드가 제외되었다는 것을 알아차렸다.

"난 우리 집 옆의 그 무리에게로 돌아가겠어." 클럽스가 으르렁거리는 목소리로 말했다. "그들을 여기 데려와서 무기를 나눠줄 거야." 그는 절뚝거리며 나가려고 했다.

"클럽스?" 햄이 돌아서며 말했다. "기분 나쁘게 들리면 미안한데, 하지만…… 그는 왜 너를 군 지휘관에 포함시켰을까? 전쟁에 대해서 알고 있어?"

클럽스는 코웃음을 치더니, 바지를 걷어 올리고 종아리와 허벅지 옆에 난 길고 비틀린 흉터를 보여주었다. 그가 절뚝거리는 원인이 된 상처가 분명했다.

"내가 이걸 어디서 얻었다고 생각해?" 그는 그렇게 말하고는 멀어져갔다.

햄은 놀라서 되돌아섰다.

"이런 일이 일어나고 있다는 게 믿어지지가 않아."

브리즈는 고개를 저었다.

"난 내가 사람을 조작하는 일을 좀 안다고 생각했는데, 이건······ 이건 놀라워. 경제는 무너지기 직전이고, 살아남은 귀족들은 곧 시골에서 공공연히 전투를 하게 될 거야. 켈은 우리에게 심문관을 죽이는 법도 알려주었어. 우린 다른 자들도 쓰러뜨려 목을 베기만 하면 돼. 로드 룰러에 대해서는······."

사람들이 빈을 쳐다보았다. 그녀는 손에 쥐고 있던 주머니를 내려다보다가 열었다. 아티움 구슬들이 채워져 있는 게 분명한 더 작은 주머니가 그녀의 손안에 떨어졌다. 그다음엔 종이에 싸인 작은 금속 막대기가 나왔다. '열한 번째 금속'이었다.

빈은 종이를 풀었다.

종이에는 이렇게 쓰여 있었다.

'빈, 원래 네가 오늘 밤 맡을 임무는 도시에 남아 있는 고위 귀족들을 암살하는 거였어. 하지만 음, 너는 그들을 살려줘야 할지도 모른다고 날 설득시켰어.

나는 이 축복받은 금속을 어떻게 써야 하는지 전혀 알아내지 못했어. 태워도 안전해. 태워도 죽지 않아. 하지만 별로 쓸모 있는 효과가 나타나는 것 같지는 않아. 네가 이 편지를 읽고 있다면, 나는 로드 룰러와 맞서 싸울 때까지 그걸 사용하는 법을 알아내지 못한 거겠지. 그건 중요한 것 같지 않아. 사람들에겐 믿을 것이 필요하고, 그들에게 그런 것을 주려면 이 방법밖에 없어.

널 버렸다고 나한테 화내지 말아줘. 내 삶은 덤이었어. 나는 몇 년 전 메어가 죽었을 때 죽었어야 했어. 난 이 일을 해낼 준비가 되어 있어.

넌 다른 사람들에게 필요할 거야. 이제 네가 그들의 미스트본이야. 너는 앞으로 다가올 몇 달 동안 그들을 보호해야 해. 귀족들은 우리 갓 태어난 왕국의 통치자들에게 암살자를 보낼 테니까.

안녕. 메어에게 네 이야기를 할게. 메어는 언제나 딸을 갖고 싶어 했어.'

"뭐라고 적혀 있어, 빈?" 햄이 물었다.

"음…… 자기는 '열한 번째 금속'을 어떻게 쓰는지 모른대요. 미안하다고 했어요. 그는 로드 룰러를 이길 방법을 찾지 못했어요."

"도시 전체가 그와 싸울 거야." 독스가 말했다. "설마 그가 우리 모두를 죽일 수야 있겠어? 우리가 그를 죽일 수 없다면, 묶어서 지하 감옥에 처박아놓기라도 하겠어."

다른 사람들도 고개를 끄덕였다.

"좋아!" 독슨이 말했다. "브리즈와 햄, 너희는 다른 창고로 가서 무기를 나눠줘. 스푸크, 가서 도제들을 불러와. 전령 역할을 할 사람들이 필요하니까. 가자!"

모두들 흩어졌다. 곧 그들이 아까 본 스카들이 횃불을 높이 들고 창고로 쏟아져 들어왔다. 그들은 그곳에 가득 찬 무기를 보고는 경외감에 입을 벌렸다. 독슨은 능률적으로 일했다. 새로 온 사람 가운데 몇 명을 무기를 나눠줄 사람으로 임명하고, 다른 사람들은 친구와 가족들을 모아 오라고 보냈다. 사람들은 무기를 고르며 준비를 하기 시작했다. 모든 사람이 바빴다. 빈만 제외하고.

그녀는 세이즈드를 쳐다보았다. 그는 그녀에게 미소 지었다.

"때로는 충분히 기다려야만 하지요, 미스트리스." 그가 말했다. "그다음에야 우리는 왜 계속 믿어야 했는지 알게 됩니다. 마스터 켈시어가 좋아하던 속담이 있습니다."

"언제나 또 다른 비밀이 있지." 빈은 속삭였다. "하지만 세이즈, 나만 제외하고 모든 사람에게 할 일이 있어요. 나는 원래 귀족들을 암살하도록 되어 있었지만, 켈은 이제 내게 그 일을 시키고 싶어 하지 않아요."

"귀족은 무력화되어야 합니다. 하지만 꼭 죽여야 할 필요는 없지요." 세이즈드가 말했다. "아마 당신의 역할은 켈시어에게 그 사실을 알려주는 것이었는지도 모르지요."

빈은 고개를 저었다.

"아뇨, 난 그것보다는 더 많은 일을 해야 해요, 세이즈." 그녀는 좌절감을 느끼며 빈 주머니를 움켜쥐었다. 안에서 뭔가가 바스락거렸다.

그녀는 주머니를 내려다보다가 열었다. 그 안에는 아까 보지 못했던 종잇조각이 있었다. 그녀는 그것을 빼내 조심스레 펼쳤다. 그 것은 켈시어가 그녀에게 보여주었던 그림이었다. 꽃 그림. 메어는 언제나 이걸 갖고 다녔다고 했다. 해가 붉지 않고, 식물들이 녹색인 미래를 꿈꾸면서…….

빈은 고개를 들었다.

'관료, 정치가, 군인……. 모든 왕국에 필요한 것이 또 하나 있어. 훌륭한 암살자.'

그녀는 돌아서서 금속 병을 꺼낸 다음 안에 든 것을 마시며 그 물로 아티움도 두어 알 삼켰다. 그녀는 무기 더미로 걸어가 작은 화 살 묶음을 집어 들었다. 거기에는 돌촉이 달려 있었다. 그녀는 촉에 서 반 인치 정도를 남긴 채 살대를 꺾어내고, 깃이 붙은 나머지는 버렸다.

"미스트리스?" 세이즈드가 염려하며 물었다.

빈은 그를 지나쳐 걸어가 무기들을 살펴보았다. 그녀는 셔츠같 이 생긴 갑옷 안에서 원하던 것을 찾아냈다. 서로 맞물린 커다란 금 속 고리들이었다. 그녀는 백랍으로 강화된 손가락과 단검을 써서 고리를 한 줌 떼어냈다.

"미스트리스, 뭘 하려고 그러십니까?"

빈은 테이블 옆의 트렁크로 걸어가 그 안에 금속 가루가 한가득 있는 것을 보았다. 그녀는 백랍 가루 몇 줌을 주머니에 집어넣었다.

"난 로드 룰러가 걱정돼요." 그녀는 상자에서 줄을 꺼내 '열한 번 째 금속'을 몇 조각 긁어내며 말했다. 그녀는 잠시 손을 멈추고 낯 선 은빛 금속을 바라보다가, 물병의 물을 한 모금 마시며 그 조각들을 삼켰다. 그리고 예비 금속 병 속에도 두어 조각 넣었다.

"분명 반역도들이 그를 처치할 수 있을 겁니다." 세이즈드가 말했다. "그는 부하들이 없으면 그렇게 강하지 않을 거라고 생각합니다."

"그 말은 틀렸어요." 빈이 일어나 문으로 가면서 말했다. "그는 강해요, 세이즈. 켈시어는 내가 느끼는 방식으로 그를 느낄 수 없었어요. 그는 몰랐어요."

"어디 가십니까?" 세이즈드가 뒤에서 물었다.

빈은 문에서 멈추어 뒤돌아섰다. 안개가 그녀의 몸 주위에 서렸다.

"궁전 안에 군인과 심문관들이 지키는 방이 하나 있어요. 켈시어는 그 안에 들어가려고 두 번이나 시도했어요." 그녀는 다시 어두운 안개 쪽으로 돌아섰다. "오늘 밤, 난 그 안에 뭐가 있는지 봐야겠어요."

36

나는 라셰크의 증오가 오히려 고맙다. 덕분에 나는 나를 혐오하는 사람들이 있다는 사실을 잘 기억할 수 있었다. 내 자리는 인기나 사랑을 얻기 위한 자리가 아니다. 내 자리는 인류의 생존을 보장하기 위한 것이다.

빈은 조용히 크레딕 쇼 쪽으로 걸어갔다. 안개에 반사되고 퍼지는 수천 개의 횃불 빛으로 뒤쪽 하늘이 불타고 있었다. 도시 위에 빛나는 돔이 씌워진 것 같았다.

노란색 불빛이었다. 켈시어가 언제나, 태양색은 마땅히 그래야 한다고 말했던 색.

그녀와 켈시어가 전에 침입했던 궁전 출입구는 불안해 보이는 경비병 네 명이 지키고 있었다. 그들은 그녀가 다가오는 것을 지켜보았다. 빈은 안개에 젖은 돌 위를 천천히, 조용히 걸어갔다. 그녀의 미스트클록이 바스락거리는 소리가 장엄하게 울렸다.

경비병 한 명이 창을 내려 그녀에게 겨누었다. 빈은 그 경비병 바로 앞에서 멈추었다.

"난 당신들을 알아요." 그녀가 조용히 말했다. "당신들은 공장을, 광산을, 대장간을 참아냈어요. 하지만 언젠가 그들이 당신을 죽이고 당신 가족이 굶어 죽도록 내버려두리라는 걸 알고 있었어요. 그래서 당신들은 죄책감을 느끼면서도 단호하게 로드 룰러에게로 가서 그의 경비병이 되었지요."

네 사람은 혼란스러운 얼굴로 서로를 쳐다보았다.

"내 뒤의 불빛은 스카들의 거대한 반역에서 뿜어지는 불빛이에요." 그녀가 말했다. "도시 전체가 로드 룰러에게 저항해 일어나고 있어요. 나는 당신들이 그런 선택을 했다고 해서 당신들을 탓하지는 않아요. 하지만 변화의 시기가 오고 있어요. 저 반역도들에게는 당신들의 훈련과 지식이 도움이 될 거예요. 그들에게 가세요. 그들은 '생존자의 광장'에 모여 있어요."

"'생존자의…… 광장'?" 한 병사가 물었다.

"아까 '하스신의 생존자'가 살해당한 곳이요."

네 명은 머뭇거리며 시선을 교환했다.

빈은 그들의 감정을 살짝 '격동시켰다'.

"당신들은 더 이상 죄책감을 갖고 살지 않아도 돼요."

마침내 한 남자가 앞으로 걸어 나오더니 자기 제복에서 궁전 경비대의 휘장을 뜯어냈다. 그는 성큼성큼 단호하게 어둠 속으로 걸어갔다. 다른 세 명은 잠시 어쩔 줄 몰라 하다 그를 따라갔다. 빈은 열린 궁전 입구에 혼자 남아 있었다.

빈은 복도를 걸어 내려가, 마침내 전에 보았던 그 경비실 옆에 왔다. 그녀는 잡담 중이던 경비병 한 무리를 지나치면서도 아무도 다치지 않게 하고 안으로 성큼성큼 걸어 들어갔다. 경비병들은 놀라 굳었다가 경계의 고함을 질렀다. 그들은 복도로 마구 몰려들었지만 빈은 위로 뛰어오르며 등잔 버팀대를 '밀어' 복도를 쏜살같이 날아 내려갔다.

사람들의 목소리가 점점 멀어졌다. 아무리 달려도 그들은 그녀를 따라잡을 수 없을 것이다. 그녀는 복도 끝에 닿자 가볍게 아래로 몸을 떨어뜨렸다. 그녀를 감싸던 클록이 몸 주위로 부풀어 올랐다. 그녀는 서두르지 않는 발걸음으로 확고하게 계속 걸었다. 달려갈 이유가 없었다. 어쨌든 그들은 그녀를 기다리고 있을 테니까.

그녀는 아치형 길을 지나, 돔 지붕이 덮인 중앙 방으로 걸어 들어갔다. 벽에는 은으로 된 벽화가 줄지어 있고, 구석에서는 화로가 타고 있었다. 바닥은 흑단 같은 대리석이었다.

그리고 두 명의 심문관이 길을 막고 서 있었다.

빈은 조용히 방을 가로질러 걸었다. 그녀가 가려고 했던 곳, 건물 안에 있는 건물로 다가갔다.

"내내 널 찾고 있었다. 그런데 네가 우리에게 두 번이나 와 주는 구나." 심문관 한 명이 귀에 거슬리는 목소리로 말했다.

빈은 한 쌍의 심문관에게서 20피트 정도 떨어진 곳에 멈춰 섰다. 그들은 미소 지으며 자신만만하게 우뚝 서 있었다. 그들 둘 다 그녀 보다 2피트쯤 컸다.

빈은 아티움을 태운 다음 클록 아래서 손을 꺼내 화살촉 두 줌을 공중으로 날렸다. 그녀는 철을 폭발시키며, 화살촉에 붙은 부러진 살대를 느슨히 감싸고 있던 금속 고리를 강력하게 '밀었다'. 화살촉 들은 방을 가로지르며 앞으로 쏘아져 날아갔다. 앞에 선 심문관이 씩 웃으면서 한 손을 위로 올려 무시하듯 그 무기들을 '밀어'냈다.

그가 '밀자' 원래 붙어 있지 않던 고리들이 화살 자루에서 떨어져 뒤로 날아갔다. 그러나 화살촉은 더 이상 뒤에서 '밀지' 않아도 계 속 앞으로 날아갔다. 관성이 여전히 치명적인 화살촉들을 실어 날 랐다.

선두에 선 심문관의 몸이 앞으로 확 쓰러지면서 경련을 일으켰 다. 다른 심문관은 선 채로 버티며 으르렁거렸으나 그도 다리가 약 해져 몸이 약간 흔들렸다. 빈은 백랍을 폭발시키며 앞으로 달려갔 다. 남은 심문관이 그녀를 막으려고 움직였지만, 그녀는 클록 안에 손을 넣고 백랍 가루 한 줌을 듬뿍 쥐어 던졌다.

심문관은 혼란에 빠져 멈춰 섰다. 그의 '눈'에는 파란 선들이 엉킨 더미밖에 보이지 않을 것이다. 금속 가루 한 점마다 선이 하나하나 이어져 있을 터였다. 더구나 금속 원천이 한 곳에 집중되어 있으니 눈이 멀 정도로 선들이 정신없이 뻗어 있을 것이다.

심문관이 화가 나서 몸을 돌리는 순간, 빈은 달려서 그를 지나쳤다. 그리고 그가 그 가루들을 '밀어' 날려버리는 찰나, 빈은 유리 단검 하나를 꺼내 그에게 던졌다. 파란 선과 아티움 그림자가 난장을 이룬 혼란 속에서 그는 그것을 보지 못했고 단검은 그의 허벅지를 정통으로 꿰뚫었다. 그는 쓰러지며 귀에 거슬리는 목소리로 욕을 했다.

'효과가 있어서 다행이다.' 빈은 신음하고 있는 첫 번째 심문관의 몸을 뛰어넘으며 생각했다. '심문관의 눈은 어떨지 확신할 수 없었는데.'

그녀는 백랍을 폭발시키고 문에 몸을 던지며 가루를 또 한 줌 위로 뿌렸다. 남아 있는 심문관이 그녀의 몸에 금속을 겨누지 못하게 하기 위해서였다. 그녀는 돌아서서 그 둘과 싸우려 하지 않았다. 그 괴물 하나가 켈시어를 얼마나 곤란하게 만들었는지 본 다음이었기 때문에, 그녀의 이번 잠입 목표는 심문관을 죽이는 것이 아니라 정보를 모아 달아나는 것이었다.

빈은 건물 안의 건물로 마구 달려 들어가다 이국의 모피로 만들어진 깔개 위에서 발을 헛디딜 뻔했다. 그녀는 미간을 찌푸리며 방 안을 황급히 둘러보았다. 로드 룰러가 그 안에 숨겨놓은 것을 찾기 위해서였다.

'분명히 여기 있을 거야.' 그녀는 필사적으로 생각했다. '그를 이길 단서, 이 싸움에서 이길 방법이.' 그녀는 로드 룰러의 비밀을 찾아서 달아날 수 있을 정도로 오랫동안, 심문관들이 저희가 입은 상처에 정신이 팔려 있기만을 바랐다.

방에는 출구가 하나밖에 없었다. 그녀가 들어온 입구였다. 방 한가운데 난로가 피워져 있었다. 벽은 이상한 덫 여러 개로 장식되어 있었다. 빈 곳에는 대부분 모피들이 매달려 있었는데, 가죽이 이상한 무늬로 염색돼 있었다. 색이 바래고 캔버스가 누레진 그림 몇 폭이 있었다.

빈은 로드 룰러에게 쓸 수 있는 무기가 될 만한 것을 급히 찾았다. 불행히도 쓸모 있는 것은 하나도 보이지 않았다. 방은 이국적이었지만 평범해 보였다. 사실 그곳은 서재나 은신처처럼 편안한 집 같은 느낌을 주었다. 그곳에는 이상한 물건과 장식들이 꽉 들어차 있었다. 어떤 이국 짐승의 뿔과 바닥이 매우 넓고 납작한 이상한 신발 한 켤레 같은 것들. 마치 과거의 기억들을 모아놓은 산림쥐의 구멍 같았다.

뭔가가 방 한가운데에서 움직이는 바람에 그녀는 놀라 펄쩍 뛰었다. 난로 옆에 회전의자가 놓여 있었다. 그 의자가 천천히 돌자 의자에 앉아 있는 쭈글쭈글한 노인이 나타났다. 그 노인은 머리가 벗겨지고 검버섯이 있었다. 70대 정도로 보였다. 값비싸 보이는 어두운색의 옷을 입고 있었다. 그는 화가 나서 빈에게 얼굴을 찌푸렸다.

'이것뿐이군.' 빈은 생각했다. '난 실패했어. 여기엔 아무것도 없어. 이제 나가야 해.'

그러나 달아나려고 몸을 돌렸을 때, 뒤에서 거친 손이 그녀를 잡았다. 그녀는 욕설을 하며 몸부림을 치다가 아래를 내려다보았다. 심문관의 피투성이 다리가 보였다. 백랍을 폭발시켰다 해도 그 다리로는 걸을 수 없어야 했다. 그녀는 몸을 비틀어 빠져나오려고 했지만 심문관이 더욱 강하게 그녀를 움켜쥐었다.

"이건 뭐냐?" 노인이 일어서며 날카롭게 물었다.

"죄송합니다, 로드 룰러." 심문관이 공손하게 말했다.

'로드 룰러라고! 하지만…… 난 그를 봤는걸. 그는 젊은 남자였어.'

"그 여자애를 죽여." 노인이 손을 저으며 말했다.

"마이 로드, 이 아이에게…… 특별한 흥미가 있습니다. 제가 이 아이를 좀 붙잡아둬도·되겠습니까?" 심문관이 말했다.

"무슨 특별한 흥미?" 로드 룰러가 한숨을 쉬며 다시 앉았다.

"저희는 정교 캔턴에 대해 청원을 드리려 합니다, 로드 룰러." 심문관이 말했다.

"그걸 또?" 로드 룰러가 지친 듯이 말했다.

"부탁드립니다, 마이 로드." 심문관이 말했다. 빈은 계속 백랍을 폭발시키며 몸부림을 쳤다. 그러나 심문관은 그녀의 팔을 옆구리에 눌러 못 박듯이 잡았다. 뒤쪽으로 발길질을 해보았지만 소용이 없었다.

'이놈은 정말 강해!' 그녀는 좌절감에 빠져 생각했다.

그때 그것이 떠올랐다. '열한 번째 금속'. 그 힘은 그녀 안에 낯선 저장고를 만든 채로 도사리고 있었다. 그녀는 고개를 들어 노인을 노려보았다.

'이게 꼭 효과가 있어야 할 텐데.'

그녀는 '열한 번째 금속'을 대었다.

아무 일도 일어나지 않았다.

빈은 가슴이 내려앉았다. 그녀는 절망 속에서 몸부림쳤다. 그때 그녀는 그 남자를 보았다. 로드 룰러 바로 옆에 다른 남자가 서 있었다. 어디서 왔지? 그녀는 그가 들어오는 것을 보지 못했다.

그는 수염을 무성하게 길렀고, 양모로 된 두꺼운 외투를 걸쳤는데 안에는 털가죽을 댄 클룩을 입고 있었다. 값비싼 옷차림은 아니었지만 구색을 잘 갖추고 있었다. 그는…… 만족한 듯이 조용히 서 있었다. 행복하게 미소 지었다.

빈은 고개를 들었다. 그 남자가 어딘지 낯익었다. 그의 생김새는 켈시어를 죽인 남자와 매우 비슷했다. 그러나 이 남자는 나이가 더 많고…… 더 생기가 있었다.

빈은 옆을 보았다. 그녀 옆에는 낯선 사람이 하나 더 있었다. 젊은 귀족 남자. 정복을 입은 모습으로 보아 그는 상인이었다. 그것도 매우 부유한 사람이었다.

'무슨 일이 벌어지고 있는 거야?'

'열한 번째 금속'이 다 타버렸다. 새로 나타났던 사람들은 모두 유령처럼 사라졌다.

"알았다." 늙은 로드 룰러가 한숨을 쉬며 말했다. "네 요청을 받아들이마. 몇 시간 후에 보자. 이미 테비디안이 궁전 바깥의 일들을 논의하자고 회의를 요청했다."

"아, 예……." 두 번째 심문관이 말했다. "그도 함께 있으면 좋겠군요. 정말 좋을 겁니다."

빈은 계속 꿈지럭거렸다. 심문관은 그녀를 밀어 땅에 넘어뜨린 다음 손을 들어 올렸다. 그 손은 그녀에게는 보이지 않는 무언가를 움켜쥐고 있었다. 그는 손을 휘둘렀고, 그녀의 머릿속에 고통이 번뜩였다.

백랍을 폭발시키고 있는데도, 모든 것이 까매졌다.

엘렌드는 북쪽 입구 통로에서 아버지를 찾아냈다. 북쪽 입구는 벤처 아성 입구들 가운데 좀 작고, 사람 기를 덜 죽이는 입구였다. 물론 웅장한 그랜드 홀에 비교할 때만 그렇지만.

"지금 뭐가 어떻게 돼가는 거죠?" 엘렌드가 재빨리 정복 코트를 입으면서 날카롭게 물었다. 자고 일어난 그의 머리는 마구 헝클어진 채였다. 로드 벤처는 경비대 대장들, 운하 감독들과 함께 서 있었다. 군인과 하인들이 흰색과 갈색의 통로를 따라 부지런히 움직였다. 그들은 불안과 두려움을 내보이며 미친 듯이 돌아다니고 있었다.

로드 벤처는 엘렌드의 질문을 무시하고 전령을 부르더니 동쪽 강 부두로 말을 타고 가라고 명령했다.

"아버지, 무슨 일입니까?" 엘렌드가 되풀이했다.

"스카들의 반역이다." 로드 벤처가 짧게 내뱉었다.

'뭐라고?' 엘렌드가 생각하는 동안 로드 벤처는 손을 흔들어 다른 병사 한 무리를 불렀다. '불가능해.' 루서델에서 스카 반역이라니……. 생각할 수도 없는 일이었다. 스카는 그런 과감한 행동을 할 기질이 없었다. 그들은 그저…….

'발레트도 스카야. 너까지 다른 귀족들처럼 생각하면 안 돼, 엘렌드. 넌 눈을 떠야 해.'

주둔군은 시내에 없었다. 다른 반역도 무리를 학살하러 떠나 있었다. 스카는 몇 주 전의 섬뜩한 처형뿐 아니라 오늘 일어난 학살 또한 지켜봐야만 했다. 그들은 한계점에 다다를 정도로 압력을 받고 있었다.

'테마드르가 예상한 게 이거였어.' 엘렌드는 그제야 깨달았다. '다른 정치 이론가 대여섯 명도 예상했지. 그들은 신이 보우하시건 말건 "마지막 제국"이 영원히 지속되지는 못할 거라고 말했어. 사람들은 언젠가는 들고일어났을 거야……. 그 일이 마침내 일어나고 있어. 난 역사적인 사건을 직접 겪고 있어!

그리고…… 잘못된 편을 들고 있어.'

"운하 감독들은 왜요?" 엘렌드가 물었다.

"우린 도시를 떠날 거다." 로드 벤처가 간결하게 말했다.

"아성을 포기하고? 그런 행동을 하면 체면이 섭니까?" 엘렌드가 물었다.

로드 벤처는 코웃음을 쳤다.

"이건 용기 문제가 아니야, 이 녀석아. 생존이 왔다 갔다 하는 문제야. 저 스카들은 성문을 공격하고 남아 있는 주둔군을 학살하고 있어. 놈들이 귀족 머리를 베러 올 때까지 기다릴 생각은 없다."

"하지만……."

로드 벤처는 고개를 저었다.

"어쨌든 우린 떠날 거였다. 며칠 전에 '갱'에…… 무슨 일이 일어났어. 로드 룰러가 그걸 아시면 좋아하지 않을 거다.' 그는 뒤로 물러서며 운하용 배의 선두에 설 선장에게 손짓했다.

'스카의 반역이라니.' 엘렌드는 아직도 머리가 멍한 채로 생각했다. '테마드르가 자기 글에서 뭐라고 경고했지? 마침내 진짜 반역이 일어나면, 스카들은 제멋대로 학살할 것이다……. 귀족들은 전부 생명을 빼앗길 것이다.

그는 반역이 재빨리 지나가겠지만 그 과정에서 시체 무더기를 남길 거라고 예측했어. 수천이, 수만이 죽을 거라고.'

"자, 이 녀석아. 가서 네 물건을 챙겨라." 로드 벤처가 명령했다.

"전 안 갈 겁니다." 엘렌드는 자기 말에 자기가 놀랐다.

로드 벤처가 얼굴을 찌푸렸다.

"뭐라고?"

엘렌드는 그를 쳐다보았다.

"전 안 갈 겁니다, 아버지."

"하, 넌 가게 될 거다." 로드 벤처가 특유의 눈길로 엘렌드를 노려보며 말했다.

엘렌드는 그 눈 속을 들여다보았다. 엘렌드의 안전을 걱정하기 때문에 화를 내는 눈이 아니라, 엘렌드가 감히 반항하기 때문에 화가 난 눈이었다. 그렇지만 이상하게도 엘렌드는 조금도 겁이 나지 않았다.

'이걸 멈출 사람이 있어야 해. 반역은 세상을 개선할 수 있을지도 모르지만, 그것도 스카가 자기 동맹자들을 학살하지 않을 때나 가능한 얘기야. 그리고 귀족은 스카와 동맹을 맺어야 해. 로드 룰러에 대항하는 동맹을. 그는 우리의 석이기도 해.'

"아버지, 전 진심이에요. 전 여기 있을 겁니다." 엘렌드가 말했다.

"말도 안 되는 소리! 이 녀석, 계속 날 놀릴 테냐?"

"이건 무도회나 오찬 문제가 아니에요, 아버지. 더 중요한 문젭니다."

로드 벤처는 잠시 침묵했다.

"건방 떨려고 하는 소리가 아니라고? 익살도 아니고?"

엘렌드는 고개를 끄덕였다.

갑자기 로드 벤처가 미소를 지었다.

"그럼 여기 있어라, 애야. 좋은 생각이야. 내가 우리 병력을 모으러 가는 동안 누군가가 여기서 우리 존재감을 유지해야 해. 그래…… 아주 좋은 생각이야."

아버지의 눈에 어린 미소를 보고 엘렌드는 약간 멈칫하며 얼굴을 찡그렸다.

'아티움 때문이야. 아버지는 내가 자기 대신 벌을 받도록 하려는 거야! 그리고…… 로드 룰러가 날 죽이지 않는다고 해도, 난 반역에 휩쓸려 죽을 거야. 어느 쪽이든 아버지는 나를 없애고 싶은 거야.

난 정말로 이런 데 소질 없구나, 안 그래?'

로드 벤처는 득의양양하게 웃더니 몸을 돌렸다.

"적어도 병사들은 좀 남겨두고 가세요." 엘렌드가 말했다.

"네가 데리고 있어도 돼." 로드 벤처가 말했다. "이 아수라장 속에서는 보트 한 척 빠져나가기도 버거우니까. 행운을 빈다, 얘야. 내가 없어도 로드 룰러에게 안부 전해다오."

그는 다시 웃더니, 자기 종마 쪽으로 갔다. 말은 안장이 채워진 채 밖에서 기다리고 있었다.

엘렌드는 홀에 서 있었다. 그는 갑자기 주의의 표적이 되었다. 자기들이 버려졌다는 것을 깨닫고 불안해하는 경비병과 하인들이 엘렌드에게 필사적인 눈길을 보냈다.

'내가…… 지휘해야 해.' 엘렌드는 충격을 받았다. '이제 어쩌지?'

바깥의 안개는 타오르는 불빛으로 훤했다. 경비병 몇이 다가오는 스카 군중에게 소리를 지르고 있었다.

엘렌드는 열린 문으로 걸어가, 바깥의 혼란을 내다보았다. 겁에 질린 사람들이 자신이 얼마나 위험한 상황에 처했는지를 깨달으면서 뒤쪽 홀이 조용해졌다.

엘렌드는 오랫동안 서 있다가 빙글 돌아보았다.

"대장! 남은 병력과 하인들을 모아. 아무도 뒤에 남겨두지 말고 레칼 아성으로 나아가게."

"레칼…… 아성 말입니까, 마이 로드?"

"그쪽이 더 방어하기 쉬워." 엘렌드가 말했다. "게다가 우리 양쪽 다 병력이 너무 적어. 고립되면 우린 파멸할 거야. 함께 뭉치면 버틸 수 있을지도 몰라. 우리 민간인들을 보호해주는 대신 레칼에 병력을 빌려주겠다고 제안할 거야."

"하지만…… 마이 로드, 레칼은 로드의 적입니다." 그 군인이 말했다.

엘렌드는 고개를 끄덕였다.

"그래, 하지만 어느 쪽이든 먼저 제안을 채야 해. 이제, 어서 움직이게!"

남자는 경례를 한 후 달려갔다.

"아, 그리고 대장?" 엘렌드가 말했다.

군인이 멈춰 섰다.

"제일 뛰어난 병사 다섯 명을 내 근위병으로 골라주게. 자네가 지휘를 맡아줘. 그 다섯 명과 나는 또 다른 임무를 수행할 거야."

"마이 로드? 무슨 임무입니까?" 대장이 혼란스러워하며 물었다.

엘렌드는 안개에서 등을 돌렸다.

"우리는 항복할 거야."

빈은 물에 젖은 채 깨어났다. 그녀는 기침을 하다가 뒤통수에 날카로운 고통을 느끼며 신음했다. 흐릿한 눈을 뜨고 눈을 깜박여 누군가가 끼얹은 물을 털어냈다. 그리고 즉시 백랍과 주석을 태워 완전히 정신을 차렸다.

거친 손 한 쌍이 그녀를 공중에 들어 올렸다. 심문관이 그녀의 입안에 뭔가를 찔러 넣는 바람에 그녀는 기침을 했다.

"삼켜라." 그는 그녀의 팔을 비틀며 명령했다.

빈은 비명을 지르며 고통을 버티려 애썼지만 허사였다. 결국 그녀는 항복하고 금속 조각을 삼켰다.

"이제 그걸 태워." 심문관이 더 세게 팔을 비틀며 명령했다.

빈은 그래도 저항했다. 몸 안에서 낯선 금속 저장고가 느껴졌다. 심문관은 그녀에게 쓸모없는 금속을 태우게 하려는 것일 수도 있었다. 그러면 몸이 아프거나, 더 나쁜 경우 죽을 수도 있었다.

'하지만 포로를 죽이려면 더 쉬운 방법도 많잖아.' 그녀는 고통 속에서 생각했다. 팔이 너무 아파 비틀려 뜯겨 나갈 것 같았다. 마침내 빈은 굴복했고, 그 금속을 태웠다.

즉시 몸 안의 모든 금속 저장고가 사라졌다.

"좋아." 심문관은 그녀를 땅에 던졌다. 돌바닥에는 한 양동이는 될 듯싶은 물이 고여 있었다. 심문관은 돌아서서 감방을 나가 문을 쾅 닫고 빗장을 걸더니, 맞은편에 있는 문 안으로 사라졌다.

빈은 기어서 일어나 팔을 문지르며 무슨 일이 일어나고 있는지 정리해보려고 했다.

'내 금속들!' 그녀는 필사적으로 몸속을 뒤졌지만 아무것도 찾을 수 없었다. 어떤 금속도 느껴지지 않았다. 심지어 방금 먹은 금속조차도.

'그게 뭐였지? 열두 번째 금속일까?' 어쩌면 알로맨시는 켈시어나 다른 사람들이 늘 그녀에게 말해주었던 것처럼 제한되어 있는 것이 아닐지도 모른다.

그녀는 깊이 숨을 들이쉰 후 무릎을 꿇고 앉아 마음을 차분하게 가라앉혔다. 뭔가가…… 그녀를 '밀고' 있었다. 로드 룰러의 존재였다. 켈시어를 죽일 때만큼 강력하지는 않았지만, 그녀는 그의 존재감을 느낄 수 있었다. 그러나 그녀는 구리를 태울 수 없었다. 로드 룰러의 강력하며 거의 전능한 손아귀에서 숨을 방법이 없었다. 우울감이 그녀의 몸을 비틀고, 그녀에게 그냥 눕고 포기하라고 말하고 있었다…….

'안 돼! 난 나가야 해. 약해지면 안 돼!'

그녀는 억지로 일어서서 주위를 살펴보았다. 그녀가 들어 있는 감옥은 감방이라기보다는 우리 같았다. 사면 중 삼면에 창살이 박혀 있었고, 안에는 가구라곤 하나도 없었다. 잠잘 깔개조차 없었다. 감방, 아니 우리가 양쪽으로 하나씩 더 있었다.

그녀는 옷이 벗겨진 채 속옷만 입고 있었다. 아마도 그녀가 금속을 숨기고 있지는 않은지 확인하기 위한 것이었으리라. 그녀는 방을 둘러보았다. 방은 길고 좁았고, 돌벽이 삭막했다. 한쪽 구석에 등받이 없는 의자가 하나 있었지만 그 외에는 텅텅 비어 있었다.

'금속을 조금이라도 찾을 수 있다면……'

그녀는 주위를 살펴보기 시작했다. 본능적으로 그녀는 철을 태워 파란 선들을 보려고 했다. 그러나 당연히 그녀의 몸속에는 태울 철이 없었다. 그녀는 바보짓을 했다고 생각하며 고개를 저었으나 그것은 그녀가 얼마나 알로맨시에 의지하게 되었는가를 나타내줄 뿐이었다. 그녀는…… 눈먼 사람이 된 것 같은 기분이었다. 목소리를 듣기 위해 주석을 태울 수도 없었다. 팔과 머리의 고통을 막고 힘을 줄 백랍을 태울 수도 없었다. 가까운 곳에 알로맨서가 있는지 찾기 위해 청동을 태울 수도 없었다.

아무것도, 그녀에게는 아무것도 없었다.

'넌 전처럼 알로맨시 없이 활동해야 해.' 그녀는 스스로에게 엄하게 말했다. '넌 지금도 할 수 있어.'

그러면서도 그녀는 우연히 버려진 핀이나 못이 있지 않을까 하고 감방 바닥을 살펴보았다. 아무것도 발견하지 못하자 그녀는 창살로 주의를 돌렸다. 그러나 창살에서 철 한 조각도 벗겨낼 방법이 없었다.

'여기 이렇게 금속이 많은데, 그런데 하나도 쓸 수가 없어!' 그녀는 좌절에 빠져 생각했다.

그녀는 도로 땅에 앉아 젖은 옷 속에서 덜덜 떨며 돌벽에 등을 대고 몸을 웅크렸다. 밖은 여전히 어두웠다. 방 창문으로 안개 몇 줄기가 무심히 흘러들었다. 반역도들은 어떻게 되었을까? 그녀의 친구들은? 바깥 안개가 보통 때보다 약간 더 밝아 보이는 것 같았다. 어둠 속의 횃불 빛일까? 주석 없이 알 수 있을 정도로 그녀의 감각은 예민하지 않았다.

'내가 무슨 생각을 했던 거야?' 그녀는 절망하며 생각했다. '켈시어가 실패했던 걸 내가 성공할 거라고 여겼어? 그는 "열한 번째 금속"이 쓸모없다는 걸 알고 있었어.'

그렇다. 그 금속은 뭔가 효력이 있었다. 그러나 로드 룰러를 죽일 수 없는 것은 분명했다. 그녀는 앉은 채로 무슨 일이 일어났는지 이해하기 위해 깊이 생각했다. '열한 번째 금속'이 그녀에게 보여준 환영은 묘하게 낯이 익었다. 그 환영들이 나타난 방식이 아니라, 빈이 그 금속을 태울 때의 느낌이 그랬다.

'금이야. "열한 번째 금속"을 태운 순간 켈시어가 내게 금을 태우게 한 때와 비슷한 느낌이 들었어.'

'열한 번째 금속'이 정말 '열한 번째'이기는 한 걸까? 금과 아티움은 언제나 빈에게는 묘하게 한 쌍으로 보였다. 다른 금속들도 모두 비슷한 짝을 지었다. 기본 금속과 그 합금이 한 쌍이고, 서로 반대 작용을 했다. 철은 '당기고' 강철은 '민다'. 아연은 '당기고' 황동은 '민다'. 그건 자연스러웠다. 아티움과 금만 제외하면 모든 금속이.

만약 '열한 번째 금속'이 아티움이나 금의 합금이라면?

'그건…… 금과 아티움이 짝이 아니라는 얘기야. 그 금속들은 각각 다른 효력을 내. 비슷하지만 다르지. 그건 마치…….'

다른 금속들처럼, 네 개의 더 큰 기본 범주로 묶인다면? 철, 강철, 주석, 백랍. 정신에 영향을 미치는 금속은 청동, 구리, 아연, 황동이었다. 그리고…… 시간에 영향을 주는 금속들이 있는 것이다. 금과 금의 합금, 아티움과 아티움의 합금.

'그러면 다른 금속이 있다는 말이야. 아직 발견되지 않은 금속……. 아티움이나 금은 너무 비싸서 다른 합금으로 만들기 어려우니까.'

하지만 그걸 알아봤자 무슨 소용이 있는가? 그녀의 '열한 번째 금속'은 아마도 금과 한 쌍일 것이다. 켈시어는 그녀에게 금속 가운데 금이 제일 쓸모없다고 말했다. 금은 빈에게 자기 자신을 보여주었다. 아니, 적어도 손에 만져질 듯이 현실적으로 느껴지는 그녀의 환영을 보여주었다. 그러나 그것은 그녀가 가졌던 가능성의 환영에 불과했다. 달라졌을지도 모르는 과거.

'열한 번째 금속'의 효과도 비슷했다. 그것은 빈의 과거를 보여주는 대신 다른 사람의 비슷한 이미지들을 보여주었다. 그렇지만 그녀는…… 그것으로는 아무것도 알 수가 없었다. 로드 룰러가 '될 수도' 있었던 모습을 보여준다고 해서 무슨 차이가 있을까? 그녀가 이겨야 하는 것은 현재의 로드 룰러, '마지막 제국'을 통치하는 폭군이었다.

문에 사람 형체가 하나 나타났다. 후드를 쓰고 검은 로브를 입은 심문관이었다. 그의 얼굴은 그늘에 가려져 어두웠지만, 후드 앞쪽으로 대못 머리가 튀어나와 있었다.

"갈 때가 됐다." 그가 말했다. 괴물이 열쇠고리를 꺼내 감방 문을 여는 동안, 문가에선 또 한 명의 심문관이 기다리고 있었다.

빈은 긴장했다. 문이 끽 소리를 내며 열리자 그녀는 재빨리 튕겨 일어나 앞으로 움직였다.

'백랍이 없으면 내가 이렇게 느렸던가?' 그녀는 공포를 느끼며 생각했다. 그녀가 지나치려고 하는데 심문관이 그녀의 팔을 낚아챘다. 그의 움직임은 무심하다 못해 태평할 지경이었다. 그녀는 그 이유를 알 수 있었다. 그의 손은 초자연적일 정도로 빠르게 움직였다. 그에 비교하면 그녀는 더욱 더 느려 보였다.

심문관은 그녀를 끌어올리고 팔을 비틀어서 손쉽게 제압했다. 그는 사악한 미소를 지었다. 그 얼굴은 흉터로 울퉁불퉁했다. 그 흉터는…….

'화살촉 상처야.' 그녀는 충격에 빠졌다. '하지만…… 벌써 나았다고? 어떻게 그럴 수 있지?'

그녀는 몸부림쳤지만, 백랍이 없는 약한 몸은 심문관의 힘에 상대가 되지 않았다. 심문관은 그녀를 들어 날랐고, 두 번째 심문관은 뒤로 물러나 후드 아래에서 대못 머리로 그녀를 바라보았다. 그녀를 나르는 심문관은 미소 짓고 있었으나 두 번째 심문관은 입매가 일자였다.

빈은 두 번째 심문관을 지나치면서 침을 뱉었고, 침은 한쪽 대못 머리에 정통으로 맞았다. 그녀를 잡고 있던 심문관은 그녀를 들고 방에서 나가 좁은 통로로 들어갔다. 크레딕 쇼 한가운데서 비명을 질러봤자 소용없다는 걸 알면서도 그녀는 도와달라고 소리를 쳤다. 적어도 심문관을 짜증 나게 하는 데는 성공한 것 같았다. 심문관이 그녀의 팔을 비틀었기 때문이었다.

"조용히 해." 그녀가 고통으로 신음하자 그가 말했다.

빈은 입을 다물고 대신 그들의 위치를 찾는 데 집중했다. 그들은 궁전의 낮은 층 어딘가에 있는 것 같았다. 탑이나 첨탑 안으로 보기에는 복도가 너무 길었다. 장식품들은 호화로웠지만 방은…… 사용되지 않는 것 같았다. 자주 지나다니는 사람들은 있어도, 그들이 벽화를 보는 일은 거의 없는 것 같았다.

마침내 심문관들이 계단실로 들어가 위로 올라가기 시작했다.

'첨탑이구나.' 그녀는 생각했다.

올라가는 걸음마다 빈은 로드 룰러가 더 가까워지는 것을 느낄 수 있었다. 그는 존재만으로도 그녀의 감정을 꺾고, 외로운 우울감 외에는 그녀가 아무것도 느끼지 못하도록 만들었다. 그녀는 더 이상 몸부림치지 않고 심문관의 손아귀 안에서 축 늘어졌다. 영혼에와 닿는 로드 룰러의 압력에 저항하는 데만도 전력을 쏟아야 했다.

터널 같은 계단을 잠시 오르다가 심문관들은 더 큰 원형의 방으로 그녀를 데리고 들어갔다. 로드 룰러의 '달래기' 압력을 받으면서도, 그리고 귀족 아성들을 이미 방문해보았으면서도, 빈은 잠시 넋을 놓고 주위를 둘러보았다. 그녀는 그렇게 웅장한 방을 본 적이 없었다.

거대하고 땅딸막한 원통 모양의 방이었다. 넓은 원을 그리며 방을 두른 벽은 완전히 유리로 만들어져 있었다. 아래쪽 불빛에 비친 방은 유령 같은 빛으로 빛났다. 구체적인 장면은 그려져 있지 않지만, 유리에는 채색이 되어 있었다. 통으로 만들어진 것 같은 유리속에서 여러 가지 색깔이 길고 가는 자취를 그리며 흘러가고, 한데 섞였다. 그것은 마치……

'마치 안개 같아.' 그녀는 경이감을 느끼며 생각했다. '안개가 색색으로 방 전체를 휘감고 원을 그리며 도는 것 같은 모습이야.'

로드 룰러는 방 한가운데의 높은 왕좌에 앉아 있었다. 늙은 로드룰러가 아니었다. 더 젊은 쪽, 켈시어를 죽인 잘생긴 남자의 모습이었다.

'대역 같은 건가? 아냐, 전에 느꼈던 것처럼 그의 힘을 느낄 수 있어. 전과 같은 사람이야. 그럼 눈에 보이는 모습을 바꿀 수 있는 건가? 잘생긴 얼굴을 사람들에게 내밀고 싶으면 젊어지나?'

회색 로브를 입고 눈에 문신을 한 오블리게이터들이 방 맞은편에 작게 무리 지어 서서 이야기하고 있었다. 일곱 명의 심문관들은 강철 눈을 가진 그림자들처럼 줄지어 서서 기다리고 있었다. 빈을 데려온 두 명을 합하면 그들은 전부 아홉 명이었다. 그녀를 붙잡고 있던 흉터 난 얼굴의 심문관이 다른 심문관에게 그녀를 건네주었다. 그도 비슷한 방법으로 그녀가 도망갈 수 없도록 붙들었다.

"이제 집중하지." 로드 룰러가 말했다.

오블리게이터 한 명이 앞으로 걸어 나와 허리를 굽혔다. 빈은 한기를 느꼈다. 그 사람이 누군지 알아보았기 때문이다.

'로드 프렐란 테비디안. 내 아버지.' 머리가 벗겨진 마른 남자를 바라보며 그녀는 생각했다.

"마이 로드." 테비디안이 말했다. "용서하십시오, 하지만 저는 이해할 수가 없습니다. 이 문제는 이미 논의했잖습니까."

"심문관들이 더 덧붙일 게 있다는군." 로드 룰러가 지친 목소리로 말했다.

테비디안은 혼란에 빠져 얼굴을 찌푸리며 빈을 바라보았다.

'내가 누군지 몰라. 저 사람은 자기가 누군가의 아버지라는 것도 전혀 몰라.' 그녀는 생각했다.

"마이 로드." 테비디안이 그녀에게서 눈길을 돌리며 말했다. "창밖을 보십시오! 더 급하게 논의할 일이 있지 않습니까? 도시 전체가 반역을 일으키고 있습니다. 스카의 횃불이 어둠 속에 타오르고, 스카가 감히 안개 속으로 나왔습니다. 그들은 폭동을 일으키고, 신성모독을 하고, 귀족들의 아성을 공격하고 있습니다."

"놔둬." 로드 룰러는 무신경한 목소리로 말했다. 그는 정말로…… 지쳐 보였다. 그는 왕좌에 굳건히 앉아 있었지만, 자세와 목소리에는 여전히 피로가 어려 있었다.

"하지만 마이 로드! '대가문'들이 무너지고 있습니다." 테비디안이 말했다.

로드 룰러는 무시하듯 손을 한 번 저었다.

"100년마다 그들이 없어지는 건 좋은 일이야. 좀 더 불안정해지면서 귀족들이 너무 자신만만하게 굴지 못하게 되지. 보통은 귀족들이 바보 같은 전쟁을 벌여 서로 죽이도록 놔두지만, 이 폭동도 괜찮을 거야."

"그런데…… 스카들이 궁전으로 오면요?"

"그럼 내가 처리하지." 로드 룰러가 조용히 이야기했다. "너희는 여기에 더 토를 달지 마라."

"예, 마이 로드." 테비디안이 절을 하고 뒤로 물러갔다.

"자, 보이고 싶은 게 뭐냐?" 로드 룰러가 심문관들 쪽을 보며 말했다.

흉터가 난 심문관이 앞으로 걸어 나왔다.

"로드 룰러, 저희는 당신께서 이…… 자들에게서 미니스트리의 지휘권을 빼앗아 심문관들에게 주십사 청원을 드리고자 합니다."

"이것도 논의했던 일이잖아." 로드 룰러가 말했다. "너와 네 형제들은 더 중요한 일에 필요해. 너희를 단순한 행정 업무에 낭비하기는 싫다고 말했을 텐데."

"하지만 보통 인간들이 당신의 미니스트리를 통치하도록 하시는 바람에 당신의 신성한 궁중 한가운데 부지불식간에 부패와 악덕이 들어와버렸습니다!"

"쓸데없는 소리입니다!" 테비디안이 내뱉듯 말했다. "카르, 당신은 그런 말을 자주 하지만 한 번도 증거를 내놓은 적이 없소."

카르는 천천히 몸을 돌렸다. 채색된 둥근 창으로 든 빛에 비친 미소가 소름 끼쳤다. 빈은 몸을 떨었다. 그 미소는 거의 로드 룰러의

'달래기'만큼이나 그녀를 동요하게 만들었다.

"증거라고?" 카르가 물었다. "자, 보시오. 로드 프렐란, 이 소녀를 알아보겠소?"

"하, 물론 모르죠!" 테비디안은 손을 저으며 말했다. "스카 소녀와 미니스트리 정부가 무슨 상관이 있습니까?"

"모두 다." 카르가 말했다. "오, 그래…… 모두 다 상관이 있지. 애야, 로드 룰러에게 네 아버지가 누군지 말씀드려라."

로드 룰러는 살짝 활기를 띠며 몸을 앞으로 기울이고 그녀를 바라보았다.

"넌 로드 룰러에게 거짓말을 할 수는 없다, 애야." 카르가 조용하지만 귀에 거슬리는 목소리로 말했다. "저분은 몇 세기를 사셨고, 죽어야 하는 인간이 아는 것과 달리 알로맨시를 쓰는 법을 알게 되셨다. 저분은 네 심장이 뛰는 방식으로 세상을 보시고, 네 눈에서 네 감정을 읽을 수 있으시다. 네가 거짓말을 하면 그 순간 느낄 수 있으셔. 저분은 아신다…… 그래, 저분은 아셔."

"난 아버지를 전혀 몰라요." 빈은 완강하게 말했다. 심문관이 뭔가를 알고 싶어 한다면 그걸 비밀로 지키는 쪽이 좋을 것 같았다. "난 길거리의 부랑아일 뿐이에요."

"길거리 부랑아 미스트본이라고?" 카르가 물었다. "허, 그거 재미있군. 안 그렇습니까, 테비디안?"

로드 프렐란은 멈칫했고, 찡그린 미간의 주름살이 깊어졌다. 로드 룰러는 천천히 일어나서 연단 계단을 걸어 내려와 빈 쪽으로 다가왔다.

"예, 마이 로드." 카르가 말했다. "전에 이 아이의 알로맨시를 느끼셨지요. 그녀가 다 성숙한 미스트본이라는 것을 아십니다. 놀라울 정도로 강력한 미스트본이죠. 하지만 그녀는 자기가 거리에서 자랐다고 주장합니다. 어떤 귀족 가문이 이런 아이를 버릴까요? 자, 이 아이의 힘을 보면 아주 순수한 혈통을 가진 것이 분명합니다. 적어도…… 부모 중 한쪽은 아주 순수한 혈통이어야 하겠죠."

"무슨 소리를 하고 싶은 거요?" 테비디안이 창백해진 얼굴로 날카롭게 물었다.

로드 룰러는 둘 다 무시했다. 그는 빛이 반사되는 바닥에 흐르는 색채들 위를 걸어, 빈 바로 앞까지 와서 섰다.

'너무 가까워.' 그녀는 생각했다. 그의 '달래기'가 어찌나 강력한지 그녀는 공포조차 느끼지 못했다. 깊고, 압도적이고, 무시무시한 슬픔밖에 느껴지지 않았다.

로드 룰러는 섬세한 양손을 내밀어 빈의 뺨을 잡고 얼굴을 위로 젖혀 자기 눈을 들여다보게 했다.

"얘야, 네 아버지가 누구지?"

"난……."

그녀의 마음속에서 절망이 뒤틀렸다. 슬픔, 고통, 죽고 싶은 마음.

로드 룰러는 그녀의 얼굴을 자기 얼굴에 가까이 대고 그녀의 눈속을 들여다보았다. 그 순간 그녀는 진실을 알았다. 그녀는 그의 한 조각을 볼 수 있었다. 그의 힘을 느낄 수 있었다. 그의…… 신과 같은 힘을.

그는 스카 반역을 걱정하지 않았다. 왜 그가 걱정하겠는가? 원한다면 그는 혼자서 도시 주민 전체를 학살할 수도 있었다. 빈은 정말로 그렇다는 것을 알았다. 시간은 걸릴지 모르지만, 그는 영원히, 지치지 않고 죽일 수 있었다. 그는 반역을 두려워할 필요가 없었다.

그는 한 번도 두려워해야 했던 적이 없었다. 켈시어는 끔찍한, 끔찍한 실수를 했다.

"네 아버지 말이다, 얘야." 로드 룰러가 재촉했다. 그의 명령은 물리적인 무게처럼 그녀의 영혼을 짓눌렀다.

빈은 자기도 모르게 말했다.

"……오빠는 나한테 우리 아버지가 저기 있는 저 사람이라고 말했어요. 로드 프렐란이요." 그녀의 뺨을 타고 눈물이 흘러내렸다. 로드 룰러가 그녀에게서 돌아섰을 때도, 그녀는 왜 자기가 울고 있는지 알 수 없었다.

"거짓말입니다, 마이 로드!" 테비디안이 움찔하며 말했다. "저 여자애가 뭘 알겠습니까? 저 아이는 어리석은 소녀일 뿐입니다."

"솔직히 말해라, 테비디안." 로드 룰러가 오블리게이터에게 천천히 걸어가며 말했다. "스카 여자와 잔 적이 있나?"

오블리게이터의 몸이 잠시 굳었다.

"저는 법을 지켰습니다! 매번 나중에 그 여자들을 죽였습니다."

"넌…… 거짓말을 하는군." 로드 룰러는 놀란 듯이 말했다. "확신하지도 못하면서."

테비디안은 눈에 띄게 몸을 떨고 있었다.

"저…… 저는 그 여자들을 다 죽였다고 생각합니다, 마이 로드. 제가…… 제가 놓쳤을 수도 있는 여자가 딱 하나 있었습니다. 처음에는 그녀가 스카인 줄 몰랐습니다. 그녀를 죽이라고 보낸 군인은 너무 너그러워서 그녀를 놓아주었습니다. 하지만 저는 결국 그 여자를 찾아냈습니다."

"말해라. 그 여자가 아이를 뱄나?" 로드 룰러가 말했다.

방 전체가 조용해졌다.

"네, 마이 로드." 하이 프렐란이 말했다.

로드 룰러는 눈을 감고 한숨을 쉬었다. 그는 다시 왕좌 쪽으로 향했다.

"그는 너희 차지다." 그가 심문관들에게 말했다.

즉각 여섯 명의 심문관이 기쁨으로 울부짖듯 소리치며 방을 가로질러 달렸다. 그들은 로브 아래 칼집에서 흑요석 칼을 뽑아 들었다. 심문관들이 덤벼들자 테비디안은 양팔을 들고 비명을 질렀다. 심문관들은 매우 기뻐하며 그들의 야만성을 발휘했다. 죽어가는 사람에게 되풀이해서 단검을 찔러 넣는 바람에 피가 흩날렸다. 다른 오블리게이터들은 움찔하여 공포에 휩싸인 채 그 광경을 바라보았다.

빈을 잡아 온 심문관과 카르는 뒤에 남아 그 학살을 지켜보며 미소를 짓고 있었다. 왜인지 모르겠지만 또 한 명의 심문관도 뒤에 남아 있었다.

"네 주장은 증명되었다, 카르." 로드 룰러가 지친 듯이 왕좌에 앉으며 말했다. "내가 인류의…… 복종을 너무 믿었나 보다. 나는 실수를 하지 않았다. 나는 한 번도 실수한 적이 없다. 그러나 변화를 주어야 할 때다. 하이 프렐란들을 모아 여기로 데려와라. 필요하면

잠에서 깨워서라도. 그들은 내가 심문 캔턴에 미니스트리의 명령
권과 지휘권을 주는 모습을 목격할 것이다."

카르의 비소가 커졌다.

"혼혈 아이는 없애야 한다."

"물론입니다, 마이 로드." 카르가 말했다. "그러나…… 먼저 이
아이에게 묻고 싶은 질문이 몇 가지 있습니다. 이 아이는 스카 미스
팅들의 팀에 들어가 있었습니다. 이 아이가 우리를 도와 다른 자들
을 찾아줄 수 있다면……."

"좋다. 결국 그건 너의 임무니까." 로드 룰러가 말했다.

37

태양보다 더 아름다운 것이 있을까? 나는 잠이 얕아 보통 여명 전
에 깨기 때문에 태양이 뜨는 것을 볼 때가 많다.

온화하고 노란 태양이 지평선 위를 내다보는 모습을 볼 때마다,
나는 조금 더 단호해지고 조금 더 희망을 갖게 된다. 어떤 면으로는,
그것이 나를 여기까지 계속 전진하게 만든 힘이다.

'켈시어, 이 저주받을 미친놈.' 독슨은 테이블 지도 위에 메모를
끼적이며 생각했다. '넌 왜 언제나 어슬렁거리며 빠져나가고 나한
테 뒤치다꺼리를 맡기는 거야?'

그러나 그는 자신의 좌절이 진심이 아니라는 것을 알고 있었다.

단지 그가 켈의 죽음에 정신을 집중하지 못하게 막는 방법일 뿐이었다. 그건 효과가 있었다.

계획에서 켈시어가 맡았던 부분, 즉 미래상의 제시와 카리스마 있는 지도력의 발휘는 끝났다. 이제 독슨 차례였다. 그는 켈시어의 원래 전략을 가져와 수정했다. 그는 혼란을 통제할 수 있는 수준으로 제어하도록 주의했고, 가장 좋은 장비를 가장 믿을 수 있어 보이는 사람들에게 나눠주었다. 그는 전반적인 폭동이 일어나 폭도들이 음식과 물을 훔쳐가기 전에, 파견대를 보내 저장고들을 함락시켰다.

간단히 말해서, 그는 언제나 하던 일을 했다. 그는 켈시어의 꿈을 현실로 바꾸었다.

방 앞쪽에서 소란이 일었고, 독슨은 그쪽을 쳐다보았다. 전령 한 명이 뛰어 들어왔다. 그는 즉시 창고 한가운데서 독슨을 찾아냈다.

"무슨 소식이 있나?" 그 남자가 다가오자 독슨이 물었다.

전령은 고개를 저었다. 제국 군복을 입은 젊은 남자였다. 눈에 덜 띄도록 재킷은 벗고 있었다.

"죄송합니다, 대장님." 그가 조용히 말했다. "경비병들은 아무도 그 아가씨가 나오는 것을 보지 못했습니다. 그리고…… 음, 아가씨가 궁전 지하 감옥으로 실려 가는 것을 보았다고 주장하는 사람이 하나 있었습니다."

"그 애를 꺼내 올 수 있겠나?" 독슨이 물었다.

고레이들이라는 이름의 그 군인은 얼굴이 창백해졌다. 조금 전까지만 해도 고레이들은 로드 룰러의 부하였다. 사실 독슨은 자기가 그 남자를 얼마나 믿고 있는지도 잘 몰랐다. 하지만 그 군인은 전에 궁전 경비병이었기 때문에 다른 스카들이 들어갈 수 없는 장소에 갈 수 있었다. 경비병들은 아직 그가 편을 바꿨다는 것을 몰랐다.

'정말로 편을 바꿨다면 말이지만.' 독슨은 생각했다. 하지만……의심을 하며 시간을 보내기에는 이제 세상이 너무 빨리 움직이고 있었다. 독슨은 이 남자를 쓰기로 결심했다. 최초의 본능을 믿어야 했다.

"그래서?" 독슨이 다시 물었다.

고레이들은 고개를 저었다.

"심문관이 그녀를 포로로 잡고 있습니다, 대장님. 저는 그 아가씨를 풀어줄 수가 없습니다. 그럴 권한이 없어서…… 저는…… 전……."

독슨은 한숨을 쉬었다.

'그 빌어먹을 바보 같으니! 그 아이는 더 분별이 있었어야 했어. 켈시어가 물들인 거야.'

그는 손을 저어 병사를 다른 데로 보내고, 해먼드가 칼자루가 부러진 칼을 어깨에 걸치고 안으로 들어오자 그를 쳐다보았다.

"다 됐어." 햄이 말했다. "방금 엘라리엘 아성이 무너졌어. 하지만 레칼은 아직 버티고 있는 것 같아."

독슨은 고개를 끄덕였다.

"곧 궁전에서 네 부하들이 필요해질 거야."

'궁전으로 더 빨리 치고 들어갈수록 빈을 구할 가능성이 더 높아져.'

그러나 그의 본능은 그녀를 돕기에는 너무 늦었다고 말하고 있었다. 주력군이 모이고 정렬하려면 몇 시간은 걸릴 것이다. 사실 지금 당장은 구출 작전에 필요한 만큼 사람을 빼낼 수가 없었다. 켈시어라면 그녀를 따라갔을 것이다. 그러나 독슨은 그렇게 경솔한 짓을 할 수 없었다.

그가 언제나 말했듯이 패거리에서 적어도 한 사람은 현실적이어야 했다. 궁전은 상당한 준비가 없으면 공격할 수 없는 장소였다. 빈의 실패가 그것을 증명했다. 그때 그녀는 자기 한 몸만 챙겼어야 했다.

"부하들에게 준비시킬게." 햄이 고개를 끄덕이며 칼을 옆으로 던졌다. "하지만 새 칼이 필요할 것 같아."

독슨은 한숨을 쉬었다.

"써그들이란. 언제나 물건을 부숴먹지. 그럼 가서 찾아봐."

햄은 자리를 떴다.

"만약 세이즈드를 보면 좀 전해줘……."

독슨은 그를 부르려다 멈칫했다. 한 무리의 스카 반역도들이 머리에 천 가방을 씌우고 몸을 묶은 포로를 끌고서 방으로 행진해 들어왔다. 독슨의 주의가 그쪽으로 쏠렸다.

"이건 뭐지?" 독슨이 물었다.

반역도 한 명이 포로를 찔렀다.

"중요한 사람 같습니다, 마이 로드. 무장하지 않고 우리에게 오더니 대장님께 데려가달라고 부탁했습니다. 자기를 대장님에게 데려가면 금을 주겠다고 약속했습니다."

독슨은 한쪽 눈썹을 치켜세웠다. 졸병이 천 가방을 벗겼다. 그러자 엘렌드 벤처가 나타났다.

독슨은 놀라서 눈을 깜박였다.

"너는?"

엘렌드는 주위를 돌아보았다. 불안해하고 있는 것 같았지만, 모든 상황을 고려하면 자제를 잘하는 편이었다.

"우리가 만난 적이 있나요?"

"그런 건 아니고." 독슨이 말했다.

'제기랄, 지금 당장은 포로에게 할애할 시간이 없어.'

하지만 벤처가의 아들이라면…… 독슨은 싸움이 끝난 다음 강력한 귀족을 움직일 지렛대가 필요했다.

"저는 평화협정을 제안하러 왔습니다." 엘렌드 벤처가 말했다.

"……뭐라고?" 독슨이 물었다.

"벤처가는 당신들에게 저항하지 않을 겁니다. 나머지 귀족들과도 이야기해서 그들이 귀를 기울이도록 할 수 있을 것 같습니다. 그들은 겁에 질렸어요. 그들을 학살할 필요는 없습니다."

독슨은 코웃음을 쳤다.

"우리에게 적대적인 무장 세력을 이 도시 안에 남겨놓을 수는 없어."

"귀족을 없애버린다면 당신들은 오래 버틸 수 없을 겁니다." 엘렌드가 말했다. "우리는 경제를 조종하죠. 우리가 없으면 제국이 무너질 겁니다."

"이 모든 일이 다 그걸 위해서인 것 같은데. 이봐, 난 시간이……."

"제 말을 끝까지 들으셔야 합니다." 엘렌드 벤처가 필사적으로 말했다. "혼란과 유혈로 반역을 시작한다면 당신들은 질 겁니다. 저는 이 분야를 공부했습니다. 제가 무슨 이야기를 하는지 잘 알고 있습니다. 초기의 투쟁 동력이 다 떨어지면 사람들은 파괴할 만한 다른 것을 찾기 시작할 겁니다. 그들은 자기 자신을 공격할 겁니다. 당신들의 군대를 통제해야 합니다."

독슨은 멈칫했다. 엘렌드 벤처를 멋쟁이 흉내를 내는 바보인 줄만 알고 있었다. 그러나 지금 그는…… 진지해 보이기만 했다.

"제가 당신들을 돕겠습니다." 엘렌드가 말했다. "귀족들의 아성은 그냥 남겨두고 미니스트리와 로드 룰러에 힘을 집중하세요. 당신들의 진짜 적은 그쪽이니까요."

"좋아. 벤처 아성에서 우리 군대를 빼지." 독슨이 말했다. "이제 그들과 싸울 필요는 없을 거야……."

"제가 레칼 아성으로 제 병력을 보냈습니다." 엘렌드가 말했다. "모든 귀족들에게서 병력을 물려주세요. 귀족들은 측면을 공격하지 않을 겁니다. 그들은 저택에 숨어 걱정만 하고 있을 겁니다."

'그 말은 맞는 것 같군.'

"생각해보지……."

엘렌드가 더 이상 자기에게 주의를 기울이지 않는다는 것을 알아차리고 독슨은 말끝을 흐렸다.

'빌어먹게 대화하기 힘든 놈이로군.'

엘렌드는 새 칼을 갖고 돌아온 해먼드를 바라보고 있었다. 엘렌드는 이마를 찌푸리다가 눈을 크게 떴다.

"당신이 누군지 알겠어요! 처형 때 로드 르노의 하인들을 구출한 사람이죠!"

엘렌드는 다시 독슨을 보더니 갑자기 열을 올리며 말했다.

"그럼 발레트를 아십니까? 발레트라면 당신들에게 제 말을 들으라고 설득할 텐데요."

독슨은 햄과 눈길을 나누었다.

"무슨 일이죠?" 엘렌드가 물었다.

"빈…… 그 아이는 몇 시간 전에 궁전으로 갔어. 미안하네, 청년. 그녀는 아마 지금쯤 로드 룰러의 지하 감옥에 있을 거야. 살아 있다고 해도 말이야."

카르는 빈을 도로 감방에 던져 넣었다. 그녀는 땅에 세게 부딪혔다. 바닥을 구르느라 느슨했던 속셔츠가 몸 주위에서 비비 꼬였고, 기어이 머리를 감방 뒷벽에 찧었다.

심문관은 미소 지으며 문을 쾅 닫았다.

"참 고맙군." 그가 철창 사이로 말했다. "너는 방금 우리가 숙원을 이루는 걸 도왔어."

빈은 그를 노려보았다. 로드 룰러의 '달래기' 효과가 이제 좀 약해졌다.

"벤달이 여기 없는 게 유감이야." 카르가 말했다. "그는 테비디안이 스카 혼혈 자식들을 뒀다고 확신하면서 네 오빠를 오랫동안 쫓아다녔었는데. 가엾은 벤달…… 로드 룰러가 '생존자'를 우리 몫으로 남겨두시기만 했다면 우리가 복수할 수 있었을 거야."

그는 그녀를 대충 훑어보더니 대못 박힌 머리를 가로저었다.

"뭐, 좋아. 결국 그는 불명예를 씻었으니까. 우린 너희 오빠를 믿었다. 하지만 벤달은…… 그땐 그도 확신이 없었지만…… 결국 널 찾아냈어."

"오빠라고?" 빈이 서둘러 일어나며 물었다. "오빠가 날 팔았어?"

"널 팔아?" 카르가 말했다. "그 녀석은 네가 몇 년 전에 이미 굶어 죽었다고 다짐하며 죽었어! 미니스트리 고문자들의 손안에서 밤낮으로 그렇게 외쳐댔다고. 심문관이 고문할 때의 고통을 버티기는 쉽지 않은데……. 너도 곧 알게 되겠지만." 그는 미소 지었다. "하지만 먼저 보여줄 것이 있다."

경비병 한 무리가 벌거벗은 사람을 묶어 방으로 끌고 들어왔다. 그 사람은 온몸에 멍이 든 채 피를 흘리고 있었다. 그들은 그를 빈 옆의 감방에 밀어 넣었다. 그는 돌바닥을 비틀거리며 걸어서 들어왔다.

"세이즈드?" 빈이 철창으로 달려가며 외쳤다.

테리스인은 몸을 가누지 못하고 누워 있었다. 병사들이 그의 손발을 돌바닥에 붙은 작은 금속 고리에 묶었다. 그는 심하게 얻어맞아서 거의 의식이 없었고, 완전히 벌거벗고 있었다. 빈은 그의 벗은 몸에서 눈길을 돌렸지만, 그 직전에 그의 다리 사이를 보고 말았다. 그의 남성이 있어야 할 곳에는 빈 흉터뿐이었다.

'모든 테리스인 시종은 거세되었습니다.' 그는 그녀에게 말했었다. 그 상처는 새로 난 것이 아니었다. 그러나 멍과 벤상처, 긁힌 상처는 방금 난 것이었다.

"저놈이 널 찾으러 몰래 궁전에 들어오는 걸 붙잡았지." 카르가 말했다. "네 안전을 염려하는 것 같더군."

"그에게 무슨 짓을 한 거야?" 그녀가 조용히 물었다.

"오, 거의 안 했지…… 지금까지는." 카르가 말했다. "자, 왜 너한테 오빠 이야기를 했는지 궁금하겠지? 비밀을 털어놓게 만들기도 전에 네 오빠의 넋이 가버렸다는 걸 인정하면 넌 내가 바보라고 생각하겠지. 하지만 봐라, 난 실수를 인정하지 않을 정도로 바보는 아니란다. 네 오빠를 더 오래 고문했어야 하는데…… 더 오래 고통을 주면서 말이야. 그게 정말 실수였지."

그는 사악하게 미소 지으며 세이즈드 쪽으로 고갯짓을 했다.

"다시는 그런 실수를 하지 않을 거다, 얘야. 아니지…… 이번에는 다른 전략을 시험해보겠어. 우리가 이 테리스인을 고문하는 걸 보여주마. 그가 오랫동안 강렬하게 고통받도록 아주 조심해서 다뤄주지. 우리가 알고 싶은 걸 네가 말해주면 그만두겠어."

빈은 공포로 떨었다.

"안 돼…… 제발……."

"아, 그래." 카르가 말했다. "우리가 그에게 무슨 일을 할지 좀 생각해보는 시간을 갖는 게 어떨까? 로드 룰러께서 내게 오라고 명령하시니까. 가서 미니스트리의 공식 대표직을 받게 되겠지. 돌아오면 시작하자."

그는 돌아섰다. 검은 로브가 땅에 스쳤다. 경비병들이 그를 따라 나갔다. 방 바로 바깥에 있는 경비실에서 경비를 설 것 같았다.

"오, 세이즈드." 빈이 철창 옆에 무너지듯 무릎을 꿇으며 말했다.

"자, 미스트리스." 세이즈드가 놀라울 정도로 또렷한 목소리로 말했다. "속옷만 입고 돌아다니는 게 어떻다고 했지요? 아이고, 마스터 독슨이 여기 있었다면 정말로 당신을 꾸짖었을 겁니다."

"미안해요, 세이즈드." 그녀가 말했다. "왜 날 따라왔어요? 나 혼자 바보짓을 하게 놔뒀어야지요!"

그는 멍든 얼굴을 그녀 쪽으로 돌렸다. 한쪽 눈은 부풀어 있었지만, 다른 쪽 눈은 그녀의 눈을 들여다보고 있었다.

"미스트리스." 그는 엄숙하게 말했다. "저는 마스터 켈시어에게 당신을 안전하게 돌보겠다고 맹세했습니다. 테리스인은 맹세를 쉽게 하지 않습니다."

"하지만…… 붙잡힐 줄 알았어야지요." 그녀가 부끄러워서 눈을 내리깔고 말했다.

"물론 알았죠, 미스트리스." 그가 말했다. "달리 어떻게 그들이 저를 당신에게 안내하도록 만들 수 있었겠습니까?"

빈은 고개를 들었다.

"당신을…… 내게 안내한다고요?"

"예, 미스트리스. 미니스트리와 우리 민족은 공통점을 한 가지 갖고 있다고 생각합니다. 둘 모두 우리가 성취할 수 있는 일들을 과소평가한다는 거죠."

그는 눈을 감았고, 뒤이어 그의 몸이 변했다. 그 몸은…… 오그라드는 것 같았다. 근육이 약해지고 앙상해졌고, 살이 뼈에 매달려 축 늘어졌다.

"세이즈드!" 빈이 소리 지르며 그에게 손을 내밀려고 철창을 몸으로 밀었다.

"괜찮습니다, 미스트리스." 그가 무서울 정도로 약하고 희미한 목소리로 말했다. "그저…… 기운을 모을 시간이 필요할 뿐입니다."

'기운을 모은다고?' 빈은 잠시 행동을 멈추고 손을 내렸다. 그녀는 몇 분 동안 세이즈드를 지켜보았다. '혹시 그게…….'

그는 아주 약해 보였다. 마치 그의 근육과 기운이 빨려 나가서…… 다른 곳으로 모이는 것처럼?

세이즈드는 눈을 확 떴다. 그의 몸이 도로 정상으로 돌아왔다. 다음 순간 그의 근육이 계속 자라며 커지고 강력해졌다. 심지어 햄의 근육보다 더 커졌다.

세이즈드는 우람한 근육질의 목 위에 얹혀 있는 듯한 얼굴로 그녀에게 미소 지었다. 그러더니 쉽사리 줄을 끊었다. 그가 일어섰다. 인간 같지 않을 정도로 거대하고, 근육으로 둘러싸인 몸이었다. 그녀가 알던 마르고 학자 같은 모습과는 너무나 달랐다.

'로드 룰러가 일기장에서 그들의 힘에 대해 이야기했지.' 그녀는 놀라며 생각했다. '라셰크란 사람은 혼자 바위를 들어 올려 길에서 던져버렸다고 말했어.'

"하지만 그놈들이 당신 장신구를 모두 빼앗았잖아요. 금속을 어디에 숨겨둔 거예요?" 빈이 말했다.

세이즈드는 미소를 짓더니 두 우리를 갈라놓는 철창을 움켜쥐었다.

"당신에게서 힌트를 얻었습니다, 미스트리스. 금속을 삼켰지요."

그 말과 함께 그는 철창을 비집어 열었다.

그녀는 우리로 달려 들어가 그를 껴안았다.

"고마워요."

"당연하죠." 그는 부드럽게 그녀를 옆으로 밀어내더니, 육중한 손바닥으로 자기 감방 문을 쾅 쳤다. 자물쇠가 부서지고 문이 확 열렸다.

"이제 빨리 갑시다, 미스트리스." 세이즈드가 말했다. "안전한 곳으로 가야 합니다."

잠시 후 세이즈드를 감방에 던져 넣었던 경비병 두 명이 문가에 나타났다. 그들은 그 자리에 얼어붙어서, 자기들이 때린 약한 남자 대신 서 있는 거대한 야수 같은 남자를 쳐다보았다.

세이즈드는 빈의 철창에서 떼어낸 막대기 하나를 잡고 앞으로 뛰어올랐다. 그러나 그의 페루케미는 힘만 주고 속도는 더해주지 않는 모양이었다. 그는 느릿느릿하게 움직였고, 경비병들은 도와 달라고 외치며 쏜살같이 도망갔다.

"이제 가십시다, 미스트리스." 세이즈드가 막대기를 옆으로 던지면서 말했다. "제 힘은 오래가지 않을 겁니다. 제가 삼킨 금속은 페루케미를 많이 저장할 수 있을 정도로 크지 않았습니다.

말을 하는 도중에 그는 쭈그러들기 시작했다. 빈은 그를 지나쳐 방 바깥으로 재빨리 나갔다. 방 너머의 경비실은 아주 작았고, 의자 한 쌍만 겨우 놓여 있었다. 그러나 의자 한쪽 아래에 클록이 있었다. 경비병 한 명이 저녁 식사를 하면서 둘둘 말아놓은 모양이었다. 빈은 그 클록을 흔들어 푼 다음 세이즈드에게 던져주었다.

"고맙습니다, 미스트리스." 그가 말했다.

그녀는 고개를 끄덕이고, 문으로 가서 밖을 내다보았다. 바깥에 있는 더 큰 방은 비어 있었고 거기에서 두 개의 복도가 갈라져 나왔다. 하나는 가까이 있었고, 하나는 멀리 뻗어 나가 있었다. 왼쪽 벽에는 나무 트렁크들이 줄지어 놓여 있었으며, 방 한가운데엔 커다란 테이블이 있었다. 빈은 그 테이블 옆에 일렬로 놓인 날카로운 도구들과 거기에 말라붙은 피를 보며 몸을 떨었다.

'빨리 움직이지 않으면 우리 둘 다 저 꼴이 날 거야.' 그녀는 세이즈드에게 앞으로 가라고 손을 저었다.

그녀는 걸어가다가 얼어붙었다. 복도 멀리서 한 무리의 병사들이 나타났기 때문이었다. 아까 있던 경비병이 그들을 안내하고 있었다. 주석이 있었다면 그들의 소리를 더 일찍 들었을 것이다.

빈은 뒤를 보았다. 세이즈드는 절뚝거리며 경비실을 가로지르고 있었다. 그의 페루케미 힘은 사라져버렸다. 군인들은 분명 그를 철저히 때린 다음 감방에 던져 넣었을 것이다. 그는 간신히 걷고 있었다.

"가세요, 미스트리스!" 그가 앞쪽을 가리키며 말했다. "도망쳐요!"

'넌 아직 우정에 대해 배워야 할 것이 있어, 빈.' 켈시어의 목소리가 마음속에서 속삭였다. '언젠가 네가 그것이 뭔지 깨달았으면 좋겠어…….'

'난 그를 남겨둘 수 없어. 그러지 않을 테야.'

빈은 군인들 쪽으로 달려갔다. 그녀는 조금 전 테이블에서 고문용 칼 한 쌍을 슬쩍했다. 밝은 광이 나는 강철이 그녀의 손가락 사이에서 번뜩였다. 그녀는 테이블 위로 뛰어올라 다가오는 병사들 쪽으로 뛰어내렸다.

알로맨시가 없었지만 그녀는 그럭저럭 날듯이 뛰었다. 금속이 없어도 몇 달 동안 훈련한 것이 도움이 되었다. 그녀는 떨어지면서 놀란 군인 한 명의 목에 칼 한 자루를 때려 박았다. 예상보다 더 세게 땅에 부딪혔지만, 그녀는 가까스로 일어나 두 번째 군인이 욕을 하면서 휘두른 칼을 피할 수 있었다.

칼은 그녀 뒤쪽의 돌에 맞고 쨍그랑 울렸다. 빈은 빙글 돌아서서 다른 병사 한 명의 허벅지를 베었다. 그는 고통스러워하며 뒤로 비틀비틀 물러났다.

'너무 많아.' 그녀는 생각했다. 적어도 스물네다섯 명은 되는 것 같았다. 그녀는 세 번째 군인에게로 뛰어오르려 했지만 다른 사람이 쿼터스태프(단순한 봉 모양의 무기로, 주로 떡갈나무로 만든다)를 휘둘러 빈의 옆구리를 맞혔다.

고통으로 꿍 소리를 내고 칼을 떨어뜨리며 그녀는 옆으로 날아갔다. 추락에 대비해 몸을 강화시켜 줄 백랍이 없었기 때문에 그녀는 쾅 소리와 함께 단단한 돌에 부딪혀 구르다 벽 앞에서 멈추었다. 어질어질했다.

그녀는 일어서려고 기를 썼으나 실패했다. 옆에서 세이즈드가 쓰러지는 것을 간신히 볼 수 있었다. 그의 몸이 갑자기 약해진 것 같았다. 그는 다시 힘을 모으려 했지만 시간이 충분치 않을 것이었다. 병사들이 곧 그를 덮칠 것이다.

'적어도 난 하려고 했어.' 그녀는 군인 또 한 무리가 가까운 복도에서 달려 내려오는 소리를 들으며 생각했다. '적어도 그를 포기하지는 않았어. 난…… 켈시어기 한 말의 뜻을 알 깃 같아.'

"발레트!" 낯익은 목소리가 외쳤다.

빈은 충격을 받아 위를 쳐다보았다. 엘렌드와 여섯 명의 병사들이 방으로 뛰어 들어왔다. 엘렌드는 별로 어울리지 않는 귀족 정복을 입고 결투용 지팡이를 들고 있었다.

"엘렌드?" 빈이 멍해져서 물었다.

"괜찮아요?" 그는 걱정 어린 목소리로 물으며 그녀 쪽으로 걸어왔다. 그제야 그는 미니스트리 군인들을 알아차렸다. 그들은 귀족과 맞닥뜨리게 되자 약간 당황한 것 같았지만 수적으로는 여전히 그들이 우세했다.

"이 아가씨는 내가 데려가겠다!" 엘렌드가 말했다. 그의 말은 용감했지만, 그는 군인이 아니었다. 무기라곤 귀족들이 쓰는 결투용 지팡이 하나뿐이었고, 갑옷도 입지 않았다. 그와 함께 있는 다섯 명의 군인은 벤처가의 붉은 제복을 입고 있었다. 엘렌드의 아성에서 온 병사들이었다. 그러나 그들이 방에 들어올 때 선두에 서서 안내하던 군인 한 명은 궁정 경비대 제복을 입고 있었다. 빈은 그를 희미하게나마 알아볼 것 같았다. 그의 제복 재킷에는 어깨 휘장이 없었다.

'아까 그 남자야.' 그녀는 얼이 빠진 채 생각했다. '내가 스카 편으로 가라고 설득했던 사람……'

미니스트리 지휘관은 결정을 내린 것 같았다. 그는 엘렌드의 명령을 무시하고 퉁명스럽게 손짓을 했고, 군인들은 방 가장자리에서 조금씩 움직였다. 엘렌드의 병사들을 둘러싸려는 움직임이었다.

"발레트, 당신은 도망가요!" 엘렌드가 결투용 지팡이를 들어 올리며 긴박하게 말했다.

"갑시다, 미스트리스." 세이즈드가 옆에 와서 그녀를 일으키려고 했다.

"저 사람들을 버릴 수는 없어요!" 빈이 말했다.

"그래야 합니다."

"하지만 당신은 나 때문에 왔잖아요. 우리는 엘렌드에게도 똑같은 일을 해야 해요!"

세이즈드는 고개를 저었다.

"그건 다릅니다, 아가씨. 저는 당신을 구할 가능성이 있다는 걸 알고 있었습니다. 하지만 당신은 여기서 도움이 안 됩니다. 연민은 아름답지만, 지혜도 배워야 합니다."

그녀는 세이즈드의 손에 끌려 일어났다. 엘렌드의 병사들은 충직하게 미니스트리 병사들을 막으러 움직이고 있었다. 엘렌드는 그들의 선두에 섰다. 싸우기로 굳게 결심한 것 같았다.

'다른 방법이 있을 거야!' 빈은 필사적으로 생각했다. '있어야 해……'

그때, 그것이 보였다. 벽을 따라 늘어선 트렁크 중 하나에 버려진 것처럼 놓여 있는 낯익은 회색 천 조각. 트렁크 옆에 술 한 올이 걸쳐져 있었다.

미니스트리 군인들이 공격을 시작할 때 그녀는 세이즈드의 손을 놓았다. 뒤에서 엘렌드가 소리를 질렀고, 무기들이 부딪는 소리가 쟁쟁 울렸다.

빈은 트렁크 위쪽에 들어 있는 옷들을 밖으로 던졌다. 그녀의 바지와 셔츠였다. 그러자 그곳, 트렁크 바닥에, 그녀의 미스트클록이 놓여 있었다. 그녀는 눈을 꼭 감고 클록 옆의 주머니에 손을 넣었다.

손가락에 유리병이 하나 닿았다. 마개가 아직 꽂혀 있었다.

그녀는 병을 꺼내며 전투가 한창인 쪽을 바라보았다. 미니스트리 병사들은 약간 물러나 있었다. 그중 두 사람이 상처를 입고 바닥에 누워 있었다. 그러나 엘렌드의 부하는 세 명이 쓰러졌다. 다행히 방 크기가 작아서 엘렌드의 병사들은 아직 포위당하지 않은 채였다.

엘렌드는 땀을 흘리며 서 있었다. 팔에는 벤상처가 났고, 결투용 지팡이는 갈라지고 쪼개졌다. 그는 자기가 쓰러뜨린 남자의 칼을 서툰 손놀림으로 쥐면서, 훨씬 더 많은 적 병력을 바라보았다.

"저 젊은이에 대해서는 제가 틀렸습니다, 미스트리스." 세이즈드가 작은 소리로 말했다. "사과…… 드립니다."

빈은 미소를 지은 후, 병마개를 뽑고 한숨에 금속을 들이켰다.

그녀의 몸 안에서 힘이 우물처럼 치솟았다. 불길이 타오르고, 금속이 격렬하게 반응했다. 약해지고 지친 그녀의 몸에 해가 솟아오르듯 힘이 돌아왔다. 고통은 무시할 만한 것이 되었으며, 어지러움은 사라지고 방이 더 밝아졌다. 발아래 돌조차 더 현실감 있게 느껴졌다.

군인들이 다시 공격해오기 시작하자 엘렌드는 칼을 들었다. 단호했지만 희망을 가질 만한 자세는 아니었다. 빈이 그의 머리 위를 지나 날아오자 그는 엄청나게 충격을 받은 것 같았다.

그녀는 군인들 가운데 내려앉으며 바깥쪽으로 '강철-밀기'를 폭발시켰다. 양쪽의 군인들이 벽에 처박혔다. 한 남자가 그녀에게 쿼터스태프를 휘둘렀지만 그녀는 무시하듯 손으로 쳐내버린 다음 그 남자의 얼굴을 주먹으로 세게 때렸다. 딱 소리가 나며 그의 머리가 뒤로 돌아갔다.

그녀는 쿼터스태프가 떨어질 때 붙잡아 빙글빙글 돌리다가 엘렌드를 공격하는 군인 대장을 때렸다. 쿼터스태프가 부서졌고, 그녀는 시체와 함께 쿼터스태프의 잔해가 땅에 떨어지게 내버려두었다. 그녀가 벽에 두 사람을 더 '밀어'붙이자, 뒤쪽에 있던 병사들이 비명을 지르며 돌아서서 재빨리 달아났다. 마지막 병사는 빈이 철모를 '당기'는 바람에 놀라 방에서 나가지 못했다. 그녀는 뒤에서 몸을 고정시키며 철모를 도로 그에게 '밀었다'. 철모는 그 병사의 가슴에 처박혔고, 병사는 도망치는 동료들 쪽으로 날아가 그들을 덮쳤다.

빈은 신음하는 사람들 가운데 서서 근육을 긴장시킨 채 흥분으로 숨을 내쉬었다.

'아…… 켈시어가 어떻게 여기에 중독됐는지 알 것 같아.'

"발레트?" 엘렌드가 얼이 빠진 채 물었다.

빈은 기쁨에 차서 뛰어올라 그를 껴안았다. 그녀는 그에게 꼭 달라붙은 채 그의 어깨에 얼굴을 묻었다.

"돌아왔군요." 그녀가 속삭였다. "돌아왔어요, 돌아왔어, 돌아왔어……."

"음, 네. 그리고…… 당신은 미스트본이군요. 그거 꽤 흥미로운데요. 당신도 알겠지만, 보통은 친구에게 그런 일은 미리 말해주는 게 예의랍니다."

"미안해요." 그녀가 여전히 그에게 달라붙은 채 웅얼거렸다.

"뭐, 됐어요." 그가 완전히 딴 데 정신이 팔린 목소리로 말했다. "그런데, 발레트? 당신 옷은 어떻게 된 겁니까?"

"저기 마루에 있어요." 그녀가 그를 쳐다보며 말했다. "엘렌드, 날 어떻게 찾았어요?"

"당신 친구인 마스터 독슨이라는 사람이 당신이 궁전으로 잡혀갔다고 말해줬어요. 그리고 자, 여기 이 멋진 신사분, 이분 이름이 고레이들인 것 같은데, 이분이 어쩌다 보니 궁전 경비병이어서 여기로 오는 길을 알고 있었죠. 이분이 도와주고 내가 어느 정도 지위가 있는 귀족이다 보니 별문제 없이 건물에 들어올 수 있었는데, 이 복도에서 비명 소리가 나는 게 들리더군요……. 그다음에는, 음, 그런데 발레트? 가서 옷을 좀 입으면 안 될까요? 이건…… 넋이 빠지는데요.

그녀는 그를 쳐다보며 미소 지었다.

"당신이 날 찾아냈군요."

"그게 소용이 있었는지는 모르겠지만요." 그가 비꼬는 투로 말했다. "당신에겐 우리 도움이 별로 필요 없었던 것 같아요……."

"그건 중요하지 않아요." 그녀가 말했다. "당신은 돌아왔어요. 전에는 아무도 돌아온 적이 없었어요."

엘렌드는 살짝 눈살을 찌푸리며 그녀를 내려다보았다.

세이즈드가 빈의 옷과 클록을 들고 다가왔다.

"미스트리스, 우리는 나가야 합니다."

엘렌드가 고개를 끄덕였다.

"도시 안에 안전한 곳은 없어요. 스카들이 반란을 일으키고 있어요!" 그는 잠시 멈칫하며 그녀를 바라보았다. "하지만, 어, 당신은 이미 그걸 알고 있겠군요."

빈은 고개를 끄덕이며 마침내 그를 놓아주었다.

"내가 그 반란을 시작하도록 도왔는걸요. 하지만 위험에 대해서는 당신 말이 옳아요. 세이즈드와 함께 가요. 그는 반역도 지도자들을 잘 알아요. 그가 당신을 보증하는 한 그들은 당신을 해치지 않을 거예요."

엘렌드와 세이즈드 둘 다 얼굴을 찌푸리는 가운데 빈은 바지를 입었다. 주머니에서 그녀는 어머니의 귀걸이를 찾았다. 그녀는 그것을 도로 귀에 걸었다.

"세이즈드와 함께 가라고요? 하지만 당신은 어쩌고요?" 엘렌드가 물었다.

빈은 헐렁한 오버셔츠를 입은 후 위를 쳐다보았다. ……돌천장을 사이에 두고도 그가 위에 있다는 것을 느낄 수 있었다. 그는 그곳에 있었다. 너무나 강력했다. 그와 직접 얼굴을 맞대고 그녀는 그의 힘을 확실히 느꼈다. 그가 살아 있는 한 스카 반란의 전도(前途)는 암울했다.

"난 다른 할 일이 있어요, 엘렌드." 그녀가 세이즈드에게서 미스트클록을 받아 들며 말했다.

"그를 이길 수 있다고 생각하십니까, 미스트리스?" 세이즈드가 말했나.

"해봐야 해요." 그녀가 말했다. "'열한 번째 금속'은 효과가 있었어요, 세이즈. 나는…… 뭔가 보았어요. 켈시어는 그 금속에 비밀이 있다고 확신했어요."

"하지만…… 미스트리스, 로드 룰러는……."

"켈시어는 이 반역을 일으키기 위해 죽었어요." 빈이 단호하게 말했다. "나는 이게 성공하도록 만들어야 해요. 이게 내 역할이에요, 세이즈드. 켈시어는 내 역할이 뭔지 몰랐지만 난 알고 있어요. 난 로드 룰러를 막아야 해요."

"로드 룰러를?" 엘렌드가 충격을 받고 물었다. "안 돼요, 발레트. 그는 불멸이에요!"

빈은 위로 손을 뻗어 엘렌드의 머리를 쥐고 그를 끌어당겨 키스했다.

"엘렌드, 당신 가문이 로드 룰러에게 아티움을 전달했지요. 그걸 어디 두는지 알아요?"

"네." 그는 혼란에 빠져 말했다. "그는 아티움 방울들을 바로 여기 동쪽 보물 창고에 둬요. 하지만……."

"당신이 그 아티움을 가져가야 해요, 엘렌드. 새 정부가 처음으로 군대를 일으키는 귀족에게 정복되지 않고 계속 성장하려면 재산과 힘이 필요할 거예요."

"안 돼요, 발레트." 엘렌드가 고개를 흔들며 말했다. "당신을 안전한 곳으로 데려가야 해요."

그녀는 그에게 미소를 지은 후 세이즈드를 보았다. 테리스인은 그녀에게 고개를 끄덕였다.

"나한테 가지 말라고 하진 않을 거죠?" 그녀가 물었다.

"예." 그가 조용히 말했다. "당신이 옳을 것 같아 두렵습니다, 미스트리스. 로드 룰러가 꺾이지 않는다면…… 음, 당신을 막지 않겠습니다. 그러나 행운을 빌어드리겠습니다. 벤처 도련님이 일단 안전한 곳으로 가는 걸 본 후 당신을 도우러 오겠습니다."

빈은 고개를 끄덕이고, 불안해하는 엘렌드에게 미소를 지은 뒤 위를 쳐다보았다. 지친 우울감을 맥박 치듯 퍼뜨리며 위에서 기다리고 있는 어두운 힘.

그녀는 구리를 태우며 로드 룰러의 '달래기'를 밀어냈다.

"발레트……." 엘렌드가 조용히 말했다.

그녀는 다시 그를 돌아보았다.

"걱정하지 말아요. 그를 죽일 수 있는 방법을 알 것 같아요." 그녀가 말했다.

38

세계가 다시 태어나기 전날 밤, 나는 얼음이 더께 진 펜으로 이런 공포감을 끼적거리고 있다. 라셰크는 나를 미워하며 지켜보고 있다.

동굴은 맥박 치며 위에서 기다린다. 내 손가락이 떨린다. 추위 때문이 아니다.

내일 다 끝날 것이다.

빈은 크레딕 쇼 위의 공중으로 몸을 밀었다. 주위에 첨탑과 탑들이 솟아 있는 모습이 마치 그늘진 나무 아래 유령이 웅크린 모습 같았다. 어둡고, 곧고, 불길했다. 왜인지 몰라도 그 모습을 보자 그녀는 흑요석 창끝을 가슴에 꽂고 죽은 채 거리에 누워 있던 켈시어가 생각났다.

그녀가 안개 속을 뚫고 날아가자 안개가 빙빙 돌고 소용돌이쳤다. 안개는 여전히 농밀했지만, 주석 덕분에 지평선의 희미한 빛을 볼 수 있었다. 아침이 가까웠다.

아래쪽에선 더 큰 불빛이 만들어지고 있었다. 빈은 얇은 첨탑을 하나 잡고 관성을 타며 매끄러운 금속 주위로 몸을 빙글 돌렸다. 그러자 모든 방향에서 그곳의 모습을 볼 수 있었다. 수천 개의 횃불들이 어둠 속에 타오르며 반딧불이처럼 서로 섞이고 어우러졌다. 그들은 거대한 물결을 이루어 궁전으로 모여들었다.

'이런 힘에 맞서면 궁전 경비대에게는 승산이 없어.' 그녀는 생각했다. '하지만 싸워서 궁전 안에 들어가면 스카 군대의 파멸은 확실해져.'

그녀는 옆을 보았다. 손가락 아래에 차갑게 놓인, 안개에 젖은 첨탑을. 마지막으로 크레딕 쇼의 첨탑 사이를 뛰어다녔을 때, 그녀는 피를 흘리고 의식을 반쯤 잃은 상태였다. 세이즈드가 도착해서 그녀를 구해주었다. 그러나 이번에는 그가 도와줄 수 없을 것이다.

약간 떨어진 곳에 왕좌가 있는 탑이 보였다. 그곳을 찾기는 어렵지 않았다. 탑 바깥에서 모닥불이 타오르며 불빛을 비추어, 안에 있는 사람들에게 통으로 된 스테인드글라스 창을 밝혀주었다. 그녀는 그 안에서 그를 느낄 수 있었다. 어쩌면 심문관이 방에서 나간 후에 자기가 그를 습격할 수 있을지도 모른다는 희망을 품고 그녀는 잠시 기다렸다.

'켈시어는 "열한 번째 금속"이 열쇠라고 믿었어.' 그녀는 생각했다.

그녀에게 한 가지 아이디어가 있었다. 그것은 효과가 있을 것이다. 그래야만 했다.

"이 순간부터 심문 캔턴에 미니스트리의 지휘 권한을 부여한다." 로드 룰러는 커다란 목소리로 선언했다. "테비디안에게 배정되었던 사건들은 이제 카르에게 갈 것이다."

왕좌가 있는 방은 조용해졌다. 고위 오블리게이터들은 그날 밤의 사건에 넋이 나가 있었다. 로드 룰러는 한 손을 흔들어 회의가 끝났다는 신호를 했다.

'드디어!' 카르는 생각했다. 그는 머리를 들었다. 눈에 박힌 대못이 언제나 그렇듯이 맥박 치며 아파왔다. 그러나 오늘 밤의 고통은 기쁨의 고통이었다. 심문관들은 두 세기를 기다리며 조심스럽게 정치 공작을 하고, 보통 오블리게이터들 사이의 부패와 불화를 교묘하게 부추겼다. 마침내 그것이 통했다. 심문관들은 더 이상 열등한 인간들의 명령에 고개 숙이지 않을 것이다.

그는 돌아서서 미니스트리 성직자 무리 앞에서 미소 지었다. 심문관의 시신이 일으킬 불편한 감정을 잘 알면서 하는 일이었다. 이제 그는 예전에 보던 것처럼 사물을 볼 수는 없었다. 그러나 그는 더 나은 것을 받았다. 아주 정교하며 세부까지 조종할 수 있는 알로맨시 능력이었다. 그 능력 덕분에 그는 자기 주위의 세계를 놀라울 정도로 정확하게 이해할 수 있었다.

거의 모든 물건에 금속이 들어 있었다. 물, 돌, 유리…… 심지어 사람의 몸에도 있었다. 이 금속들은 알로맨시의 영향을 받기에는 너무 농도가 옅었다. 사실 대부분의 알로맨서들은 그것을 느낄 수도 없었다.

그러나 카르는 심문관의 눈으로 이런 물질들의 금속선을 볼 수 있었다. 거의 보이지 않을 정도로 가늘고 파란 실들. 하지만 그것은 그에게 세상의 윤곽을 보여주었다. 그의 앞 오블리게이터들은 질질 끌리는 파란색 덩어리였고, 불편함과 분노와 공포 같은 감정이 그들의 자세에서 보였다. 불편함, 분노, 공포…… 셋 다 아주 달콤했다. 온몸이 피로에 적셔지면서도 카르의 웃음은 커졌다.

그는 너무 오래 깨어 있었다. 심문관으로 살려면 육체를 소모해야 했고, 자주 쉬어야 했다. 그의 형제들은 이미 발을 끌면서 방에서 나가고 있었다. 일부러 왕좌의 방 가까운 곳에 지어진 휴게실로 가는 것이었다. 그들은 즉시 잘 것이다. 아까 낮의 처형과 밤에 겪은 흥분 때문에 극도로 피곤할 것이다.

그러나 심문관과 오블리게이터들이 떠나는 동안 카르는 뒤에 남아 있었다. 곧 그와 로드 룰러만 남아 다섯 개의 거대한 화로로 밝혀진 방에 서 있었다. 바깥의 모닥불은 하인들이 끄는 바람에 천천히 사그라들어 검고 어두운 유리의 전경만을 남겼다.

"마침내 원하는 걸 얻었군." 로드 룰러가 조용히 말했다. "이제는 내가 이 문제에서 평화를 누릴 수 있겠지."

"예, 로드 룰러." 카르가 고개를 숙이며 말했다. "그렇게 생각합니다……."

공중에서 이상한 소리가 울렸다. 딸깍하는 작은 소리였다. 카르는 얼굴을 찌푸리며 위를 쳐다보았다. 작은 금속 원반이 마루에 튕기며 굴러와 마침내 그의 발치에서 멈추었다. 그는 동전을 집어 들고, 작은 구멍이 뚫린 거대한 창을 올려다보았다.

'뭐지?'

창문으로 수십 개의 동전이 휭휭 날아들었다. 금속의 딸강 소리와 유리의 쨍그랑 소리가 공중에 흩뿌려졌다. 카르는 놀라서 뒷걸음질 쳤다.

창의 남쪽 부분이 깨지면서 유리가 안쪽으로 터졌다. 날아드는 사람 한 명에게 뚫릴 정도로 유리는 동전 때문에 약해져 있었다.

색색의 유리 파편이 공중에서 빙글빙글 돌면서 사방에 흩어지고, 펄럭이는 미스트클록을 입고 한 쌍의 번쩍이는 검은 단검을 든 작은 그림자가 들어왔다. 그 소녀는 웅크리듯 착지하고는 유리 조각 위를 미끄러져 다가왔다. 그녀 뒤에 난 틈에서 안개가 부풀어 올랐다. 안개는 그녀의 알로맨시에 끌려 몸 주위에서 소용돌이치며 앞으로 둘둘 말렸다. 그녀는 마치 밤의 전령처럼 안개 속에 잠시 웅크리고 있었다.

다음 순간, 그녀는 앞으로 튕겨 나가 곧장 로드 룰러에게 달려들었다.

빈은 '열한 번째 금속'을 태웠다. 전처럼 로드 룰러의 과거 모습이 나타났다. 그것은 흡사 안개 속에서 나와 왕좌 옆의 단 위에 서 있는 것 같은 모습으로 형성되었다.

빈은 심문관을 무시했다. 운 좋게도 그 괴물은 천천히 반응했다. 그녀가 연단의 계단을 반쯤 올라간 후에야 그녀를 쫓아올 생각을 한 것 같았다. 그러나 로드 룰러는 별 흥미 없는 표정으로 그녀를 바라보며 조용히 앉아 있었다.

'창 두 자루로 가슴을 꿰뚫어도 아무 신경을 안 썼지.' 빈은 연단 꼭대기까지 남은 마지막 몇 단을 뛰어오르며 생각했다. '그는 내 단검을 두려워하지 않아.'

그래서 그녀가 그들과 함께 그를 습격할 생각을 하지 않았던 것이다. 그러는 대신, 그녀는 무기를 들어 올려 곧장 과거 모습의 심장에다 꽂았다.

단검은 표적을 맞혔다. 그리고 공기를 뚫고 지나가듯 그 사람을 뚫고 지나갔다. 그 이미지를 바로 통과해 미끄러지는 바람에 연단에서 떨어질 뻔한 빈이 앞으로 비틀거렸다.

그녀는 빙글 돌아서, 그 이미지를 다시 베었다. 또다시 그녀의 단검은 아무런 해도 입히지 못한 채 그것을 뚫고 지나갔다. 그 이미지는 심지어 떨리거나 일그러지지조차 않았다.

'내 금 이미지는 건드릴 수 있었는데.' 그녀는 좌절하며 생각했다. '왜 이건 건드릴 수 없지?'

그 금속은 분명 금과 같은 방식으로 작용하지 않았다. 그 그림자는 그녀의 공격을 전혀 의식하지 못한 채 조용히 서 있었다. 그녀는 로드 룰러의 과거 모습을 죽이면 현재의 몸도 죽지 않을까 생각했다. 불행히도, 과거의 자아는 아티움의 그림자처럼 실체가 없는 것 같았다.

그녀는 실패했다.

카르가 그녀에게 부닥쳐 왔다. 심문관의 강력한 손아귀가 그녀의 어깨를 그러잡았고, 그가 달려들 때의 관성이 그녀를 연단에서 떨어뜨렸다. 그들은 연단 뒤의 계단을 비틀거리며 내려왔다.

빈은 신음하며 백랍을 폭발시켰다.

'난 네가 조금 전 포로로 잡았던 힘없는 소녀가 아니야, 카르.'

그들이 왕좌 뒤의 땅에 떨어지는 순간, 그녀는 투지를 불태워 그를 위로 차올렸다.

그녀의 발차기에 공중으로 날아가면서, 심문관은 끙 소리를 내며 잡고 있던 그녀의 어깨를 풀어주었다. 그녀의 미스트클록이 그의 손에서 빠져나왔다. 그러나 그녀는 튕기듯 일어서서 비틀거리며 그에게 거리를 두었다.

"심문관들! 내게 오라!" 로드 룰러가 일어서서 외쳤다.

빈은 비명을 질렀다. 그 강력한 목소리 때문에 주석으로 강화된 귀가 매우 아팠다.

'여기서 나가야 해.' 그녀는 휘청거리며 생각했다. '그를 죽일 다

른 방법을 찾아야 해……'

카르가 뒤에서 그녀를 덮쳤다. 이번에는 팔로 그녀를 완전히 감싸고 쥐어짜듯 죄었다. 빈은 고통으로 비명을 지르며 백랍을 폭발시켜 그를 밀어냈다. 그러나 카르는 억지로 그녀를 잡아 일으켰다. 그는 잽싸게 한 팔을 그녀의 목에 감고 다른 팔로 그녀의 팔을 등 뒤에 고정시켰다. 그녀는 화가 나서 저항하고, 꿈틀대고, 몸부림쳤다. 그러나 그의 손아귀는 단단했다. 그녀는 자신의 몸과 카르를 한꺼번에 공중에 던지려고 문 자물쇠에 황급히 '강철-밀기'를 썼지만, 닻이 너무 약한 탓에 카르는 약간만 휘청거렸다. 그의 손은 풀리지 않았다.

로드 룰러가 왕좌에 앉으면서 씩 웃었다.

"카르와 맞서선 승산이 없을 게다, 애야. 그는 아주 오래전에 군인이었지. 아무리 상대가 강하다고 해도 손에서 빠져나가지 못하게 사람을 잡는 법을 안단다."

빈은 계속 몸부림을 치면서 숨을 쉬려고 헐떡였다. 하지만 로드 룰러의 말은 진짜였다. 그녀는 카르의 머리를 박치기하려 했지만 그는 이 또한 대비하고 있었다. 그가 내는 소리가 들렸다. 그녀의 목을 조르는 그의 빠른 숨소리는 거의…… 열정적이었다. 창에 비친 반영(反影)으로, 그들 뒤에서 문이 열리는 것이 보였다. 또 한 명의 심문관이 성큼성큼 방으로 들어왔다. 창에 비친 그는 눈의 대못이 번쩍거렸고, 짙은 색 로브는 흐트러져 있었다.

'다 끝났어.'

부서진 유리벽으로 기어들어 마루에 흐르다 눈앞의 땅에 고인 안개를 지켜보며, 그녀는 한순간 초현실적인 기분이 되어 생각했다. 이상하게도, 안개는 보통 때처럼 그녀의 몸 주위에서 둘둘 말리지 않았다. 마치 무엇인가가 안개를 밀어내고 있는 것 같았다. 빈에게는 그 모습이 자신의 패배에 대한 마지막 증거처럼 보였다.

'미안해요, 켈시어. 당신을 실망시켰어요.'

두 번째 심문관이 동료 곁으로 걸어오더니 팔을 내밀어 카르의 등에 있는 무엇인가를 움켜쥐었다. 뜯어지는 소리가 났다.

빈은 즉시 땅에 떨어져 헐떡이며 숨을 몰아쉬었다. 그녀는 땅을 구르며 백랍으로 재빨리 몸을 회복했다.

카르가 서서 그녀를 내려다보며 불안정하게 움직이고 있었다. 그러다 갑자기 옆으로 축 처져서 넘어지더니 땅에 쫙 뻗었다. 두 번째 심문관이 그의 뒤에 서 있었다. 그는 커다란 금속 대못 같은 것을 들고 있었다. 심문관의 눈에 있는 것과 똑같았다.

빈은 카르의 움직이지 않는 몸을 보았다. 로브의 등 쪽이 찢어져 어깨뼈 사이에 난 피투성이 구멍을 드러내고 있었다. 금속 대못이 들어갈 정도 크기의 구멍이었다. 카르의 흉터 난 얼굴은 창백했다. 죽은 듯했다.

'대못이 또 하나 있었어!' 빈은 경이감을 느끼며 생각했다. '다른 심문관이 카르의 등에서 그걸 뽑아내자 카르가 죽었어. 비밀은 그거였구나!'

"뭐냐?" 로드 룰러가 일어나 외치더니 자기 왕좌를 뒤로 차버렸다. 돌의자가 계단에서 굴러떨어져 대리석을 부수고 바닥에 금이 가게 만들었다. "배신이라니! 내 심문관이!"

새 심문관이 로드 룰러에게 달려들었다. 달려가는 기세에 그의 로브 두건이 뒤로 벗겨지면서 대머리가 드러났다. 새로 온 심문관의 얼굴에는 어딘가 낯익은 데가 있었다. 두개골 앞에 튀어나와 있는 대못 머리와, 등 뒤에 튀어나온 소름끼치는 대못, 그리고 민머리와 낯선 옷에도 불구하고 그 사람은 약간 켈시어를 닮았다.

'아냐, 켈시어가 아냐.' 그녀는 깨달았다.

'마쉬!'

마쉬는 심문관의 초자연적인 속도로 연단 계단을 둘씩 올라갔다. 빈은 숨이 막혀 죽을 뻔했던 순간의 여파를 떨쳐버리며 기를 쓰고 일어났다. 그녀가 느낀 놀라움 쪽이 더 무시하기 어려웠다. 마쉬가 살아 있었다.

마쉬가 심문관이었다.

'심문관들은 그를 의심했기 때문에 조사하지 않았던 거구나. 그들은 그를 심문관으로 뽑으려는 생각이었어!' 이제 그는 로드 룰러와 싸울 생각인 것 같았다. '마쉬를 도와야 해! 아마…… 아마 그는 로드 룰러를 죽일 수 있는 비밀을 알 거야. 심문관을 죽이는 법도 알아냈잖아!'

마쉬가 연단 꼭대기에 다다랐다.

"심문관들!" 로드 룰러가 외쳤다. "와서……"

로드 룰러는 문 바로 바깥에 놓여 있는 물건을 보고 얼어붙었다. 마쉬가 카르의 등에서 뽑은 것 같은 강철 대못이 작은 무더기를 지어 쌓여 있었다. 일곱 개 정도 되어 보였다.

마쉬는 미소를 지었다. 그 표정은 소름 끼칠 정도로 켈시어가 히

죽거리던 모습과 비슷했다. 빈은 연단 아래 도착해서는 동전으로 '밀어' 몸을 연단 꼭대기로 던져 올렸다.

그녀가 반쯤 올라왔을 때 로드 룰러의 분노가 무시무시하게, 전력으로 그녀를 때렸다. 그 우울함과 분노가 거름이 된 영혼의 질식 상태가 구리를 뚫고 마치 물리적인 힘처럼 그녀를 쳤다. 그녀는 헐떡거리며 구리를 폭발시켰지만 로드 룰러의 힘을 감정에서 완전히 밀어낼 수는 없었다.

마쉬는 약간 비틀거렸고, 로드 룰러는 켈시어를 죽일 때처럼 손등을 휘둘렀다. 다행히 마쉬는 제때 정신을 회복해 몸을 숙여 그 일격을 피했다. 그는 로드 룰러 주위를 빙글 돌아서 로브 같은 황제의 검은 옷 등 부분을 잡으려고 손을 뻗었다. 마쉬가 홱 잡아당기자 옷의 등솔기를 따라 천이 뜯어졌다.

마쉬는 얼어붙은 듯이 서 있었다. 대못이 박힌 그의 눈에서는 표정을 읽을 수 없었다. 로드 룰러는 빙글 돌며 팔꿈치로 마쉬의 배를 쳐서 그를 방 맞은편으로 던져버렸다. 로드 룰러가 몸을 돌리자 빈도 마쉬가 본 광경을 볼 수 있었다.

아무것도 없었다. 근육질인 것 빼고는 정상적인 등이었다. 심문관들과는 달리 로드 룰러는 척추에 대못을 박지 않았다.

'오, 마쉬…….' 빈은 가슴이 내려앉을 듯한 우울감에 빠져들며 생각했다. 멋진 발상이었다. '열한 번째 금속'을 이용하려던 빈의 바보 같은 시도보다 훨씬 더 영리했다. 그러나 그것도 마찬가지로 잘못된 시도였던 것이다.

마쉬가 마침내 땅에 부딪자 그의 머리에서 쾅 소리가 났다. 그는 마루를 가로지르며 미끄러져 먼 벽에 부딪혔다. 그는 거대한 창에 몸을 댄 채 쓰러져서 움직이지 않았다.

"미쉬!" 그녀는 외쳤다. 그녀는 자기 몸을 그에게 '밀면서' 뛰어갔다. 그러나 그녀가 날아갈 때, 로드 룰러가 무심코 하는 동작처럼 손을 들었다.

빈은 강력한…… 무엇인가가 와서 부딪치는 것을 느꼈다. '강철-밀기'가 그녀 배 속의 금속들을 철썩 때리는 것 같은 느낌이었다. 그러나 물론 그럴 리가 없었다. 켈시어는 어떤 알로맨서도 다른 사람의 몸 안에 있는 금속에 영향을 미칠 수는 없다고 장담했다.

그러나 그는 어떤 알로맨서도 구리를 태우고 있는 사람의 감정에 영향을 줄 수 없다고 말한 적도 있었다.

떨어진 동전들이 로드 룰러를 중심으로 쏟아져 나오며 바닥을 쏜살같이 가로질렀다. 문이 문틀에서 떼어지고 부서지면서 방에서 떨어져나갔다. 믿을 수 없게도, 채색 유리 조각들조차 떨면서 연단에서 미끄러져 나갔다.

빈은 옆으로 던져졌다. 배 속의 금속들이 그녀의 몸에서 떨어져 나올 것만 같았다. 그녀는 땅에 쿵 부딪쳤다. 그 일격에 그녀는 거의 의식을 잃을 뻔했다. 쓰러진 그녀는 어질어질하고, 혼란스럽고, 당황한 채로 단 한 가지밖에 생각할 수 없었다.

'이런 힘이라니……'

로드 룰러가 연단을 걸어 올라가자 딸각딸각 소리가 났다. 그는 조용한 동작으로 찢어진 정복 코트와 셔츠를 벗어버렸고, 손가락과 손목의 반짝거리는 장신구들을 제외하면 허리 위로 맨몸이 되었다. 그녀는 얇은 팔찌 몇 개가 그의 위팔 피부를 관통하고 있는 것을 알아차렸다.

'영리하군.' 그녀는 간신히 일어서며 생각했다. '저것들이 "밀거나" "당겨지지" 않게 하는 거군.'

로드 룰러는 애석하다는 듯이 고개를 저었다. 깨진 창문으로 들어와 바닥에 흐르는 서늘한 안개 속에 그의 발걸음이 자취를 남겼다. 그는 너무나 강해 보였다. 몸통은 근육으로 터질 것 같았고, 얼굴은 잘생겼다. 그녀는 그의 알로맨시 힘이 구리로도 막을 수 없을 정도로 자신의 감정을 물어뜯는 걸 느꼈다.

"무슨 생각을 한 거냐, 애야?" 로드 룰러가 조용히 물었다. "날 이기겠다고? 내가 '조립'으로 힘을 얻은 보통 심문관이라고?"

빈은 백랍을 폭발시킨 후 돌아서서 달려 나갔다. 마쉬의 몸을 낚아채 방 맞은편 벽의 유리를 뚫고 나갈 생각이었다.

그러나 그때, 그가 맹렬한 회오리바람을 느릿느릿 보이게 할 정도의 속도로 움직여서 그녀를 가로막았다. 백랍을 완전히 폭발시켜도 빈은 그보다 빠르게 달릴 수 없었다. 그가 팔을 뻗어 그녀의 어깨를 움켜쥐고 뒤로 끌어당기는 동작은 거의 건성으로 하는 행동처럼 보였다.

그는 그 방을 지지하는 거대한 기둥 중 하나에다 그녀를 인형처럼 던져버렸다. 빈은 필사적으로 닻이 될 것을 찾았지만, 그는 아까 방에서 모든 금속을 날려버렸다. 그것만 빼고…….

그녀는 로드 룰러의 피부를 뚫지 않은 팔찌 하나를 '당겼다'. 그는 즉시 팔을 위로 휙 추켜올리더니, '밀기'를 내뿜어 그녀가 공중에서 볼품없이 빙글빙글 돌게 만들었다. 그가 또 한 번 강력하게 그녀를 '밀자' 그녀는 뒤로 날아갔다. 배 속의 금속이 확 뒤틀리고, 유리가 떨리고, 어머니의 귀걸이가 그녀의 귀에서 튿겨 나갔다.

그녀는 공중에서 몸을 돌려 발부터 떨어지려고 했으나 무시무시한 속도로 돌기둥에 처박혀버렸고, 백랍은 그녀에게 도움이 되지 못했다. 역겨운 뚝 소리가 나더니 고통이 창처럼 오른쪽 다리에서 순식간에 찔러 올라왔다.

그녀는 땅에 쓰러졌다. 확인하고 싶지 않았지만, 몸에서 느껴지는 고통으로 보아 몸 아래로 튀어나온 다리가 이상한 각도로 부러진 것 같았다.

로드 룰러는 고개를 저었다. 안 돼, 빈은 깨달았다. 그는 장신구를 찬다고 걱정하지 않았다. 그의 능력과 힘을 생각하면, 누군가가 빈처럼 로드 룰러의 장신구를 닻으로 이용하려 드는 것은 어리석은 일일 것이다. 그런 시도는 그가 그녀의 도약을 조종할 수 있게 만들어줄 뿐이었다.

그는 깨진 유리 위로 발을 달그락거리며 걸어왔다.

"누가 날 죽이려고 한 게 이게 처음이라고 생각하느냐, 얘야? 나는 불에 타고 머리가 베어져도 살아남았다. 찔리고, 난자되고, 충돌하고, 사지가 잘려보기도 했단다. 심지어 처음엔 껍질이 벗겨지기까지 했지."

그는 고개를 저으며 마쉬 쪽을 돌아보았다. 이상하게도 빈이 전에 보았던 로드 룰러의 인상으로 되돌아왔다. 그는…… 지쳐 보였다. 심지어 탈진한 것으로 보이기까지 했다. 몸 때문은 아니었다.

그의 몸은 여전히 근육질이었다. 그의…… 분위기가 그랬을 뿐이었다. 그녀는 돌기둥에 몸을 기댄 채 일어서려고 했다.

"나는 신이다." 그가 말했다.

'일기책에 나오는 그 겸손한 인간과는 너무 달라.'

"신은 살해될 수 없다. 타도할 수도 없다. 너희의 반역…… 내가 그런 것을 전에 본 적이 없을 것 같으냐? 내가 내 군대 전체를 파괴해본 적이 없을 것 같으냐? 너희 인간들이 의심을 멈추려면 무엇이 필요할까? 너희 어리석은 스카들이 진실을 알도록 내가 얼마나 많은 세기 동안 나를 증명해왔느냐? 내가 너희를 얼마나 많이 죽여야 했느냐!"

다리가 잘못된 방향으로 비틀리는 바람에 빈은 비명을 질렀다. 그녀는 백랍을 폭발시켰지만 그래도 눈에 눈물이 괴었다. 그녀의 금속은 떨어져가고 있었다. 백랍은 곧 다 떨어질 것이고, 백랍이 없으면 의식을 차리고 있을 수 없을 것이다. 그녀는 기둥에 몸을 대고 폭 주저앉았다. 로드 룰러의 알로맨시가 그녀를 내리누르자 다리에서 고통이 둥둥 울렸다.

'그는 너무 강해.' 그녀는 절망 속에서 생각했다. '그가 옳아. 그는 신이야. 우리는 무슨 생각을 하고 있었던 걸까?'

"어떻게 감히 네가?" 로드 룰러가 보석으로 장식한 손으로 마쉬의 축 처진 몸을 들어 올리며 물었다. 마쉬는 약간 신음하며 머리를 들려고 애썼다.

"어떻게 감히 네가?" 로드 룰러가 다시 날카롭게 물었다. "난 네게 그런 것을 주었는데! 너를 보통 사람들보다 우수하게 만들었다! 네가 우월해지도록 만들었다!"

빈이 머리를 휙 들었다. 고통과 절망으로 흐릿해진 눈 속에서, 무언가가 그녀 안에 묻혀 있던 기억의 방아쇠를 당겼다.

'그는 계속 말하고 있다…… 자기 민족이 우월해야 한다고…….'

그녀는 몸 안으로 마음을 뻗어, 마지막 남은 '열한 번째 금속' 저장고를 찾았다. 로드 룰러가 마쉬를 한 손으로 붙잡는 모습을 눈물로 얼룩진 눈으로 보면서, 그녀는 저장고를 태웠다.

로드 룰러의 과거 모습이 그 옆에 나타났다. 모피 클록을 입고 두꺼운 부츠를 신은 남자. 턱수염이 무성하고 강한 근육을 가진 남자. 귀족이나 폭군이 아니었다. 영웅도, 심지어 전사도 아니었다. 추운 산속 생활에 맞춰 옷을 입은 남자 목동이었다.

아니면, 아마도 짐꾼일 것이다.

"라셰크." 빈이 속삭였다.

로드 룰러는 깜짝 놀라 그녀 쪽으로 휙 돌아섰다.

"라셰크." 빈이 다시 말했다. "당신 이름은 그거지, 안 그래? 당신은 일기장을 쓴 사람이 아니었어. 사람들을 보호하기 위해 파견된 영웅도 아니었어…… 그의 하인이었어. 그를 증오하던 짐꾼."

그녀는 잠시 말을 멈추었다.

"당신이…… 당신이 그를 죽였어." 그녀가 속삭였다. "그날 밤 일어난 일은 그런 거였어! 그래서 그 일기가 그렇게 갑자기 끊겨버린 거야! 당신은 영웅을 죽이고 그의 자리를 빼앗았어. 그 대신 동굴로 들어가 그 힘을 자기 것으로 만든 거야. 하지만…… 세상을 구하는 대신 당신은 세상을 조종했지."

"넌 아무것도 몰라!" 그가 여전히 마쉬의 축 늘어진 몸을 한 손에 잡은 채 소리쳤다. "넌 그 일에 대해 아무것도 몰라!"

"당신은 그를 증오했어." 빈이 말했다. "테리스인이 영웅이 되어야 한다고 생각했지. 당신은 그가…… 당신 나라를 탄압한 나라 출신의 사람이 당신네 전설을 이루어낸다는 사실을 견딜 수가 없었어."

로드 룰러는 한 손을 들었고, 빈은 갑자기 믿을 수 없는 무게가 자신을 내리누르는 것을 느꼈다. 알로맨시 힘이 그녀의 배 속과 몸속의 금속들을 '밀면서' 그녀의 등을 기둥에 충돌시키려 하고 있었다. 그녀는 비명을 지르면서도 정신을 차리려고 애쓰며 마지막 백랍 조각을 폭발시켰다. 안개가 부서진 창문을 지나 마루를 가로질러 슬금슬금 다가오더니 그녀 주위에 둘둘 감겼다.

부서진 문을 통해 밖에서 무언가 희미하게 공중에 울리는 소리가 들렸다. 마치…… 환호 같았다. 수천 명이 합창하는 기쁨의 함성. 그들이 그녀를 응원하는 것 같았다.

'그게 무슨 상관이지?' 그녀가 생각했다. '난 로드 룰러의 비밀을 알아. 하지만 그게 나한테 뭘 알려주지? 그가 짐꾼이었다는 것? 하인이라는 것? 테리스인이라는 것?

……페루케미스트라는 것.'

그녀는 어릿어릿한 눈을 떠 다시 로드 룰러의 위팔에서 빛나는 팔찌 한 쌍을 보았다. 금속으로 만들어진 팔찌. 그의 피부를 뚫고 들어간 팔찌. 그 팔찌들이…… 그것들이 알로맨시의 영향을 받지 않도록. 왜 그랬을까? 그는 아마 허세로 금속을 찼을 것이다. 자기 금속을 '밀거나' '당길' 수 있는 사람에 대해서는 걱정하지도 않았을 것이다.

혹은, 그이 주장으로는 그랬다. 하지만 만약 그기 친 다른 모든 금속들…… 반지, 팔찌, 귀족들에게 퍼져 나간 유행…… 이것이 눈을 딴 데로 돌리도록 하기 위한 것일 뿐이라면?

위팔을 감고 있는 한 쌍의 팔찌에 집중하지 못하게 사람들의 눈을 딴 데로 돌린 것이다.

'정말로 그렇게 쉬운 것이었을까?' 로드 룰러의 무게가 그녀를 완전히 짓눌러버리려고 위협하는 가운데 그녀는 생각했다.

백랍이 거의 다 떨어졌다. 생각도 간신히 할 수 있을 지경이었다. 그러나 그녀는 철을 태웠다. 로드 룰러는 구리구름을 통과할 수 있었다. 그렇다면 그녀도 할 수 있었다. 이유는 몰라도 그것들은 같았다. 그가 한 사람의 몸속에 든 금속에 영향을 미칠 수 있다면, 그녀도 할 수 있었다.

그녀는 철을 폭발시키며 최대한 세게 '미는' 데 집중했다. 그녀는 눌려 찌부러지지 않으려고 애쓰면서 백랍을 계속 폭발시켰다. 언제부터인가 그녀는 자기가 더 이상 숨을 쉬지 않는다는 것을 알았다. 위아래로 가슴을 오르락내리락할 수가 없었다.

안개가 그녀 주위에서 빙글빙글 돌면서 그녀의 알로맨시 때문에 춤을 추었다. 그녀는 죽어가고 있었다. 그것을 알 수 있었다. 이제는 고통마저 거의 느껴지지 않았다. 그녀는 짓눌리고 있었다. 숨이 막혔다.

그녀는 안개를 들이마셨다.

두 개의 선이 새로 나타났다. 그녀는 고함을 지르며, 전에는 자기에게 있는 줄도 몰랐던 힘으로 '당겼다'. 철을 점점 더 세게 폭발시켰다. 로드 룰러 자신의 '미는' 힘이 그녀에게 지렛대가 되어주었다. 그의 팔찌를 '당기기' 위해 필요한 분노, 절망, 고통이 그녀의 마음속에서 마구 섞였고, 오로지 '당기기'만이 유일한 초점이 되었다.

그녀의 백랍이 다 떨어졌다.

'그가 켈시어를 죽였어!'

팔찌가 떨어져 나왔다. 로드 룰러는 고통으로 소리쳤다. 빈의 귀에는 희미하고 아득한 소리로 들렸다. 그녀를 내리누르던 무게가 갑자기 가벼워지더니 그녀를 풀어주었다. 그녀는 바닥에 떨어져 헐떡거렸다. 시야가 빙빙 돌았다. 땅에 떨어진 피 묻은 팔찌가 그녀의 힘에서 풀려나 대리석 위를 미끄러져 빈 앞에 와 닿았다. 그녀는 앞을 보며 시야를 맑게 하기 위해 주석을 사용했다.

로드 룰러는 그 자리에 그대로 서 있었다. 그의 눈은 공포로 커졌고, 팔에는 피가 묻어 있었다. 그는 마쉬를 땅에 떨어뜨리고는 짓이겨진 팔찌와 그녀가 있는 쪽으로 달려왔다. 백랍이 없는 상태에서도 그녀는 마지막 힘으로 그 팔찌를 '밀어' 로드 룰러의 몸 너머로 쏘아 보냈다. 그는 겁에 질린 채 빙글 돌아서서 깨진 유리벽 바깥으로 팔찌가 날아가는 것을 지켜보았다.

멀리서 해가 지평선 위로 떠올랐다. 팔찌는 붉은 햇빛 앞에 떨어지며 잠시 빛나다가 도시의 거리로 떨어져 내렸다.

"안 돼!" 로드 룰러가 창문 쪽으로 걸어가며 외쳤다.

그의 근육들이 축 처지더니 세이즈드의 근육이 그랬던 것처럼 오그라들었다. 그는 화를 내며 빈을 향해 돌아섰다. 그러나 그의 얼굴은 더 이상 젊지 않았다. 그는 젊었을 때의 모습이 그대로 성숙해진 중년의 모습을 하고 있었다.

그는 창 쪽으로 걸어갔다. 머리가 세고, 눈 주위에 작은 거미줄처럼 주름이 나타나기 시작했다.

발걸음이 약해졌다. 그는 노령의 무게로 몸을 떨기 시작했다. 등이 굽어지고, 피부가 늘어지고, 머리가 축 처졌다.

그는 바닥에 쓰러졌다.

빈은 몸을 뒤로 눕혔다. 그녀의 정신은 고통 때문에 흐릿했다. 그녀는 그곳에…… 얼마 동안 누워 있었다. 아무 생각도 할 수 없었다.

"미스트리스!" 어떤 목소리가 말했다. 세이즈드가 이마를 땀으로 적신 채 그녀 옆에 있었다. 그는 그녀의 목구멍에 뭔가를 흘려 넣었고, 그녀는 그것을 삼켰다.

그녀의 몸은 무슨 일을 해야 할지 알았다. 그녀는 반사적으로 백랍을 폭발시켜 몸을 강하게 했다. 주석을 폭발시키자 갑자기 감각이 증대되면서 그녀는 충격을 받아 깨어났다. 그녀는 세이즈드의 근심스러운 얼굴을 쳐다보며 헐떡였다.

"조심하세요, 미스트리스." 그가 그녀의 다리를 살펴보며 말했다. "뼈에 금이 갔습니다. 한 군데뿐인 것 같지만요."

"마쉬, 마쉬를 돌봐줘요." 그녀가 탈진한 채 말했다.

"마쉬?" 세이즈드가 물었다. 그는 약간 떨어져 있는 바닥에서 조금씩 몸을 움직이는 심문관을 보았다.

"잊힌 신들이시여!" 세이즈드는 마쉬의 옆으로 가며 말했다.

마쉬는 신음하며 일어나 앉았다. 그는 한 팔로 배를 살살 받쳤다.

"이게…… 뭐지……?"

빈은 약간 떨어진 땅바닥에 놓인 시든 사람의 형체를 보았다.

"그예요, 로드 룰러. 그는 죽었어요."

세이즈드가 호기심에 차 눈살을 찌푸리며 일어섰다. 그는 갈색 로브를 입었고, 단순한 나무창을 가져왔다. 빈은 그런 보잘것없는 무기로 자기와 마쉬를 거의 죽일 뻔했던 생물과 대결하려던 세이즈드의 생각에 고개를 흔들었다.

'물론 어떻게 보면 우리 모두 똑같이 쓸모없었어. 로드 룰러가 아니라 우리가 죽는 게 당연했어.

나는 그의 팔찌를 당겨서 떼어냈어. 왜지? 왜 그가 할 수 있는 일을 내가 할 수 있는 거지?

왜 난 다르지?'

"미스트리스……." 세이즈드가 천천히 말했다. "그는 죽지 않은 것 같습니다. 그는…… 아직 살아 있습니다."

"뭐라고요?" 빈이 얼굴을 찡그리며 말했다. 그 순간에는 생각조차 하기 힘들었다. 질문은 나중에 정리할 시간이 있을 것이다. 세이즈드의 말이 옳았다. 그 노인은 죽지 않았다. 가련한 모습으로 바닥을 기어 깨진 창 쪽으로 가고 있었다. 그의 팔찌가 사라진 방향이었다.

마쉬가 비틀거리며 일어났다. 그는 손을 흔들어 세이즈드의 보살핌을 거절했다.

"난 금방 나을 거야. 저 애를 돌봐줘."

"날 일으켜줘요." 빈이 말했다.

"미스트리스……" 세이즈드가 못미땅한 듯이 말했다.

"제발요, 세이즈드."

그는 한숨을 쉬며 그녀에게 나무창을 건네주었다.

"여기요. 여기 기대세요." 그녀는 창을 받아 들었고, 그는 그녀가 일어나도록 도와주었다.

빈은 창 자루에 몸을 기댄 채 마쉬와 세이즈드와 함께 로드 룰러 쪽으로 절뚝거리며 걸어갔다. 기어 다니던 로드 룰러는 방 가장자리에 닿아 부서진 창으로 도시를 내다보았다.

빈의 발걸음 아래서 깨진 유리 조각들이 바사삭거렸다. 사람들이 아래에서 다시 환호했지만, 그녀는 그들을 볼 수도 없었고 왜 환호하는지도 알 수 없었다.

"잘 들으세요." 세이즈드가 말했다. "잘 들어요, 우리 신이 될 수도 있었을 양반아. 저 환호 소리가 들립니까? 저 환호는 당신을 위한 게 아닙니다. 저 사람들은 한 번도 당신에게 환호하지 않았어요. 그들은 오늘 밤 새 지도자를, 새 자부심을 찾았어요."

"내…… 오블리게이터들……." 로드 룰러가 속삭였다.

"당신 오블리게이터들은 당신을 잊어버릴 거야." 마쉬가 말했다. "그건 내가 처리하겠다. 다른 심문관들은 죽었어. 내 손으로 죽여버렸지. 하지만 프렐란들이 모여서 당신이 심문 캔턴에 권력을 이양하는 모습을 봤어. 나는 루서델에 단 하나 남은 심문관이야. 이제 내가 당신 교회를 통치할 거다."

"안 돼……." 로드 룰러가 속삭였다.

마쉬와 빈, 세이즈드는 녹초가 된 채 모여 서서 노인을 내려다보고 있었다. 아침 빛 가운데, 빈은 아래쪽에서 엄청난 수의 사람들이 커다란 연단 앞에 모여 있는 것을 보았다. 그들은 경의의 표시로 무기를 높이 치켜들고 있었다.

로드 룰러는 군중에게 눈길을 던졌다. 그러자 마침내 자기가 실패했다는 깨달음을 얻은 것 같았다. 그는 다시 자신을 이긴 사람들이 둥그렇게 서 있는 곳을 올려다보았다.

"너희는 이해하지 못해." 그가 씨근거렸다. "너희는 내가 인류를 위해 무엇을 하는지 몰라. 너희가 알지 못했어도, 나는 너희 신이었다. 나를 죽임으로써 너희는 스스로 파멸을 불러왔어……."

빈은 마쉬와 세이즈드를 흘끗 쳐다보았다. 그들은 천천히 고개를 끄덕였다. 로드 룰러는 기침을 하기 시작했다. 그는 더 늙어가고 있는 것 같았다.

빈은 부러진 다리의 고통으로 이를 악물며 세이즈드에게 기댔다.

"당신에게 우리 친구의 메시지를 가져왔어." 그녀가 조용히 말했다. "그는 자기가 죽지 않았다는 걸 당신에게 알려주길 바랐어. 그는 죽일 수 없어.

그는 희망이니까."

그녀는 창을 들어 로드 룰러의 심장에 찔러 넣었다.

에필로그

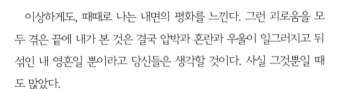

이상하게도, 때때로 나는 내면의 평화를 느낀다. 그런 괴로움을 모두 겪은 끝에 내가 본 것은 결국 압박과 혼란과 우울이 일그러지고 뒤섞인 내 영혼일 뿐이라고 당신들은 생각할 것이다. 사실 그것뿐일 때도 많았다.

그러나 이제는 평화가 흐른다.

나는 이따금 그것을 느낀다. 고요한 아침에 얼어붙은 절벽들과 유리 같은 산들을 내다보며, 너무나 웅장해서 비할 바 없는 해돋이를 지켜보며 지금 느끼는 것처럼.

예언이 있다면, '영원의 영웅'이 있다면, 그렇다면 내 길을 가리켜줄 뭔가가 있을 거라고 마음이 속삭인다. 뭔가가 지켜보고 있다. 뭔가가 보살펴주고 있다. 이 평화로운 속삭임은 내가 매우 믿고 싶은 진실을 말한다.

내가 실패하면, 다른 사람이 와서 내 일을 완수할 것이다.

"마스터 마쉬, 제가 내릴 수 있는 유일한 결론은 로드 룰러가 페루케미스트이자 알로맨서였다는 것입니다." 세이즈드가 말했다.

빈은 스카 빈민가 가장자리의 빈 건물 위에 앉아 얼굴을 찌푸렸다. 세이즈드가 조심스럽게 부목을 대준 부러진 다리가 옥상 가장자리에 매달려 공중에서 달랑거리고 있었다.

그녀는 그날 대부분을 자면서 보냈다. 곁에 서 있는 마쉬도 그런 것 같았다. 세이즈드는 빈이 살아남았다는 메시지를 나머지 패거리들에게 전했다. 다른 사람들 중에 심한 부상자는 없는 것 같았다. 빈은 기뻤지만, 아직 그들에게 가보지는 않았다. 세이즈드는 그들에게 그녀가 쉬어야 한다고 말했고, 그들은 엘렌드의 새 정부를 세우느라 바빴다.

"페루케미스트이자 알로맨서라." 마쉬는 생각에 잠겨 말했다. 그는 정말로 재빨리 회복되었다. 빈은 아직 멍이 들어 있고 뼈에 금이 가고 싸움에서 입은 벤상처들이 그대로 있었는데, 그는 이미 부러진 갈비뼈가 다 나은 것 같았다. 그는 한 팔을 무릎에 괴고 아래로 몸을 기울여 눈 대신 대못으로 도시를 내다보았다.

'그는 어떻게 볼 수 있는 걸까?' 빈은 궁금했다.

"예, 마스터 마쉬." 세이즈드가 설명했다. "그러니까, 페루케미스트는 젊음을 저장할 수 있습니다. 하지만 아주 쓸모없는 일입니다. 1년 더 젊게 보이고 젊은 기분을 느끼는 능력을 저장하기 위해서는 1년을 더 늙어 보이고 늙은 몸인 채로 살아야 하니까요. 키퍼들이 그 능력을 위장용으로 사용한 경우는 많았습니다. 나이를 바꿔 다른 사람들을 속이고 숨는 거죠. 그러나 아무도 그 능력이 그 이상 소용 있다고 생각한 적은 없습니다.

그러나 페루케미스트이자 동시에 알로맨서라면 자기 금속 저장고를 태우면서 그 안의 에너지를 열 배로 쓸 수 있을지도 모릅니다. 미스트리스 빈은 제 금속을 태워보려고 한 적이 있었지만 그 힘에 접근할 수 없었습니다. 하지만 직접 페루케미스트 저장고를 보충할 수 있고, 그런 다음 여분의 힘을 얻기 위해 태운다면……."

마쉬는 얼굴을 찌푸렸다.

"자네 말을 못 따라가겠네, 세이즈드."

"죄송합니다." 세이즈드가 말했다. "알로맨시와 페루케미 이론 양쪽에 대한 배경지식이 없으면 아마 이해하기 힘드실 겁니다. 제가 더 잘 설명해보겠습니다. 알로맨시와 페루케미의 가장 큰 차이가 뭘까요?"

"알로맨시는 금속에서 힘을 뽑아내지. 페루케미는 사람의 몸에서 힘을 뽑고." 마쉬가 말했다.

"바로 그겁니다." 세이즈드가 말했다. "제가 추측하기로는, 로드 룰러는 이 두 가지 능력을 결합시킨 것 같습니다. 그는 페루케미에서만 쓸 수 있는 속성 한 가지를 사용했습니다. 자기 나이를 바꾸는 속성이죠. 하지만 알로맨시로 연료를 공급했습니다. 자기가 만들었던 페루케미 저장고를 태워서 실제로 자기가 쓸 새 알로맨시 금속을 만든 겁니다. 그가 그것을 태우면 더 젊어지는 거죠. 제 추측이 옳다면, 그는 대부분의 힘을 자기 몸보다는 금속에서 뽑아 쓰고 있었기 때문에 젊음을 무한정 얻을 수 있었을 겁니다. 그는 때때로 나이를 먹는 시간을 약간만 보내면 되는 거지요. 자기가 태울 페루케미 저장분을 확보해 계속 젊은 채로 있기 위해서요."

"그러면 그 저장고를 태우기만 해도 처음보다 더 젊어질 수 있었을까?" 마쉬가 말했다.

"그는 남는 젊음을 다른 페루케미 저장고 안에 두었을 거라고 생각합니다." 세이즈드가 설명했다. "아시다시피 알로맨시는 매우 화려합니다. 알로맨시 힘은 보통 터지고 폭발하면서 나오지요. 하지만 로드 룰러는 그 젊음을 한꺼번에 쓰고 싶지는 않았을 겁니다. 그

래서 천천히 뽑아 쓰면서 젊음을 지킬 수 있도록 금속 조각 안에
저장해놓았겠지요."

"그 팔찌?"

"예, 마스터 마쉬. 그렇지만 페루케미의 힘은 쓸수록 그만큼 줄
어드는 결과를 가져옵니다. 예를 들면, 자기 몸을 보통 사람보다 네
배 강하게 만들려면 두 배 강하게 만들 때와는 달리 비례하는 기운
보다 더 많은 기운이 들죠. 로드 룰러의 경우, 그가 나이를 먹지 않
기 위해서는 점점 더 많은 젊음을 써야 한다는 뜻이 됩니다. 미스트
리스 빈이 그 팔찌를 빼내자 그는 믿을 수 없을 정도로 빠르게 나
이를 먹었습니다. 그의 몸이 원래 그래야 할 상태로 돌아간 것이지
요."

빈은 서늘한 저녁 바람 속에 앉아 벤처 아성 쪽을 바라보았다. 아
성은 불빛으로 환했다. 정부 수립 후 하루도 지나지 않았는데 엘렌
드는 이미 스카와 귀족 지도자들을 만나고, 새 나라에 쓸 법전의
초안을 잡고 있었다.

빈은 조용히 앉은 채 자기 귀걸이를 만지작거렸다. 그녀는 그 귀
걸이를 왕좌의 방에서 되찾았고, 귀의 찢어진 상처가 낫기 시작하
자마자 도로 걸었다. 그녀도 왜 자기가 그걸 간직하는지 알 수 없었
다. 아마도 그 귀걸이가 그녀와 린을, 그리고 그녀를 죽이려 했던
어머니를 연결시켜주는 고리이기 때문이리라. 아니면, 그저 미스
트본이 되기 전의 그녀의 시간과 현재를 연결시켜주기 때문인지도
몰랐다.

아직 알로맨시에 대해서는 배워야 할 것이 많았다. 천 년 동안 귀

족들은 심문관과 로드 룰러의 말만 믿었다. 그들은 어떤 비밀들을 감추었고, 어떤 금속들을 숨겨두었을까?

"그러면 로드 룰러는…… 불멸이 되려고 속임수를 쓴 것뿐이네요." 그녀가 마침내 말했다. "그가 진짜 신은 아니었다는 뜻이에요, 맞죠? 그는 운이 좋았을 뿐이에요. 페루케미스트면서 알로맨서인 사람이라면 누구든지 그가 한 일을 할 수 있었을 거예요."

"그런 듯합니다, 미스트리스." 세이즈드가 말했다. "그래서 그가 키퍼들을 그렇게 두려워했을 겁니다. 그는 페루케미 기술이 알로맨시처럼 유전이라는 것을 알기 때문에 페루케미스트들을 사냥하고 죽였지요. 테리스 혈통이 제국 귀족의 혈통과 섞인다면 그에게 도전할 수 있는 아이가 나올 확률이 높아지니까요."

"그래서 번식 프로그램을 시행했군." 마쉬가 말했다.

세이즈드가 고개를 끄덕였다.

"절대 테리스인과 보통 사람이 혼혈 아이를 낳지 못하도록 해야 했으니까요. 페루케미의 잠재력을 물려주지 않기 위해서요."

"하지만 로드 룰러의 힘이 페루케미와 알로맨시의 혼합으로 나온 거라면 '승천의 우물'에서는 무슨 일이 일어났던 걸까요?" 빈이 얼굴을 찌푸리며 말했다. "누군지는 모르지만, 그 일기책을 쓴 사람은 어떤 힘을 발견했던 걸까요?"

"그건 모르지요, 미스트리스." 세이즈드가 조용히 말했다.

"당신 설명으로 모든 것이 풀리지는 않아요." 빈이 고개를 저으며 말했다. 그녀는 자신의 이상한 능력에 대해서는 아직 말하지 않았지만, 로드 룰러가 왕좌의 방에서 했던 일을 이야기했다. "그는 아주 강력했어요, 세이즈드. 난 그의 알로맨시를 느낄 수 있었어요. 그는 내 몸속의 금속을 '밀' 수 있었어요! 아마 그는 저장고를 태워서 자기 페루케미를 강하게 만들 수 있었겠죠. 하지만 그는 어떻게 그렇게 강한 알로맨시 힘을 갖게 되었을까요?"

세이즈드는 한숨을 쉬었다.

"이 질문들에 대답할 수 있는 단 한 사람이 오늘 아침 죽어버리지 않았을까 생각합니다."

빈은 멈칫했다. 로드 룰러는 세이즈드의 민족이 수 세기 동안 찾아 헤맸던 테리스 종교의 비밀을 갖고 있었다.

"미안해요. 내가 그를 죽이지 말았어야 했나 봐요."

세이즈드는 고개를 저었다.

"어쨌든 곧 나이를 먹어 죽었을 겁니다, 미스트리스. 당신이 한 일은 옳았습니다. 그렇게 해서 저는 로드 룰러가 자기가 억압했던 스카 중 한 명에게 쓰러졌다고 기록할 수 있겠지요."

빈의 얼굴이 붉어졌다.

"기록한다고요?"

"물론입니다. 저는 여전히 키퍼입니다, 미스트리스. 저는 이런 것들…… 역사와 사건들, 진실들을 물려줘야 합니다."

"……나에 대해서는 많이 말하지 않을 거죠? 그렇죠?" 왜인지는 몰라도 다른 사람에게 자기 이야기를 한다고 생각하자 그녀는 마음이 불편해졌다.

"저라면 별로 걱정하지 않을 겁니다, 미스트리스." 세이즈드가 미소를 지으며 말했다. "형제들과 저는 매우 바쁠 것 같습니다. 저장해야 할 것도 아주 많고, 세상에 이야기해야 할 것도 아주 많습니다……. 당신에 대한 세세한 이야기는 꼭 해야 할 때가 오면 전해질 거라고 생각합니다. 저는 일어난 일을 기록하겠지요. 하지만 원하신다면 한동안은 저 혼자 간직할 겁니다."

"고마워요." 빈이 고개를 끄덕이며 말했다.

"로드 룰러가 동굴 속에서 발견했다는 그 힘은 알로맨시였을 뿐인지도 몰라." 마쉬가 생각에 잠겨 말했다. "'승천' 이전에는 알로맨서에 대한 기록이 없다면서."

"그럴 가능성도 있군요, 마스터 마쉬." 세이즈드가 말했다. "알로맨시의 기원에 대한 전설은 거의 없고, 남아 있는 전설도 거의 모두가 알로맨서들이 처음에 '안개와 함께 나타났다'고 전합니다."

빈은 얼굴을 찌푸렸다. 그녀는 언제나 '미스트본'이라는 칭호가 알로맨서들이 밤에 활동하는 경향 때문에 생긴 거라고 추측하고 있었다. 안개와 더 강한 연관이 있을 거라고는 한 번도 생각해보지 못했다.

'안개는 알로맨시에 반응해. 알로맨서가 근처에서 자기 능력을 쓰면 안개가 회오리치지. 그리고…… 내가 마지막에 뭘 느꼈더라? 마치 안개에서 뭔가를 뽑아 쓴 것 같았어.'

무엇을 했는지 몰라도 그녀는 그 일을 되풀이할 수 없을 것이다.

마쉬는 한숨을 쉬고 일어섰다. 그는 겨우 몇 시간 깨어 있었을 뿐이지만 벌써 지쳐 보였다. 그는 대못의 무게 때문에 처진 것처럼 아래로 약간 머리를 숙이고 있었다.

"그거…… 아픈가요, 마쉬?" 그녀가 물었다. "그 대못 말이에요."

그는 멈칫했다.

"그래. 열한 개 모두…… 둥둥 울려. 왠지는 몰라도 내 감정에 반응해서 고통이 오는 것 같아."

"열한 개요?" 빈이 충격에 빠져 물었다.

마쉬가 고개를 끄덕였다.

"머리에 두 개, 가슴에 여덟 개, 하나는 그걸 한꺼번에 봉해놓기 위해 등에다 박지. 심문관을 죽이는 방법은 그것밖에 없어. 위에 있는 대못과 아래의 대못을 분리해야 해. 켈은 목을 베어서 그 일을 해냈지만, 그냥 가운데 대못을 잡아 빼는 게 더 쉬워."

"우린 당신이 죽은 줄 알았어요. '달래기' 지소에서 흥건한 피와 시체를 발견하고는……" 빈이 말했다.

마쉬는 고개를 끄덕였다.

"살아남았다는 말을 전하려고 했지만 그들은 그 첫날에 나를 아주 단단히 감시했어. 켈이 그렇게 빨리 움직일 줄은 몰랐어."

"우리 모두 몰랐지요, 마스터 마쉬." 세이즈드가 말했다. "우리 모두 전혀 몰랐습니다."

"켈은 정말 그 일을 해냈어, 안 그래?" 마쉬가 경탄으로 고개를 저으며 말했다. "그 망할 놈. 난 그놈이 한 일 두 가지는 절대 용서하지 않을 거야. 첫 번째는 '마지막 제국'을 타도하겠다는 내 꿈을 훔쳐 가서 실제로 성공시켜버린 것."

빈은 멈칫했다.

"두 번째는요?"

마쉬는 대못이 박힌 머리를 그녀 쪽으로 돌렸다.

"그 일을 하느라 자기가 죽어버린 것."

"여쭤봐도 될지 모르겠습니다만, 마스터 마쉬. 미스트리스 빈과 마스터 켈시어가 '달레기' 지소에서 발견한 그 시체는 누구였습니까?"

마쉬는 다시 도시를 바라보았다.

"사실 시체는 여러 구었어. 새 심문관을 만드는 방법은…… 지저분해. 이야기하지 않는 게 낫겠어."

"물론입니다." 세이즈드가 고개를 숙이며 말했다.

"하지만 켈시어가 로드 르노를 흉내 내느라 쓴 그 생물에 대해서는 내게 말해줄 수 있겠지?" 마쉬가 말했다.

"칸드라 말입니까?" 세이즈드가 말했다. "키퍼들도 그들에 대해서는 별로 아는 게 없는 것 같습니다. 칸드라는 안개유령과 관계가 있습니다. 아마 같은 생물일 겁니다. 나이를 더 먹은 것뿐이죠. 악명 때문에 그들은 보통 남의 눈에 띄지 않는 쪽을 선호합니다. 어떤 귀족 가문들에서는 때때로 그들을 고용하지만요."

빈은 얼굴을 찌푸렸다.

"그러면…… 켈은 왜 그냥 이 칸드라에게 자기를 흉내 내 대신 죽도록 시키지 않았을까요?"

"아, 그건……." 세이즈드가 말했다. "그러니까, 미스트리스. 칸드라가 누군가를 흉내 내기 위해서는 먼저 그 사람의 살을 삼키고 뼈를 흡수해야 합니다. 칸드라는 안개유령과 비슷합니다. 자기 자신은 뼈가 없지요."

빈은 몸을 떨었다.

"아……."

"그런데 그는 돌아왔어." 마쉬가 말했다. "그 생물은 더 이상 내 동생의 시체를 쓰고 있지 않아. 다른 자를 먹었어. 하지만 너를 찾으러 돌아왔어, 빈."

"저를요?" 빈이 물었다.

마쉬가 고개를 끄덕였다.

"켈시어가 죽기 전에 너에게 계약을 이전시켰다는 이야기를 했어. 그 짐승은 너를 자기 주인으로 생각하는 것 같아."

빈은 몸을 떨었다.

'그…… 것은 켈시어의 시체를 먹었어.'

"난 그걸 곁에 두고 싶지 않아요. 멀리 보내버릴 거예요." 그녀가 말했다.

"그렇게 서두르지 마십시오, 미스트리스." 세이즈드가 말했다. "칸드라는 값비싼 하인입니다. 그들에게는 아티움을 지불해야 합니다. 켈시어가 계약을 연장하는 조건으로 칸드라를 샀다면, 그걸 낭비하는 게 어리석은 일일 겁니다. 앞으로 몇 달 동안 칸드라는 매우 쓸모 있는 동맹자가 될 수 있습니다."

빈은 고개를 저었다.

"상관없어요. 저것이 무슨 짓을 하는지 알고 나니 주위에 두고 싶지 않아요."

세 사람은 침묵에 빠졌다. 마침내 마쉬가 한숨을 쉬며 일어났다.

"어쨌든, 괜찮다면 나는 아성에 가서 모습을 보여야겠어. 새 왕이 내가 미니스트리를 대표해 협상하기를 바라니까."

빈은 얼굴을 찌푸렸다.

"왜 미니스트리가 발언권을 얻을 자격이 있는지 모르겠어요."

"오블리게이티들은 아직 매우 강력합니다, 미스트리스." 세이즈
드가 말했다. "그리고 그들은 '마지막 제국'에서 가장 효율적이고
잘 훈련된 관료 집단입니다. 폐하가 그들을 당신 편으로 끌어들이
려고 하신다면, 그리고 마스터 마쉬가 이 일을 도울 수 있다는 걸
아신다면 현명하신 겁니다."

마쉬는 어깨를 으쓱했다.

"물론 내가 정교 캔턴을 지배할 수 있게 된다면 미니스트리
는…… 다음 몇 년 동안 많이 바뀌어야겠지. 나는 천천히 조심스럽
게 움직일 거야. 하지만 내가 일을 다 끝내면…… 오블리게이터들
은 자기들이 무엇을 잃어버렸는지도 모르게 될걸. 그렇지만 다른
심판관들이 문제를 제기할 수도 있지."

빈은 고개를 끄덕였다.

"루서델 바깥에는 심문관이 얼마나 많지요?"

"모르겠어." 마쉬가 말했다. "나는 심문관 형제단에 들어간 지 얼
마 되지 않아서 그걸 없애버렸으니까. 그렇지만 '마지막 제국'은 넓
어. 제국에는 심판관이 스무 명 정도 있다고 이야기하는 사람들이
많지만 구체적인 숫자를 꼭 집어 말할 수는 없어."

빈이 고개를 끄덕이자 마쉬는 떠났다. 그러나 심문관들의 비밀
을 알게 되자 그들은 이제 훨씬 가벼운 걱정거리가 되었다. 그녀는
다른 것을 더 걱정하고 있었다.

'너희는 내가 인류를 위해 무엇을 하는지 몰라. 너희가 알지 못했

어도, 나는 너희 신이었다. 나를 죽임으로써 너희는 스스로 파멸을 불러왔어……'

로드 룰러의 마지막 말. 당시에는 그가 '인류를 위해 하는' 일이라는 게 '마지막 제국' 이야기인 줄 알았다. 그러나 그녀는 더 이상 그렇게 확신할 수가 없었다. 그의 눈에는…… 그 말을 할 때 그의 눈에는 자부심이 아니라 공포가 어려 있었다.

"세이즈?" 그녀가 말했다. "'디프니스'가 뭐예요? 일기책의 '영웅'이 이긴다는 거 말예요."

"저도 알고 싶습니다, 미스트리스."

"하지만 그건 오지 않았죠, 맞죠?"

"그런 것 같습니다." 세이즈드가 말했다. "전설들은 '디프니스'를 막을 수 없다면 세계 자체가 파괴될 것이라고 입을 모아 말합니다. 물론 과장된 이야기들일 수도 있습니다. '디프니스'의 위험은 사실 로드 룰러 자신뿐이었을지도 모릅니다. '영웅'의 싸움은 양심의 싸움일 뿐이었겠죠. 그는 세계를 지배하느냐 자유롭게 놓아두느냐 사이에서 선택해야 했습니다."

빈에게는 그 이야기가 맞는 것처럼 들리지 않았다. 뭔가가 더 있었다. 그녀는 로드 룰러의 눈 속에 있던 두려움을 떠올렸다. 공포를.

'그는 "한"이 아니라 "하는"이라고 말했어. "내가 인류를 위해 무엇을 하는지". 그건 그가 여전히 그 일을 하고 있다는 뜻이야. 그게 무슨 일이건 간에.'

'너희는 스스로 파멸을 불러왔어……'

그녀는 저녁 공기 속에서 떨었다. 해가 지고 있었다. 불이 환한 벤처 아성을 보기가 훨씬 더 쉬워졌다. 엘렌드는 당분간 벤처 아성을 본부로 선택했다. 그레딕 쇼로 옮겨 갈지 어떨지 모르지만, 그는 아직 결정하지 않았다.

"그에게 가봐야 합니다, 미스트리스." 세이즈드가 말했다. "당신이 괜찮다는 걸 확인시켜야지요."

빈은 즉시 대답하지 않았다. 그녀는 도시 위를 내다보며, 어두워지는 하늘을 배경으로 둔 밝은 아성을 지켜보았다.

"당신도 거기 있었어요, 세이즈드?" 그녀가 물었다. "그의 연설을 들었어요?"

"예, 미스트리스." 그가 말했다. "일단 보물 창고에 아티움이 없다는 것을 확인하자 로드 벤처는 우리에게 와서 자기를 도와줘야 한다고 주장했습니다. 저는 거기에 찬성하는 쪽입니다. 우리는 양쪽 다 전사들이 아니고, 저에게는 아직 페루케미 저장고가 없습니다."

'아티움이 없다니.' 빈은 생각했다. '이 모든 일을 겪은 다음에, 아티움을 하나도 발견하지 못했어. 로드 룰러는 그걸 갖고 대체 뭘 했을까? 아니면…… 다른 사람이 그걸 먼저 손에 넣은 걸까?'

"마스터 엘렌드와 제가 군대를 찾아냈을 때, 반역도들은 궁전 군인들을 학살하고 있었습니다. 궁전 경비대 중 몇 명은 항복하려 했지만 우리 군인들이 받아주지 않았습니다. 그건…… 심란해지는 광경이었습니다, 미스트리스. 당신의 엘렌드…… 그는 자기가 본 광경을 좋아하지 않았습니다. 그곳에서 그가 스카 앞에 섰을 때 저는 스카들이 그도 죽일 거라고 생각했습니다."

세이즈드는 잠시 말을 멈추고 고개를 조금 더 꼿꼿이 세웠다.

"하지만…… 그가 했던 말들, 미스트리스…… 새 정부의 꿈, 유혈과 혼란에 대한 비난…… 음, 미스트리스. 그걸 되풀이할 수는 없을 것 같습니다. 저는 그 말들을 정확히 기억할 수 있도록 메탈마인드를 갖고 있었으면 하고 생각했습니다."

그는 한숨을 쉬며 고개를 저었다.

"그렇지만 마스터 브리즈가 그 폭동을 진정시키는 데 매우 큰 역할을 했다고 생각합니다. 일단 한 무리가 마스터 엘렌드에게 귀를 기울이기 시작하자 다른 무리들도 귀를 기울였고, 거기서부터…… 뭐, 귀족이 왕이 된 건 좋은 일이라고 생각합니다. 마스터 엘렌드는 우리의 통치에 합법성을 부여하고, 그를 우리 얼굴로 내세우면 귀족과 상인들의 지원을 더 받을 수 있을 거라고 생각합니다."

빈은 미소를 지었다.

"켈은 우리에게 화를 낼 거예요, 그렇죠? 자기가 이 일을 전부 다 했는데, 우리는 방향을 바꿔서 귀족을 왕좌에 앉혔다고."

세이즈드는 고개를 저었다.

"아, 하지만 더 중요한 점을 고려해야 한다고 생각합니다. 우리는 왕좌에 귀족을 앉히기만 한 게 아니지요. 우리는 좋은 사람을 앉혔습니다."

"좋은 사람……. 네, 이제는 그런 사람을 몇 명 아는 것 같아요." 빈이 말했다.

빈은 벤처 아성 위에 서린 안개 속에 무릎을 꿇고 있었다. 금이 간 다리 때문에 밤에 돌아다니기 어려웠지만, 그녀는 대부분의 힘을 알로맨시에서 끌어 쓰고 있었다. 칙칙하지만 조심해서 부드럽게 하면 괜찮았다.

밤이 왔고, 안개가 그녀를 둘러쌌다. 그녀를 보호하고, 숨겨주고, 그녀에게 힘을 주며······.

엘렌드 벤처는 아래쪽 책상에 앉아 있었다. 빈이 사람 몸을 던져 넣은 후로 아직 수리하지 않은 채광창 아래였다. 그는 그녀가 위에서 웅크리고 있는 것을 알아채지 못했다. 누가 알아챌 수 있을 것인가? 누가 자기 활동 범위 안에 있는 미스트본을 본 적이 있는가? 그녀는 어떤 의미로는 '열한 번째 금속'이 만들어낸 그림자 이미지 같았다. 형체가 없고, 진짜가 될 수도 있었던 것.

될 수도 있었던······.

전날의 사건들은 정리하기가 힘들었다. 감정 쪽은 훨씬 더 엉망진창이었기 때문에 빈은 자신의 감정을 이해하려 들지도 않았다. 그녀는 아직 엘렌드에게 가보지 않았다. 그럴 수가 없었다.

그녀는 그를 내려다보았다. 그는 등잔불 빛의 영역 안쪽에 놓인 책상에 앉아 뭔가를 읽으면서 작은 공책에 메모를 하고 있었다. 아까 그가 주재한 회의는 잘된 것 같았다. 모든 사람들이 기꺼이 그를 왕으로 받아들이는 것 같았다. 그러나 마쉬는 그들의 지원 뒤에는 정치적 계산들이 있다고 속삭였다. 귀족들은 엘렌드를 그들이 조종할 수 있는 꼭두각시로 보았고, 스카 지도부 안에서도 이미 당파들이 나타나고 있었다.

그러나 엘렌드는 마침내 자기가 꿈꾸던 법전의 초안을 잡을 기회가 생겼다. 그는 자신이 그토록 오랫동안 공부해온 학자들의 이론을 적용해서 완벽한 나라를 창조해보려는 시도를 할 수 있었다. 그리고 빈은 결국은 그가 꿈같은 이상보다 훨씬 더 현실적인 선에서 타협을 해야 하지 않을까 생각했다. 사실 그것은 중요하지 않았다. 그는 좋은 왕이 될 것이다.

'물론 로드 룰러와 비교하면 잿더미를 쌓아놓는다 해도 좋은 왕이겠지……'

그녀는 엘렌드에게 가고 싶었다. 따뜻한 방 안으로 떨어져 내리고 싶었다. 그러나…… 뭔가가 그녀를 막았다. 그녀는 최근에 운의 부침을 너무 많이 겪었고, 감정적인 긴장에 너무 많이 시달렸다. 알로맨시 면에서도 알로맨시를 제외한 면에서도. 그녀는 자기가 뭘 원하는지 더 이상 확실히 알 수 없었다. 자기가 빈인지 발레트인지, 아니면 둘 중 어느 쪽이 되고 싶은지도 확신할 수 없었다.

그녀는 안개 속에서, 조용한 어둠 속에서 추위를 느꼈다. 안개는 힘을 주고, 보호해주고, 숨겨준다…… 그녀가 세 가지 중 아무것도 원하지 않을 때조차도.

'난 그럴 수 없어. 그와 함께 있어야 하는 사람, 그 사람은 내가 아니야. 그건 환영이고 꿈이었어. 나는 그늘 속에서 자란 아이야. 혼자여야 하는 여자애. 난 이런 걸 받을 자격이 없어.

나는 그와 사귈 자격이 없어.'

다 끝났다. 그녀가 예상했던 것처럼, 모든 것이 변하고 있었다. 사실 그녀는 절대 훌륭한 귀족 여성 노릇은 하지 못했다. 그녀가 잘

하는 일로 돌아갈 시간이었다. 파티와 무도회가 아니라 안개 속에서 벌어지는 일들로.

기야 할 때였다.

그녀는 떠나기 위해 돌아섰다. 눈물이 괴는 것을 무시하고, 그녀는 스스로에게 절망했다. 그녀는 그를 떠났다. 그녀는 어깨를 늘어뜨린 채 절뚝거리며 금속 지붕 위를 걸어 안개 속으로 사라지려 했다.

그러나 그때……

'그 녀석은 네가 몇 년 전에 이미 굶어 죽었다고 다짐하며 죽었어.'

온갖 혼란스러운 일을 겪느라 빈은 심문관이 린에 대해서 한 말을 거의 잊어버리고 있었다. 하지만 이제 그 기억이 떠오르자 그녀는 멈춰 섰다. 안개가 스쳐 지나며 소용돌이치고, 그녀를 어루만졌다.

린은 그녀를 버리지 않았다. 그는 자신들의 적이 불법으로 낳은 아이, 즉 빈을 찾고 있던 심문관들에게 붙잡혔다. 그들은 그를 고문했다.

그리고 그는 그녀를 보호하다 죽었다.

'린은 날 배신하지 않았어. 언제나 그러겠다고 했지만 결국 그러지 않았어.' 그는 완벽한 오빠와는 거리가 멀었지만, 그래도 그녀를 사랑했다.

마음 한구석에서 목소리가 속삭였다. 린의 목소리였다.

'돌아가.'

다른 생각이 들기 전에 그녀는 절뚝거리며 깨진 채광창으로 도로 달려가서 아래쪽 마루에 동전 한 닢을 떨어뜨렸다.

엘렌드는 호기심에 차서 소리 난 곳을 돌아보았다. 그는 동전을 보더니 고개를 들었다. 일 초 후, 빈은 창에서 떨어져 내려갔다. 그녀는 몸을 위로 '밀어' 낙하 속도를 늦추고는 성한 다리 한쪽으로만 착지했다.

"엘렌드 벤처." 그녀는 일어서면서 말했다. "얼마 전부터 당신에게 이야기하려던 것이 있어요." 그녀는 말을 멈추고, 눈을 깜박여 눈물을 씻어버렸다. "당신은 책을 너무 많이 읽어요. 특히 숙녀가 있는 곳에서."

그는 미소 지으며 의자를 박차고 일어나 그녀를 굳게 껴안았다. 빈은 눈을 감고 그의 품의 온기만을 느꼈다.

그리고 그녀가 진짜로 원한 것은 그것뿐이었음을 깨달았다.

부록

아르스 아르카눔
(ARS ARCANUM, 신비의 기술)

알로맨시에 대한 간략한 참조표

금속	효과	미스팅의 이름
☽ 철	근처의 금속을 당긴다	러처
↬ 강철	**근처의 금속을 민다**	**코인샷**
⏁ 주석	감각을 강화시킨다	틴아이
⏁ 백랍	**육체적 능력을 강화시킨다**	**백랍팔, 써그**
℘ 아연	감정을 격동시킨다	라이오터
↷ 황동	**감정을 달랜다**	**수더**
℧ 구리	알로맨시를 숨긴다	스모커
℧ 청동	**알로맨시를 드러낸다**	**시커**

- 외부에 힘을 미치는 금속은 기울임체로, '미는' 금속은 굵은 글씨로 나타냈다

알로맨시 참조

강철(외적/물리적/미는 금속): 강철을 태우는 사람은 반투명한 파란 선이 가까이 있는 금속 원천을 가리키는 것을 볼 수 있다. 선의 크기와 밝기는 금속 원천의 크기와 그것과의 거리에 달려 있다. 강철의 원천만이 아니라 모든 종류의 금속에서 보인다. 알로맨서는 마음속으로 이 선을 '밀어'서 그 금속의 원천을 자기에게서 밀어 보낼 수 있다. 강철을 태울 수 있는 미스팅은 코인샷이라고 한다.

구리(내적/정신적/당기는 금속): 구리를 태우는 사람은 보이지 않는 구름을 내뿜는다, 그 구름 안에 있는 사람은 누구든지 시커의 감각에 잡히지 않는다. '구리구름' 안에 있으면 알로맨서는 원하는 대로 어떤 금속이든 태울 수 있지만 누군가가 청동을 태워 알로맨시 맥박을 느낄까 봐 걱정하지 않아도 된다. 부수적인 효과로, 구리를 태우는 사람은 어떤 종류의 감정적 알로맨시('달래기'나 '격동시키기')에도 면역이 된다. 구리를 태울 수 있는 미스팅은 스모커라고 한다.

라이오터: 아연을 태울 수 있는 미스팅.

러처 : 철을 태울 수 있는 미스팅.

백랍(내적/물리적/미는 금속): 백랍을 태우는 사람은 자기 신체의 물리적 속성을 강화시킨다. 그들은 더 강해지고, 더 오래 버틸 수 있고, 더 민첩해진다. 백랍은 몸의 균형 감각과 상처에서 회복되는 능력도 증진시킨다. 백랍을 태울 수 있는 미스팅은 백랍팔이나 써그라고 한다.

백랍팔: 백랍을 태울 수 있는 미스팅.

수더: 황동을 태울 수 있는 미스팅.

스모커: 구리를 태울 수 있는 미스팅.

시커: 청동을 태울 수 있는 미스팅.

써그: 백랍을 태울 수 있는 미스팅.

아연(외적/정신적/당기는 금속): 아연을 태우는 사람은 다른 사람의 감정을 '격동시켜서' 흥분시키고 특정한 감정을 더욱 강력하게 만든다. 아연을 태워서 마음이나 감정을 읽을 수는 없다. 아연을 태우는 미스팅은 라이오터라고 한다.

주석(내적/육체적/당기는 금속): 주석을 태우는 사람은 감각이 증진된다. 그들은 더 멀리 보고 더 예민하게 냄새 맡으며, 촉각은 훨씬 더 정확해진다. 안개를 꿰뚫어 볼 수 있고, 증진된 감각으로 보는 것보다 야간에 훨씬 더 먼 곳까지 볼 수 있게 하는 부수적 효과도 있다. 주석을 태울 수 있는 미스팅은 틴아이라고 한다.

철(외적/물리적/당기는 금속): 철을 태우는 사람은 반투명한 파란 선이 가까이 있는 금속 원천을 가리키는 것을 볼 수 있다. 선의 크기와 밝기는 금속 원천의 크기와 그것과의 거리에 달려 있다. 철의 원천만이 아니라 모든 종류의 금속에서 보인다. 알로맨서는 이 선 중 하나를 잡아당겨 그 금속의 원천을 자기에게로 '당길' 수 있다. 철을 태울 수 있는 미스팅은 러처라고 한다.

청동(내적/정신적/미는 금속): 청동을 태우는 사람은 근처에서 누군가 알로맨시를 쓰고 있으면 그것을 느낄 수 있다. 근처에서 금속을 태우는 알로맨서는 '알로맨시 맥박'을 내뿜는다. 청동을 태우는 사람에게만 들리는 북소리 같은 느낌이다. 청동을 태울 수 있는 미스팅은 시커라고 한다.

코인샷: 강철을 태울 수 있는 미스팅.

틴아이: 주석을 태울 수 있는 미스팅.

황동(외적/정신적/미는 금속): 황동을 태우는 사람은 다른 사람의 감정을 '달랠' 수 있다. 즉 그 감정을 적셔서 특정한 감정이 약해지도록 만든다. 세심한 알로맨서는 단 한 가지 감정만 남기고 다른 감정을 '달래서' 없애버릴 수 있다. 본질적으로는 어떤 사람이 자기들이 원하는 대로 느끼게끔 만드는 것이다. 그러나 황동은 알로맨서가 마음이나 감정을 읽도록 만들어주지는 않는다. 황동을 태우는 미스팅은 수더라고 부른다.

www.brandonsanderson.com에
이 책의 모든 부분에 대한 저자의 주석 확장판이 있습니다.

옮긴이 **송경아**

연세대학교를 졸업하고 동 대학원 국어국문학과 박사 과정을 수료했다. 지은 책으로 『책』 『엘리베이터』 『테러리스트』가, 옮긴 책으로는 『오솔길 끝 바다』 『천년의 기도』 『뒤집힌 세계』 『무게』와 『어글리』 3부작, 『리치드』 3부작, 『수키 스택하우스』 시리즈 등이 있다.

미스트본 1부

마지막 제국 III

초판 1쇄 인쇄 2017년 5월 2일
초판 1쇄 발행 2017년 5월 8일

지은이 브랜던 샌더슨
옮긴이 송경아
펴낸이 이수철
주　간 하지순
편　집 정사라
디자인 이다은
마케팅 정범용 김지운
관　리 전수연

펴낸곳 나무옆의자
출판등록 제396-2013-000037호
주소 서울시 마포구 성미산로1길 67 다산빌딩 301호
전화 02) 790-6630 **팩스** 02) 718-5752

페이스북 www.facebook.com/namubench9
인쇄 제본 현문자현 **종이** 월드페이퍼

ISBN 979-11-6157-100-3 04840
　　　979-11-86748-98-5 (세트)